柏楊

柏杨解码

六十年代台湾社会现象

1/8

玉雕集

柏杨的第一本杂文，开始一场幽默而锐利正视女性特质的男性文明教育。

怪马集

以古讽今议论时事、解构传统文化，
批判官场厚黑，成为威权时代庶民论坛滥觞。

凤凰集

黑暗冤狱解密呼吁程序正义，从"七世夫妻"批评"玉皇大帝"，至此还有谁不能批评？

人民文学出版社

著作权合同登记号　图字 01-2015-3448

图书在版编目（CIP）数据

六十年代台湾社会现象. 1/柏杨著. —北京：人民文学出版社，2015
（柏杨解码）
ISBN 978-7-02-010857-2

Ⅰ.①六… Ⅱ.①柏… Ⅲ.①杂文集—中国—当代 Ⅳ.①I267.1

中国版本图书馆 CIP 数据核字（2015）第 060825 号

责任编辑　常雪莲
责任印制　史　帅

出版发行　人民文学出版社
社　　址　北京市朝内大街 166 号
邮政编码　100705
网　　址　http://www.rw-cn.com

印　　刷　三河市宏盛印务有限公司
经　　销　全国新华书店等

字　　数　230 千字
开　　本　880 毫米×1230 毫米　1/32
印　　张　11　插页 3
印　　数　1—5000
版　　次　2010 年 10 月北京第 1 版
印　　次　2015 年 11 月第 1 次印刷

书　　号　978-7-02-010857-2
定　　价　36.00 元

如有印装质量问题，请与本社图书销售中心调换。电话:01065233595

柏杨是一面镜子

金宏达

香华女士托人带话,叫我为新出的这套柏杨杂文集,写几句前面的话。她认识的大陆名士达人很多,而我不是,只是这几年因为工作的关系,读了柏杨的一些书,是名副其实的读者——让一个读者为柏杨的书写几句话,放在书前,或者也是一种特别的美意吧。

我读鲁迅的书在先,读柏杨的书在后,所以,读柏杨的书时,就有一种似曾相识的感觉,这种感觉,并非是柏杨的文字风貌酷肖鲁迅,或者甚至是学步、影写、照搬等等。柏杨在投身文字生涯之初,其实是很难读到鲁迅的书的,鲁迅是当时宝岛统治者的宿敌,读他的书,即有"通敌"之嫌。柏杨似未立过志向,要做宝岛上的"鲁迅第二",好像他的思想历程上,也从未发生过从什么论到什么论的转变。他之以杂文为武器,猛烈抨击中国传统精神文明中腐朽、丑恶的东西,抨击国民性中丑陋、顽劣的东西,抨击历史和现实社会中黑暗、腥秽的东西,进而使自己的文字作品成为一面"镜子",一面与鲁迅的文字作品并列的照见中国精神文明的"镜子",完全是"天然"的。

不只是中国文化,我想其他文化也大抵如此,一方面会感染,溃烂,扩散,另一面则也会有抵抗,疗治,新生。即使是"酱缸"吧,一面有人被"酱"住,昏天黑地;另一面,也会有人挣脱出来,奋力"砸缸",希图救出更多的人。鲁迅是这样一位"砸缸"者,柏杨也是这样一位"砸缸"者,他们生活的时代有先后,生前未曾谋面,倘若泉下相逢,一定也会如战友相拥。这一点也证明,岁月虽然迁流,战斗却未结束。鲁迅活着的时候,他呐喊抛开"瞒"和"骗","睁了眼看",要"唤起疗救的注意";柏杨奋战的日子,依然是"瞒"和"骗"盛行,在"酱缸"中闭着眼睛,醉生梦死者滔滔皆是。"缸"体坚硬,"缸"基沉厚,"酱"汁浓稠,"酱"味熏人,皆绝非一时所能破解。

然而,中国终究还是在进步的,这就又用得着鲁迅已经"轰毁"过的进化论——后来的要胜过以往的,新生的要胜过腐朽的,只是较为迟缓而已,会用词的作者,把这称为"蜕变"。"蜕变"的过程痛苦而漫长,近代以来中国人都在体验这个过程,性急无助于事。鲁迅很懂得这个道理,他曾说:"要治这麻木状态的国度,只有一法,就是'韧',也就是'锲而不舍'。"柏杨所做的事,便是这"锲而不舍"战斗之一部分。

柏杨由大陆到台湾,他的写作生涯滥觞于台湾,笔底游走的尽是台湾社会的众生相,后来,他的作品来到大陆,却受到了更多大陆读者的欢迎,大陆的老少读者从中看到的不止是台湾的种种弊病,更是中国人、中国精神文明的沉疴痼疾。他所热议的当年台湾社会林林总总怪象,今天的大陆也有,有些还愈演愈烈。这就应着有人说的,地无分两岸,都拖着传统中国长长的影子。柏杨一声"丑陋的中国人",真使人如闻轰雷。人们从他"刮骨疗疮"的犀利文字中获取阅读快感、感受道德义愤的同时,也凝聚出一种强烈意愿,即是一定要努力改善我们中国人的社会文化环境,改善我们中国人的素质与种性,使之由丑陋变为美好。

我想,这大约也就是我们今天阅读柏杨作品的意义所在吧。

2014 年 11 月

目　录

玉雕集

序 _ 5
天生尤物 _ 7
俏伶伶抖着 _ 11
西洋文明 _ 17
吃死孩子 _ 22
颤巍巍耸着 _ 27
无声胜有声 _ 32
明眸皓齿 _ 37
倒悬葫芦 _ 42
闺房之私 _ 47
宁可牺牲耳朵 _ 52
耳朵的灾难 _ 57
吻颈之交 _ 62
提袜故伸大腿 _ 67
胫链之用 _ 72
袜缝哲学 _ 77

牙必其白 _ 82
握之摸之吻之 _ 87
一团猪油 _ 92
美貌是第一 _ 96
有红有白 _ 101
女人经 _ 107
补遗 _ 112
最后几事 _ 116
再补充三点 _ 121

怪马集

序 _ 131
党进先生 _ 133
丑陋的美国人 _ 136
身份证功能 _ 141
争执最多 _ 143
埃玛·甘吐雷 _ 146
李宗吾之学 _ 150

且看其"经" _ 153

又一发明 _ 156

另一发明 _ 164

隆重崩殂 _ 167

顶礼拥戴 _ 169

射程和糖浆 _ 172

专门输出 _ 173

两件怪事 _ 176

白杀时间 _ 178

新相对论 _ 181

海明威之死 _ 183

无心无肝 _ 184

三代以下 _ 186

天生万物 _ 189

互相干你娘 _ 190

千古疑案 _ 192

用啥交流 _ 196

国粹 _ 197

异乡人 _ 201

绣花兜肚 _ 203

爱情不是买卖 _ 205

情杀 _ 207

性格与悲剧 _ 210

官性兴旺 _ 213

布衣之怒 _ 217

英文万岁 _ 220

奴才群 _ 223

人生以出国为目的 _ 226

萧长贵 _ 229

西崽 _ 234

司徒雷登 _ 237

方块字 _ 239

凤凰集

序 _ 247

警政新猷 _ 249

吉田石松五十年 _ 252

世界最大冤狱之一 _ 257

一错到底 _ 262

人性侮辱 _ 266

活被埋葬 _ 269

可怕的黑幕 _ 273

《我控诉》 _ 277

三封信 _ 281

无法无天的判决 _ 284

伟大的政府 _ 287

天下奇案 _ 289

不至于脱裤子 _ 294

一部电影 _ 299

第一世 _ 302

第二世 _ 304

第三世 _ 306

第四世 _ 310

第五世 _ 314

第六世 _ 317

第七世 _ 320

两种血腥手段 _ 324

血泪的反抗 _ 328

且走着瞧 _ 331

抓抓心里奇痒 _ 333

变态性心理 _ 337

玉雕集

提　要

　　《玉雕集》写女人，自顶上之发，脸之眉、眼、鼻、唇、牙、耳，身体之颈、乳、腰、手、肌肤、腿，以至女人的高跟鞋、玻璃丝袜、口红等等。描述女人用心力于其上的辛苦，男人观感如何，反映出西风东渐与中国文化的交会。

　　总体来说，本集的特点有三：第一，笔调幽默辛辣，诙谐有趣，引用古事今典，调侃女人，也涮了涮男人。第二，作者勇敢揭开"圣人"的假面目，凡传统观念中以不合理理由束缚女人的，以假道学面貌训诫的，皆一针见血，直指核心。第三，女人种种，此类话题人们多有禁忌，只在心里想，不会提出来谈，即使提出来，也脱不去礼教偏见对女人的压力。柏杨敞开心胸，谈得详细，教人仔仔细细地正视女人的眼耳鼻舌，是大大的学问。他在轻松、趣味之中，剥除了传统观念对女性的桎梏。

序

柏杨先生在台北《自立晚报》上写《倚梦闲话》，自1960年5月起，迄今整整二年矣。最初每天七百字，后来每天一千字，再后来版面扩大，水涨船高，每天乃写一千七百字。此皆该报总编辑李子弋先生之赐，盖柏杨先生穷极无聊，正要做贼，李先生恤老怜贫，挤掉别稿，以安置鄙人大作。

想不到自刊载以来，好像是甚得佳评。来信表示敬意者有之，提出问题请教者有之，索取玉照以便瞧瞧者有之，要求出单行本以便翻阅者有之，但警告我小心点亦有之，劝我"何必呢"亦有之。使我隆重发现，国家大事，食肉者谋之，谈谈女人，也是养生之道，乃自1961年12月起，至1962年2月止，零零碎碎，写了三个月。现在将其付梓，一则是供有志之士，大开眼界，以展鸿图。一则是希望能赚几文版税，为老妻买一床毯子过今年之冬也。

是为序。

1962年端午节于台北柏府

天生尤物

圣人曰："人之异于禽兽者，几希。"这"几希"到底是啥，言人人殊，大学问家对此解释甚多，汇集起来可写一火车书。有人说其差别在于"火"，人类知道用火，禽兽则不知焉。有人说其差别在于"工具"，人类知道用工具，像造个汽车坐坐，禽兽则不知焉，只好仍用四个蹄子乱跑。又有人说其差别在于"言语"，人类会哇啦哇啦讲话，或谈情，或造谣，很是热闹（试想，一个人类不会讲话的世界，将是啥模样哉？），禽兽却只会干嚎，什么话都讲不出来，谈情靠磨鼻子，造谣则根本不可能也。

这类说法，太多太多，三天三夜也说不完，皆有其真理在焉。于是，柏杨先生再加上一条曰：其差别在于"爱美"。人类爱美，禽兽则不然。这一点"几希"，非常重要，不信的话，谁见过哪一只公鸡非闹着要做一套全毛料西装不可？又哪一只母鸡非闹着要买一件貂皮大衣不可乎耶？爱美似乎是人类之所以成为人类的重要特质之一，而以女人为尤甚，连我们这个讲道德说仁义的国度，从前口头上硬是不敢谈女人，不敢谈美，现在也败下阵来，大谈女人，大谈美了矣。一个中国女孩子在英国伦敦当选为第二名世界小姐，使全世界中国人和华裔外国人，对英国人的观感，都为之一变，这真是五千年传统文化中所没有的。无怪有些年高德劭，道貌岸然的圣崽们龇牙，盖他们善于偷偷摸摸，鬼鬼祟祟；一旦成了艺术，便受不住。

其实一个"世界小姐"根本算不了啥，想当年特洛伊城之战，打了个天昏地暗，血流成河，那一战乃人类历史上唯一可赞扬的一战。盖所有的大战，人们往往不知道到底为了啥，政治领袖和军事领袖总是把真正的目的隐藏在背后，嘴巴猛喊为了正义，为了救国，弄得战死的人见了阎王爷都不好报到。只有特洛伊城之战，人们心里明白——硬是为了一个漂亮的女人。看起来，俄国没有用飞弹进击英国，以报选出中国小姐的一箭之仇，已经很客气啦。

漂亮女人，可以把男人的魂都勾走，元微之先生称这种漂亮女人为"尤物"，而评之曰："大凡天之所命，尤物也。不妖于身，必妖于人。使崔氏子（崔莺莺小姐）遇合高贵，乘宠娇，不为云为雨，则为蛟为螭，吾不知其所变化矣。昔殷之辛，周之幽，百万之国，其势甚厚，然而以一女子败之，溃其众，屠其身，至今为天下僇笑。"元微之先生这家伙对天仙化人的崔小姐始乱终弃，还振振有词，这种恶棍嘴脸，教人恨不得头往南墙上撞。但在另一个角度看，他阁下这一段话，却有其道理，盖一个女人如果太漂亮，那简直是不得了，如果再遇上有元微之先生这种毛病的人，那就简直是更不得了也。

爱美是人类的天性，尤其是女人的天性，连老天爷都束手无策。但首当其冲的，似乎不是她们的玉貌，而是她们的玉脚。其中学问，研究起来，深奥难测。盖谈到女人的脚，中国女人可以说倒了天下之大霉，中国人最喜欢吹五千年传统文化，跟一个破落户爱吹他八代老祖宗当过宰相一样，谁听过破落户吹他八代老祖宗有羊痫风乎。是以对于女人缠小脚一事，中国人吹五千年传统文化时,从不去碰,偶尔一碰,也汗流浃背,恼羞成怒。偏偏英格丽·褒曼女士主演的《六福客栈》里,亮出小脚镜头,这一揭疮疤,揭得大人先生受不住。先是拒绝在台湾拍,继是拒绝在台湾演,结果啥也没有用,只好来个阿Q,剪了几个镜头。呜呼,该片在洋人国演时,小脚已暴露了个够,而在台湾演时去掉它,不是掩耳盗铃是啥哉。现在中年人的母亲,哪一个不是小脚?即以柏杨夫人而论,亦是三寸金莲,柏杨先生早已看得头昏脑涨,便是再在银幕上多看几眼,也不觉得有什么特别也。

每一想起女人小脚,我就觉得中国人实在有点异禀。一个画家朋友曾告诉我曰:中国人思想飘逸,洋大人思想实用,君不见东西神仙不同之点乎?土神仙腾云驾雾,洋神仙则笨得多矣,必须在背后生上两个翅膀。实在说,那两个翅膀生得实在别扭,第一,睡觉不舒服。第二,飞得久啦,岂不太累?土神仙腾云驾雾,就惬意非常,想到哪里就到哪里,不出门则和常人一样的可以大玩特玩。

我想论神仙中国占优,但论到女人的玉脚,则洋人占优。为了爱美,首先在女人脚上打主意,中外华洋,人同此心,心同此理。只是中国人却想不出一点高级的办法,竟把光致致的双足缠得稀烂,不但肉烂,而且骨烂,不但骨烂,而且还跟有些大家伙的训词一样,臭而不可闻也。

柏杨先生认为中国人有点异禀,与爱不爱国无关,务请王孙公子们勿气,我说的有点异禀,乃指缠小脚而言,在这方面,洋大人比较高明。他们发明了高跟之鞋,真是令人脱帽。虽然高跟鞋同样有它的毛病,像挤出鸡眼、磨出老茧之类,但总比缠脚有学问。而且回到家中,穿上拖鞋,也可舒散舒散,轻松一阵。故曰：高跟鞋是有期徒刑，因它仍有自由的一日。缠脚是无期徒刑，永远在痛苦之中。

高跟鞋的妙处是使女人的双乳猛挺，盖不猛挺不行，不猛挺则非摔斤斗不可。而且一旦挺出，直指臭男人双目，使臭男人油然生出捧而咬之之念。这非关猥亵，女人们的目的就是如此，臭男人们的希望也是如此。你不如此，女人说你木头，同类说你木瓜也。而小脚则达不到此目的焉，试看哪个老太太走路，不是八字斜拧，百美全失乎？

女人穿高跟鞋，风度翩翩，走起路来登登登登作响，能把臭男人的心都要敲碎。迄今为止，男人有橡胶底鞋，而女人一直没有，恐怕有其心理作用在焉。哪个漂亮女人昂然而过时，不想惹人多看几眼，而宁愿默默无闻耶？

但在脚的美化上，中国人的脑筋似乎有点僵硬；尤其是在高跟鞋上，中国人更不可原谅。古时女人穿的是木屐，为了漂亮变花样时，不是高其跟，而是脚尖脚跟一齐高，看一看日本的木屐便可恍然大悟，盖前面有一齿，后面也有一齿，穿到脚上，仍平平如故，与平底鞋无啥异也。后来到了宋王朝，大概金兵南下，国势殆危，木屐全部运到日本传种（以目前情形看，准是如此），中国人才改穿鞋子。但在高跟方面，仍无特别贡献；顶多鞋底加上一块木板，以取其响，并用二色相杂，名之曰"错到底"，以取其艳，如此而已。其实，这种鞋子，闭起眼睛一想，恐怕实在没有啥了不起。

清王朝的满洲人士，比较进步，在女鞋底下弄了一根柱子。问题是，不知道他们是怎么搞的，没有把那根柱子弄到脚跟底下，而竟弄到脚掌底下，和木屐恰恰相反，成了脚尖脚踵两不着地的奇景。结果是高则高矣,其平照旧,除了走路怕跌倒,不得不小心一点,因而显得娇小可人外,别无其他苗头。呜呼,我们五千年传统文化,在鞋子上竟大败于洋大人,真叫人伤心落泪也。

无论承认不承认,洋大人的穿鞋文化确确实实已把黄帝子孙征服无误,我们如果不赶紧想出别的花样,恐怕万世不得翻身。正人君子不信的话,不妨到街上瞭瞭,准叫你油然而生"试看今日域中,竟是谁家鞋的天下"之感。不要说穿中国固有的"靴"和"凤头鞵"啦,便是穿大陆上还流行的布帮鞋,有几人耶?即令有人大胆穿出,其土豹子之相,也将笑掉假牙。

高跟鞋已成为不可抗拒之物,纵是义和团诸同志从坟墓里揭竿而起,都没有用。这玩意儿既属舶来,自然被洋大人牵着鼻子走,洋大人鞋头尖,中国人也尖之。洋大人鞋头圆,中国人也圆之。洋大人穿五寸高者,中国人也五寸高之。洋大人在鞋上绣些珠宝,中国人无珠宝,玻璃片是有的,也挂上一串,以闪闪发光之。俗语称落后地区的老百姓为"老赶",指夸父追日,老在屁股后赶之谓也。五千年传统文化,到女人脚上,先轰然而垮,恐怕还要气喘如牛地赶一些时也。

俏伶伶抖着

以小看大,鞋的文化是整个民族文化的一个环节,鞋的文化既垮，其他文化自然站不住，非被搞得稀里哗啦不可。中国女人缠足之术，不太高雅，从五六岁缠起，受尽各式各样的酷刑和痛苦，才能达到"美"的境界（现在看起来美不美，那是另一回事，一个时代有一个时代美的标准，说不定后人看我们现在的高跟鞋亦颇可笑，甚至还十分恶心也），未免本钱下得太大，而且往往缠成粽子脚，成了四不像，与原意相违，那就更惨。然而主要的缺点还是怎么洗也洗不干净，永远奇臭，便是洒上十桶八桶巴黎香水，都不能使它香喷喷和喷喷香。

高跟鞋的优点便在于此，随时随地可以穿将起来，婀娜婀娜。遇到上山上坡，一点也不假地能够如履平地；遇到空袭警报，或涉水过河，也可脱了下来提之抱之，拔腿就跑。缠足的美人儿，便无此项便利也。何况穿高跟鞋的脚，还有办法避免臭味乎！不过，话又说回来，女人乃十分奇怪而又十分奥秘的动物，为了漂亮，什么可怕的事都做得出，自残身体的缠足便是一例。西崽先生们可能说这是中国人贱，其实洋人也同样有此贱病，很多女明星为了使玉脚穿到高跟鞋里看起来瘦削，以便男人们兴起"不胜盈握"的荡漾之情，硬把小脚趾割掉（当然是请医生安安全全地割掉，不会自己用斧头砍下，我们大可放心），你说爱美这玩意儿，害人不害人哉。

鞋文化的精华集中在"高跟"上面，高跟的妙处在于它可以使女人那双雪白的玉腿俏伶伶地抖着，那一抖真不可抗。想当年木马屠城记，说不定就是海伦女士穿高跟鞋的玉脚抖出来的。而现在到处选美，恐怕那股抖劲也占重要地位。中国小姐在英伦一举而名震世界，是不是跟这俏伶伶的抖着有关，报纸上没有报导，我们也不知道，但我想她的双腿如果像木棍一样插在那里，恐怕不致如此光彩。

跟越高而那种抖也越美，也越抖得男人的心脏大鸣大放，它所引起的爱情力量，连火车头都开得动。这一点很重要，此所以高跟鞋的跟，一天比一天高，一天比一天细也。抗战时，中国流行穿满高跟之鞋，那是从巴黎传来的样式，早已落伍，因海运被日本切断，洋风吹不进来，所以一直保持了八年之久。等到抗战胜利，一看细跟的早已出笼，不禁大急，慌忙赶上，已土豹子了多时矣。

高跟鞋后跟之高而且细，曾在世界上造成严重威胁，很多名贵的地毯，女人走过，步步莲花，一个坑跟一个坑，坑得主人叫苦连天。而且全身重量全部压到一根细柱之上，它也吃不消，不是今天断啦，便是明天秃啦，烦得要命。于是，就在1960年冬季，来一个大大的反动，出现了酒杯跟。当时柏杨先生就断定它流行不起来，无他，粗似一块焦炭，女人穿上，只能稳如泰山，不能俏伶伶地抖，谁还喜欢它也。

果然不错，1961年的跟，不但更高，走起路来如不飞跑，双脚尖尖，就非摔个狗吃屎不可；而且更细，而且跟是钢铁做的，不但其声登登登登，可敲出男人之魂，复不秃不断，永保朕躬康泰，你说妙不妙哉？如此尖锐的文化侵略，抗得了乎？

除了脚上的高跟鞋，女人身上变化最最多端之处，恐怕要数到头发矣，俗语云："大丈夫当顶天立地"，高跟鞋立地，各式各样的发型则顶天焉。一个女人，如果有一双使玉腿俏伶伶抖着的高跟鞋，又有一头乌黑光亮，日新月异的头发，虽不教男人发疯，不可得也。

高跟鞋有大学问在焉，但女人花费的时间，似乎仍以头发占得最多。对待玉足，顶多往脚趾上抹点蔻丹可矣。柏杨先生幼时，有人从上海来，说上海女人穿鞋，不但将脚丫全露了出来，而且把十个脚趾，涂得红红可爱，听者一个个目瞪口呆，盖太超出常识之外，我们那群乡下佬梦都梦不到天下竟有如此奇景。不过根据文献和柏杨先生的亲身观察，女人在脚上玩的花样，也到此为止。

　　只有头发则大大不然，有一则故事说，妻子对丈夫曰："以后交通方便，从上海坐火箭，只五分钟，便可到迪化。"丈夫曰："再快也得两点零五分。"妻问何故，答曰："你做头发就得两点钟。"做头发几乎是女人化妆的主要阵地，描眉能描几分钟乎？涂口红又能涂几分钟乎？便是打黑眼圈和往脸上敷粉，也不过一杯茶功夫。独对头发若有不共戴天之仇，整了又整，梳了又梳，卷了又卷，烫了又烫，不达目的，誓不甘休。诗云："水晶帘下看梳头"，应是人世一乐。试想明窗净几之下，小童捧巾、丫环捧水，有美女焉，在那里桃脸对镜，微歪其颈，双手如玉，在发浪中柔和梳动，而樱唇噙着发夹，情人则埋身于沙发之内，心跳如捣，喉干如烧，那当然是一番销魂图画。可是，有这种福气的有几人耶？差不多都是孩子在一旁闹，老爷在一旁叫，天大诗意，都被闹叫得净光。

　　女人对头发的注意，可在广告上得之，常见报上有广告曰："黑玫瑰的八号某日起到玛丽厅"，"凤凰飞的一号某日起到新保罗"。柏杨先生很久才弄懂其中奥妙，原来太太小姐，日常无事，有三种消遣，一是打打麻将，一是造造别人的谣，一是做做头发。跟银行一样，各有其固定户头。差不多的太太小姐都有七日之痒，也有的则是五日之痒和三日之痒，靠色相吃饭的女人——像酒女、舞女、明星,则更有每日之痒,那就是说,她们天天都得把头发做上一遍。

做头发最大的学问在于认定户头,张小姐一到头痒便去找五号,王太太一到头痒便去找九号;五号在一乐厅,她便去一乐厅;五号在华盛顿,她便去华盛顿。九号亦然。好像响尾蛇飞弹一样,在屁股后紧追不放,而身为五号九号者,每有移动,自然得大登广告,以代通知,小姐太太一旦看见,便是铁丝网都拦不住。常听道貌岸然的圣崽们叹息人心不古,世风日下,婚姻简直成了儿戏,丈夫死后,尸骨未寒,女人就再嫁而去;其实不是这么回事,她们对其理发师,却是从一而终,贞洁不二者也。

做头发之所以成为太太小姐的一乐,大概和每个女人潜意识上都有的"公主情绪"有关。美利坚最喜欢去日本观光,除了那些东方景致使他们大开眼界外,日本人的礼貌,恐怕也是最主要的因素之一。盖美利坚人人平等,再大的官和再富的商,离开他的窝,便跟掏厕所的工人没有分别。但一到日本,就不然矣,东洋人精于鞠躬,其躬鞠得既深且繁,如奴隶之奉王子;女人尤甚,其声之和,其貌之柔,其词之顺,其态度之曲意承欢,如女奴之奉王后。使得美国佬飘飘然欲羽化而登仙,便是五分利息借钱,都得去过过干瘾。

太太小姐做头发,大概有同一滋味,年头不同,仆佣如云的时代已成过去,做一个正正派派的女人,最安全最纯洁的刺激,也就是最性感的艺术享受,莫过于找一个男理发师抓抓头,摸摸脸,揉揉脖子。君不见那些被认定户头的理发师乎,不但在广告上登号数,还登上其英俊的照片,一则是使其户头验明正身,再一则就非常有学问啦。人生最舒服的事有三焉,"抓痒"占首位,其次是"挖耳",再其次"捏脚"。太太小姐昂然高坐,理发师用其有力而异样的男性巨手,搔来搔去,杏眼惺忪,在镜中看到该男人卖命之状,芳心无不大悦,而有神通的理发师紧紧地把握这个机会,和主顾谈天说地,感情乃增。

古中国人之奇异,不但表现在缠足上,也表现在头发上,无论男女,统统辫子一条,结婚后再往上盘。满洲人尤其是绝,还在周围剃了个圆圈,只留下当中一撮,便是猪都不能如此之混账也。幸亏革命成功,中华民国建立,否则现在大家头上都盘着那个玩意儿,你说窝囊不窝囊吧。然而,从前那一套,混账则混账矣,却简单明了。自剃辫以来,男人头发变化还少,女人头发简直跟新式武器一样,花样翻新,层出不穷。民国初年,着实流行了一个时期的"刘海",弄几绺覆住前额,发端紧接眉边,使得男人看啦,如痴如醉。大概是"九一八"事变那年,发型进入一个空前未有的时代,从前大家差不多都力求画一,你梳辫子我也梳辫子,你梳刘海我也梳刘海,有小异而仍大同;一旦刘海衰微,统一江山破碎,女人们各自为政,单独作战,你梳的是龙戏凤,俺梳的是原子弹;瘦子的头发蓬松而后收,使得脸蛋丰满;胖子则头发高耸,使得脸蛋俊俏。于是,有长发焉,有短发焉,有不长不短的发焉,有条理分明的发焉,有乱七八糟的发焉,有马尾巴的发焉,有孔雀开屏的发焉,有使人销魂的发焉,有使人呕吐的发焉,有一碰就垮的发焉,有丝网罩着,永打不烂的发焉。

《子夜歌》曰:"伊昔不梳头,秀发披两肩,婉转郎膝上,何处不可怜。"这真是男人们寤寐以求之的情调,或为娇妻,或为情人,伏到怀中,秀发如水,泻地三尺,怜惜以抚之,拼老命以爱之。然而问题也就出在这里,有些女人每到临睡,就把头发卷将起来，满头都是齿轮，好像麻风病到了三期，裂开而冒出脓血的烂疮一样，做丈夫的如果每晚都要面对着有此癖好的老婆，真是前世作孽之报。

西洋文明

头发既是女人们在她自己身上唯一可露一手之处，当然会全力以赴。河南坠子有《小黑驴》一曲，叙述一对新婚夫妇，新郎送新娘回娘家，骑着一头小小的黑驴，全曲十分之一的篇幅形容那头小黑驴，而以十分之九的篇幅形容新娘的头发。那真是一篇掷地有金石声的杰作，先说她的头发是如何的好，继则洋洋洒洒地描绘她梳的花样。年久月长，忘记其详，大概说她梳的是一场庙会，有庙宇一座，香烟缭绕，三姐妹相携前往进香，大姐头上梳的啥，二姐头上梳的啥，三姐头上又梳的啥，因梳得太过逼真，以致招来了许多蜜蜂蝴蝶。

呜呼，一个女人的头上竟能梳出这么多玩意儿，真是伟大的艺术工程，理发师如果学会这一套，包管可大吃大喝一辈子。听过这一曲坠子的人，再睁眼看看目下那些招摇过市，自以为了不起，自以为可以把男人弄昏头的发型，就哑然失笑。但由此可见，在头发上用功夫，古已有之，甚至较今尤烈，我们可惜没有赶得上时代，否则把慈禧太后那拉兰儿的御头，搞过来研究一番，必有可观者矣。

男女间的差别是天生的，但表现在人人可一目了然上者，只有头发。女人如果没有长长的秀发，犹如一朵木头雕刻的花，理会她的人，恐怕几希。只有老光棍阿Q先生才打尼姑的主意，便是杨玉环小姐，如果剃得个秃秃青青，势也不堪入目。于是，我就忽然想起台湾中小学堂的女学生来矣。不知道是哪个缺德带冒烟的家伙，规定她们梳成现在这种样子，好像一块西瓜皮硬生生地扣到石桩上，前面齐眉，四周齐耳，而且"齐"得可怖，像用东洋刀砍过一样，使一群聪明伶俐的小娃，显得既笨且呆。这是人类有史以来最丑陋的发型，最斲丧自然的发型。假使有人在伦敦举办发型选丑，我们随便抓一个女学生去参加，准可夺标而归。

世界上什么事都可忍耐，只有俗不可忍耐，我每看到那种扣瓜皮型的头发，便为孩子们落泪。这玩意儿似乎又是东洋遗风，日本人就如此，好像非如此不足以表示其天质拙陋。报上常有救救孩子的呼吁，救救孩子之道非一，头发似应列入首位，还是让她们自己随意生长吧。官崽们管的事也太多啦，饶了她们的头发，可乎？

头发因人种而有异，黑种人的头发生下来便不必去原子烫，曲曲弯弯，好不漂亮，可惜人被歧视，祸延其发；黑朋友拼命想办法把它弄直，以便弄得跟白人一样的直，然后再像白人一样把它烫得曲曲弯弯。于是有些中国人在屁股后跟进，柏杨先生曾看见几位酒吧间的女人——但也有大学生焉，硬把黑头发烫成黄的或红的，背后一看，俨然美利坚，不过最怕绕过看脸，也最怕头发渐长，成了一半黄一半黑，就大煞风景。

不过，好在有一喜讯可告中国同胞者，金发虽美，却是隐性，黑发虽糟,却是显性,再过一亿年,金发宣告绝迹,便是我们黑发的天下矣。

女人的发型日新月异,基本出发点不过是爱美而已,似乎和道德无关,更和国家兴亡无关。犹如一个小偷之被捕,和他的眼皮跳无关一样,如果小偷只怪眼皮跳,不怪自己偷,你说他有道理没道理耶。

然而,圣崽们却对眼皮跳颇有兴趣,殷纣帝子受辛先生把国家弄亡,不敢说他应自己负责任,反把责任往女人身上推,妲己一个人能亡一个国家乎?褒姒、杨玉环,统统皆然。夫社会风气之坏,乃由于政治风气之坏,与女人的头发何干?却有圣崽大声疾呼,认为只要把女人发型一改,社会风气便也一改矣,大作家何凡先生已为文辟之,不过说得温柔敦厚,不太过瘾,且柏杨先生还有自己的意见,忍不住要勇猛一吐,以求一快。

女人发型可以转移风气,此高论如果成立,全世界社会学者就得集体自杀,以谢其所学。国家现在情况实在是不太好,然而凡是圣崽,皆明哲保身之辈,或被胆量所限,不敢探求问题的真正原因;或被知识所限,不能探求问题的真正原因。无论是啥,反正怪罪到发型上,不能不说是一大发明。俗云,乱世妄人多,大概就是如此这般。最明显的是,美利坚发型最乱七八糟,你听说他们第二次世界大战时打了败仗,向谁投降了乎?何以对洋大人没有影响,对黄帝子孙却有影响哉?!

圣崽们最精彩的一段言论是:目前妇女居家蓬头垢面,一副疏懒相,一经外出,马上变成花枝招展,他奇怪这些女人的目的何在。呜呼,她们的目的何在?恐怕真要问一下圣崽矣。一个可怜的妇女,在家里像牛马一样地服侍丈夫上班,孩子上学,做饭洗衣,补裤子,晒被子,打扫天花板,拖地板,连洗脸漱口的时间都没有,好容易熬到一个星期天,积蓄了一百块钱,打算全家大小去新公园小坐,轻松轻松。女主人洗梳既毕,涂一下唇,描一下眉,扶老携幼,蜂拥而出,你说她目的何在?该圣崽大概人老心不老,天天在暗中胡思乱想,以致见了漂亮的太太小姐,就神魂飘荡。假设不是如此,则一定是希望全中国女同胞,在家蓬头垢面,出门亦蓬头垢面矣。不管是啥,反正其用心既如此之不可告人,我们还说啥。

圣崽们第二个精彩的言论是,追求少女,乃天经地义的事,追求少妇,则属违法的行为。呜呼,违的这个法,不知是不是埃塞俄比亚法也。追求少女固不违法,追求少妇,似乎也和法无关。就在柏杨先生写稿之时,有一少妇在门前经过,我心大动而目送之,满脑子古怪主意,紧要之处,还吹一声口哨,不知该圣崽将判我何罪也。盖这是"礼"的问题,不超过法律认可的界限,都不违法,超过该界限,便是追少女,同样得吃官司。

第二次世界大战时,英国男人多服兵役,兵工厂只好大用女工,规定每人必须把头发包住,以防机器把秀发卷进,掀掉顶瓜皮。而女工们宁可没有顶瓜皮,也不肯包住头发,以损其美。这是人类的天性,圣崽的娘也包括在内,谁都阻挡不住。

西洋现代文明,不但搞垮了中国女人的脚,和中国女人的头发,也搞垮了中国女人原来对嘴、眉、眼,甚至对"丰乳"的美感观念,和美感表现。在这一方面,我们又是全盘皆输,一星点儿五千年传统文化都没有保持得住,可谓惨重。

无论中外华洋,美丑的分际和演变一向都差不太多。君不见希腊城邦时代诸神的裸体雕像乎?美丽绝伦的女神,若维纳斯,若雅典娜,其腰莫不肥如水桶,其乳莫不悬如木瓜,其小腿亦莫不粗如石柱,用现代眼光去看,除了脸蛋儿外,既没有三围,又没有曲线,实在没有啥美可看。盖时代不同,那个时代讲究的和我们现时代讲究的标准不一样,犹如古中国人以女人的脚缠得越烂越小,走起路来都得扶着墙壁,战战兢兢,男人才能过瘾;而今则非天足不可,非健步如飞不可矣。这里面没啥是非,更没啥道德也。

历史上不知道是谁先提出"性感"来的,此公一箭中的,使得旧社会阵营大乱。盖从性心理学上研究,人类文明的进化,全靠着性的推动,每一个男孩子在潜意识上都有杀父娶母的念头。最高的艺术境界,如舞蹈、绘画、音乐,无一不是性的升华。于是,对别的影响如何,我们不知道,对女人爱美的影响,确实是大而且巨,如果让现代人再去雕刻维纳斯和雅典娜两位女神的裸体像,准雕得腰细如蜂,乳耸如弓。从前人被"无知"和"性的崇敬"二者蒙住眼睛,对女人鬼鬼祟祟,隐隐藏藏,不如今天大家敢于和乐于面对现实。

凡是叫人看着舒服的东西,皆有性的潜意识在焉,这道理自有专书,有志之士,不妨一读。我们所谈的是,在美的变化上,最使人触目惊心的,莫过于女人的嘴,这方面古中国人是有自己一套的。跟古希腊人以腰粗为美一样,我们想当年则是以口生得越小越美,口红涂得也越小越美焉。

相传有一故事,宋王朝举办绘画高等考试,集天下画家于一堂,皇帝老爷赵佶先生出题曰:"万绿丛中一点红,动人春色不须多。"结果某人大笔一挥,位列第一,他画的是:丛林中有一小楼,楼上有一凭窗美女,唇上有一点口红。

这个故事流传得相当广,几乎到了无人不晓的程度。然而大家都注意该画家的灵感意境,而忽略了两件大事:一是美女的嘴,即令在圣崽的眼睛中,也是动人的,而且充满了春色;这和性心理学上的学说不谋而合,一下子露出狐狸尾巴,道貌岸然不起来啦。二是古时候认为最美的口是樱桃小口,小口者,口小也。那么天生其嘴甚大的女人,该怎么办耶?便只好在化妆术上下功夫,用口红在樱唇上涂一个小点,以乞灵于臭男人的错觉。

吃死孩子

"口红"这玩意儿是洋人发明的,中国土货曰"胭脂",女人用来抹到唇上,以示娇艳欲滴。在这一件化妆品上,胭脂又告落伍,不得不跟缠足小脚一样,被淘汰无误。口红自然比装到瓶子里的胭脂便利异常,无论何时何地,都可拿将出来,大动干戈。最常见的莫过于进餐初毕,无论小姐太太,一放下筷子,便打开手提包,一手执镜,一手执管,轻咬小嘴,微咧唇角,那是一种使男人们眼睛发直的镜头。

古时胭脂,只在嘴唇当中涂一下便可,看所有佛像,和敦煌壁画中的仕女图,便可知其梗概。那大概是从印度传出来的花样,习惯成自然,大家都当成了中华民族固有的美德。等到印度亡国,欧风东渐,现代文明规定口红一定全涂,中国女人也只好跟着全涂。

这是一个剧烈转变,和任何旧事物被扬弃时一样,新事物准被圣崽嘲骂一番。柏杨先生幼时进城,在大街上偶见一摩登女人涂着口红,简直吓得魂飞九天,归语父老,详述其状,亦莫不大惊,盖那不是刚吃了死孩子是啥?一个经常吃死孩子,吃得满嘴都是血的女人,其不祸国败家者,未之有也。

　　后来看得多啦,老顽固抵不住时代潮流,才觉得现在这种口红的涂法,较之"万绿丛中一点红"的时代,果有其性感之处。不过也正因为如此,口红的颜色,也随着男人的口味而日益繁多,除了没有绿颜色和紫颜色的,几乎啥颜色都有,有大红口红焉,有淡红口红焉,有粉色口红焉,有浅黄色口红焉,有深黄色口红焉。在时间上,则有一挨就褪色的口红焉,有把嘴唇吻烂也吻不掉的口红焉,有可以印到男人脸上,作为太太揍之把柄的口红焉,有用手帕再擦也擦不掉的口红焉。

　　不过,天下不掉色的口红不太多——好像是根本没有,有些女人在必要时用生汞代之,虽然不掉,却红而不艳,好像阴沉沉的天气,男人望之生畏,自非上品。而说实在的,假使美国人真的发明了什么不褪色的口红,恐怕也销不出去。试想,当一男一女要畅吻时,女的掏出手帕,递到男人手中,然后仰脸闭目,让男人为她先擦去口红,这情调谁肯易之耶?

　　柏杨先生有一朋友,风流自赏,女友如云,但太太管得奇严(呜呼,太太越是管得奇严,老爷越是有毛病,这道理也真他妈的怪)。无奈他很有两手,太太用尽千方百计,总抓不住丈夫小辫子。一天晚归,倒头便睡,第二天醒来,太太伤心地哭哩,屡诘之都不回答,随着她的玉手一指,方才发现衬衫上有口红在焉,暗咒自己粗心。不过,好啦,这一下精彩节目全部推出,他跪在水门汀地上达四小时之久,太太把所有可摔的东西统统摔光,还请了一大堆亲友,当面逼丈夫将其女友姓名供出,立下永不再犯的悔过之书,最后作哈巴狗状,摇尾乞怜,拭去太太的泪珠,赔了千言万语的不是,才算了结。事后他才知道,那口红竟是他太太自己印上去硬栽之的。八十岁老娘倒绷孩儿,还有啥话好说。据柏杨先生考证,此法甚效,在紧要关头行之,准可拷打出一点实情。写出以教太太小姐,善用之可也。

女人在嘴唇上用的功夫,可以说最细也最繁,而且也最为公开。你见过有几个太太小姐在众目睽睽之下整理乳罩者乎?但鼓起小嘴涂口红者,随时随地都会出现。她们为啥一定要如此地干哉?恐怕和口红容易走样有关,有些太太小姐,往往把口红染到牙齿上,不要问,她懒的程度一定可观,盖天下最使人不舒服的,莫过于此,所以太太小姐吃东西的时候——好比,以吃汤团为例,她不得不把娇滴滴的红唇张而努之,其状活像一个刚下了蛋的鸡屁股,以便汤团连边都不沾地送进口腔。柏杨先生闲来无事,最喜去饭馆遥望,这个节目,动人心弦。

嘴唇是女人身上最性感之处,涂口红的目的大概在于使男人看了之后六魂出窍。在美国,女人不涂口红是被认为不礼貌的,只有在故意表示轻蔑对方的情况下,才不涂抹。在中国则略微有点不同,一个从不涂口红的女人,可能被恭维朴素呀朴素,不过这种赞誉实在有点违背天良,如果他的娇妻连口红都不知道涂的话,他伤心至极,势非打别的女人歪主意不可。

女人嘴唇除了涂满口红,以悦男人外,第二个功用,恐怕就是接吻啦。我们这里说的接吻,固然说的是爱情的接吻,但也说的是亲情的接吻,你如果告诉朋友,发现他太太和一个男人接吻了一个小时，你的朋友必然大惊，但如果说明该男人也者，不过是他三岁大的小娃，他准甜然而笑。父母吻子女，有时候比爱情上男女的接吻，还要缠绵激烈。柏杨先生常看到很多年轻的母亲，不但吻婴儿的嘴，更吻其颊，吻其脚，后来索性吻其屁股，上帝赋给她们伟大的母爱，借其动人的红唇表达出来，假设有孤儿旁观，定将热泪盈眶。

爱情上的接吻却是后天的，这由孩子们往往拒抗大人接吻上可看得出来，他们小心灵实在讨厌那些男人的胡子嘴和女人的油滑脸。但那真是一桩悲哀的事，对一个男人而言，当他小的时候，有无数漂亮年轻的妇女吻他；等他长成大人，却只好吻那些根本不喜欢他的婴儿。一个孩子的成熟，在接吻上可以判断，无论男孩子女孩子，一旦觉得渴望着和异性接吻，便到了诗人所说的"负义的年龄"，父母的爱便关不住矣。

中华民族自从汉武帝刘彻先生罢黜百家，独尊儒术，便开始了悲惨的命运，人们的思想被拘限在以孔丘先生为主，以及后来居上的朱熹先生为辅的狭笼子里。别的不说，即是接吻，我们文学作品中便从来不提，其他文献中更没有一字涉及，好像中国男女一个个都道德得不像话，从不接吻似的。幸好到了清末，《红楼梦》问世，才有贾宝玉吃胭脂之事，吃胭脂比接吻更美艳和更高级，一个女人闭目含羞地让男人把她嘴唇上的口红舔个干净，真叫人魂魄全融。我们只学会了洋大人那一套，吻起来天摇地动，竟没有将贾宝玉先生吃口红的温柔蚀骨的艺术发挥光大，弘扬世界，真是可叹得很也。

中国古风，夫妇间最理想的关系，是举案齐眉，相敬如宾，所以两个人走到街上，一前一后，若不相识。不要说二十世纪初叶,就是到了二十世纪三十年代,日本在沈阳已发动事变,东北三省都没有啦,而中国人那时候如果看见有一对夫妇在街上走路时手挽着手,仍会大骇不止。记得彼时报上还有正人君子为文以惜之曰:"从前的人,夫妇在街上走时好像不亲热,心里却很亲热;而今夫妇走路时好像很亲热,心里却很凉。"这些话不知道有啥根据,不过却可看出圣崽们确实气得要命。这就使人想起一桩事矣,一对男女从台北乘公路局车去新店,在车上情不自禁,大接其吻,车上的人轰轰烈烈,闹了一阵,连记者也认为"这算什么话",在报上发了花边消息。卫道之士的模样几乎一直都是从一个窑里烧出来的,对新生事物一律反抗,天天叹人心不古兼世风日下。

要说孔丘先生和朱熹先生从不跟女人接吻,这话恐怕有点使人疑虑万状。孔丘先生如见了女人连心都不动,他的后代从哪里出来的耶?而朱熹先生还为了争一个女人,那女人不爱他,他就把她下到监狱,官司一直打到皇帝老爷那里,其风骚可知。不过凡是圣人者,都碰不得,从前碰之则坐牢,如今碰之则有被戴上"不爱国"或"侮蔑中国文化"等沉重帽子的危险。只是无论怎么说,接吻这玩意儿,还是欧风东渐后随着洋枪洋炮打进来的,现在在大庭广众间拥而吻之的镜头虽然还很少,但电影上多啦,文学作品中多啦。台北的朋友,晚上如果去新公园参观一下,恐怕更是多得不像话。看样子,再过若干年,势将更为普遍,说不定在街上走着走着,就来一个嘴对嘴,再不会全车大哗,也再不会劳动记者发新闻也。君不见,夫妇在闹市挽臂而行,四十年前可能使全城为之爆炸,如今谁肯多看一眼耶。

接吻,并不简单,有它至高的文化在焉,好比一个男人和一个漂亮小姐,相偕出过游矣,相偕看过电影矣,相偕跳过舞矣,走起路来也偶尔肩挨一下肩矣,然而是不是就可接而吻之乎?夫接吻者,好像一个电钮,不按这个电钮,你再努力,即令急得上吊,爱情之光也不会亮。也好像人的咽喉,便是再高贵的山珍海味,不通过它硬是到不了胃,这就有很大的机密埋伏其中。不该接吻的时候而硬接吻,除了吃耳光外,爱情也得垮。天时,地利,人和,缺一不可,在淡淡的灯光和月光星光下,在静静的房子中,拥而吻之,受用无穷,如果小姐刚在街上摔了个斤斗,或刚考了"托福"而不及格,你贸贸然吻之,岂不砸锅?

呜呼,第一吻最难,过此则一泻千里,无往不利。不知道是哪一个大诗人说的:"当她希望你吻,你不去吻,其罪过比她不希望你吻,而你硬去吻更大。"男人为了避免罪过"更大"起见,勇气也应该特多,但如何能准确无讹地判断出对方心中的想法,则不简单。

吾友岳飞先生曰:"运用之妙,存乎一心。"据柏杨先生考证,就是指的接吻而言,有志之士,不可不察。

颤巍巍耸着

女人的乳房,在年轻人眼睛中,似乎除了供男人们抚摸把玩之外,别无用处。君若不信,不妨找一个大学生谈谈,恐怕就是给他一块钱的奖金,他也想不出第二个用场是啥。必须等到生了孩子，才会恍然大悟，原来那玩意儿还可以拿来哺乳婴儿。

"美"与"丑"的标准因时代而异，谁也别笑谁。1959年英格丽·褒曼女士演《六福客栈》，因为有缠小脚的镜头，中国人脸上挂不住，纷纷起义，大闹了一通。其实我们的老祖宗们却是十分爱那个调调，认为莲足之妙，妙不可言。民国初年，政府派员下乡"查脚"，有些地方还几乎引起民变，可知那一堆烂骨烂肉，有其文化的背景。说不定五百年后，后人看我们现代女人的打扮，也满面含羞。彼时如果有洋人想拍"中国小姐传"，看她们卷得乱七八糟的头发，短到膝盖的旗袍，鞋后跟顶了一个擎天柱，前端尖得足可踢死人，嘴上又抹着一种胶质的红颜料。说不定中国人脸上也挂不住，也来一个纷纷起义，也大闹一通。

古人对鼓起来的双乳，认为奇"丑"，"丑"者，大概指性感而言，一见之便想到那个，心中谓之美，口中谓之丑。这种心口相反的行为，常出之于太太小姐的玉嘴。男人每赞女人如何如何的美，美得像西施，美得像貂蝉，赞到精彩之处，女人就用一种唯恐不被说服的声调骂曰："你坏死啦！"坏死啦者，你教她高兴死啦之意。她越亲亲热热地骂你坏，她越愿你坏，你如果不继续坏，准看你是一个木瓜头。女人口心二者既往往不一致，则对其双乳的处理，自也是这个原理在其中领导。

因嫌其"丑"，从前女人只好拼老命用衣裳把它掩住。二十世纪之前，以平胸为美，衣服既宽又大，想不平也不可能。研究起来，真是一件有趣的事，盖今之女人，从脚尖到发尖，无一处不求性感，性感者，使男人们头昏脑涨，想入非非之感也，这种搞法对不对是一回事，而现在大家努力往这方向走，则是铁打的事实。古之女人，在脸上努力追求，"女为悦己者容"，颇费工夫地梳发描眉,擦白粉涂胭脂;在脚上也不放松,不惜成本,将一双玉足缠得稀烂,以求男人把玩之余,性心理大乐。但独独对脖子以下,腹部以上,包括四肢和整体躯干,却完全置之化外。道理何在,谁也弄不清楚,非有圣人出,不能加以解释。

平胸时代和缠足时代一样,已成为过去,现在是突胸时代矣。从被压迫五千年之久的桎梏中解放出来,在乳房史上确实可以大书特书。假如鸦片战争不发生,还是大清帝国,我们哪有这么多眼福也。

1959年,台北曾上演过一部电影,片名曰《海南风光》,以南洋少女的双乳为号召,观众如醉如痴,其中且颇有道貌岸然者流。双乳和红唇虽都是最最充满性感的地方,但红唇一年四季暴露在外,除了吻之以外,早看腻啦。只有双乳,虽没有福气摸摸,便是看一下电影,依然过瘾。不过那个电影并无啥口碑,盖基于人类的性心理,彻底拿出来赏玩,不若半开半闭、若隐若现的劲头大,两个乳房赤裸裸地摆在那里,有啥后劲?

所以,怎样把乳房搞得使男人一见便脑充血,乃女人最大的努力方针。自从洋大人流行大乳房以来,大乳房便成为可羡的目标。从前科学不发达,只好用棉花往胸脯猛塞,而今有海绵做的义乳出现,前端还有一个小小突出的乳头,真是巧夺天工;扣到肋上,再裹以袒胸的上装,双乳如巨峰般上翘,其尖隐隐在望。有学问的男士找个机会假装无意中碰那么一下,软绵绵焉,紧绷绷焉,而将碰那么一下的爪或肘,反弹起来,其不余味绕梁,三天睡不着觉者,柏杨先生敢和你赌一块钱。

无论如何,双乳是只可乱看,而不可乱摸的圣地,等到臭男人一旦可以乱摸,和那位太太小姐的关系,便十分奥妙。仅仅接吻，尚有停止的机会，一旦进步到摸乳，一泻千里，轻则打官司，重则动刀子，就不可收拾，有戏可瞧的也。因之，还是看看为宜，看看不但不犯法，也颇为迎合女士的心意，她费那么大的劲束之兜之、尖之鼓之，就是为了教你看，且教你看了舒服；你假使根本不看，或者看啦跟没看一样，她势必非恨你入骨不可，一旦你被分尸，说不定她就是凶手。

一个女人有丰满的乳房，是上帝对她的特别恩典。其美何在乎，大概在于它可颤巍巍地在胸前耸着之故，真能把男人的魂都颤得出窍，都耸得出壳也。而最使男人要命之处还有二焉，一在乳腋之间，雪白的乳边隆起如坟。一在两乳之间，乳沟下降，不知延伸到何处。女人打扮得如此这般，年轻男人只好昏昏然过日子。

有一件事非常奇怪，百思不得其解，洋大人文学作品中，描写男女相爱到极处一律拥之吻之，中国人也渐渐学会这一套。可是，摸乳比接吻更性感，更能表示其不可开交，却没有描写。若说摸乳猥亵，则当初对接吻何尝不认为猥亵乎？看情形若洋大人文学中不写摸乳、不演摸乳，我们便再过三千年也摸不成，洋大人一旦摸起来，恐怕我们才能跟着摸。

柏杨先生老矣，对新文艺一无所知，愿以提供诸大作家参考，请垂鉴焉。

《列子》上有一个故事，说出来人人皆知。有一位画家在墙上画了一条龙，跟活的一样，惟妙惟肖，只是没有眼睛，有人问他为啥，答曰："不能画，一画便飞啦。"那人不信，画家就画上去，当最后一笔点上之后，只见它四足生云，蓦然间霹雳一声，墙倒屋塌，该龙竟真的腾空而去。世人惊叹之余，乃留下"传神写照,正在阿堵中"两句成语。

阿堵者,在此成语中,指的眼睛而言,尤其是指的眼睛那股劲而言。有眼无睛也不行,必须有眼有睛,而且更要有那股劲,龙才能破壁而飞;否则只好仍贴在墙上,任凭风吹雨打。呜呼,眼睛之重要,对一条不过是画在墙上的龙,尚且如此,对以爱美为天职的女人,则其分量不卜可知。世界上有麻美人焉(少少的白麻子适增其俏,据说杨玉环女士便有之;大而黑的麻,不在此限);有瘸美人焉(脚跛不碍其面貌姣好);有半截美人焉(有些太太小姐,玉腰以下,殊无可观)。但从没听说过有瞎美人焉,不特没有瞎美人,便是连戴眼镜的美人,也不多见。

盖眼镜之为物,意义有二,一是帮助视觉,一是摆阔,阔者,包括物质之阔与精神之阔。有些年轻小伙子,戴着金边眼镜,招摇过市,乃表示他有钱,我要没有钱,能戴金边眼镜乎?一旦向你伸手借贷,你就无法拒绝。同样有些中年人虽然顶多只会看看报,也弄一个眼镜戴之,以表示他有极高的道德和极高的学问,平常文质彬彬,若学者、若老板,太太小姐如果不慎被人摸一把,绝不会疑心是他。眼镜之妙有如此者,不可不察。

但眼镜用到女人身上,便大大有损于美。女士们道德学问,只有她的父母兄弟姐妹丈夫及子女才关心,其他男人则一点也不在乎;甚至恨不得天下所有的漂亮太太小姐都没有道德观念,越浪漫越好,以便我一勾即上。是以女人戴上眼镜,即令是十分人才,也成了九分人才。《列子》上那条龙,一定没有眼镜,否则绝飞不了那么快。

不过女人到了非戴眼镜不可时,只要选择得好,也有其迷人之处,最近流行的那种V字形状,便着实很媚。上帝造人,不知道当初是怎么搞的,竟把人的双眼造成水平一条线,如果他老人家稍微细心一点,使女人眼角再向上撩一丁丁点,则男人可能发疯——不过也可能上帝有好生之德,为了避免男人发疯,故意造成水平一条线。只是这一下麻烦可大啦,不管你什么理由,人们还是以眼角稍稍往上撩一丁丁点为美,唱京戏的小旦拼命把眼兜着,便是为的叫观众看了目不转睛,心荡魂移。而真正的人生,既不能天天兜起来,则只好买一个向上撩一丁丁点的眼镜戴之。

无声胜有声

中国五千年传统文化,虽然在女人的脚上、发上、嘴上、乳上,都被西洋文化击溃,一笔勾销。但在眼睛上,却仍保留着传统的一套。从盘古立天地,迄今二十世纪,都不稍衰。《诗经》上便兴致勃勃地赞曰:"美目盼兮",盼,那股劲儿之谓。当日耳曼民族正在罗马耍野蛮的时候,中国已被女人的美目"盼"得非写诗不可,自胜洋大人一筹。

眼睛要大,乃美的第一要义,再漂亮的面庞,再使人心跳的三围,配上一对小眼睛,便输了一半。若干年前,美国一位飞行员在海上孤独地漂流了三个月丧生,后来经人找到那尚未翻覆的橡皮艇,艇上有每天的日记,他唯一不忘的是他的"大眼睛",他在最后几天写给他的"大眼睛",告诉他爱她。呜呼,如果那位女孩子(该飞行员并未结婚,"大眼睛"乃其未婚妻)生着一对眯缝眼,若老鼠然,恐怕事情有点两样。君不见父母之抚摸孩子乎,昵曰:"乖儿子多可爱,多有趣呀,小鼻子、小耳朵、小手、小脚,一双大眼睛!"假使脱口而喊成"一对小眼睛",岂不十分扫兴。孩子有知,恐怕一定会提出强烈的抗议,否则的话,那孩子虽不丑不远矣。

东洋人和西洋人,基本上的差别,人类学者可举出很多,但柏杨先生则以为似乎主要的还在眼睛。西洋人的眼珠是黄的,目光好像显得有点涣散,和有点不太传神。有很多西崽朋友除了把头发烫黄外,还努力想把眼睛变黄。呜呼,黄种人而黄眼珠,恰恰是"青光瞎",色素构造,各有各的一套,勉强不得也。唯东方人差可告慰者,跟头发一样,黑眼珠也是显性,黄眼珠则为隐性,黑黄二眼珠的人结婚,生下的孩子依门德尔定律,黑眼珠的要占三分之二,这样下去,不出千载,天下无黄眼珠矣。

在摄影上可看出东西方人种不同之处,洋大人不管多丑,照出相片却美奂美轮。中国人则不然,很漂亮的女人,往往不上镜头,以若干当选的中国小姐为例,有些照片实在不敢恭维,如不指明她是谁,真是无人相信。而上镜头的,又往往长得没啥了不起,像有些电影明星,很多在银幕上明艳照人,对面一看,泰半失望,大呼"阿保桑"焉。何哉,这个问题只有眼睛可以解答。

不知道开天辟地时是怎么搞的,东方人的眼睛和双颊,平平如也,而且很多人还微微上凸,状若金鱼。三国时代张飞先生的豹头环眼,环眼者,大而突出的眼也,这类眼睛,东方多的是,读者先生不妨抬头看看贵同事和贵同学,或者到街上看看行人,便知如此这般。而突出也好,平平也好,即令再美,光学上的反射作用却不帮忙,使之硬不上相,照片往往比人逊色。西洋人的眼睛天生地下凹——从骨骼上可以了解,他的眼睛很深,眼珠不得不陷下去。而陷下去,又是光学的反射作用在作怪,拍出的照片,就漂亮得多,这真叫黄脸皮的太太小姐气掉银牙。无怪东方人信佛祖不信上帝,恨其当初偏心,为啥不教眼眶也凹一点儿。

东方人因为天生的眼睛和脸部平平如也,照起相来很难漂亮,于是有些靠灯光或靠照片吃饭的女人,如电影明星或话剧明星,不得不另生枝节,在眼睛周围,大涂其黑墨。涂黑墨有其科学原理在焉,眼圈一黑,便显得眼眶深邃,在灯光下看起来,或是拍起照来,眼睛就比原来大得多矣,这是一种错觉,利用错觉去产生美感,可见科学不但能救国,亦能救丑。

不过,一个女人如果连白天也涂上黑圈,不用打听,她非是"名女人"不可,天下最奇异的化妆莫过于之。有些半老徐娘,在光天化日之下涂着黑圈,心里便觉得不是味道,盖再好的化妆品都不如上帝的杰作,黑墨初涂上去,对镜细看,还不觉什么,可是过了半个小时,眼皮因不断眨上眨下之故,涂到上面的黑墨被眨得成了火车上的铁轨,一条一条地纷纷横裂,实在大煞风景。一个男人如果和这种女人为妻为友,恐怕真要叫苦连天。当然,玩玩则是例外,这又涉及"名女人"的问题矣,名女人之所以没有几个能找到理想归宿者在此,男人总是如此之"贱",和你风骚则可,如果明媒正娶,向别人介绍曰:"这是我的太太",那又是另一回事。

(柏杨先生按:事隔二十年,现在的窈窕淑女,闺秀名媛,也都涂上黑圈,前言隆重作废。)

有一次,柏杨先生参加一个宴会,对面是一位香港归国的电影明星。柏杨先生早已声明过,为了自尊,向不看中国电影,故不知其为谁何,但其睫毛却使我大吃一惊:它不但长,而且状如罗马帝国的仪队,其戟森森然地一齐向前猛翘。询之邻座,告曰:"那睫毛是假的,贴上去的也。"呜呼,我今年七十有五,只知有黑眼圈,不知有假睫毛,于今算真正开了眼界。俗曰"长到老学到老",洵不诬也。因知此中亦有丰富的哲学基础,不可等闲视之。西洋女人的睫毛无不长而翘,益增其美,东洋女人眼睛与脸部平,已是一大憾事,再加上睫毛短而直,便不可救药。

但是,上帝造人,有其细心之处。他老人家当初一定很忙,只顾得实用,忽略了审美,西洋人骨骼上眼眶下陷,眼珠自不得不跟着下陷,其睫毛也自然非长而翘不可,若也像东洋人的短而直,那就刺进了眼珠,弄成瞎子了也。

俗曰:"睫毛长,厉害王。"眼睫毛长的人脾气一定不好,有贬之之意。其实凡是有点才干的人,均多少有点性格,只有奴才脾气才软如面条,骂之则木然而受,打之则木然而挨。大官用人时,不妨看其睫毛,需其办事者,睫毛宜长;只不过作为弄臣,用之以来娱乐者,则睫毛愈短愈妙。这是柏杨先生最新发明,就在这里申请专利。

东方人眼睛的特征是平,在平之中,亦有大小之分。柏杨先生有一位韩国朋友,有一次,他嘲笑曰:"你们中国人嘴大。"我大怒曰:"你们韩国人眼小。"中国人嘴长得特大,自己从不觉得,不经外人提及,谁也不注意,经他一提,左看右看,果然觉得到处都是大嘴,要比日本人、越南人、韩国人都大,但韩国人眼小也是事实。我在韩国时便曾亲自观察,真的一律都是眯缝眼。不过,漂亮还是漂亮,有些韩国的太太小姐,眼小不但不损其美,而且更有其迷人之处。

人身上能说的器官,只有一个,就是嘴巴。耳朵会说话乎,曰不能。鼻孔会说话乎?曰不能。头发会说话乎?曰也不能。然而,眼睛却会说话。妙就妙在这里。

我们说眼睛会说话,不是说它真的能哇啦哇啦发表言论,而是从美学的观点论之,其冲力有时比嘴巴还要厉害。世界上只有眉目可以传情,其他东西则不能也。有些人的耳朵可以耸之使动,那有啥意义?说不定异性看见你耳朵抽筋,会落荒而逃。有些人的鼻孔像风箱一样,会张之鼓之,异性看啦,恐怕也将脚底抹油。乌丝千缕,随风飘荡,拂到男人鼻孔里,不但传不了情,恐怕还要连打喷嚏,被疑心患了伤风感冒。只有眼睛可以传情,她只要含情脉脉地向你一瞟就够啦。呜呼,有几个正人君子受得了也。从前战国时代有一位柳下惠先生,坐怀不乱;该事有点蹊跷,恐怕不是那么轻松简单,有暇时当另为文论之,因其太违反人性耳。不过,即令果如宣传所言,我想那女人一定是个瞎子,她如果用眼睛攻势,不要说柳下惠先生,便是再大的圣恩,和自以为为万世开太平的柏杨先生,都得溃不成军。

眼睛是没有声音的嘴巴,它能说没有声音的言语。嘴巴所能说的,它统统能说;而它能说的,嘴巴只能说其一半;无它,嘴巴只能老老实实地一个字一个字往外吐,又要考虑措辞,又要考虑音调,又要考虑地点。好比,众目睽睽之下,太太能向其丈夫猛叫"我爱你"乎?大庭广众之中,小姐能向其男友猛喊"昨晚那个吻真销魂"乎?但用眼睛去说则游刃有余。再拥挤的人群,再喧哗的场合,只要飞去一个不容误解的眼神,便等于千言万语。

"此时无声胜有声",有其定律性。一男一女,平常在一起说说笑笑,打打闹闹,有些甚至不拘形迹地你捏我一把,我搔你一下;看起来有点不妙,其实,说二人不庄重则可,说二人不妙则不可。一旦到了二人正颜相对,在公众场合上,若不相关,甚至理都不理,一切都靠眼睛,那才真正的不妙。男女之间一旦进入"无声"阶段,恐怕就是用老虎钳都难把他们拉开。

诗人形容美女的眼睛曰:"一顾倾人城,再顾倾人国",只有眼睛有此巨大威力,想一想原子弹核子弹,以及啥辐射尘,那算老几?洋大人提倡三围,再大的乳房能"一顾倾人城,再顾倾人国"哉?《西厢记》上张君瑞先生受不了的挑逗有二,一是莺莺小姐的脚,一是莺莺小姐的眼也。曲云:"若不是衬残红芳径软,怎显得步香尘底样儿浅,且休题眼角儿留情处,则这脚踪儿将心事传。"今日穿高跟鞋的玉足,能如此动人心弦欤?又云:"饿眼望将穿,馋口涎空咽,空着我透骨髓相思病染,怎当她那临去秋波一转。"呜呼,用不着开口讲话,只那临去时的秋波一转,多少英雄好汉,都被转得轰的一声,头都大啦,何况张君瑞先生一介书生哉。

明眸皓齿

眼睛不但会说话,而且还可以表达一个人的内心,人身上也只有眼睛能如此,其他器官谁都没有这种本领。孟轲先生曰:

"胸中正,则眸子瞭焉;胸中不正,则眸子眊焉。"瞭,明亮也;眊,昏暗也。明亮和昏暗的分别,在天候上最容易察觉,用到眼睛上更难得多矣。不过那只是技术问题,原则上固无错的也。一个人一旦倒霉,两眼必然无光,不但无光,而且也有点发呆。记得抗战时,柏杨先生老当益壮,在日本占领区打游击,有一次被朋友出卖,打了个落花流水;乃化装成一小贩,随一群卖私盐的车队逃走,因忧心如捣,一路上真是茶不思饭不想。一个同伴小贩猝然问曰:"客官,我看你像是中央军。"听后吓了一跳,他笑曰:"我可不是皇协军,你放一百八十个心。但你这模样准脱不掉,全队人马,都嬉皮笑脸,只你两眼发直,不是中央军是啥?"我这才恍然大悟,立刻作心中无事状,终于跑出封锁线。噫,眼睛乃一奇异的潜望镜,固可将外面的东西看个清楚,也可将里面的东西泄漏无余。

漂亮的太太小姐铁定的都是"明眸皓齿",眼明乃第一要义,诗人称之为"秋波",简直妙极,盖其必须水汪汪,才能发出光彩,才能发出照人光艳;若是枯干得像两粒来年的桂圆,恐怕什么风致都没有矣,太太小姐不可不知也。《老残游记》上王小玉说书登场那一段,精彩绝伦,她只用她的媚眼轻轻一瞟,台下便立刻鸦雀无声,使每个人都觉得她在看着自己。一个靠群众生活的小姑娘,有此一绝招,叫人击节三叹。

女人的眼睛宜大,宜明,宜水汪汪,宜双眼皮,有此四者,虽不赛天仙也差不多。但仅有"大""明""水汪汪""双眼皮",似乎还不太够。柏杨先生曾看到有些女人,美则美矣,慧则慧矣,可是那光耀照人的眸子却像飞机上的螺旋桨一样,不停而剧烈地在那里团团转动,不禁屁尿直流。这种女人盖属于绝物之类,避之为宜。不灵活的眸子固使一个女人看起来傻傻的,太灵活的眸子则使一个女人充分地显露其妖。柏杨先生积七十年的经验,有此发现,据实写出,以便读者先生展卷有益。

除了眼睛,女人身上还有一种更奇妙的东西,就是眼泪。

眼睛的力量固然大矣巨矣,不但可倾人之城,而且还可倾人之国,一个爬格子动物如果被一个漂亮女孩子含情脉脉地看了一眼,恐怕至少要摇头摆尾写十万字的爱情小说,和一千首爱情诗。如果换上一个武夫,说不定简直挑起一场大战。当初拿破仑先生在欧洲横冲直撞,别人以为他是为这个为那个,其实他只不过是为了他那美丽的娇妻约瑟芬女士。他写信给她曰,每当他想起她的大眼睛,他的仗就打得特别漂亮。

但眼泪的力量,则更为可观。太古时代,虞舜帝姚重华先生翘了辫子,他的两个妻子娥皇和女英,伤心痛哭,眼泪滴到竹子上,连竹子都起了斑点,这就是斑竹的由来,你说可惊不可惊也。上古时代,吴国灭楚,兵力强大,眼看就要吞为己有,幸有申包胥先生,此公赤手空拳,既没有枪,又没有笔,又没有奇计妙策,但他却有两行眼泪,到秦国一哭就是三天,哭得秦国上下,心烦意乱,不得不发兵为楚复国,你又说可惊不可惊也。

人皆曰眼泪是女人的秘密武器,非也。秘密武器者,必须秘密才算数,而现在哪一个人,包括五岁的男童在内,谁不知道她们这种武器的厉害乎?有一个孩子诘其母曰:"你不是说要爸爸给我买一辆单车乎?"妈妈笑曰:"我说过啦,但他不肯呀,他要你再等几个月再说。"孩子失望曰:"我知道你并没有为我尽力。"妈妈急曰:"我已尽了力呀。"孩子曰:"那么你为啥不像叫爸爸为你买皮大衣时,那样哭上一天一夜哩。"这孩子年龄虽小,学问却大。呜呼,女人之泪,谁能抵挡?

眼泪不但可以攻,而且还可以守。其攻也,无敌不摧;其守也,便是原子弹都爆不破。女人要买一件皮大衣,一哭便可得之。女人理屈,只要一哭,也可变成理直。这叫做眼泪逻辑,不可不知也。五胡乱华时汉赵皇帝刘聪先生的妻子靳皇后,美得不像话,可是却偏偏喜欢偷人。以皇后之尊,做出此等之事,简直有点糟,大臣陈元达先生乃奏了她一本。刘聪一看大怒,将奏章掷给她看,靳女士跪在他面前求情,刘聪不允,她只好自杀。想不到自杀之后,情势变卦,刘聪做梦都梦见她"一枝梨花春带雨",继而一想,俺老婆偷人与你陈元达他妈的何干,乃找个借口把他干掉。噫!天大的忠贞都抵不过女人的眼泪,本来是恨她入骨的,经她一哭,却变成了爱她入骨,这种逻辑,可惜陈元达先生不知,如他也有柏杨先生这么大的学问,一定不去那是非之地捅马蜂窝。

和刘聪先生有异曲同工之妙的,还有一男人焉,他的妻子也偷人不误,经他发觉,在从前时代,丈夫有权把红杏出墙的妻子砍掉玉头。无奈他乃文明之士,不肯用刀,只逼她上吊。该太太向其母求救,其母教她如此如此。当天晚上,她花枝招展向他求情,书上说,她的两行眼泪均匀而迅速地从大眼睛中滑出,若两行珍珠然,那老儿一见,一把抱起曰:"没有啥了不起,一顶绿帽子压不死人。"绿帽子在本质上是可以压死人的,而忽然竟压不死人,是眼泪使它浮起来,浮得轻轻如叶。

女人眼泪能改变形势,中外皆然,举一件洋大人之事,可触类旁通。美国有一对夫妇,其妻驾其夫刚买来的华贵汽车,撞到一堵墙上,撞了个一塌糊涂,向修理匠请教,问他能不能修理得和从前一样。修理匠曰:"恢复原状已不可能,但我有办法使你不挨丈夫的骂。"急问何法,修理匠曰:"你可把车子拖回家,明天清早,鼻涕一把泪一把和他大闹,问他怎么把车撞成这个样子。"盖这乃彻底的攻心战术,一个男人被这么一闹,其不嗫嚅然自动招认各种罪状者,未之有也。

所以,眼泪乃女人最原始的武器,亦为男人唯一无法抵抗的最厉害的武器,谁要不服气的话,是他没有碰上过;其劲如狂奔着的火车头,只要碰上,无不身摧骨折。《聊斋》上有一文,题目偶忘之矣,描写一忠贞仁孝分子,听见他的爸爸在对街被贼掳掠,勃然大怒,拔剑而起,看样子要露一手,结果被其妻拉之曰:"亲爱的,你要一死,奴将靠何人?"眼泪一淌,他一想对呀,立刻回转头来,闭关自守,亲爹都放到屁股之后。

天下事真怪,凡是有用场的东西,凡是能赚钱的东西,都有赝品,都有人伪造。名画有假,古董有假,钞票有假,眼泪既如此伟大,自然也有冒牌货。故事书上不是说过乎,有一个阔佬恋一个妓女,在妓院中一住就是经年,每逢说要走,她就泪如泉涌,婉转娇啼,感其至诚,不忍去也。可是有一天他忽然恍然大悟,她的眼泪来得何其快耶。乃用一点锅灰涂到手帕上,又说要走,该妓一听,急忙用手帕擦眼,手帕上有妙药焉,擦之自然落泪,想不到这次泪水中和着锅灰,阔佬明白是怎么回事,拂袖而去。那位弄巧反拙的名妓张皇失措,急回房洗净铅华,大概这次想到有钱的大爷要走,真的伤心起来,流下真正的眼泪。阔佬一看,心中一软,就又住下。据说此公后来床头金尽,被鸨妓联合阵线,乱棒打出,皆此一把眼泪之功。

怎么能在必要时一下子就流出真正的眼泪,可不简单,忠贞分子每以哭示忠贞,女人则每以哭示委屈,她们的眼泪闪电战术,使人甘拜下风。想当年,柏杨先生翩翩少年,向一位漂亮的女孩子表示相思之苦,曾努力压迫泪腺,并用拳以击之,希望泪如雨下,结果一滴也无,反而被她疑心我有偏头风,从此自知在政治上无前途,在风月场中也无前途也。

不过,任何力量都有其极限,无限制地使用,未有不自食恶果者。女人固可用眼泪把男人摆布得晕头涨脑,服服帖帖。但你如果动则用之,恐怕日久就会不对劲。盖妻子的眼泪,往往是丈夫的罪恶,当一个男人每一行动都惹女友或娇妻泪洒空庭,积久了恼羞成怒,恐怕非反叛不可。太太小姐,慎之慎之,莫辜负柏杨先生一番教诲。

倒悬葫芦

三围,乃最严重之物,中国人每曰:"我们中国女人向不讲三围。"这是典型的自欺欺人。谁说中国女人不讲三围乎?连柏杨夫人白发苍苍,穿的旗袍都是倒悬葫芦式,经常因一分之宽,或一分之瘦,跟裁缝店老板吵得口沫四溅,面目狰狞。阿巴桑尚且如此,年轻的女孩子不问可知。柏杨先生曾屡发牢骚,大骂世风日下,道德沦亡,结果也没有用,该倒悬葫芦,仍倒悬葫芦。

呜呼,胸欲其隆,腰欲其细,臀欲其肥,不仅是于今尤烈,而有其丰富的历史渊源。以细腰而论,便是自古皆然的,在这一点上,中国不愧为文明古国。前已言之,君不见希腊神话中诸美丽的塑像和画像乎,她们的容貌虽过得去(其实以中国人的眼光看,似乎也不见得高级),但其腰则实在没有一点曲线,臃肿得像一个水桶,于是柏杨先生颇为疑心那位为她掀起十三年大战,且屠杀一城的世界美女海伦女士,她的腰围恐怕准是直通而下,不见得会凹进去。如果生在现在,不要说没有男人肯为她洒热血而抛头颅,恐怕连希腊小姐都选不上。

就在洋大人对女人的腰围尚愚昧无知,搞不出啥花样时,中国却是先进之国,已发现这个玩意儿,固越细越美。和罗马皇帝尼禄先生同时代的韩非先生,在其大著《二柄》章中云:"楚灵王好细腰,而国中多饿人。"还有别的书中亦有同类记载,像《墨子》《管子》《楚策》均曾提出,且越来越厉害,说他阁下因爱细腰之故,宫女为了取媚,有的简直活活饿死。在美学史上,诚是最辉煌的一页,洋大人再了不起,都得对中国人脱帽致敬。

女人恐惧的东西甚多,如蛇如鼠,如没有衣服向其同伴炫耀等等,但最恐惧的,莫过于腰粗。这和美学有关,也和光学有关,弯曲而下,硬是比直通而下顺眼得多,细细的腰每使男人生出"搂一搂"的胡思乱想,粗如桶的腰则使男人万念俱灰矣。这是上帝赐给人类的特别心理,其他动物则没有焉,象先生追象小姐时,他不管她的腰细不细也,而女人的腰则非细不可,每见太太小姐进餐时只一口两口,实在使人恻然。有一次柏杨先生在宴席上,旁边坐了一位漂亮的小姐,腰细如蜂,乃使人昏迷之腰也。上菜之后,我因难得吃到油大,乃是来者不拒,可是她却自始至终,不过夹了三五筷子,一再劝她再吃一点,她坚称曰:"已经饱啦！"不禁大疑，便是麻雀的胃恐怕三五筷子都填不满，何况人乎？后来宴散，柏杨先生人老而心甚年轻，抢着为她穿大衣，在穿大衣时只听得该小姐肚子里传出咕噜噜一阵雷鸣，其声之大，连堂倌都听得见。此乃甚饥之象，大家相顾失色，主人尤其感到抱歉。但由此可以看出楚灵王的宫女，所以饿死之故。

在美学观点上，曲的总比直的悦目，古人云："文如看山不喜平"，看文章尚欲其曲，看山亦欲其曲，何况看女人的身段乎？故用力以束之，减食以饿之，都成为太太小姐们最重要的日常工作，这工作干起来比啥都吃力。唇不红，抹一下口红便可；乳不隆，弄个假的扣上便可；眉不细，剃之描之便可。虽不能说一劳永逸，至少一劳之后，几个小时或一天之内，不必再去担心。可是腰却完全是另外一回事，硬是得时时刻刻提心吊胆。朱柏庐先生治家格言中，指出居家必须时时防火，盖星星之火，可以燎原，一个扔到字纸篓里的香烟头，就可把一栋高楼巨厦烧得不成体统。同样道理，女人必须时时防胖，胖的意义，在太太小姐们讲起来，就是腰粗。跟防火一样，星星之肉，可以燎腰，说不定一块铜板大的肥肉，在肚子里发的热量，就能使脂肪大增，腰窝渐平。所以可敬的女士们不得不随时随地少吃少喝，苦遂在其中矣。柏杨先生顶头老板的夫人，有一天，降贵纡尊，驾临寒舍，老妻紧张万分，努力巴结，向邻居借得咖啡一撮，煮而献之。想不到该贵夫人喝了一口，问曰："有糖乎？"老妻赔笑曰："有有有。"贵夫人急曰："啊呀，我不能喝，糖的热量最大，喝了要发胖（她不说喝了腰粗，乃有修养之人也），换杯冷开水吧。"呜呼，一个女人陷于如此恐惧之境，惨不惨哉？因忆及一漫画焉，上面画着一个狗熊背着一个漂亮女人往山里走，那女人高兴得笑嘻嘻，后面两个傻男人伫立叹曰:"女人们为了一件皮大衣,啥事都做得出。"事实上是不是如此,有关女性尊严,未便置评,但我们可以把这话套起来曰:"女人为了美,啥事都做得出。"古之女人不惜把双脚弄残弄烂,以取悦男人;今之女人心甘情愿地一辈子陷于饥饿状态,其理都是一也。

女人的眼泪可以征服一切:慈母的眼泪有神圣的力量,情人的眼泪有暴君的力量,女儿的眼泪有挖心的力量,无一不所向无敌。但她们对自己的腰却毫无办法,除了饮食的威胁,还有生育的威胁,上帝造女人,在这方面可能是有点心狠手辣。虎魄女士生了两个孩子而其腰仍纤细如蜂,诚人杰也。书上对这个现象有解释曰:一半是她保养得好,一半是靠她的运气。有些天生的尤物,硬是得天独厚,可惜这种尤物大半都得靠自己保养。毛姆先生有一篇小说写他自己年轻时一件丢人砸锅的事。他阁下那时穷得响叮当,倾其所有积蓄,请一位如花似玉吃馆子,他以为她为了保持三围——其实也就是保持纤腰,一定不敢多吃。谁料到该雌竟然是一头饿猫,左来一碗,右来一盘,她一面吃,毛姆先生一面心跳如捣地暗中计算口袋里的钱。后来,毛姆先生说,上帝终于替他报了仇,五年后再见她时,她已圆圆得像一个脂肪球。

对女人的惩罚莫过于使她腰粗,跟女人有不共戴天之恨者,不妨在这上下点工夫,诱其吃之喝之,看她的腰一天比一天发达,那就够啦。

腰,可以说是一种人欲其细,天欲其粗的东西,好像上帝整天啥事也不干,坐在他的宝座上,只虎视眈眈地注视下界芸芸众生中女人的中间地带,动不动就教她们肥之粗之。一对婚姻美满的夫妇,如果再卜下一辈子的姻缘,差不多男的都恒愿为男,女的也都恒愿为女。然而女的仍有苦恼,此苦恼不是月经,也不是生育,而是腰围,假使有人能写"保单",保证其腰不粗,恐怕都要去当女人矣。呜呼,"杨柳小蛮腰"的身段,扭来扭去,婀娜多姿,不要说摸之搂之,就是在街头看看,心旷神怡之余,再去力疾从公,势必也事半功倍。

腰的两大威胁,前已言之,曰饮食,曰生育。君不见英国女皇伊丽莎白二世加冕典礼乎,万事俱备,无一不妥妥当当,偏偏她的腰不争气。盖以女皇的待遇,据我所知,总比台湾的公教人员要好,我们三年都难沾唇的牛奶鸡蛋,看样子她天天都有得吃;再加上已经生了两个孩子,她既没有虎魄女士那种天赋腰权,而肚子膨膨然,祖传下来加冕时一定要穿的那套蟒袍,就硬是穿不进去。无可奈何中,只好减食,几乎有三个月时间,只吃白开水和少量的橘子汁,以及一点面包。要是换了我这个穷措大,真是宁愿顿顿吃饱,干女皇不干女皇都无所谓也。

减食是使腰细的治本良法,于是,贪口福的女人有祸啦,上帝必使其腰发生巨变。除了减食,尚有治标之术,那就是以帛束之。《飘》那个电影上便有这个镜头,美丽的郝思嘉小姐一嫁、二嫁、三嫁,生了三个孩子之后,教她的嬷姆为她用白绫勒腰,怎么勒也勒不下去,急得她跳高,嬷姆满头大汗曰:"小姐,不行啦,纵把腰勒断,也勒不到当小姐时那模样啦。"这真是当女人的唯一悲哀,无怪法国女人,硬是不肯结婚,或是结了婚硬是不肯生育也。盖生育是毁灭女人纤腰最残酷的武器,太太小姐,以提高警觉为宜。

女人束腰,有很大的学问,傻男人们以为一定都是郝思嘉小姐的形式，其实那是美国南北战争时古老的干法；连武器都从彼时的铁铸古炮，进步到而今的原子弹核子弹，更何况区区一腰乎？腰本来不细，以帛束之，几层下来，跟原来的差不多矣。十年前有以弹簧束之者，弹簧，是客气话，其实是铁丝，不过细一点，外表美一点而已，其硬绷绷如故，好像造纸公司用钢条裹轧纸张一样，只听喀喀嚓嚓一声，勒了个结实。这几年则进步为尼龙的矣，勒上去之后，在外面一摸，好像啥也没有，而且因箍得太紧之故，且软软如棉，其妙真是难言得很也。赝品赝到如此程度，这世界上，当一个未婚男子，似乎也不太乐观。

闺房之私

文明有两种，一种曰男人文明，一种曰女人文明。西洋的男人文明洋枪洋炮，把中国男人打得头昏眼花，说来话长，姑且不论。西洋的女人文明也随着洋枪洋炮排山倒海而来，把中国女人所有的玩意儿，一古脑并吞，上自头发，中经乳房，下至双脚，稀里哗啦，全部大溃，便是八国联军把那个亡国之妖的那拉兰儿女士赶得乱跑，都没有如此之可观。幸而在这场大战中，有两件东西疾风知劲草，板荡识忠臣，为中国女人作起中流砥柱。其一为前已言之细腰，其二则为画眉焉。我们老祖宗在洋大人还茹毛饮血的时代，便懂得这一套。谦虚点说，起码我们中国也有自成体系的一套，不是硬生生地全部接受西洋女人的文化。

眉之为物,可以说实际没啥用场,生物学家说,眉生长在眼睛之上,是造物者一奇,用来专门保护眼睛,如遇流汗之时,流到眉毛那里,顺着眉毛便从眼角流下来。如没有眉毛,岂不一直流到眼睛里乎?这种解释出自有学问人之口,我们无话可说。不过如果这种逻辑可行,男人的胡子一定是保护两片嘴子,以免鼻涕流下时流到口里的矣,然而女人何以无之耶?鼻涕最多,最需要胡子以挡之的儿童又何以无之耶?何况真正大汗如雨时,眉毛并挡不住。

上帝造眉时是一种什么心情,没有原始文件可供考证,我想他阁下可能有意把洋大人的眼珠也染得黑一点,提笔手颤,一不小心,弄到眼眶子上面去啦,将错就错,致有今日这种结果。是以人身上的东西无一没有其伟大功能,连盲肠都有内分泌任务,过去那些土豹子医生一知半解,认为它算老几,割而掷之,免得它发炎时惹麻烦,这种砍掉头以免将来患头痛的作风,现在都懊悔不迭。

眉既无啥功能,则其生也,显然的专为漂亮而生。一个女人没有眉,好像一个对象没有阴影,使人越看越觉得不对劲,这不是习惯,而是建筑在性心理上的美学观点。我想造物者一定有高度的幽默感,《圣经》上曰,上帝有一次大发脾气,暴跳如雷,向人类诅咒曰:"你们必须汗流满面,才能糊口。"大概事后一想,何必如此小家子气,弄个小玩意儿叫他们娱乐娱乐,漂亮漂亮可也,就赐下了两条眉毛,以供女人画之,男人看之。

这里面只有一点难以解释,既赐给眉毛叫大家欣赏,为啥不爽爽快快毫无瑕疵乎?可能是为了使性心理有所发泄之故。汉王朝大官张敞先生画眉,被挑拨朋友向皇帝老爷打了个小报告,罪状是"无威仪",张敞先生曰:"闺房之私,有甚于画眉者。"这答话像一把利刃,直戳道学家的心窝。夫画画眉乃是乐事之一,为人生最大的享受,使得张敞先生有足够的勇气向皇帝老爷顶嘴。画眉若是一种苦刑,或是一种猥琐,恐怕他不敢如此理直气壮。

世界上圣崽最多之处,莫过于中国。这跟程颐先生以及朱熹先生有关,一脉相承,到了今天,仍未绝种。所以一提到"性",虽然他们照干不误,却硬是要表示花容失色,盖非如此不足以自我宣传也,当一个女人,最怕遇到这类朋友。南宋时候,名妓严蕊小姐便挨了这根闷棍,朱熹先生想要她,唐仲友先生也想要她,而她却爱上了唐仲友先生。朱熹先生立刻露出原形,小报告直抵皇帝老爷御座,把严小姐逮捕坐牢,打得皮破血流。这是典型的圣崽嘴脸,小民小心为妙。

于是,张敞先生为太太画了画眉,便几乎兴起大狱,可知他们的厉害,真是明察秋毫。其实女人身上,眉是最纯洁和最神圣的东西,漂亮的眉使人生出的是真正的美感,这美感和理论上的美感最为接近,不包括生理上的快感,也不包括经验上的欲感,而是净化到崇拜圣母一样的美感,女人的眉可以使一个暴躁的男人趋于平静,可以化一堆戾气为一团祥和。

女人们天生秀发十尺者有之,天生面如银盆者有之,天生三围恰到好处者有之,但天生眉如弯柳者,却硬是没有。于是描眉成了必修之学,最彻底的办法是先剃了个光,然后想怎么画就怎么画。不过毛发之为物,愈剃则愈长,愈拔则愈浓,刮掉之后,留下的是青青的一条痕迹,而且过了一下功夫,就又渐渐冒出。这种情形用来演戏拍电影当然无可奈何,如果用来在家庭中或社会上行之,为其夫或为其男友者,恐怕得常去精神病院检查一下身体,盖总有一天要被搞疯。

大部分太太小姐都是顺其自然的发展而涂之的,缺毛露肉之处填之补之,尾巴杂乱之处束之长之。于是,眉的花样多矣,有秀眉焉,有翠眉焉,有蛾眉焉,有浓眉焉,有黛眉焉,有柳眉焉,有浅眉焉,有新月眉焉,都是看起来非常舒服之眉也。而女人画眉时,运笔墨于眉毛之上,戳来戳去,其快如飞,可叹观止。

真正的乐趣似乎在男人之画。柏杨先生的官邸是一座公寓式的楼房,对窗一家,住着一对恩爱夫妇,两人都上班办公,每天早上,丈夫必为其夫人画眉,娇妻斜倚窗台,半仰其面,微闭其目,长发拂槛,臭男人弯腰低头,鼻尖几乎碰到鼻尖,战战兢兢,细抹细描。呜呼,我敢赌一块钱,人类中能享此艳福者,有几人耶?不过似乎也有些女人不描眉的,吾友虢国夫人好像便是如此,杜甫先生曰:"淡扫蛾眉朝至尊",有人谓杜甫先生替她吹牛;有人谓淡扫者,轻轻描一下,仍是要描的;唯据柏杨先生考察,她阁下似乎只用一种扫眉刷子,刷一下而已,盖她总得有点特别之处,否则李隆基先生绝不致如此如彼地神魂颠倒。

眉是神圣之物,绝无杂念存在其中,不过,做家长的却不可因此便小觑了它,一旦一个女孩子每天对镜描眉,那便是一个信号,她要恋爱了矣,你再以小女孩视之,是你该死。

女人真是一种有趣的动物,对自己的身体无一处不动手术。好好的头发,卷之烫之;好好的脚,缠之裹之;好好的腰,束之勒之;好好的乳,隆之鼓之;好好的脸,涂之抹之,用尽心思,使每一个细胞都不得平安。一个女人如果每天只在镜子前坐一个钟头,她的丈夫真是前辈子修下的福。这里有一则故事可供参考。

一个平庸的男人在结婚十五年后，忽然成了史学博士，当颁发证书之日，记者询问他读书之道，他曰："说穿啦也没啥，我和太太一块出门之前，她在闺房化妆，我就在客厅看点历史书。"十五年之久，竟看出一个专家，可见女人对化妆乃一种长期抗战也。我有一位朋友和某电影明星有一手，据他告知，电影明星出一趟门——或登台，或赴宴，那真要比重新塑一个人还要费工夫，从头搞到脚，再从脚搞到头，便是画，也画出来一个美女。

然而，女人身上只有一件东西，虽位居要冲，却从不修理，那就是她的鼻子。太太小姐如何独独放过鼻子，使它以本来面目与观众相见，其中有啥奥秘，我不知也，恐怕连太太小姐自己也说不出道理。大概看人家不在鼻子上玩花样，自己也只好不玩花样；也大概鼻子长得太单调，想不出什么花样好玩。只有非洲女同胞在鼻子上有创造性的贡献，跟穿耳环一样，在鼻子上也凿出一个洞，挂上铁制的鼻环。呜呼，谁说非洲同胞落后乎？对鼻子的装饰上，却遥遥领先。

人力既不能也不肯奈何鼻子，则鼻子的好坏，便只好完全靠老天爷。乳小可扣上一个义乳，腰粗可勒之使细，鼻大鼻小，或鼻歪鼻斜，硬是束手无策。而且最讨厌的是，鼻子恰巧长在门面正中，瞎眼和斜眼可以戴个墨镜遮一遮，劣鼻则不能挂块布挡一挡也。这是女人身上最弱的一环，全听上帝安排，毫无补救之道。女人如果没有一只漂亮鼻子，那真是天下最大的悲痛。柏杨夫人有一天坐公共汽车，见一女人，其鼻庞然，柏杨夫人站着而该女人坐着，却连该女人鼻孔中的鼻屎都看得清清楚楚，而且咻咻然像火车头一样在那里出气哩，不禁失色，归而告我，我大惊曰："阿巴桑，你不看看自己。"结果茶几都被踢翻。盖柏杨夫人的鼻子也不太高明,属肉鼻子型,两个鼻孔像驴鼻孔一样,一张一缩,至为精彩。生着这两种鼻子的人,是吉是凶,是祸是福,我不知道,但有一点我是知道的,起码在美学上,它站不住脚。

宁可牺牲耳朵

漂亮的女人生一只不相称的鼻子,所有的美便被破坏,蒜鼻头最容易被人认作商标。盖鼻这东西,跟神仙一样,疑心不得,你越疑心神仙不存在,神仙就越不存在。好好一位美人,如果有人忽然发起神经,指出她的鼻头如蒜,你就会看她的鼻头果然像一颗蒜,而世界上再也没有比蒜鼻头更使观众失望,好像巨炮的撞针一样,大无畏地指向男人,随时随地都可能把男人轰个粉身碎骨。

和蒜鼻头相反的,有塌鼻头焉。鼻头原来天生的要一枝独秀,向前突出。突出得太过分固然可怕如撞针,而根本不突出,也十分反常,使人闭气。这种鼻头,相书上谓之缩鼻,倒霉之鼻也。柏杨先生有一次在火车上看到一位小姐,其鼻尖与双颊几乎成为水平,好像送子娘娘跟她有仇,在她出生时,把她放在压轧机下压过,以致将鼻头压了进去。这种小姐,好像除非出国嫁华侨,或出国嫁心如火烧的留学生不可,如果待在国内,恐怕只好阴阳怪气一辈子。

幸好在这方面,是唯一可想办法挽救的一点,那就是有名的

"隆鼻术"。供应由需要而生,由那么多包治隆鼻的广告,可知塌鼻的不限于我所见的那一位非出国便嫁不出去的小姐。不过动这种手术实在不好受,钢刀从牙床往上硬切,像掀锅盖一样,掀起上唇上颊,然后用塑料把鼻子填高。好在女人为了美,啥心狠手辣的事都做得出,开刀不过小焉者耳。问题是,填隆的鼻子总免不了出毛病,不是有一天那块塑料和肌肉接触处忽然发了炎,就是有一天起了鬼才知道什么化学作用,弄得脓血直流,痛疼难忍,恨不得跳井。或者有一天那块塑料忽然脱了槽,使得鼻子模样大变,连门都不敢出。我有一位如花似玉的侄孙女,一天用被子蒙着头去求医,初以为她害天花,谁晓得她竟是害的鼻子塌也。

真正的漂亮鼻子是直三角形,杜甫先生诗曰:"高帝子孙尽隆准"。以隆准为美,自古皆然,可上溯汉唐,否则杜甫先生的诗岂不成了"高帝子孙尽塌鼻"乎?这是古文学唯一对鼻头赞扬之词,其他作品中,还似乎没有。鼻子不但要"隆",而鼻子上的皮肤也应该要细,尤以鼻头两侧的皮肤,每每毛孔特粗,星星斑斑,难以入目。从前皇帝老爷选妃选嫔选宫女,第一关要检查的便是先瞧瞧鼻头两侧的皮肤粗细如何。太太小姐对镜时如果多注意及此,给人的美感,才能完整无缺。

鼻子的功用当然是呼吸,但对于女人却另有一件,那就是必要时掩之以示不屑。从前楚怀王宠一美女,大老婆郑袖女士吃醋,心生一计,告美女曰:"大王爱你当然爱你,美中不足的是,他嫌你有点口臭。"美女大忧,郑女士乃教之曰:"你再见他时,不妨用手帕掩住嘴。"美女一想对呀,再三拜谢。可是楚怀王却觉得不对劲,向郑袖女士打听缘故,郑袖女士乃小报告曰:"她嫌你老人家有口臭,在那里掩鼻哩。"楚怀王七窍生烟,砍掉美人的玉头。

呜呼,掩鼻所给人的侮辱大矣哉。我有一友,其女友见他即行掩鼻,我就警告他赶快撤退,他嫌我书生之见,结果垮了下来,人财两空。盖女人一经掩鼻,便表示从心窝对你厌恶,你口臭不口臭没有关系,反正她是嫌你口臭啦,学理上有此定律,不服气不行也。

女人们对自己的玉体,虐待备至,好像一个野蛮民族对其血海深仇的敌人一样,为了达到美的目的,用尽所可以想得到的酷刑,整之搞之,死而后已。其中以双脚所受,最为可观,中国人在这方面所表现的传统文化,也最为彻底,真正做到"削足适履"的标准,为了娇小,不在工具——鞋上动脑筋,却硬把脚弄了个稀烂,使人吃惊。洋大人之国则比较高级,发明了高跟鞋,虽有长鸡眼之危,幸而此危并不普遍。而且即令人人长鸡眼,鸡眼的痛苦和缠脚的痛苦比较,犹如针尖戳一下和在屁股上责打一百大板的比较一样,差得太大。

除了双脚,女人身上第二个受苦之处,似不是胸,亦不是腰,而是耳朵焉。胸腰二者,普通人或以义乳隆之,或以布帛束之,均可避免刀光血影。唯有耳朵,可以说是女人身上最不受注意之处,却不得不为美而流血,诚可哀也。盖耳朵之为物,实在没啥了不起,上帝造人,包括盲肠在内,什么东西都不可或缺,柏杨先生已言之甚详。唯有耳朵,在女人身上似乎有亦可,没有亦可。有一位漂亮小姐,秀发沿双鬓披肩而下,随娇步而颤动,顺清风而兴波,使人看了忍不住还想再看。一次她兴奋过度,仰面大笑,我才赫然发现她的一只耳朵没有了焉,原来幼时被树枝所伤,化脓溃烂,不可遏止,谨遵医嘱,索性干掉,垂二十年矣,那一天她如果不大笑,仍无人知之也。

假使上帝叫女人必须指定割让其五官四肢中的一个,我想她宁可牺牲耳朵,其不重要的情形,实在令人酸鼻。你阁下见有几本书和几篇文章上,形容耳朵的乎?古之美人,曰脸如何,曰眉如何;今之美人,曰三围如何,曰眼睛如何,从没有一个家伙提到耳朵如何的,鼻子还偶尔有人咏之,只耳朵如老处女,冷冷清清,无人理睬。

女人并不因为它不重要而放过它,从前流行穿耳洞,在厚厚的全是脂肪的耳垂上,用针硬通一洞,以挂耳环。通一个洞的手术,不是人人可以行之的,多半出于年纪稍大,而又下得狠心的妇人之手。清末穿耳之风最盛,彼时我见到的多矣,先把小女孩像牵猪一样牵过来,用糖一块哄她不哭,然后向她晓以大义——穿了便漂亮啦,长大了易寻婆家啦,犹如现代学堂里的精神训话,把小女孩训得晕头晕脑,狠女人就用两粒黄豆或绿豆,一边一粒,用手捻之,为了防小女孩再闹,一面捻一面训,捻到皮很薄很薄时,用带线的针猛的一戳,小女孩哎哟一声,已通了过去矣。然后将线结成一个圆环,涂上麻油,典礼乃告完成。等过了一月半月,取下棉线,俨然一个洞,就可随意往上乱挂。

穿耳之术,写起来虽不过三言五语,但真正干起来,却大有危机埋伏其中。盖穿得好啦固好,穿得不好,细菌随着针线或随着麻油浸入伤口,不出三天,有脓出焉,有血出焉;耳垂肿大如杯,一声咳嗽都会震得疼痛难忍,如果不小心碰了一下,包管粉泪如雨。中国五千年传统文化既然有如此后患,洋大人的那一套一进口遂被全部征服。洋大人者,肯用脑筋之人也,他们闲来无事,不知打打麻将,造造谣言,而硬是乱发明东西,大焉者发明氢弹、汽车、电灯泡;小焉者发明义乳、高跟鞋和不穿孔仍可照戴不误的耳环,此皆中国圣人所努力斥之为"以悦妇人"的"奇技淫巧"。由此我们可以看出中国圣人的特征,中国圣人所有的教训都是教人安于现状,甘于贫苦的,任何认真的思考,都属大逆不道。

无论如何,作一个中国女人,对洋大人应该由衷感谢,要不是洋文化所向无敌地打进来,她们今天还得用小脚在街上拧来拧去哩。至于穿耳之苦,更不能免,而洋大人发明的不穿耳而仍可戴之耳环,真是了不起的贡献,只要轻轻按弹簧便可,奇妙至极。不过,说到这里,柏杨先生又要叹气,环顾宇寰,发现最近女人们的耳朵,好像有点努力复古,似乎又流行起穿耳孔来矣。有一天我走到摊子上研究一下,不穿孔的耳环占三分之二,穿孔的耳环竟占三分之一,不禁大骇。卖耳环女人告曰:"现在小姐们又走回头路啦,以耳朵上穿洞为荣啦。"怪不得邻居那些正在读大学堂的女生,前天咭咭呱呱前来向我借敖尔买训药膏,原来现在穿耳孔用的棉线不再抹麻油,而改抹洋大人的药膏啦。

穿孔是一种武功,穿孔的太太小姐无不骄傲其耳孔,每每向其他女人诉苦曰:"穿的时候好痛,早知道宁可不穿。"盖她希望天下女人只她一人有耳孔也。除穿耳孔之外,还有耳环的花样,柏杨先生有两点发现,一是,女人的衣服没有两人是一样的;另一是,女人的耳环也没有两人是一样的。衣服各人做各人,有的把扣子开到前面,有的把扣子开到背后(当初发明把扣子开到背后的那个家伙非进天堂不可),有的多上一折,有的少上一条,不相同还可以解释。而耳环则属大量制造,何以便不同欤?

有圆的耳环焉,有方的耳环焉,有白的耳环焉,有红的耳环焉,有在灯光下闪闪发亮的耳环焉,有大得几乎可以碰到肩膀的耳环焉,有小得像米粒刚刚把耳孔堵住的耳环焉,有叮叮当当作响的耳环焉,有淡泊明志闷不吭声的耳环焉,有一见便心跳的耳环焉,有一见便恶心的耳环焉。种类繁多,不及备载。

耳朵的灾难

西洋人曰:发明火的人,是大智慧的人。其实,发明往女人耳朵上挂东西的人,更是大智慧的人。那位先生真了不起,试想人身上还有别处能挂得住东西耶?只有耳朵,似乎专门为挂东西而生。女人之妙,于此又得一证明,对自己身上一草一木,一丘一壑,都加利用,能隆者隆之,能束者束之,能描者描之,能挂者挂之,真是人尽其才,地尽其利,物尽其用。

耳环何时才有,历史家没有考证,未便瞎说,但总跟古代抢婚之风有关。呜呼,古时的男人真有福气,看上一位漂亮小姐,用不着介绍,用不着恋爱,也用不着请她看电影跳舞,更用不着辛辛苦苦写情书,亦用不着天天担心她去美国。只要拿刀拿枪,呼啸而去,捉将过来,像我们现在穿鼻拴牛一样,用铁环穿耳锁之,她便一百个不愿意,都逃不出手心。惜哉,到了后来,男人地位渐渐没落,女人不但没有被抢被拴的危险,反而把男人踩到脚下。但为了表示她的娇弱温柔,仍照旧弄个玩意儿戴之,使男人悠然怀古,以便死心塌地地被踩。

女人在其俊俏的脸蛋两旁,戴上耳环,戴得得法,能使男人忽冬一声,昏倒在地。《长恨歌》上曰:"云鬓花颜金步摇,芙蓉帐暖度春宵,春宵苦短日高起,从此君王不早朝。"步摇者,耳环也,等于现在的"车站",将动词当名词用。杨玉环女士真有一手,沐浴既罢,赤条条的立刻就上了牙床,一丝不挂,玉体横陈,只戴着勾魂魄的一副耳环。此情此景,使李老儿的头轰然而鸣,连早朝都懒得主持啦,你说耳环的力量大不大也。

戴耳环乃是一门极大学问,杨玉环女士在这方面,恐怕一定受过特殊训练,否则不致把李老儿搞得国破家亡。不过,耳环永远只是一个配角,脸蛋才是主角。圆圆的脸蛋,如杨女士那么丰满("丰满",意即肥胖,可是你如果对小姐太太曰"你肥啦""你胖啦",后果堪虞。如你曰:"你丰满啦"她准又笑又乐),圆圆的脸,宜戴长形耳环——不长,它能"摇"乎,它能把唐朝江山摇垮乎?长长的脸,如赵飞燕女士,宜短型耳环,否则圆脸短耳环,岂不衬得横过来,长脸长耳环,也岂不衬得越发其长乎?不过天下事也很难说,尤以女人的化妆为然,也有圆脸短耳环,长脸长耳环,看起来十分美者,盖耳环是配角,单独好不起来,亦单独坏不起来也。

听说洋大人之国最近又有新发明出笼,耳环中装着豆粒大电池,可发十分之一度粉红色温柔的光焉,在黑暗中能隐约看出太太小姐的粉颊。将来舞会也好,情人约会也好,不需要灯火,亦不必暗中摸索,就可把她阁下半推半就的模样摄入眼帘。增加情调,莫此为甚,特隆重推荐于此,以便后生小子,有志淑女,急起直追,盍兴乎来。

昨天下午,接到台北余淑英女士一信,对穿耳之学,有所阐明,身受身感,比作为一个男人的柏杨先生,刻骨镂心得多矣。介绍于后,以供国人垂鉴。

余女士曰:"在我记忆中,大约五六岁的时候,母亲请外祖母来替我们姐妹穿耳。在大人软欺硬吓之下,先把耳朵搓得热热的,然后用冰冷而尖锐的针猛地刺进,像刺到心上一样,痛得大声哭叫,想逃又被大人紧紧地连手带头抱住,简直无法挣扎。停会儿第二针又穿进另一只耳朵,比上次更痛,哭没有用,逃又逃不走。我的妹妹倒是逃了,还是被抓回来强制执行。然后一根线穿到耳孔,慢慢的伤口收缩,变成一个小洞,再戴上一副小金耳环,俗不可耐。"

穿耳经过,大致如此,问题是五六岁的小女孩有些还在吃奶哩,根本不知美为何物,所以乱叫乱闹。如果是十七八岁大姑娘,便是痛死都会认账。然穿孔之后,一定要戴金耳环,盖据有学问之人言,戴其他金属的耳环,如铁环铜环,往往使伤口三五个月都不痊愈,或者是虽痊愈矣,却把耳环也长到上面,使人哭笑交加。余女士的令媛现在不是也穿了耳孔乎,务请严重参考。

余女士又曰:"在学校里受尽同学的讥嘲:'乡下人上课戴耳环!'后来上中学,因学校规定不准戴,因之一直到现在,我始终不戴耳环,但是此疤在耳朵上不能消失,像在我心上不能消失一样。"

"时尚"的力量,真是大矣巨矣,而且也有点莫名其妙,我想余女士年纪不大,而又偏偏碰上那个不准戴耳环的"美的反动时代",可谓运气不佳。君不见现在又流行戴耳环了乎?几乎无人不戴,连幼儿园的小学生,都被穿得血流如注。说到此处,真是时代不同,现在女孩子们进步得多了矣,我的邻居有一个小女儿焉,年约六岁,在幼儿园读大班,其家长于上月特地请了一个硬心肠的女人穿之,我在侧考察,不觉心惊肉战,以为她定要大哭一场,却料不到该小女孩乖乖的像嘴里含着巧克力糖,一针下去,不但不哭,面部反而严肃得跟正在加冕的女王一样,连哎哟都没有。后来一不小心,竟然化脓,但迄今为止,她仍哼都未哼一声。噫,你说这年头怪不怪哉。从前女孩,要到十七八岁才知打扮,而今女孩,会说话便知打扮矣。余女士如果有兴趣,不妨到左邻右舍察访察访,准吓一跳。

其实,我想根本用不着左邻右舍察访,仅只在令嫒身上,便可有惊人发现。

余淑英女士又曰:

"事隔三十年,我的大女儿,她就读铭传女子商业专科学校,她问我:'妈妈,同学们都穿耳洞,戴耳环,请你也替我穿吧。妈妈,台北市最流行的玩意儿呢,你不是也穿过吗?'我不觉呆了。"

余女士之所以发呆,是由于没有学问之故,假如有柏杨先生的学问,恐怕连眼皮都不抬一抬。盖女孩子为了美,不要说穿耳孔,更可怕的怪事都敢去干。其中有道理乎?当然有道理焉,那就是令嫒那一句"最流行"三字;人家都穿耳,我也穿之;人家都描眉,我也描之;人家都缠足,我也缠之,彻头彻尾一窝蜂。西藏有一种牦牛,凶猛蛮横,连老虎都不怕,每逢外出,成百成千,成群结队,由一老牦牛领导。它东,则众牛东之;它西,则众牛西之,从没有一个家伙问问底细的,一旦它失足栽下悬崖,全体也都照栽不误,你说它们可怜乎?它们还说女人可怜,盖女人对美的盲目,比群牛对老牦的盲目更甚。

余女士接着曰:"我想阻止她,没有成功,偷偷叫别人(花钱上所谓美容院)去穿。结果耳朵发炎,烂了快两个月,耳朵洞因此也塞满。我想她一定因此罢休,我的天,谁知道她一天返家,把头发盖在耳朵上,我觉得很奇怪,仔细一看,原来又有线穿着,的确伟大。"

其实在自残运动中,穿个耳孔算啥。柏杨先生年轻时,正逢载湉皇帝坐龙廷,有些太太小姐们为了使脚更小,竟亲自动手用碎磁盘在自己的脚趾脚心上猛割,一面猛割一面哀号,一面哀号而仍一面猛割,家人邻居围观,啧啧赞叹之声,可闻十里。盖痛苦不过一时,可夸耀者终身也。辛弃疾先生有《念奴娇》词曰:"闻道绮陌东头,行人曾见,帘底纤纤月。"山西大同一带,每逢新年,有小脚展览会,家家在大门悬挂布帘,妇女坐在布帘之内,在布帘底下露出她那已腐烂成肉干的"纤纤月"臭脚。称之为"纤纤月"者,因骨折之故,非弯如月、弯如弓不可也。由男人评为"金莲",评为"盈握",比现在在耳朵上穿个洞,更不可一世。

余女士最后曰:"我每天下班的时候,一定要经过博爱路一带,首饰摊林立,顾主穿梭不绝。我曾看见一位太太,年纪比我大得多,也照样站在首饰摊边,被卖首饰的小姐,拧着耳朵,用手搓着,然后用针穿进去,待完毕后,老人家勉强扮着笑脸对围着的人说:'一些不痛,一些也不痛!'真的吗?她自己知道,我也知道。我也曾看见一个妇人带了两个女孩子,大概五六岁的样子,也替她们强制执行。"

上了年纪的人硬赶时髦,为了爱美而发疯,谓之"老来俏",柏杨夫人虽然高龄,同样有这种毛病,上个月也穿了耳孔,不足怪也。盖穿耳孔不比奇装异服和抹脂涂粉,只增其美,不增其丑。

最后,特别介绍电影明星沙沙嘉宝女士一句话,她曰:"年轻的太太要有诱惑其丈夫之术。"这术是啥?沙小姐曰:"我每天晚上上床,都是一丝不挂,而只戴耳环。"呜呼,她真是杨玉环女士的忠实信徒,对一个妻子而言,穿啥戴啥,无不碍手碍脚,只有耳环例外,灯下看美人,越看越美,此中有了不起的学问,不可言传。

吻颈之交

脖子在人身上的地位,实在可怜至极,一个穷凶极恶的人,无论其心多么坏,其手多么辣,结果受害的准是脖子。自己走投无路,必须自缢时,从没有用麻绳往脚上套、手上套,而都是往脖子上套的。一旦被官府捉住,判以死刑,喀嚓一声,也是脖子倒霉。或者像美国殖民时期那样动不动就"问吊",问吊者,拴住脖子吊到树上之谓也,脖子也是首当其冲。

脖子对女人的功用,似乎较对男人的功用为大。盖男人上吊,不过是许多自杀的方法之一,而女人恐怕是最佳的一着。历史上是不是有这一类的统计,我不知道,但据"自由心证"估计,女人自杀,好像以上吊为最多。跳井的、吞金的(《红楼梦》的尤二姐便是吞金而亡,惜哉,那一锭金子),总占少数,且不普遍,盖有些地方无井可跳,有些人无金可吞,有金还不上吊哩。现在文明进步,女人一时想不开,有知识的多服安眠药,无知识的多服巴拉松,脖子总算有得救的一天,否则,只脖子一处担当其苦,天下不公平之事,无逾于此。

颈之为用,除供被砍、被绞和自动自发的上吊之外,长在女人身上,还可作撒娇之用。从前男人最怕女人"一哭二闹三上吊",太太小姐要买皮大衣,或是要去美国耶稣出生地朝圣(谁要说耶稣的出生地在以色列伯利恒,谁的智慧便有问题),你要不肯,第一步粉泪如雨,继则找你的尊长,访你的长官,闹得你心中轰轰然,最后再去买条麻绳,扬言不活啦。呜呼,她们要没有脖子,不知道这最后一着是啥。

脖子对女人既负有如此重责大任,则把它打扮打扮,自属理所当然,这就要看各人的先天造化矣。有些太太小姐的脖子,其白如玉,名副其实的"玉颈"。有些太太小姐的面貌虽然很白,可是,脖子以下,却黑得要命,此乃属于"猫洗脸"之类,洗脸时只洗"脸",耳根后和脖子上,都管他娘也。有些太太小姐的脖子和其脸同样焦黑,看起来使人扫兴。但更扫兴的却是有些太太小姐短而粗的脖子焉,看了恨不得抓住她的脑袋硬往上拔一拔。真正漂亮的玉颈,是白而长,长而细的颈也。

跟鼻子一样,诗人似乎也没有咏脖子的,大概脖子长得比鼻子还要单调,左看右看,看不出啥哲学,勾不起啥灵感,无法落笔之故。其实脖子的学问也颇大,即以接吻而论,脖子便是了不起的里程碑,而且比嘴唇更性感。男女青年接吻,在我们这个社会,固然叫老头两眼发直,但在洋大人之国,接吻和握手一样的普遍,稀松平常,已不能表达爱情。而表达爱情之吻,则全靠脖子。到了相当时候,男的吻了女孩子的玉颈,而女孩子也准许他吻其玉颈,里面就大有文章啦。

脚可缠之,耳可穿之,唇可涂之,脖子则玩些啥花样哉?既无法缠,又无法穿,光光如柱,束手无策。粗心大意的人准以为这一下太太小姐可以休矣,却想不到她们照样的一点都不肯放松。用到其他方面的手术,限于形态,固无法施展,于是,不知道是哪一个缺德的家伙竟发明了项链之物,这一发明,把女人发明得如醉如痴,把男人发明得要疯要狂。

女人在其雪白的玉颈上戴上一条恰到好处的项链,本有九分美的,则增为十分美,本是十分丑的,则减为七分丑六分丑矣。项链跟耳环一样,大概都属于想当年抢婚制度流传下来的余孽,柏杨先生每一想起男人竟可以把漂亮小姐锁住脖子锁到床头上,便乐不可支。可能抢婚之初,锁新娘脖子的一定是光秃秃的铁链;等到后来,怜香惜玉,可能用布包着,以免擦伤玉肌;演变下来,乃到了今天这个局面——竟用起黄金的和钻石的。大错全由男人铸成,小不忍则受大苦者也。

莫泊桑先生有一篇小说,名《项链》,家喻户晓的杰作,说的是一对年轻夫妇去参加宴会,硬要摆阔,玉颈上没有项链岂不寒酸,乃向有钱的家伙借得一条钻石的戴之。不知怎么搞的,竟弄丢啦,二人像牛马一样工作了二十年才还清,想不到还清之后才发现,当初的那条项链,竟是假的,你说糟不糟乎。

呜呼,这当然是小说,而且充满了禁不起研究的漏洞,但不影响项链的伟大,盖太太小姐们逛街,最发生"挂钩"作用的,莫过于项链。大衣固有吸引力,其他首饰亦固有吸引力,然而都没有项链精彩。女人们正在走路,突然像被钩子挂住似的挂在玻璃窗外，里面准摆着项链。此时也，粉脸变化多矣，忽青焉，忽红焉，忽眉飞色舞焉，忽愁眉苦脸焉，忽不知不觉摸自己的脖子焉。胆小的或钱少的，怪状百出之后，依依不舍而去。胆大的或钱多的，则昂然而进，叫店员拿出，战战兢兢，戴到玉颈之上，就好像抽筋一样，弯腰弯背，站在镜子面前，其颈则向左伸之，向右伸之，其目则往左盼之，往右盼之，神驰魂飞之状，旁边无论是丈夫或是男朋友，若不赶紧掏出血汗之钱，面不改色地立刻买下，则虽碎尸万段，都不能赎罪于万一。

戴项链并不简单（本来，女人化妆之事，无一简单），柏杨先生亲眼看见一位小姐，仅戴项链，便戴了三十分钟，盖不仅花样要恰当，色泽也要恰当，衣服是蓝的焉，高跟鞋是蓝的焉，耳环是蓝的焉，假使项链这时也是蓝的颜色，你说土不土吧。问题就又回来啦，太太小姐为了不土，就势得一件衣服一件项链，而且钱值得越多越好，一个戴钻石项链的女人是天下最骄傲的女人，据说一旦戴上，仪态就自然的万方，走起路来，腰杆笔直——似乎是项链可治驼背之病。

项链不但使得脖子更美，而且还使太太小姐特别显得雍容华贵——太太则像皇后，小姐则像公主。几乎所有的项链都会发亮，在阳光月光或灯光之下，闪闪烁烁，连她们自己都意乱情迷。尤其是到了夏天，双乳以上，颈项以下之处，平滑如镜，丰润如脂，一条项链恰恰垂到乳沟上端，真不知作这种打扮的太太小姐，是何居心，简直专门和男人过不去。

有一个牧师在一个宴会上，遇见一位漂亮的小姐，该小姐戴了一条项链，项链上挂着一个金质的小小飞机，垂到胸前——即上文说的乳沟上端。牧师看了又看，汗出如浆。该小姐问曰：

"怎么,你喜欢我的小飞机呀?"牧师喘曰:"非也,我喜欢那飞机场。"连牧师都成了那个样子,则芸芸众生,都是凡夫俗子,你要他不心跳,可乎?

女人胸脯的面积比男人要小,因女人的胸脯去掉双乳,便所剩无几,但这所剩无几之处,却有其可观的魅力在焉,不但可停金质的小飞机,且可停男人冒火的眼。在这方面,又是洋大人的文明高过一切。有一个小孩子参加宴会回来,其母询之曰:"谁坐在你对面?"答曰:"劳伯森夫人。"询曰:"她穿的啥衣服?"小孩子想了半天,答曰:"不知道。"其母曰:"怎么会不知道?"小孩子急曰:"我没有往桌子底下看呀。"盖双乳以上,除了项链,啥都没有。我国女人在别处固拼命追赶,独在露胸上畏缩不前,偶尔也有干那么一票的,但总没有洋女人那样胆大包天。大概中国男人的心脏都不太好,恐怕他们受不了,因而慈悲为怀之故。

女人脖子,除了上吊和戴项链外,还有第三种用处,那就是擦香水焉。这学问就更大。柏杨先生原以为,十块钱买上两瓶花露水,往身上乱洒一通,便功德圆满,不料长到老学到老,真正了不起的香水,其价钱之昂,能吓死人,岂可乱洒乎?且香水的名堂和花样之多,即令写一百本巨著都写不完,因时因地因人而制宜,不能胡搞。有一闻便热情如火的香水焉,有一闻便柔情如水的香水焉,有一闻便非谈情说爱的香水焉,有一闻便棒子都打不走的香水焉,有参加宴会时用的香水焉,有乘飞机时用的香水焉,有去借钱求职时用的香水焉。而这些香水,擦到哪里乎?曰:擦到脖子上,只用纤纤玉指,沾上一星,在耳之后、颈之上,轻轻一点,便异香终日,受用无穷。常见有些太太小姐,东也抹之,西也抹之,那是猪八戒吃人参果的办法,太淡固不发生作用,太浓反而能把男人轰跑。

脖子的功用也就在此，不管男人吻你何处，总距之不远。

提袜故伸大腿

在谈女人的"颈"之后，现在可以谈女人的"胫"矣。胫，小腿是也。为了方便，我们不如索性连大腿带膝盖，全体一同，统统研究研究，以节篇幅，而开茅塞。

上帝在天上如果举办一项"腿意"测验，柏杨先生愿出一块钱打赌，恐怕都愿生到中国女人身上，或退而求其次地生到西洋女人身上，恐怕没有一个肯生到日本女人身上。想当年女人装束，采取的是掩盖主义，中外皆然，阿拉伯国家更甚，不但衣服穿得一层一层又一层，而且还用一块纱布或粗布之类的东西，没头没脑地裹住，可谓严密至极，再漂亮再风骚的太太小姐，到了阿拉伯便等于渊盖苏文遇见了薛仁贵，虽有九把柳叶飞刀，也施展不开。除了阿拉伯，穿着之多，还有日本和中国，日本一直到今天都仍以和服为主，而中国则随着西洋文明，起了变化，这一变化之巨，惊天地而泣鬼神，前无古人，后无来者，彻彻底底地大翻其身。

前已言之矣，在露胸上，中国女人不知道怎么搞的，胆小乎耶？抑脸皮薄乎耶？或是长鸡胸的朋友太多乎耶？反正不知道因为啥，畏畏缩缩，毫不痛快，看起来不但比洋女人的道德高，亦比洋女人的格调高也。然而问题也就发生在这里,中国女人虽不堂而皇之地大露其胸,却硬是堂而皇之地大露其腿焉,而且露得一塌糊涂,淋漓尽致,全世界都要响起警钟。就美感论之也好,就性感论之也好,较之西洋女人之露胸,更为左道旁门。但在效果上,则二者却有同样奥妙,一律的逼得男人连气都出不来。

露胸最大的诱惑在乳沟,露腿最大的诱惑则在旗袍开衩之处。中国人见了西洋女人赤裸裸的前胸,无不老眼昏花,头轰的一声猛叫。西洋人见了中国女人旗袍开衩处的大腿,也会口干舌燥,眼花缭乱,连呼"王豆腐",坐卧都不能安。然而研究起来,我们这一套的力量似乎较西洋人大得多矣。关于洋女人的胸硬往下露,中国女人的腿硬往上露,这门学问,柏杨先生在台北《自立晚报》上,曾有言论,掷地有金石之声,读者先生不妨拜读一下,便知其中奥秘。盖这种拼命往外露大腿之风,是中国五千年传统文化到了今天唯一可跟洋人抗衡的东西。试想一想,除了在开衩处隐隐现出的丰满的冰肌玉肤外,还有啥玩意儿是中国所独有,拿得出来的哉?《苏丝黄的世界》最中国化和最能代表中国的,就是黄小姐旗袍的高开衩焉。大腿之为物,必赖开衩方可显出其伟大价值。盖大腿也者,属于高度机密,一旦中国女人突破藩篱,硬送到洋人尊眼之前,他们怎能不晕头晕脑乎?

然而最大的冲击却发生在坐下来的时候,不论太太小姐,只要穿的是旗袍,一旦坐将下来,大腿上的雪白嫩肉在开衩处紧紧绷着,隆隆然跃之欲出,此情此景,男人欲不销魂,不可得也。女人常痛斥男人色狼,如果她们再这样露下去,当男人的,真是一件苦事。

女人大腿,在西洋似乎专门作支持躯干之用,在中国则兼作展览之用。柏杨先生有《满庭芳》词焉,中有名句曰:"提袜故伸大腿,娇滴滴,最断人肠。"君不见那些太太小姐乎,马路上也好,榻榻米房子玄关那里也好,楼梯口也好,众目睽睽之下也好,常常半弯纤腰,将旗袍或裙子向上微掀,稍跷其腿,然后徐徐地提其长统尼龙的或麻纱的丝袜。呜呼,一条玉腿,从根到梢,全部出笼,姿态优美,曲线玲珑,男人怎么能正心诚意地当正人君子也。

而最不堪设想的是旗袍开衩处竟露出三角裤——有些女人开衩开得奇高,硬是高到露出三角裤焉,于是,不必查户口,准可判断她是干啥的。更进一步,还有左右开衩一高一低,变化莫测,反正中国女人对大腿肯如此牺牲,也算领导群伦,对得起男人们的眼睛矣。将来总有征服世界的一天,届时我们又多一牛,可以在报上猛吹。

和大腿恰恰相反,膝盖似乎是女人身上最差劲之处,再漂亮再美丽的太太小姐,其膝盖好像都没啥诱惑力。对于膝盖,大而化之的不太细瞧,还不觉得啥,假如有考古精神,详细地苦缠不放,大肆研究,你便会发现柏老言之不谬也。具体地说,膝盖那里又黑又皱,若动物园大象先生的屁股然,使你越看越不愿再看。因之再短的裙子都不能短到膝盖之上,表面上是为了健康,实际上是为了遮丑。美国有一女子学堂,为了争取露出膝盖的自由,大闹特闹,罢起课来。盖学堂规定裙子一定要盖住膝盖,女学生则非盖不住膝盖不可。这场纠纷的结果如何,我不知道,但即令是学校屈服,我相信用不了多久,膝盖仍会被盖,实在是它的模样,有点使人太难为情。最使男人心猿意马的脱衣舞,舞娘们啥都可以贡献出来,唯独对膝盖深表遗憾,在美国她们已开始用特制的饰物把它包住,一个太太小姐如果真能了解到这一点,作她丈夫的人准有相当眼光。

(柏杨先生按:这是二十世纪六十年代的预测,二十年后的今天,理应自打嘴巴。迷你裙一起,简直短得几乎看不见,膝盖也有美感之处也。)

台北1960年流行长旗袍长大衣焉,长到可以盖住小腿;1961年则突然流行短旗袍短大衣,邻居太太小姐们纷纷把去年做的衣服翻出,找成衣店剪之裁之,好好的衣料硬被截去,以求跟膝盖看齐,怎不叫拿钱的男人心痛。可是,如果不改短的话,又没有一个女人肯穿,拿钱的男人心就更痛得厉害。两害取其轻,与其做新的,改之还是上策。其实短裙短衫,也有其了不起的功勋,女人们一旦坐下来时,无论在公共汽车上,或在国宾宴会上;无论是三五知友小酌之际,或是办公室写字间之内,反正是,只要坐将下来,她再也做不完的事,就是硬往下拉其旗袍,或硬往下拉其窄裙,以盖那永远都盖不住的膝盖。动作之柔和,往下拉时纤手不断提醒你注意她那迷人的玉腿,你敢保证你不发喘乎?

女人身上真正动人之处,和真正纯粹美感之处,应该是她们的小腿。在研究高跟鞋那篇敝大作时,已经说过,高跟鞋可使小腿俏伶伶地抖着,魅力便是如此抖出来的,没有几个男人受得住这种抖。但小腿如果粗细适度,则虽不抖,男人亦同样的受不住。有一部电影,名《火车情杀案》,多年前的老片子矣,详细情节亦忘之矣,只有一点却记得清楚,男主角是一个销货员,进了某一巨宅,女主角闻声下楼,下楼时,银幕上演出她那美丽的小腿，包括她那美丽的足踝和美丽的高跟鞋在内，一步一伸，一伸一阶，不慌不忙，只听噔、噔、噔、噔、噔，徐徐而降，那推销员在下面仰头细看，一一收入眼底，于是，就是那两条小腿，使他发疯，非占有她不可。

当一个女人，小腿不美比耳朵不美要糟得多，日本女人以和服包之，粗细都没有关系，中国女人则不然矣。小腿不美简直活不下去，盖它终日暴露在外，怂人观光，无法做个假的也。据说电影明星某小姐，其小腿便粗得可怕。凡这种小腿奇粗的女人，我们可实至名归地上尊号曰"半截美人"。看脸尚可，看腿则不行矣，所以某小姐的影片从不拍膝盖以下，有真理在焉。

小腿和脖子一样，短而粗者为下乘，上面如果再有乱七八糟的疤斑，则更等而下之，根本不能入流。而台湾这种腿却似乎特别的多，常看到很漂亮很风韵的太太小姐，却拖着两条红豆棒冰的腿，柏杨先生每次见之，都恨不得备钢锯一口，将其锯掉，以示薄惩。

有人云，男人有三大乐事，一曰吃中国菜，二曰住西洋房，三曰娶日本太太。呜呼，若说日本女孩子温柔和顺，我们没有话讲，若说日本女孩子漂亮，则绝非事实。仅只她们那两条小腿，便叫人万念俱灰。盖日本房子为榻榻米式——榻榻米也是中国五千年传统文化之一，自大分裂时代五胡乱华十九国之后，传统文化不要啦，见洋大人的床甚妙，乃改为睡床。只有日本人食古不化，硬是还要继续睡榻榻米，无怪他们在第二次世界大战时被打垮。榻榻米的优点固多，但它最大的缺点，也是最不可原谅的缺点，就是可能使女人的小腿短而且粗，有时候还要弄出个罗圈腿展览。一个人天天把身子坐到自己的小腿上，它怎能不短？

怎能不粗？又怎能不罗圈乎？幸亏有和服配合，再粗再短再罗圈都看不到，大而宽的衣衫一遮，你还以为她的小腿纤细如腕哩。

日本女人具有天下最丑之腿，犹如中国女人从前具有天下最丑之脚一样。我们的小脚已成过去，而她们的粗腿苦难，却不知何时可已。西洋女人在这方面，又胜了一筹，大概和先天的骨骼构造有关，也和后天的锻炼有关，洋女人的小腿大多纤细，大多笔直，较之东方的腿文明，真不知要高上几百倍也。

胫链之用

西洋女人有一种毛病，不但影响其腿的美，简直使全身的美都受影响，那就是她们的汗毛太多，汗毛孔也太粗。1959年在美国有玉女之称的电影明星伊丽莎白·泰勒女士，经过香港，围观者甚众，一致评曰："美是绝美，无可挑剔，只是汗毛太多太粗，不像玉女，而像毛女。"这句话不是一人之言也。

洋大人一过二十岁，男的便拼命长胡子，女的则拼命长汗毛，汗毛实是洋女人的顽强大敌，化妆品中唯一对中国女人无用场的，就是剃腿毛的小刀。面对着汗毛众多的洋女，不小心细看，还以为她们穿着毡袜子哩。然怪也就怪在此，愈长则愈剃，愈剃则愈长，恶性循环的结果，"野火烧不尽，春风吹又生"，便是咏西洋女人汗毛之诗也。而中国女人却是另一个境界，中国男人腿上长毛的已不太多,女人腿上长毛的更寥若晨星,君不见,哪个太太小姐的腿,不是光光滑滑,温润如玉乎?仅这一点,洋女人再狠,都狠不过中国女人。

和耳环、项链同样道理的,足踝也有链焉,我们姑称为"胫链",一个女人如果有一双没有毛的美丽小腿,而又唯恐怕别人不注意时,戴上胫链,是三十六计中第一等妙计。盖脚白如霜,胫纤盈把,有一条小巧的金玉链条套在小腿之下,足踝之上,烘托得其脚其胫,更加娇艳,逼得男人大兴摸之、捏之、握之的遐思。呜呼,这种饰物,乃使人患高血压的饰物。

女人戴耳环时,定是戴一对,你见过有谁戴一只的乎?独胫链不然,却是只戴一只,很少左右开弓戴一对者,这是属于何种奥妙,我们就不知矣。大概古时候和耳环一样,也是成对成双,且当中还有一链相连,和现在监狱里杀人犯戴的脚镣一样,唯一不同的是:囚犯是被动地戴,女人是自动地戴也。

胫链实际上最为性感,至少比那专门在乳沟处晃来晃去的项链要性感。罗马时代,只有处女才准戴之,结婚之日,始将当中的链弄断。当帝国衰微时,汉尼拔将军曾屯兵城下,据说指名要当时最美貌的安娜公主当面和谈,交换条件是不破城而入。罗马那时毫无办法,只好要命不要脸,派安娜公主前往,前往之后发生些啥事,用不着说啦,反正公主返回之后,初时还不觉得什么,可是等到看见自己的胫链已断,不禁羞愤交集,自杀而死。真正宽衣解带并没啥了不起,而象征性的胫链,却有如此大的冲劲,叫人肃然起敬。

不过问题又说回来,任何装饰品都是配角,如果主角嗓子发哑,配角唱得再好都没有用。柏杨先生曾见一个女人戴一闪闪发光的胫链,其链甚美,可是她阁下的那小腿却未免太巨,加上其脚太肿,其浑身的肉又太多,不由赶紧闭起眼睛,无他,只是看不下去罢啦。

呜呼,胫链乃专门勾引男人胡思乱想之物。不过,如果有本钱,固可把男人勾倒勾昏;如果没有本钱而硬勾之引之,就有十三点之嫌。

中国女人之硬往外露大腿的作风,其勇敢程度,令人咋舌,西洋女人要想超过膝盖,比当年搞妇女参政运动都要困难,美国女孩子仅不过想露一点点而已,便闹得校长发气,学生罢课,美联社发专电。如果企图跟中国女孩子一样,再往上露,真不知要闹成啥样子也。

还有一点是西洋女人吃亏之处者,她们穿的是裙子,窄裙也好,宽裙也好,底摆整整齐齐,要提高便不得不全体提高。于是,提高的结果,"四角裤"代替裙子,闯关而出。四角裤者,比三角裤多一个角,虽形式四四方方,而其长短则与三角裤一样。于是,下自足踝,直线上升,直抵盲肠,整个玉腿,全部裸出。好吧,你说,哪个男人受得了吧?想当年刚果共和国便是被这种四角裤搞得天下大乱,奸淫烧杀,惨绝人寰。黑人大兵对前往采访的合众社记者曰:"那些白种女人都是贱货,整天露着大腿,勾人上火,有机会当然放她们不过。"这就是四角裤惹出的奇祸。其实,凭良心说,不要说是刚果,便是有五千年文化的中华民族,见了四角裤,不雄心勃勃者几希。

(柏老按:"四角裤"是我老人家发明的,十年之后,洋大人名之为"热裤",以示看了它,男人心里热得难受,于是"四角裤"覆没。)

这也恰恰的是洋人差劲的地方,裙子非盖住膝盖不可,是"不及";四角裤索性露个彻底,是"过之"。不如中国女人只在旗袍旁边开一个高高的衩,来得迷魂阵也。你说看见欤,并看不完全;你说没看见欤,玉腿却硬是往你眼眶里塞。盖洋人只是性感,中国这种露腿之法,还是一种艺术。

女人的腿不仅性感,不仅艺术,而且具有天下最顽强的抗寒力。君不见,再冷的天气,太太小姐们上半截拥重裘而戴皮帽,下半截仍是夏天时的老样子,顶多穿一双莫名其妙的玻璃丝袜。那丝袜不要说御寒,便是连一口气恐怕都御不住,想必是亚当先生当初造夏娃女士时,对她的玉腿,用的是特别材料。因之柏杨先生最近正在考虑,申请御寒良法专利。盖将来万一北极大战发生,三军将士在冰天雪地之中,对敌人作战,岂不指堕肤裂,在那零下十度甚至八十度地区,连头都会冻掉,汽油都会冻冰,大炮都会冻缩;拿破仑和希特勒便失败在那上面,可不哀哉。然而只要采用柏杨先生的妙法,包管暖和如春,士气大振。无他,把女人的玉腿砍掉,剥其皮制成手套、耳套、皮袄、皮靴,使兵老爷穿之戴之,再冷都不在乎。此项专利一经核准,柏杨先生就可捞上几文,以后就不再写稿啦。

问题是女人的腿不怕冷,出自先天者少,出自后天者多。柏杨先生在东北时,隆冬零下二十度,洋女人照样光着其腿,中国女人看到眼里,心里发痒,也跟着光之。于是,有一天,我那个漂亮的侄女儿回家,飞奔进屋,双手乱搥,落泪如雨,口中哎哟哎哟,念念有词曰:"冷死啦,冷死啦。"脱袜视之,果然青斑累累。呜呼,洋女人出则汽车中有暖气,入则房间中亦有暖气,只上车下车的几步路,单薄一点,没有关系,中国女人怎有资格效法乎哉。硬讲摩登的少女少妇,到了老年,准得"寒腿"之疾。噫,何苦来也。

女人穿袜,不知道是谁出的主意。发明穿鞋,已是了不起的贡献,发明穿袜,则其贡献更大,盖穿鞋只不过是为了护肤御寒,穿袜则进了一步,同时还为了美感,为了性感。李白先生曾有咏赤脚的诗曰:"六寸圆肤光致致",惜哉,这首诗竟成了千古绝唱,李白先生之后的作家和文学作品,再没有提到过女人赤足矣。这不是以后的作家不如李白,而是女人都把脚装到袜子里去,想咏也咏不出来也。

袜子对女人最大的恩惠,莫过于偷情。想当年南唐皇帝李煜先生跟他那美貌绝伦的小姨幽会时,小姨为了躲避姐姐耳目,乃"刬袜下香阶,手提金缕鞋"。试想她纤手提着高跟鞋,用穿着玻璃丝袜的玉脚,一步一步,慢慢下楼,这种镜头,用不着她真的"一晌偎人颤""教君恣意怜",便是想一想都会发羊痫风。

古袜与今袜有其本质上的不同,从前的袜是穿到脚上,如今的袜则是穿到腿上,古袜顶多高到脚踝,今袜则像抗战时的物价一样,扶摇上升,直抵大腿。如果将小周后"刬袜下香阶"时穿的那双香袜,拿来和目前流行的丝袜比较,一个短如一块砖,一个高如摩天大楼,不可同日而语。人类各方面文明固然都进步得很快,但像袜子这样一下子进步到如此程度,恐怕数得上第一。

(柏杨先生按:这是二十世纪六十年代的古话,那时的女袜直抵大腿,柏老已经惊为奇迹。现在二十世纪八十年代矣,"裤袜"出笼,直抵腰窝,真不知伊于胡底,谨此鞠躬。)

鞋也、发也、耳也、眉也、乳也,既然都有花样,袜子自不例外。抗战之前,流行麻纱袜子。依柏杨先生老脑筋之见,麻纱袜子紧包玉腿，可以说集天下之至美。但玻璃丝袜兴起之后，麻纱袜子像义和团遇到八国联军，不得不全军覆没。现在如果再想找一双麻纱袜子，真得费点工夫。记得玻璃丝袜初流行时，我在重庆，一个女学生来访，蒙其告曰："玻璃丝袜是透明的，穿了跟没有穿一样。"言毕指其玉腿以证明之，不禁大惑——此惑至今未解，既然穿了跟没有穿一样，则又何必穿之耶？女学生又言，玻璃丝袜最容易破，动辄得咎。她告辞之后，我一夜都没有睡着，盖我住在山顶，她拾级上下，不知道她的大拇脚指头把她那穿了跟没有穿一样的袜子，戳了个洞没有也。

我这担心不是没有道理的，一直到今天，太太小姐们穿玻璃丝袜时，都好像如临大敌。即以老妻柏杨夫人而论，每一出街，她老人家仅穿袜就得二十分钟，先将袜子恭置案头，再戴上手套，然后再像捧眼镜蛇一样，把它捧到面前，细细翻转，慢慢往腿上细套，屏声静息，唯恐怕出气稍微一粗，跳了线也。盖玻璃丝袜断虽不易，一旦跳了一根线，便面目全非。除了用指甲油涂之，暂保现状外，简直一点办法都没有。这个缺点不改进，三天一修，两天一织，钱去如流水，对做父做夫的人而言，真是一大灾难。

袜缝哲学

有钱而不用钱的人，遇事穷兮兮。想用钱而没有钱可用的人，遇事也穷兮兮。这两种人岂不是相同乎哉？曰：现象上相同,盖都是穷兮兮也,但实质上却不相同,一则是自己的安全感不同,二则是社会上的观感不同。再吝啬的富佬,到处都有人拍他的马屁,希望拍出几滴油水来;而再慷慨的穷光蛋,绝不会有几人看重他也。

玻璃丝袜也是如此,穿了既然跟没穿一样,何必穿之耶?虽没有穿却假装穿啦,岂不是也可以乎?跟上面举的那个例子仿佛,现象上可以,实质上有其不同之处。玉腿上巨大疤痕,像牛痘、像疮痂,玻璃丝袜固掩盖不住,但玉腿上小的疤痕,像搔伤,像小疖子,玻璃丝袜却是可以净化它们,看起来光洁无瑕。

太太小姐们一年四季暴露其腿,任凭风吹雨打,和胸和臀相比,腿真是倒了大霉。北方不必讲矣,即令台湾,到了冬天,因斯丧过度,玉腿上往往会浮起一层皮屑,观之如霜,用手摸之,随指而落。如果穿上玻璃丝袜,则这种毛病便谁也看不见矣。且袜子颜色发亮,穿到腿上,光鉴照人。呜呼,修长而光鉴的玉腿,便是上帝的杰作。

前不是引用过圣人之言乎:"心中正,则眸子瞭焉;心中不正,则眸子眊焉。"柏杨先生套之而以言玉腿,曰:"女人整齐清洁,则袜缝直焉;女人窝囊懒散,则袜缝歪焉。"玻璃丝袜上那一条缝,重要至极,穿得再漂亮再华贵,如果她的袜缝曲曲弯弯,甚至扭到前面去啦,奉劝男士,远之为宜。我敢用一块钱打赌,她的内衣准脏得可观;而她的家庭和卧室,也准乱七八糟;做丈夫的每天恐怕都得张牙舞爪,杀条血路,才能冲出去上班。

玻璃丝袜已流行了二十年,最摩登的一种已将袜缝取消。噫,古人云,天衣无缝,今天真正做到了此点,而且缀以亮晶的珠子焉,挂以晃荡的穗子焉,别的样子似乎也在陆续出笼。关于这一点,女人的警觉最高。邻居有母女二位,一天女儿回家曰:"现在流行黑袜子啦,今天看一位同事穿着,漂亮得很,问她哪里买,她说是从香港带来的,快托人呀,妈!"该老母是不是马上就坐出租车去拜托亲友,我不知道,只知道第二天该女儿回来,手执黑袜叫曰:"那死女人骗我,街上有的是,二十块钱一双。"

黑袜是不是较肉色而透明的玻璃丝袜更性感,目前还在未定之天,不过我发现男人们见了裹住玉腿的黑袜,似乎都要多看一眼,这对女人是一种鼓励,且等着瞧可也。

臀,音"屯",不音"殿",然而很多人硬是念"殿",足证他对屁股没有研究。臀者,指腿之上背之下那块肥肉而言。译文言为白话,像译"溺"为"尿",译"欲"为"要",译"至"为"到",译"舆"为"轿",译"冠"为"帽",都比原文显得亲切,只有译"臀"为"屁股",却似乎有点邪门,尤其用到女人身上,不够尊严,真是叫柏杨先生为难得很也。

中国人的屁股,有两大功用,一是坐之,一是挨官老爷的板子。民国以来,后者免去,展览的机会被剥夺,地位遂一落千丈。但女人对之却另眼相看,渐渐的成为美的主角。盖三围者,胸腰臀,三分天下,屁股占其一焉。假使屁股瘦而且小,恐怕胸脯再大,也没有用。《易经》上有言曰:"臀无肉"——屁股上没有肉,为不吉之兆。为不吉者,具体地说,便是不够漂亮,缺少魅力。既没有人请看电影,也没有人送项链,甚至没人求婚,自然吉不起来。当然,除了审美观点,屁股大小,还象征骨盘大小。骨盘太小则不易怀孕,不易生产,一个没有子女的女人,不要说在五千年前,便是在今天,如不速谋对策,恐怕亦很难吉之的焉。

柏杨先生不是生理学家,不懂男女在走路时,为什么先天的就有很大差异。古时有很多女扮男装的故事,像《龙凤再生缘》的孟丽君小姐,扮成男人,官拜宰相之职;花木兰小姐更是叫座,代父从军,把洋大人打得落花流水。别的方面不说,仅只在走路上,我便怀疑她们有啥办法不启人疑窦。孟丽君小姐当然是假的,至于花木兰小姐,似乎确有其人。而男人走路,其直如松;女人走路,左扭右扭,左突右突,若刚下过蛋的鸭子然,一眼都可看得出来也。

前数年有一个电影,曰《飞瀑怒潮》,其中玛丽莲·梦露女士走路那个镜头,曾风靡了不少男子汉。玛小姐在那个镜头上,背向观众,向前走去,她的屁股在包得紧紧的窄裙(中国则是旗袍矣)的里面,左右摆动,其扭之剧,其拧之烈,其旋转之猛,其幅度之大,臭男人看啦,连喉咙都要发干。

于是,乳欲其隆,有义乳。臀欲其隆,则自然有假屁股焉。有些电影明星游泳时都戴着义乳假臀,自有其不得已的苦衷,但亦可看出男人对女人要求之苛。好在这两处都是禁地,即使是电影明星和名女人,也不是每个人都可实地考察的。真真假假,无从证实。不过我真为屁股叫屈,坐的时候固受最大压迫,走动的时候又得拼命摇晃,以便男人欣赏,实在太辛苦了也。

称臀为屁股,在潜意识上,觉得不太高雅,我们可以问太太小姐曰:"你的臀围多少?"她不会以为忤,假使我们问曰:"你的屁股多大?"则有吃耳光的危机。不过,耳光再厉害,屁股仍是屁股。

从前的裙子,裙底甚大,中世纪以前,西洋女人的裙子更大得可怕,必须时时提之。在如此这般的裙子之下,再伟大的屁股都无法发挥威力。而今宽裙子渐渐绝迹,变成窄裙子矣;中国旗袍的下摆也小得要命，和窄裙的功用一样，其目的就是为了要使屁股亮相。

俗称"臀无肉"的女人，就是"没有屁股"的女人，非科学上的没有屁股，乃艺术上美学上的没有屁股也，窄裙旗袍乃没有屁股女人的大敌，穿到身上，看起来清汤挂面，使人叹息。柏杨先生有一个朋友，前去参观中国小姐选拔，开了眼界之后，回来告人观感，有警句曰："她们硬是漂亮，身材亭亭玉立，该粗的地方粗，该细的地方细。"大哉斯言，一个女人的身材如果成不了葫芦，而成了橄榄——当中腰围粗，两端胸围和臀围细，那就简直他妈的也。

中国文学作品对女人身上任何地方，包括鼻子耳朵，都有或多或少的描写吟咏，独对屁股无之，一则是道貌岸然的人太多，一则也是女人对它保守得太机密。眼不见，心不烦，根本看不见它，灵感也就无从产生。而今既已登大雅之堂，则行且见巨臀与双乳齐飞，屁股与面孔一色，《飞瀑怒潮》那一段不过是刚刚滥筋耳。

为迎合人类爱美的特性，各地都有美容院整形院之设。你是个单眼皮，他可为你双之。你的鼻子低，他可为你高之。你的乳房小，他可注射一种药剂为你鼓之。医的好医的不好，那是另一回事，但女人们如欲在玉体上加以美化，总有医生可找。只有屁股，跟台湾的"看天田"一样，一切全凭老天爷做主。叫你"臀有肉"，是你的福；叫你"臀无肉"，是你的命。迄今为止，尚未听说有隆臀之术者，可不悲哉。义臀虽可治标一时，外表上露一手，但心里总有缺陷，总不如根本治疗为宜也。

属于美容的任何手术，都有其越治越糟的危险——柏杨先生年高德劭,见得多矣,很少有好结果者,例子太多,写三天也写不完,且可能被美容医师一状告到衙门,故不再详赘。究其原因,是病人不肯和医师合作乎?像医师吩咐不可吃辣椒,病人硬是非吃不可乎?曰:非也。然则是医生饭桶,只知利用人性弱点乱搞钱乎?曰:亦非也。盖任何一个为美而动手术的人,死都肯干,绝不敢对医生的话大意。而再坏的医生,无不望病人痊愈,无不望猪八戒都能变成赵飞燕。

问题似乎在于,所有需要动手术的地方,全都属于高级细胞,移植困难,痊愈不易。我想将来隆臀之术流行,准不会出什么乱子,无它,屁股上的细胞乃低级细胞,即令有什么毛病,亦可消于无形,不知道有没有人考虑挂个招牌,专门医太太小姐的屁股,包管既无危险,而又利市百倍。

牙必其白

若干年前,高雄市举办过"美齿小姐",无论哪方面讲,都是了不起的贡献,可惜无以为继。一届以后,成为绝响。然玉齿之被公开承认其在美感上的地位,不能不算是一大收获。

听说有一位"中国小姐"的牙齿是假的,不但牙肉黯然无光,且天长日久,里面还发黑霉。事态严重,未敢断言批评。但如果是真的,就实在有点为德不卒之感。牙齿之为物也,其主要功用在将食物咀嚼细碎,以便胃囊再精密消化。如果牙齿不坚,胃的负担过重,不患胃下垂,便患胃溃疡,其身体必不可能健康。《红楼梦》上贾母见了刘姥姥,第一句话便问:"牙齿可好?"足说明牙齿之重要。可惜这种重要性,年轻人不知道,一直要到成了老太婆或老头才知道,却悔之晚矣。

上帝造人,真是奇怪,皮肤的颜色有黑有红,头发的颜色有黑有黄,眼睛的颜色则有黑有蓝,只有牙齿一律雪白。尤其妙者,越是黑种朋友,其牙齿越白。君不见"黑人牙膏"乎?在一团黑漆漆的皮肤烘托之下,更显得牙齿如玉。论及女人的三围,该粗的地方粗之,该细的地方细之,论及牙齿,则势必"该白的地方白之",才是第一等人才。

然而,天下事也很难讲,泰国女人有她们的逻辑。显然不过,"狗的牙齿才是白的",人如果也保持白牙,岂不硬跻身于群狗之列乎?为了有异于狗,乃咀嚼槟榔,将之染得漆黑,方称心快意。这是美的另一标准,且有哲学的准则,我们无可奈何。而且,我们之所以不能接受这种标准者,并不是我们的见解比他们高,而是他们的炮不够凶,假使泰国人统治全世界,中华儿女以崇拜美国人的精神崇拜之,届时吃槟榔恐怕都嫌来不及,说不定口袋中还要带一锭黑墨,一有空暇,就对着小镜,咧嘴而涂之,涂得一片乌乱,连舌头都成了猪尾巴。

幸亏泰国没有统治全世界,是以我们迄今为止,仍以白牙为美。为了其白,还天天刷之。刷牙之术,中国历史书上没有记载,大概五千年传统文化中不包括刷牙。记得清王朝末年,柏杨先生尚属新派人物,新派人物最大的特征是每天早上起床后一定刷牙。那时还没有牙膏,用的是牙粉,满塞一嘴,挥动右臂,上之下之,左之右之,有时用力过猛,连血都刷将出来;刷毕漱口,水在喉头喀喀作声,气势之壮,见者无不肃然起敬。有一次返乡省亲,照样在院中刷牙,亲友睹状大惊,一会工夫,围观如堵,我的一位堂嫂,拧其小脚亦来,作恶状曰:"你把什么东西弄了一嘴,脏死啦!"

盖彼时的太太小姐一辈子都不刷牙,而且跟我这位堂嫂一样,以刷牙为脏。盖刷牙势必刷去元气,智者不为。于是,我真怀疑历史上的四大美人,西施、王昭君、杨玉环、陈圆圆,她们的牙齿是不是一片焦黄,牙缝里平常是不是常有菜梗饭屑塞着也。

牙必欲其白,犹如腰必欲其细一样,为美的最低要求,违之者不祥。民国初年,北方一度流行"黑牙根",以牙根那里黑黑的为漂亮,这跟泰国女人全黑牙,不过百步与五十步之差,但一时蔚成风尚,几乎凡是有点脑筋的太太小姐,都得黑上一黑,不黑也要弄点树叶之类的东西,榨出汁液,猛往上涂。河北、河南、山东一带民歌中形容女人美貌时,必强调其黑牙根,可见一斑也。柏杨先生有一朋友,受新式教育,毕业于京师小学堂,有人为他说亲,告之曰:"那家姑娘,标致得很哩,小脚,黑牙根。"朋友不等说完,便双手掩耳,后来说亲者不断,"小脚""黑牙根"也终日不断,天天聒噪,把他搞得柔肠寸断。

无论什么事体,物极必反,从前的脚太小,现在则任凭其大。从前掩盖太甚,现在则拼命暴露。从前旗袍长度盖住玉足,现在则短得要高上膝盖。从前穿手工缝的布袜,现在则尼龙的出现。牙的道理固相同也,几千年前都是白的,大概白得发腻,泰国女人乃玩个新花样使它全黑,中国北方女人则玩个新花样使它半黑。于是,用不着到大学堂读逻辑学这一课,即可推测其发展。

白牙齿的最大反动,而迄今仍有余威的,为金牙齿焉。牙齿坏啦,用金镶之(其实只是K金),因为它的硬度大,可支持得久一点。但女人对之却另有看法,继"黑牙根"之后,大家乃把牙齿弄得黄黄然。有些太太小姐为了赶时髦,不惜把好生生的牙拔掉,换上金的;小家碧玉换不起金的,乃用铜片代之,朱唇启时,露出澄澄颗粒,使人浑身爆出鸡皮疙瘩。但在那个时代,却以为美得不得了啦,而且也竟然有男人为之销魂,可知很多女人打扮成稀奇之状,有人虽不欣赏,却硬是有其他的人欣赏也。

跟金牙齿基本上一致的,还有别的牙齿焉。抗战时柏杨先生因事经过洛阳,在火车站上吃牛肉泡馍,一个二十几岁的女子姗姗而来,无论面庞与身材,均秀丽可餐,柏杨先生与之搭讪,她也相就,眼看郎才女貌,就要风流千古。可是,她阁下一张樱口,突露出一颗翡翠牙。该翡翠牙正当门面,以金边包之,绿兮惨惨,若《聊斋·画皮》上的那个夜叉,不禁毛发倒竖,立即落荒而逃。呜呼,看样子世界上定有男人喜欢绿牙齿的,否则怎么出现如此奇景哉。幸亏这种男人为数不多,否则群雌粥粥,有黑牙齿焉,有绿牙齿焉,有红牙齿焉,有蓝牙齿焉,有青牙齿焉,有五光十色牙齿焉,像头发一样,各有各的独特一套,这世界就更乱啦。

最美的牙齿不但宜白,而且宜小;不但宜小,而且宜密;不但宜密,而且宜排列整齐。白小密齐,美齿的四大要素,缺一便全盘皆输。这个标准,现在固如此,恐怕自盘古立天地,直迄二十世纪,千万年间,莫不如此也。东方朔先生上汉武帝刘彻先生书,便自吹自擂曰:"臣朔目若悬珠,齿若编贝。"这几个字奇矣妙矣,淋漓尽致矣。贝壳受海水经年累月的冲洗,洁白无疵,而且像用线把它"编"起来,其整齐可知。女孩子如果长着这样的牙齿,真是上帝对她特别恩典,无怪东方朔先生对镜自览之余,连皇帝那里都要自夸一番。

有些太太小姐天生的大板牙,尤其是门牙之巨,像一头年逾三十岁的老马,给人的第一印象,实在很深。盖门牙若丑,其补救的可能性实在太少,因其地位显明,无从着手也。幸而所有毛病中,以大板牙的毛病最小。如果不够洁白,那就更糟。说来也真奇怪,太太小姐们的牙齿,不知道是啥缘故,全白如雪的少,有黄渍的却如恒河沙数。山西陕西一带,有些人甚至半个牙齿都泛乌黄,刷固刷不掉,刮亦刮不去,盖珐琅质已变,根本无可奈何,真是一场悲剧。

牙齿要密,要一个挨一个。常见有些女孩子,牙与牙之间,竟有相当距离,好像公墓里的石碑,稀疏林立,使人有一种孤苦伶仃之感。然而最伤心的牙,乃是乱七八糟的牙,不知道是上帝当初为她装牙时打了一个喷嚏,因之失手装乱了欤?抑是她在投胎途中,一不小心,栽了斤斗,栽乱了欤?或是被一个小鬼将铁锤误捣其香口之中,捣乱了欤?反正是,有些太太小姐美则美矣,却硬是张口不得。呜呼,其他地方再差劲都没有关系,只牙齿差劲,最为紧张。柏杨先生每天坐公共汽车,最喜观察太太小姐们的牙,遇到合乎四大要素的牙,不由得羡之爱之。遇到黄黄的牙,便想为之一洗。遇到疏疏的牙,或是遇到排列得乱七八糟、上下参差的牙,便想一一为之取下,重新再装。盖不堪入目的牙,使人浑身不舒服。

于是,为了使人舒服,女人们唯一的对策是拔之。拔了之后,装上假牙。有魄力的女人索性一不做二不休,宁愿将来害胃病,也要重新安排。娇笑时微露其牙,白小密齐,男人越看越爱。不过不宜于前仰后合,大笑时轻则露出牙肉,重则"笑掉假牙",

卡到嗓子里,可能卡死。

握之摸之吻之

《吊古战场》文曰:"如足如手",实际的意思是"如足与手",手足相连,模样儿相似,其代表的气质亦相似。脚不常见,手则经年累月露在外面,和门牙一样,掩也掩不住,盖也盖不久也。

脚有鞋袜,手则有手套,其功用在于保护,亦在于藏拙。再不美观的脚,除非大趾骨太大,否则塞到高跟鞋里,再配上粗细均衡的小腿,立刻令人倾倒。玉手自然也是如此,手套功能虽不比鞋袜,但其增加女人之美,则固一样的也。仔细研究起来,女人手套的花样不亚于女人鞋袜的花样,有夏天戴的白手套焉,有冬天戴的黑手套焉,有春天戴的黄手套焉,有秋天戴的红手套焉,有统子可到腋窝,跟玻璃丝袜一样的长手套焉,有只到手心似乎只是"指套"一样的短手套焉,有四指合而为一的棉手套焉,有露孔露洞,玉肌斑斑外泄的花手套焉,有五光十色,上边满布晶晶珠子的富贵手套焉。

手套在事实上没有袜子那么普遍,但是有钱有闲,或注意美感性感的太太小姐,对自己身上从不放松一点,玉手之保护及美化,自不能例外。既不能例外矣,一双一双又一双买将起来,今天见邻居有一绣花者,妒火中烧,非买双绣花的不可;明天见同事有一貂皮者，醋意上冲，也非买双貂皮的不可。手套虽是小小之物，其开支也够瞧的。

手套的妙处在于戴之的刹那。再漂亮的玉手，你拉过来看之摸之，可乎？——咦，会相面的朋友有福啦，一位道貌岸然的家伙，朱熹先生的门徒也，一向都非礼勿视，非礼勿听的。但他一见了美丽的女人，不管她是太太也好，小姐也好，其相面之术，就突然爆发，非义务为她效劳不可。于是，该太太小姐端坐如观音，且为了不失礼或忍俊不住的缘故，杏脸往往还含微笑，该圣崽除了猛看一通之外，还用手猛抚其香腮曰："有福！"猛按其前额曰："有福！"然后拉住玉手，猛揉猛掐，猛玩猛捏，曰"聪明"，曰"仁慈"，曰"刚强"，曰"明年可去美国"，曰"后年定嫁菲律宾华侨"（太太则有离婚再嫁的可能）。于是，各取所需，皆大欢喜。

普通情形下，猛拉玉手而观之，其可能不限于吃耳光，恐怕还要闹到警察局，有大名上报的危险。但只要她备有手套，看她熟练地戴之的表情，照样可以过瘾。当其要戴之时，玉掌徐徐展开，纤纤焉，白白焉，尖尖焉，再徐徐插入那该死的玩意儿之中，观众在侧，如果没有点哲学修养，恐怕真要跳将起来，握之吻之矣。

从玉手上，可以判断一个女人的经济情况。贫苦家庭的太太小姐，天天洗衣洗碗，抓尿抓屎，肌肤在凉水中泡了又泡，复在充满了碱性的肥皂水中浸了又浸，泡浸不足，还要搓之擦之；几个月下来，死皮密布，老茧如云矣。幸亏现在流行一种皮手套焉，乃救手的恩物，一方面固可当好主妇，一方面又可保持玉手之美。

皮手套者,医生动手术时戴的那种薄薄如纸的化学手套也。有一次一位相识的年轻太太,在药房里选了又选,试了又试,共购三副,不禁大疑,不知她何时学了医,要给哪一个倒霉的病人开肠破肚也。上前询之,方知原来是这么一回事,洗衣洗碗,抓尿抓屎时戴之,不但可以防脏,且可以防玉手裂破。欣佩之余,写出来以供有志仕女参考,此法如果推广,无论对男人或对女人,均功德无量。

粗糙,是玉手的第一大敌;短秃则为玉手的第二大敌焉。女人的手必须修长,必须十指尖尖;若十指短而且秃,便啥劲都无。而指甲的处理对此有重大关系。从前女人的指甲成何形状,历史书上只记帝崽王崽以及官崽之事,很少记民间习俗,无法考证。不过现在流行的锐角形指甲,有深奥的道理在焉。盖把指甲修得如此之尖,使玉手的长度,悄然增加,看起来既纤且俏,动人心弦。而且必要时可抓丈夫的脸——遇到吵架,不必另找武器,只要伸手便可,包管他第二天打电话到办公室请病假曰:"得了流行性感冒",然后去跌打损伤科请医生看爪伤也。

柏杨先生幼时,风气未开,去理发店理发,乃一种奢侈败家的豪举,普通都是和邻居们互相剃之的。后来看上海报纸上的小说,一个在巴黎留学的女作家,说她去理发店修指甲,一肚子憋气,那算啥子搞法也。想不到而今理发店修指甲,成了家常便饭,而指甲必须那般化妆,才够标准。否则,甲内有污,甲周之肉凌乱,倒甲皮剌剌然沿甲丛生,再漂亮的太太小姐,伸出如此之手,风景全煞。

把脚指甲和手指甲涂得通红,中国五千年传统文化中有这一套。女孩子采凤仙花瓣加盐捣碎,置于指甲上,包而裹之,约一二小时,其红如醉。这办法当然麻烦,于是随着洋枪洋炮,西洋女人文明的蔻丹打了进来,把凤仙花打得万劫不复。蔻丹好处自较凤仙花的好处为大,除了"快"这一点不算外,颜色可随意选择,跟唇膏一样,有大红的焉,有浅红的焉,有桃红的焉,有姜黄的焉,有深黄的焉。呜呼,迄今为止,幸好还没有绿蔻丹紫蔻丹的,否则玉指如魔爪,男人魂迷魄散还不够,恐怕更得魂战魄抖。

从蔻丹上,也可看出勤惰,一个女孩子玉手上的蔻丹如果经常的斑斑剥剥,若古寺的山门然,你最好别向她求婚,她准把家搞得一团麻。

一个女人的肌肤颜色,对于她的美丑,有决定性作用,俗曰:"一白遮百丑",千锤百炼,击中要害之言也。世界上固有黑牡丹,却是没有黑美人。中国历史上的尤物,她们如生在今日,可能连看都没有人看。像杨玉环女士,她因丰满之故,其腰恐怕甚粗。像赵飞燕女士,她的双乳一定既小且瘪,盖她是有名的瘦,瘦得可作掌中舞焉。像陈圆圆女士,用不着分析,读者闭目一思便得,她准是缠足,有一双烂而且臭的三寸金莲。不过,无论如何,有一点是她们所共有,历千古始终如一者,那就是玉肌雪白。

一白遮百丑,只要肌肤如雪,纵是眼斜一点,鼻塌一点,嘴歪一点,乳小一点,腰肥一点,腿瘸一点,甚至有几颗麻子,都没啥关系。白是主帅,具有雪白肌肤的女子,真应天天焚香感谢她的父母,这一份礼物,胜过去美国的飞机票。盖肌肤白给人一种玉琢冰砌的圣洁之感,对着大理石雕刻出来的美女,便是西门庆先生,也会油然而兴顶礼之念。君不见贾宝玉乎,他看见薛宝钗双臂上的雪白玉肌,不由发呆,暗想如果生在林妹妹身上多好。盖生在林妹妹身上,他就可以摸之,生在薛姐姐身上,就只好流口水矣。

想当年杨玉环女士和李隆基先生在华清池洗澡(李老儿此时已六十多岁,而杨小姐才二十多岁,叫人跺脚),一黑一白,煞是好看,宫娥宦官在门缝里偷偷地觑,有曲以咏之,录而释之于下,可知她的魅力何在也。

曲云:

悄偷窥,亭亭玉体(亭亭,修长也,矮而肥便完蛋),宛似浮波菡萏(菡萏,荷花,有红有白),含露弄娇辉(白而且发亮,所谓"光艳照人",才能把男人搞昏),轻盈臂腕消香腻(杨女士在那里擦身子),绰约腰身绿碧漪(下了水啦)。

明霞骨沁雪肌(杨女士的皮肤如雪),一痕酥透双蓓蕾(指乳,乳必"酥透"才算美,太太小姐可参考焉),半点春藏小麝脐(中国文学史上咏女子肚脐眼的作品,似乎只此一句,可喜可贺)。

有这样美的肌肤,怎能怪李老儿头昏脑涨耶。曲又云:

你看那万岁爷啊,凝睛睇,任孜孜含笑,浑似呆痴。见惯的君王也不自持,恨不得把春泉翻竭,恨不得把玉山洗颓,不住的香肩呜喂。

这一段柏杨先生不再诠释矣,如果诠释,便嫌太黄。一个男人如果拥有这样的一个妻子,真是十辈子烧香念佛修来,连老命不要都可以,何况江山乎。问题在于佳人难觅,黑肌肤的女子多,白肌肤的女子少也。

一团猪油

女人们身上，什么都可以化妆，什么都有假，头发有假，睫毛有假，眼有假，鼻有假，乳有假，屁股有假，只有肌肤是"硬头货"，一点假的都没有，而且也假不起来。白的就是白的，黑的就是黑的焉。美国流行一种"黑变白"特效药，宣传说，黑种朋友吃之，皮肤可以变得和白种人一样。结果药房老板发了大财，黑种朋友服了之后，白固然白了些，却觉得浑身发软，有些人为了白个彻底，便是软成面条也干，仍然大量服用，弄得全身中毒，无效而死。

也有往肌肤上硬涂一种油的，女子拍裸体照时，便非涂一层油不可，不涂则照片黯然无光。但平常涂油，除了把衣服弄得脏兮兮外，别无好处。另有民间传说的美肌妙法。记得民国初年，有人攻击某大官崽之妻浪费奢侈，说她："洗澡都用牛奶。"她是不是用牛奶，谁也不知道，但这个观念显然基于营养上的观察：牛奶喝到肚子里能使人又白又胖，如果内外夹攻，定将美不可言。邻居有一少女，一向都是用牛奶洗脸的，见而劝之，她不但不领情，反而骂柏杨先生老不正经，偷看她化妆干啥。结果她的脸越洗越黑，特此附带写出，免得有些太太小姐再蹈覆辙。肌肤遇到牛奶，不知道起什么化学作用，美容专家应特别研究一番。

肌肤要白而亮，白固重要，亮亦非等闲之辈。便是黑朋友，他们对肌肤的要求,虽不在其白(只有在美国的黑人想白),却拼命求其亮。真正的黑美人,黑中亮出光彩,如果亮得能照出别人的影子,那才算绝顶娇艳。台北街头黑朋友甚多,你不妨跟在屁股后考察考察,黑而亮的为上品,假如黑而发暗,好像一层灰撒在肌肤之上,那是下等的焉,就是回到刚果,都不吃香。

形容肌肤最绝的文学作品,莫过于白居易先生的一句诗,诗曰:"温泉水滑洗凝脂",说的是杨玉环女士在华清池洗澡的那一段。呜呼,"凝脂",真不知白先生当初是怎么想出来的,仅此两个字就可以得诺贝尔奖。柏杨先生隔壁有一家小杂货店,有炼好的猪油出售,每次上街,必伫立观察,观察到出神之时,虽老妻在旁咆哮如雷,也不觉焉。盖猪油颜色之白,质料之细,润润然,柔柔然,光光然,滑滑然,一尘不沾,几乎吹口气都吹得破,便不由得想起白居易先生的诗句,亦不由得想起美女们的肌肤也。同样情形,我有时候看见美丽的太太小姐,其肌之白,其肤之细,其青春之火跃跃然要往外燃烧,心动之余,不由得也想起一堆猪油。

肌肤的重要,似乎还有更进一步的作用,男女之间,一旦达到"肌肤之亲"的境界,便藩篱尽撤矣。贾宝玉和薛宝钗的关系可以说够亲密啦,但仍不能摸之,于是我们不难想象他和林黛玉的交情。《红楼梦》到底是古典文学,不是新潮派,对正派角色不作猥亵之笔,但有一回却写出林黛玉摸贾宝玉的脸,这就可以深思。假如他们没有肌肤之亲,林小姐肯摸一个野男人乎?

记不得是谁的大作矣,有《浣溪沙》一词焉,前阕云:"隐约怀中闻喘息,香衾轻裹见肌肤,问郎还恨薄情无。"(此词大约如此,记不太清矣。)这首词真是天下最好之词,不仅形容得惟妙惟肖,且有至高的哲理。男人们身上所含的兽性似乎天生的就很大,和女子一旦相恋,便想一亲肌肤,女子稍微矜持,他便跳起脚来,骂她"薄情",逼得她非表示一下厚情不可。醉心柏拉图理想国,认为爱情可以纯精神为之的太太小姐们,应着实警惕。

肌肤之迷人,不仅在其色泽,亦不仅在其丰润,肌肤上那股味道,也足可以使男人倾家破产,杀身以报。据科学家们研究,这股味道,各人不同,犹如狗尿一样,狗靠着撒尿,虽行千里,不致失落,因它有独特的气味也。肌肤上的味道亦然,有人谓之体香,有人谓之体臭。一个幼年失父的女人,如果在男人身上闻到烟草及汗腥那种父亲身上才有的味道,恐怕芳心必然生爱。一个年华老大的女人也会因相反的道理,爱上乳臭未干的毛头小伙子;他越不成熟,她越爱得厉害。君不见,足球员出场时,他的女朋友硬是往他的怀里钻乎。柏杨先生便亲眼看见一位如花似玉的女郎舔她男朋友咸咸的汗珠,嗟夫。

肌肤上的味道,一半来自内分泌,一半来自化妆品,像香水味,麝香味,熏香味(贾宝玉把鼻子凑到林黛玉袖口,闻个不休,即此味也),爽身粉味,以及其他只有女人才想得起买得起往身上抹之的味。街头上有妇孺卖茉莉花者,太太小姐争购之,购来之后带到身上,其目的就是为了增加体香,以便男人着迷也。

根据经济学供和求的因果关系,从洋大人使用香水之多之繁上,可知香水对洋女人的重要。外国香水的种类,花样百出,闻之咋舌,有早上起床时用的香水焉,有上班时用的香水焉,有吃下午茶时用的香水焉,有夜色朦胧时用的香水焉,有刮风时用的香水焉,有下大雨时用的香水焉,有下小雨时用的香水焉,有下毛毛雨时用的香水焉,有陪中年人时用的香水焉,有陪老家伙时用的香水焉,有上楼时用的香水焉,有下楼时用的香水焉,有月初时用的香水焉,有月终时用的香水焉,有幽会时用的香水焉,有吵架时用的香水焉,有栽斤斗把腿跌断时用的香水焉,有自杀时用的香水焉。呜呼,她们难道是发了疯,非用这么多香水不可乎?

这就不得不感谢天老爷矣,中国人虽体格不如洋大人魁梧壮大,尤其是中国人因眼高鼻低之故,最不适照相。但中国人却有洋大人羡慕得要死的优点,不可不知。盖洋男人一到成年,便遍身生毛,严重者像一头猩猩,轻微者亦教人望而生畏;而洋女人一到成年,外表上看起来再美,除了皮肤比较稍粗外,据说,还往往有一股特别的味道,不得不拼命抹香水以遮之,中国女人便不需如此手忙脚乱矣。

柏杨先生有一朋友,风流才子,拥有厚资,在巴黎住了十四年之久,承见告曰:"各国女人我都有过一手,不敢领教。我若结婚,定娶中国女子,非关爱国,而是洋女人叫人受不了。"诘之,答曰:"她们身上都有一股膻气。"呜呼,这就是内分泌矣。大概洋女人从小吃牛羊之奶,成人之后,稍一出汗,膻腥之味,破衣而出,不用香水,便不可收拾。这种说法的真实性如何,我可不知道,只知道另有一朋友焉,娶一比利时小姐为妻,平常接近,因香水之味扑鼻,一点没啥,但"香囊暗解,罗带轻分"之后如何,便难说啦。有几次想向该朋友悄悄打听一下行情,因怕挨揍,也就作罢。

女人的体香通常藏在衣服之内,不到拥之抱之,或者不到挤在一起,很难闻及,一旦闻及,再了不起的男人,都得全军溃散。《阅微草堂笔记》上便有这么一段,一位有道行的老僧,用咒语解开一个美女的衣服,悬崖勒马曰:"五百年修炼大不易。"可是,一股体香扑鼻,不由又曰:"再炼五百年也值得!"《西厢记》曰:"软玉温香抱满怀",即令老僧有五千年道行,到此时也得屈服。

最常见一种骂人之语,曰:"你乳臭未干。"盖吃奶的孩子口中都有一股奶味,别人闻之甚臭,但其母其父闻之,却硬是甚香,爱使之然耳。这就可以研究狐臭矣。狐臭应是人类第一大敌,一个女子,如果不幸身有狐臭,她的脸再美,她的三围再标准,她的身材再修长,她的手脚再纤细,恐怕都没有用,谁受得了那股奇味哉。

不过,据说只要一旦爱上啦,就跟奶臭一样,在情人鼻子里,会忽然变得很香。是不是如此,因柏杨夫人到现在为止,尚未发现她有狐臭之故,无法现身说法。但据说历史上那个把弘历先生弄得迷迷糊糊的香妃,有很多人都说她便是身有狐臭,偏偏该老帝崽喜欢这股味道,就自然而然的难舍难分。

美貌是第一

在京戏里最最主要的角色,总是在最最之后出场,所谓压轴戏是也。连台演出,全凭这压轴戏叫座,真正的知音,就专门欣赏这压轴戏。初开锣时,戏院里热闹哄哄,台上唱些啥,谁也不关心,到了压轴戏,院内立刻寂静如水,连一根针掉到地下都听得见。于是，一声女人尖叫，梅兰芳出场了矣，没有他出场，前面那些小伙子小女人们蹦跳得再卖力，都没有用。盖梅兰芳才是主角，只要他一个人演得好，别人差劲一点，都没有关系。否则，即令别人演得天花乱坠，他却差了劲，乃真正的一下子错，全盘皆死，这戏便倒找钱恐怕都没人看。

我们对女人身上各部门研究了一阵，并自以为很有心得之后，现在大轴戏出场。女人身上的压轴戏者，乃她的容貌。容貌本来应该包括耳鼻口眼眉睫，但我们的定义是狭义的，只指"脸"这一部分，其他的都讨论过，现在只讨论双靥和轮廓。

在"中国小姐"们的身上，可以看出一个现象，那就是，三围和长腿，重要至极，必须倒悬葫芦，有粗有细，甚至规定比例曰：胸大三十二，腰细二十二，臀肥三十一，腿长为身长的一半；合乎此才算美，不合乎此不算美也。既有科学的根据，"中国小姐"们身材的美，自然没话可说，你要闲嗑牙，你敢来比比乎？于是，在这方面大家都心服口服。

但在她们的容貌上，却争执迭起。有一位没啥学问的朋友愤愤告我曰："她们才不过十九岁二十岁，相片还可入目，远看也差不多，可是一近看就不行啦，一个满脸疙瘩，一个眼角竟然布满了鱼尾纹，一个别看她相片上眼睛那么大，却全凭眼眶上抹黑墨，一个的脸真像砚台那么方，一个的嘴角往下拉。"我喝之曰："你说她们不美，我却看她们硬是美，你有啥办法，尽管使出来可也。"把他气得张口结舌。呜呼，在国际上遇到这种争执，通常的解决之道是一场大战，谁胜啦谁就是对啦。在社会上遇到这种争执，通常的解决之道是谁有权谁有钱谁就胜利。在三围上遇到这种争执，解决之道更是简单，用软尺一量，立见分晓。

可是遇到女人的容貌,便无解决之道矣,女人身上任何部分都有标准,三围不过是其中最显著者而已。只有容貌,没有啥可以遵循的。评判委员中,各人有各人的眼光,各人有各人的癖好,各人凭各人的自由心证,就自然而然的出入甚大。

我们常说"某小姐漂亮""某太太艳丽""某美女真天人也",这种"漂亮""艳丽""美""天人",指的固然是身段和玉腿,但主要的仍是指的容貌。古人形容美女曰:"沉鱼落雁""闭月羞花",是她的三围使鱼儿一见溜乎?抑是她的纤手使飞雁看了发昏,就一头栽将下来乎?又抑是她的玉腿玉臂使月亮都难过乎?或是她的双足使百花都自愧不如乎?如果把那"鱼""雁""花""月"叫到跟前审问审问,其答案恐怕是一致的,那就是,女人漂亮的脸蛋儿使它们灵魂出了窍。

柏杨先生前些时,和几个老不修朋友在大街上行走,前面有一姣娘,穿着三寸半的高跟鞋,小腿如玉,双臂如雪,十指尖尖如刀削,屁股至少三十八,胸脯至少也三十八,腰窝顶多二十一焉,无领旗袍(即今之"洋装"也),粉颈长长外露,一条幸运的金项链围绕一匝,乌发柔而有光,衣服与胴体密合,肥臀左右摇之,小腿轻微抖之,体香四溢,便是画上的美女,不过如此。柏杨先生心中怦然而跳,其他朋友更是坐不住马鞍,张口者有之,结舌者有之,涎水下滴者有之,手颤者有之,神授色与,几乎撞到电线杆上者有之,有的还一面发喘一面喏喏自语曰:"和她吻一下,送老命都干!"眼看要爆炸之际,该姣娘猛的一转身,竟是个大麻脸,肌肤狰狞,青红相间,大家一声哀嚎,抱头鼠窜。呜呼,这种女人乃属于"不堪回首"之型,一辈子遗憾,使人油然生出一种"喀嚓一声"之念。

"喀嚓一声"者,有其来历,和上述情形大致相同。昔柏杨先生办公室中,女职员如云,其中一位小姐,身段之美,无以复加,真正的"望君之背,贵不可言",惜哉,她也是不堪回首之型,容貌难以入目。有人便曰:"我一见她就恨不得手执钢刀,喀嚓一声,把她的头砍掉,再换上一个。"呜呼,《聊斋》一书上便有换头之术,使人感激涕零。柏杨夫人最大的特征有二,一有惨不忍睹的三寸金莲,另一便是她的尊容实在看不下去。因之我对这方面有特别的心得,前天偶尔不小心,露出要把她阁下也"喀嚓一声",结果连眼睛几乎被她抓瞎,几天未曾写稿,真是好心人不得好报。

不过,一个女人如果一旦被归入"不堪回首"的档案,最好还是能喀嚓一声换之。《聊斋》上那位判官先生能来到阳世间开一个"换脸美容院",包管大发其财,盖世上只有"面目可憎",还没有听说粗腰可憎也。

有一部电影,名《金屋泪》,剧情奇劣,可是里面却有一句千古至理的话,不可不知。男主角的朋友告男主角曰:"美丽的女人躺到床上都是特别的。"诗不云乎:"天下女人都一样,只在脸上分高低。"(其实这只是一句流行在黄河流域一带的民谚,因原文太黄,乃略微改之引用,以免被扣诲淫诲盗之帽。)容貌美才是真正的美,三围和手足,不过附件而已。

看中国画的人常有这么一个感觉,画中的女士,无论她是皇后也好,妓女也好,因都是穿的"和服",身段全被湮没。是粗是细,固然统统不知道,即是她们的容貌,也简直都差不多。书上说杨玉环如何,王昭君如何,可惜那时没有照相机把她们照将下来。仅就画论人,她们的脸蛋实在并不高明,可能那个时代看那种模样硬是顺眼,也说不定。

洋女人的脸以何种轮廓为美,柏杨先生未有考察,但天下之男人一也,以华测夷,大概相差无几。似乎有二焉,一曰瓜子,一曰鸭蛋。一个女人如果天老爷赐给她一副瓜子脸,或天老爷赐给她一副鸭蛋脸,不用发电报到阴曹地府打听,她准做了三辈子善事,才有此善果。拥有这般容貌的女人,便拥有人类中最可怕的武器,小焉者可以倾人之城,大焉者可以倾人之国。即令她阁下心存忠厚,不打算颠倒众生,这种容貌也是她最大资本,善自为之,可以大大地快乐一生。

容貌固无标准,但只是没有三围那样科学的标准而已,却固有其艺术的标准,瓜子和鸭蛋便是标准焉。柏杨先生每逢面对美女,便想到瓜子鸭蛋;而每天追随老妻之后,上市场买菜,看见瓜子鸭蛋,也必凝视半天,想到美女。兹在这里向画家们建议,诸位先生画中国小姐当选图时,先画一个瓜子或先画一个鸭蛋,然后扩而大之,再加上眉目鼻口耳,准使人销魂。

即令是洋女人,恐怕对瓜子鸭蛋,也另眼看待,君不见凡是有"玉女"之称,或凡是"玉女型"的电影明星,其容貌统统如此乎,没有一个玉女是方脸的,更没有一个玉女是棱形脸的也。盖瓜子脸、鸭蛋脸最易使人接受,其他的脸型则居第二位。方脸的比较不耐老,如果天老爷当初赐脸之时,稍不小心,使两腮外鼓,那更属于魏延先生的"反骨"之类,不被诸葛亮先生杀掉已算运气啦。棱形脸更糟,两个颧骨昂然高耸,额小如尖,颚瘦如削,那算个啥?还有圆脸者,俗话说:"团团若富家翁",可见富家翁都是圆脸。问题是,一个女孩子的脸如果是介乎瓜子和皮球之间,还算天老爷手下留情,如果索性圆得硬跟皮球一样,柏杨先生愿用一块钱打赌,不要说一顾倾不了城,再顾倾不了国,便是千顾万顾,男人的心恐怕连动一下都难。

(柏杨先生按:还有一种娃娃型的脸,永不老的脸也,只要有办法控制住皱纹,便青春久驻。)

有红有白

现在世界上最吃得香的,莫过于白种人,因他们发明了机关枪和铁甲船,把黄黑红棕各色人等,打得皮破血流,望风披靡。但说良心话,白种人者,实在是有色人种,盖白种人的血素最容易涌入皮肤,君若不信,不妨到马路上一看便知,白种人身上往往是白的地方少,红的地方多焉。

这样讲起来,白种女人脸上有白有红,岂不是天下最漂亮的女人乎。问题就出在这上面,上帝既赐给洋男人机关枪和铁甲船,使其称雄称霸,对洋女人的容貌,便不得不略微吝啬一些,一百个洋女人中恐怕至少八十个患有雀斑。雀斑和胖一样,为白种女人第一大敌,不要看她们的照片非常娇艳,其真面目却往往有一段距离。柏杨先生抗战前在美国,曾亲自瞻仰过好莱坞电影明星多乐丝·戴女士,她那副银幕上看起来甜如蜜糖的双靥上,除了皱纹之多不算外,好像是谁用喷雾器把墨汁喷了她一脸,如果不仔细观察,简直分不清是在黑脸上洒白粉汁乎?抑是在白脸上洒黑墨汁乎?

雀斑对中国女人的威胁,较洋女人为少。白种女人血液中大概先天的含有雀斑素苗,不管你怎么保养,一旦时机成熟,就勇猛地往外直冒,连原子弹也拦不住。常有美容院以包治雀斑为号召,恐怕不太可靠,如果花大钱能够治愈它,多女士固是有名的富婆也。

中国女人的雀斑似乎来自铅粉。提起铅粉,心中便觉得一凉,柏杨先生幼时,在乡下私塾攻读诗书,每见有货郎者,挑着杂货担,手执"拨浪鼓",进得村来,厉声喊曰:"铅粉!"妇女们各拧其小脚奔出,围而疑之,货郎则指天发誓曰:"它要不是真铅,我出村便跌死。"生意极为兴隆。二十年后,读了学堂出版的新书,才悟到乡下妇女们为啥每个人都满脸雀斑之故。呜呼,天天把铅粉往脸上抹,铅毒中肤,不烂掉鼻子,而只烂出几百粒雀斑,已经很客气啦。

只要不胡乱擦粉,黄种女人似乎没有生雀斑之虞,有些太太小姐或为了掩盖其较黑的肌肤,或为了填塞与年龄俱增的皱纹,拼命擦粉,结果黑皮肤还是黑皮肤,皱纹还是皱纹,既抹不白,也填不平,反而把雀斑搞了出来。为了掩饰雀斑,又不得不再用更厚的粉。于是,恶性循环,一张女人的脸,涂成一张玩猴儿戏的假面具矣。大诗人徐志摩先生曾论及日本女人,批评她们"浓得不可开交"!到过日本的朋友恐怕均有此感,据说全日本女人每天往脸上抹的粉,集中起来,至少有五十吨之多。叫人叹为观止。

和雀斑同样使人泄气的,还有皱纹,包括眼角上的鱼尾纹,和额上的抬头纹。试观儿童的小脸蛋上,绝没有这些插曲,可知它乃渐老渐衰的象征,不但使人厌,而且使人惧。

民国初年，在青岛执教的一位德国女教习，忽然爱上了一个中国青年，非嫁不可。那时德国的世界地位，比今天美国的世界地位烜赫多矣，该青年固然受宠若惊，该德国却认为莫大羞辱。驻青岛的德国领事老爷，招女教习至，问她为啥昏了头。她答曰："西方青年一过了二十岁，脸上便到处是胡子，只有中国青年的下颚光光，所以爱得紧。"

此事以后发展如何，不问可知，女教习被押送回国嫁胡子，丢下黄种小白脸空喜欢一场。这使我想到一点，男人到了成年，正当英俊，却冒出胡子，实在扫兴；女人虽没有胡子可冒，但到了某一天，却忽然大批生起皱纹来，则不仅是扫兴而已，简直使人痛哭流涕。盖皱纹是年华的里程碑，再科学不过，女人的年龄，骗得了户籍员，骗不了仔细观察的眼睛。据柏杨先生研究的结果，发现自古以来，兽医们调查马的年龄，从没有听说要它们出生证明过，而只要撬开其嘴，数一下有几个牙便知。因之，男人如欲知女人的年龄，似乎也不应尽信身份证。我今年七十有余，前天和我同庚的堂妹来访，朋友询其健康如何，答曰："俺才五十五岁，什么事都做得。"客人去后，我责她说谎，她嚎曰："你懂得屁，告到法院都没人信你的话。"说毕，嗖的一声，从怀里掏出她的身份证，以她的身份证上出生年月计算，果然只五十有五。原来敝堂妹乃有心之人，来台湾的那一天便布下埋伏，以便锁住青春。

身份证固不可靠，她们的口头报告更不可靠，不是说得太小，便是故意说得太大——太大则你不相信，可发生心战上反作用之效。而一般太太小姐的应付方法，则往往是笑眯眯地曰："你猜我几岁？"噫，仅只她那充满了盼望的一笑，便是铁石心肠，都不忍把她的年龄往大处猜。于是，男人曰："我猜你顶多二十四。"该四十二岁的女人,乃用一种连自己都不相信的语气否认曰:"哪里,哪里,老啦,老啦。"但她心中一喜,包管留你下来吃一顿油大;你如开口借钱,恐怕她当被子都得给你。

查验女人年龄之法,看牙齿当然不行,她们能给你看乎?只要略微用点心思看看她们的抬头纹和鱼尾纹,便虽不中亦不远矣,能摸之抚之更好,否则用眼细细扫瞄,也可发现奥秘。太太小姐们自然也知道皱纹在拆她们台,补救之法,传统的一套是用粉硬往上涂,使人老眼昏花,发生错觉。不过问题在于塞之填之之后,不敢发笑,一笑则粉落,粉落则脸上条条铁轨,至为凄凉。所以,太太小姐们身上都备有一镜,便是准备随时观察这些铁轨并消灭之的。历史上只有虢国夫人不抹粉不涂胭脂,天生的有红有白,光艳如镜,杜甫先生有诗赞之曰:"却嫌脂粉污颜色。"只是这种得天独厚的女人太少,有这样的容貌,就可走遍天下,不怕男人不婢膝奴颜,哀哀降服。

除了用粉硬塞硬填之外,新法疗皱,还有按摩之术,乃摩登太太小姐最喜爱的享受之一也。不过据说效果不太理想,盖一旦按摩成了习惯,便非天天按之不可,否则肌肤松懈,条条下垂,就更要倒霉。道理非常明显,君不见运动员乎,肌肉结实紧绷若弹簧,可是等到年龄渐老,跳不动,也跑不动时,便废肉横生,不可遏止。女人不察,只单独地在脸上乱搞,怎能下得了台哉?

最精彩的疗皱方法是开刀,把顶瓜皮切开,抓住脸皮硬往上拉,使皱纹展平,拉了之后,虽八十老媪,望之亦如三十许人。现代科学对女人的贡献,可谓至矣大矣。五六年前,香港有演电影的一男一女来台结婚,并度蜜月。那女的很有点名气,也很风骚,只有一点,天稍微一凉,她必戴上帽子,原来她的顶瓜皮在日本曾挨过东洋刀，见不得风，受不得寒也。一旦风浸寒蚀，便奇痒酸痛。柏杨先生跟她在一起时，一直担心万一刀口线断，脸皮刷的一声如帘子般跌滑而下，那才叫人吓一大跳。呜呼，涂粉则易长雀斑，按摩开刀则非小市民所能办到，中等之家便似乎只有靠鸭蛋青矣。据说想当年把清王朝搞亡了的那个慈禧太后那拉兰儿，便天天用鸭蛋青敷到她阁下老脸之上，利用凝固后的绷力除皱。至于为啥用鸭蛋而不用鸡蛋乎？大概鸭以鱼虾为主食，其蛋多荷尔蒙之故也。不过一旦太太小姐对鸭蛋青有兴趣，这个家庭一定冷冷清清，像一座冰窖。有一天晚上，我去拜访一个朋友，他太太献茶之后，退坐一侧，粉脸板得像一个讨债精，顷刻之间，他的三个读大学中学的女儿出现，她们粉脸板得度数更高，纵有杀父之仇，都不致有如此严肃的表情也。当下心中不安，起身告辞，朋友曰："你不要紧张，她们刚敷了鸭蛋青哩。"盖敷上鸭蛋青之后，嘴角连动都不能动，一动即破，绷不成矣。

最漂亮的容貌，应具备下列条件：瓜子形或鸭蛋形的轮廓，然后有白有红——当然还得细腻如猪油。不过白皮肤一定都很细腻，天下好像没有白皮肤而粗糙者。有麻子固然糟糕，有雀斑有皱纹也不高明。所以茫茫人海中，漂亮的太太小姐实在太少，无怪李延年先生叹息"佳人难再得"也。尤其是，求肌肤白尚较容易，求面貌上泛红，简直难如上青天。君没有读过小说乎，大作家们笔下美人的俊俏脸庞儿，铁定的全都有白有红，缺一不可。有一次在台北街头，看见一娇娃，脸上白中透红，娇嫩欲滴，看样子用针扎一下，准有蜜滴出来，不禁目瞪口呆。呜呼，这才是美女，能看上一眼，便已经很有福啦。

白种女人脸上红红的，前已言之，不足为奇，因她们天生的要露出血素。黑种女人则黑漆一团,伸手不见五指,根本红不起来。只有黄种女人,遇到漂亮绝伦的太太小姐,其肌如雪,雪中泛着桃花——或称之为泛着一抹红霞,那才叫真正的美。男人们一旦和这种有白有红,简直要滴出蜜的娇娃相遇,不要说人格道德,恐怕连自己的老命都要抛到九霄云外。

女人们也深知此点,所以在自己脸上,下的功夫也最大。然而,除非真正的天姿国色,多半靠胭脂伪装。京戏里的旦角对此道发扬得最为到家,一张好好的脸,抹得竟像猴屁股。现代女子多以口红代替,口红比胭脂细腻得多,淡淡地涂到颊上,有时简直跟真的"桃花面"一样。柏杨先生每遇到这种美人,心跳喉干之余,必定找一个接近的机会细看,考察一下她那秀靥上所泛的红,是真的乎,抑是假的乎?真的润泽有光,假的红白相间处较不自然,用不着摸,便可判明。如果是真的,心就更跳,喉就更干;如果是假的,我就喟然而叹,叹天下美女固太少也。

世界上只有两个地方的瓶瓶罐罐最多,一是药房,另一则是女人的梳妆台。宣统年间,我老人家毕业于京师大学堂,赴上海旅行,去拜见一位父执,他儿子方才完婚,顺道往贺。进得新房,只见一张桌子,上有一个大镜,桌作矩形,甚窄,铺着玻璃,既不能切菜,又不能擀面,心中顿起疑云。继再观察,桌里满装着瓶瓶罐罐,有大的焉,有小的焉,有高的焉,有低的焉,有装水的焉,有装膏的焉,有装汁的焉,有装粉的焉,有白色的焉,有红色的焉,有水晶做的焉,有铁皮做的焉。简直是洋洋大观,五花八门,不禁更为惊骇。归而询诸教习,才知道那就是梳妆之处,太太小姐们每天危坐其前,东涂一下,西抹一下,前揉一下,后捶一下,少则十分钟,多则两小时。早晨起来搞一遍,午饭后又搞一遍,晚饭后又搞一遍,外出时再搞一遍,临睡时搞得更厉害——卷起头发,点上去痣之药,涂上保嫩防皱之油。呜呼,再倔强再伟大的男人,和她对抗,能不一败涂地乎?

俗云:"远看脸,近看脚,不远不近看腰窝。"这是五千年传统文化看女人之法。为啥在距离很近时,不能看脸乎?盖看三围看不出毛病,看脚也看不出毛病,看有红有白的猪油脸蛋儿,最易发疯。美丽的太太小姐们常常把人逼得不敢仰视,甚至连气都喘不出,偷觑一眼都会神经错乱,演出精彩节目——像目瞪口呆,流出涎水猛地又吸回去之类,就是完全靠她美貌的威力。

女人经

光阴似箭,日月如梭,研究太太小姐,已研究了两个月有余。发表途中,写信来鼓励者有之,表示要为我立铜像者有之,捧我博学多才,前途光明者有之,责我老不正经、自毁声誉者有之,索我签名玉照,以便悬挂,日夕焚香顶礼者有之。柏杨先生年高德劭,有官崽风,对毁誉之来,根本无动于衷。且自问即令再写上三月,也要挂一漏万。一则,女人身上如诸葛亮先生的八阵图,奇妙之处甚多,我的学问虽然已经够大,仍觉隔靴搔痒,越想越糊涂。二则,柏杨先生每天写一千字,既无腹稿,又无数据(写杂文全凭信口开河,如果参考起数据,恐怕连肠子都饿没有啦),笔尖横冲直撞,连自己都不知道写的是啥,等到凑够一千字,从头再看一遍,居然通顺,不禁大喜,盖天纵英才,又一明证。不过,这种写法如果能写出点名堂,也真是没啥天理。但仍可名之曰"女人经";盖一谈到"经",便有严肃之感,连纯是民歌的"诗"都成了《诗经》,圣人可以拆烂污,我也可以拆烂污。

凡来信恭维者,我一律接受,并一律信以为真,以资陶醉。凡来信道貌岸然者,我则一律作佩服状。凡来信责备者,我则一律不理不睬。然凡来信质询指教者,在这最后尾言之中,再提出讨论讨论,一以解惑,一以补漏,一以搪塞,诚三便之举也。

一

孙守侬先生曾指出尼姑问题,这问题可以说是大问题。盖头发之为物也,当初上帝造人,在顶瓜皮上栽了些蓬蓬乱草,当然是为了保护他创造物的脑子,不但可以防太阳晒,且万一失足落水,别人抓住你的小辫子,就可救你不死;若你是个秃家伙,便老命休矣。而且万一有个石块木棒之类,迎头痛击,本来要把你打全死的,因有头发衬着之故,顶多也不过半死焉。

不过头发真正用似乎还在美感上。记得抗战之前,中国青年被强制剃成光头,在营官兵们自然也是如此,结果是如何耶?只要一有机会,便起而反抗,短短的寒暑春假,就有人留将起来,气得教官暴跳如雷。到了今天,风气所趋,大家全成了油头粉面,头发对于男人,尚是如此严重,对于女人,其严重性,更不用说矣。

一般人称天主教的神父为洋和尚,称天主教的修女为洋尼姑,其实不太一样,称修女为女道士当更恰当。盖真正的尼姑必须把头剃成秃子,有的为了表示货真价实,还在天灵盖烧了六个戒疤,修女和女道士便没有这种展览。一个女人到了尼姑的地步,诚所谓"棉线提豆腐",千万别提,即令提也提不起来也。修女则头发仍在,不过密密包住,不示凡人。女道士亦然,这大概是对佛教那种"赶尽杀绝"的剃女人秀发办法的一个猛烈反击。站在美感观点和性感观点上,尼姑可以说分数最低,只有阿Q先生穷极无聊,才觉得飘飘然。

孙守偾先生有兴趣的是,武曌女士到底当过尼姑没有耶?武女士真是人类历史上最伟大的女人之一,按一般惯例,一个美貌绝伦的女人,脑筋多半不太够用,盖她用不着去绞脑汁,自有男人们甘服劳役,作犬作马。而武女士则不然,不但漂亮,而且有一般男人所没有的智慧,把南周帝国治理得风调雨顺,国泰民安(只是冤狱太多),这大概是上帝造人,造到她的时候,一时高兴,故意放了些特别材料。史书上是说她当过尼姑,但没有肯定她剃光了头。对于这种既爱漂亮又要出家的女人,佛教有解决之道,曰"带发修行",真是一举两得的绝妙办法,武女士恐怕是这般炮制。退一万步讲,即令她当初剃光了头,以她那种不甘屈服的倔强个性,也势必整天用布包着。后来,李治先生思慕她的美色,招她进宫,如果她是带发修行,梳洗一番,自可马上动身。如果她已剃发,我敢跟你赌一块钱,她一定坚持着要等到乌丝长了出来才往,否则第一印象竟是光秃秃而铁青青,恐怕啥都别说啦。聪明绝顶如武女士者,她肯冒这个险乎?问题是,当皇帝的都是急色儿,李治先生能等她长一年的头发耶?是以她"带发修行"的可能性最大,且彼时佛教尚未大行,说不定她当的不是尼姑。

(柏杨先生按:这一段是1962年写稿时的学问,现在——

1980年代剪贴选集时,学问已增,又要自己打嘴。查武瞾女士当时确实剃光了头,等头发长了之后才跟李治先生再见面的。这不关李治先生的忍劲,而是宫廷阴谋的一部分,说来话长。)

历史上和头发有密切关系的后妃,还有一个杨玉环。她阁下有一次恃宠而骄得罪了丈夫兼衣食父母李隆基先生,李把她赶了出去。杨玉环绝望之余,计上心来,乃剪了一绺秀发送去,李公睹物思人,果然中了圈套。呜呼,于此又可发现头发之妙用矣,那就是说,必要时可以剪之寄之,以拴男人。太太小姐们读到这里,应谨记心头,永不可忘。杨女士乃绝顶聪明之辈,盖女人身上,只有头发剪之不痛,且可再生,剪过后用盐水洒上几滴,硬说是思君得泪落如雨,不要说李隆基先生老矣耄矣,便是年轻小伙子,恐怕都受不了也。如果杨女士是一个死心眼,剪了一大堆手指甲或脚指甲,甚至索性把鼻子剪掉,或剪掉一个乳头(李隆基先生最喜欢她的"鸡头肉",史书俱在,可供考证),你说那结果岂不一塌糊涂。

剪发寄发,属于"嗲"的一种,妥善用之,无男不摧。

二

乐矣先生来信谈到照片,说有些女人很漂亮,可是照起相来很不漂亮,而有些女人一团糟,照起相来却美得不得了,是眼睛不可靠乎?抑是照相机不可靠乎?

这问题很严重,柏杨先生也有这种困惑,没有办法找到解答。记得随片登台之风最盛之时,曾晤及数位女明星,皆曾如雷贯耳。若某某小姐,脸上除了皱纹便是粉,尤其可惊的是,其脸上的皮甚松，摇摇然，晃晃然，使人毛骨倒竖。但上得银幕，或上得画版，或照出来的签名照，竟俨然姣好女子。

不仅电影演员如此，京戏演员亦是如此。有很多太太小姐，爱上那个调调儿，谁晓得台底下虽娇艳如花，上得台来，却不堪入目。演后直问别人："我的扮相如何？"别人嗫嚅以应，致使她粉泪满脸。有一次，我看《拾玉镯》，台上的孙玉姣又娇又俏，又柔又媚，惹得观众坐立不安，朋友曰："她下得台来，一定把人爱煞。"戏毕径赴后台，亲睹芳容，该女士竟脸方方而布满雀斑，而且声如流沙。（凡用喉的女子，或歌星，或声乐家，其歌甚美者，其说话的声音似乎都要有点毛病，怪哉！）

镜头脸者，洋文曰"砍麦拉非死"，是女人能不能从事电影、电视以及戏剧等，所有必须靠脸蛋儿漂亮才能吃饭的主要关键。如果没有镜头脸，你便再努力都没有用（如果扮演牛头马面，则自属例外）；如果有镜头脸，则基础已俱，只等盖高楼大厦矣。如果扮相美下妆后也美；台上美，台下也美；银幕上美，面对面谈心或跳舞时也美，你的前途包管灿烂如锦，有大福享的。

同是桃花人面，竟有上相不上相之分，大概是什么线条作怪，肉眼看不见，镜头上却显示出来。京戏演员虽不拍照，可是在额角上勒之提之，在两颊上贴之黏之，再好的脸都被弄得不成样子矣。而真正不成样的脸，反而被遮盖成一个瓜子形状，妙不可言。

当一个男人，往往会碰到一种场面，太太小姐执其玉照，殷殷相询曰："你看像不像我？难看死啦。"这时候，就要看你的神通矣。你如果曰："这像比你本人差得多啦！"准有甜笑供你欣赏。如果你老老实实曰："这像比你本人漂亮得多啦。"呜呼，从今以后，你她之间，便结下了大仇，不可不慎。

三

女人之袜和女人之腿,密不可分,叶敬之先生来信痛诋黑袜,其实不要说诋,便是弄个原子弹,都挡不住。利之所在,市人共趋,美之所在,女人赴汤蹈火,在所不辞。

玻璃丝袜独霸腿坛,已三十年,其妙处前已言之,在于穿之跟没有穿之一样。现在黑色长统袜出现,基于人类喜新厌旧的心理,黑色似乎比肉色更能引起男人的高血压。尤其是,黑袜稀疏,肌肤隐约外露,有些太太小姐穿着一身黑,黑衣黑裙,黑袜黑鞋,活像一个小寡妇。噫,天下有比小寡妇更动人心弦的哉?

黑袜流行,已成必然趋势,阴历年拜年时,我还赫然发现有红色长统袜者,大骇,当时就看了半天。说不定到了明年,红袜大行,人人看了红袜都不再稀奇,而轮到看了绿袜稀奇矣。女人身上的花样变化最巨,一年一个样,一月一个式,以便男人们应接不暇,爱不忍释。因之似乎将来还有长统黄袜、长统蓝袜、长统花袜,以及长统的其他什么乱七八糟的袜问世。问题不在于流行啥,而在于有没有福气消受啥也。

补 遗

柏杨先生对女人的高跟鞋谈得够多啦,前些时胡适先生抨击缠足,某圣崽立刻反攻,在报上发表谈话,把高跟鞋和缠足相提并论,以证明洋大人也跟中国人同样的惨无人道,并振振有词曰:"此乃五十步与百步之分也。"阅后不禁又要发风湿。哀哉,中国之一直弄不好,与这些圣崽有关。盖缠足是生理上的变形,而高跟鞋仅不过是一种化妆术而已,相差岂仅五十步哉?现代女人,不想穿高跟鞋时,穿一辈子平底鞋都可,且想高时高之,想低时低之。缠足的太太小姐,能如此乎?抗战时日本飞机滥炸,警报一响,女人们把高跟鞋脱将下来,抱之鼠窜。缠足的太太小姐,又能如此乎?譬如该圣崽的女儿,穿了十年高跟鞋,发现其坏处,马上脱掉,依然故脚,若是缠了十年的金莲,便没啥办法也。

孟轲先生是有名的雄辩家,其词汹汹,好像很理直气壮,其实往往经不起考验,盖"五十步"与"百步",到底不同。有人抵抗了三天便垮,有人却抵抗了三百年才垮,你能说差不多哉?时代一天一天前进,不要说五十步之差,便是一步半步之差,悬殊便大,结果就不得了啦。

谈高跟鞋谈得太多,非故意如此,实在是可谈之处层出不穷,读者先生纷纷责以何薄于平底鞋,为啥不肯一开尊口?夫平底鞋乃中国的国粹,古诗词上吟咏女人鞋的,便属此鞋,不但性感,而且充满佳话,似乎比高跟鞋更一言难尽。

性心理学上,男人有一种"拜脚狂",郁达夫先生便有一篇文章,写他的女友"老二",每逢吃饭时,看见盘里的藕,就想到二小姐的脚,就食欲大振,就多吃几碗。把女人的脚硬生生缠成残废,乃这种心理发展到极致的一种反动。由拜脚狂自然会连带产生"拜鞋狂"(性心理学上似乎无此名词,乃柏杨先生所独创,吃美援饭的教授圈,有良心未泯者,将此送往瑞典,得了诺贝尔奖金,你一半,我一半,绝不食言),见了女人的鞋便气喘如牛,高跟鞋硬邦邦而庞庞然,无此苗头,平底鞋恰盈手握,才有此魅力。

从前文化人欢宴时,常脱下漂亮侍女的绣鞋,把酒杯放在绣鞋里行酒,那情景叫人恨不早生两百年,盖现代人只知灌黄汤,无此雅兴。纪晓岚先生在《阅微草堂笔记》中,对此特别杜撰一文,大加痛斥,曰某家大族,在祠堂祭祖时,其中一个酒杯忽然爆炸,盖该杯曾在绣鞋中放过,老祖宗怒其子孙不敬,故裂之以示警。我想那老祖宗也属于圣崽之流,小伙子荒唐起来,比这要精彩百倍的花样都会演出,仅只把酒杯放在绣鞋里,有啥了不起乎?恐怕老祖宗年轻时,搞得更烈。孔丘先生的"恕道",一到了圣崽手里,便宣告破产。

《青楼艳妓》电影,有一个镜头,女主角伊莉莎白·泰勒从床上爬起来,用脚趾挑起地板上的毛巾。伊女士是有名的玉女,艳丽盖天下,然而她的那双玉足,实在不太高明,和她的脸型及身材,迥然不同。贵阁下曾留意过那镜头乎,她的脚掌甚宽,而大趾骨凶恶突出,属于最劣一型,不知导演先生怎的瞎了眼,硬让它往外露也。她的脚天生只能穿高跟鞋,穿平底鞋准砸,盖高跟鞋可以遮掩,无论你是啥脚,塞进去都差不多。而平底鞋则是最典型的势利眼,对漂亮的脚固是锦上添花,对丑陋的脚则落井下石。那就是说:平底鞋穿到漂亮的脚上,益增其美,穿到丑陋的脚上,却益增其糟焉。最漂亮的玉足和最漂亮的身段一样,必须瘦削,脚趾宜长,脚背宜平,脚掌宜狭,穿到窄窄的绣花鞋中,姗姗而行,圆肤一步一溢,不要说张君瑞先生要跳花墙,便是柏杨先生,恐怕也都要跟着跳花墙。

所以穿鞋是一种天大学问。有些太太小姐深知自己的脚很美,除了大典或非常非常正式的场合外,平常都以平底鞋为主,既舒服,又能吸引男人的眼。然而也有些太太小姐,看别人穿平底鞋妙不可言,便不管自己脚的模样,硬也穿之,弄得小腿以下,像拖着一双鲇鱼,叫人看啦,恶心也不好,龇牙也不好,大伤元气。

平底鞋的种类多矣,从古老的布鞋到最新流行的皮鞋,花样之多,不亚高跟,而且还另有独创。在缎子面上绣龙绣凤,是最古老的一种。而最近则在上面缀着五光十色的亮片,日下或灯下,发着亮亮闪光。然而无论如何发展,总不过在零件上用功夫,其形式固古今中外,都差不多,有圆口的焉,有方口的焉,有尖口的焉,有微露趾缝的焉;有浅帮的焉,有深帮的焉,有不浅不深的焉。最近台北市面上忽然又流行起来韩国鞋,鞋尖之处,状如一钩,昂然翘起,好像武侠小说上练武功的江湖女郎,书中交代,有谁惹她,她只一踢,那钩子里有浸过毒药的钢针,当者无不丧命。奉劝年轻朋友,小心为妙。

平底鞋最温馨的一种,为睡鞋焉,有《睡鞋词》曰:"红绣鞋,三寸整。不着地,偏干净。灯前换晚装,被底勾春情,玉腿儿轻翘也,与郎肩儿并。"惜哉,这种情调今人没有了矣。现代女人,不要说叫她们穿睡鞋,便是叫她们穿袜睡,恐怕都不干。美国《查普曼报告》上便有一段,一小姐曰:"只有娼妓才穿袜睡",两只大脚丫在床上乱踹,怎如一双瘦削削的红睡鞋耶。

最后几事

"补遗"之后,仍有一些大函,或未复,或续来,整理归纳,再分别讨论,以垂千古。

一

刘克勤先生指出,为啥不研究研究女人的"皮包"乎。我想这应该划入另一范围,该另一范围将包括全部服饰,若皮包、若披肩、若套鞋、若别针、若足够普通人家吃一辈子的貂皮大衣等等,而我们现在研究的,纯属肌肤之亲,不能相混也。

不过皮包似乎与其他服饰有一点不一样,那就是皮包跟乳罩差不多,为现代女人不可须臾离也之物。除了拥有巨大"本钱",那个女人不戴乳罩乎?即令是侍从如云,亦从无一个女人不带皮包者也;上自英国女皇,下至市场满嘴"格你娘"的女菜贩,无不人手一包,其重要可知。

有人说女人没有秘密,其实她们只是没有别人的秘密,对于自己的秘密,则保持得固紧不通风,像一个太空舱。其秘密藏在两处:一处为肚皮,一处则为皮包。一个人如果贸贸然翻看女人的皮包,那简直非倒霉不可。相反的,一个人无论男女,如果随时都可翻她的皮包,那份交情,就别往深处再打听。盖女人皮包里啥都有焉,若镜子、若梳子、若发夹、若口红、若粉盒、若香水、若眉笔,这是"见得人"的一类。另有"见不得人"的一类,若包着鼻涕的纸,若当票(刚把丈夫的西服当掉,买了一件披风,正在夸口,被你掏出当票,她还能混哉?);若刚接到手,尚未找到机会毁之的情书(一旦被传扬开,岂不要白刀子进去,红刀子出来?);若已经写好,只欠贴邮票便可投邮的赠给某人的玉照;若一双臭而不可闻的丝袜;若两张撕过角的电影票;若其他女人们特有的乱七八糟的东西。最严重的是,里面竟偶尔的没有一个钱,或偶尔的有两粒避孕丸,使女人丢脸,莫过于此,她怎能让你开之看之哉?

俗曰:"人心不同,各如其面。"我们可以套一句曰:"女人之不同,各如其皮包。"柏杨先生曾作过广泛调查,没有两个女人的衣裳是一样的,甚至皮鞋亦然。一鞋店老板曾告我曰:"女鞋最难做,新花样兴不到一个月,街上穿的人一多,便再也卖不出去。"盖乡下人老在潮流后面赶,都市的太太小姐则是一直走在潮流尖端也。皮包的情形也差不多,每人都喜欢独特表现,最好是工厂只做出她持有的那一只,才可骄傲群雌。于是皮包的样式便不可胜数,大的大到可装进一个小孩,小的小到只能装一面镜子和一管口红,顶多再装一张小纸条,上写电话号码。其他方的圆的,长的短的,蛇皮树皮,鸡皮漆皮,均不在话下。中古时候,欧洲骑士常把他们仇敌的皮剥下,制成皮包,以赠情人。感染所及,贵夫人们也往往如法炮制,对付她的情敌,将另一美女杀而剥之。据说把这种皮包置于丈夫枕头之下,丈夫就会忽然老实起来,俨然成了柳下惠。太太小姐有志于此者,不妨参考参考,学学剥皮之术。

二

程织景及华洁二位先生以女人长裤相询,真有心之人也。盖谈到裤子,中国又得甘拜下风,五千年传统文化中的裤子文化,于今被洋大人的裤子文化,全部征服,手段毒辣的卫道之士,可能飞出一顶帽子,说我不够爱国,那就得请他没事时检查一下他太太的和女儿的裤子,恐怕他就非把头缩回不可。因之我乃发明一种新药,即将申请专利,药曰:"女人的裤子,可治卫道之士的顽固病。"

中国女人传统的裤子,上及腰,下及小腿,末端用带束之——请参考韩国女士的裤子,便知道啦。盖韩国女士之裤,乃中国传统之裤。自欧风东渐,裤子猛缩,不知道是谁出的主意,竟缩到几乎看不见的程度。进步之快,变化之速,使人跺脚。人类已进化到可以去太空观光,连月球上有啥东西,都知道得清清楚楚,可是,再伟大的科学家,却无法知道他面前的那位女郎,穿裤子了没有。中国女人穿的是旗袍,开衩甚高,有运气的人还可偶尔看到三角裤的边缘,但如果她真的和古时候的宫女一样,根本不穿裤子,你亦木宰羊。古时宫女不穿裤,为了人己两便,今之太太小姐不穿裤,当然是为了摩登,为了艺术。

有不穿裤之实,但无不穿裤之名者,为透明裤焉。太太小姐为啥要穿透明裤,其心理恐怕只有天晓得。玻璃丝袜不掩肌肤,为的是叫男人看之爱之,尼龙裤不掩肌肤,搞的是啥名堂哉?前几年台北街头,有一擦皮鞋的小童,正在为某女士擦鞋,偶一抬头,哎呀不好,她穿的竟是透明之裤,遂头晕眼花,把鞋油都擦到膝盖上。呜呼,将来说不定索性连裙子都成了透明的,那才要天下所有男人的命也。

《易经》曰:"物极必反",女人的裤既短到不能再短,一旦反动起来,便拼命地长,而且长得不可收拾,越膝而下,连足踝都行超越,眼看就要把玉足都行包住。尤其精彩的是,不但长,而且窄。当这种长裤初流行时,宽窄还有中庸之道,之后便越来越不像话,一窄再窄,初是裤脚管窄,接着是膝盖窄,再接着是大腿窄,把两条玉腿紧紧绷住,玉肌丰满,简直要破裤而出。有些太太小姐更穿上有弹性的毛裤、绒裤之类,曲线毕露,男人们看得多啦,心脏难免衰弱,损害国民健康,莫此为甚。在美国,这种风气更凶,太妹们穿着窄裤,仍嫌不够性感,更故意地用水泼而湿之,使裤管紧贴玉腿,以便更能诱惑。此乃原子弹之术,幸中国女孩子尚未学会,否则台北社会风气,就要更进一步矣。

三

洋大人谚曰:"群山比平原美",女人的玉貌亦然,能有酒涡出现,必更为娇媚。"一读者"先生询以其中道理,大概有曲线总比没有曲线使人心旷神怡。不过曲线不能太多,酒涡深陷,观者固然动容,如果尽是小如米粒的酒涡——一脸麻子,那就不可收拾。

麻子是美的克星,古时有"麻美人"之称者,显然是一种无可奈何之词,不足取法。幸好洋大人发明了种牛痘之术,否则十个女人九个麻,这个世界还有啥意思哉?酒涡和麻子恰恰相反,女人脸上有了酒涡,那才是最优良的设备,柏杨先生敢拿一块钱打赌,大多数美女,恐怕差不多都有或大或小的酒涡,以便盛男人的钞票。而且和她的漂亮成正比,她越美,她的酒涡越是无底洞,再多的男人前仆后继,都填不满。

酒涡这两个字就使人心醉,上帝当初不知道是怎么搞的,大概一时高兴,在女人双颊上用铁锥凿了一下。白里透红的脸颊,有两个一笑便出笼的坑坑儿,在其上若隐若现,真是绝妙之姿。民国初年,老牌电影明星胡蝶女士,只有一个酒涡,每逢有人给她照相,她就立刻露之,虽千篇一律,枯燥无味,但已够她吃饭的矣。酒涡既有其如此伟大之处,被上帝漏凿的女人,便只有自己动手凿之,美容院中有"专制酒涡"的医生,便是为此而设。然而巧夺天工的事不多,自己凿的结果,往往一见便知。台北有某歌星焉,左右开弓,凿了两个,好像是酱油店用的漏斗,不但看了不起美感,反而起鸡皮疙瘩,照起玉照,两颊上两个黑洞,大煞风景。

四

另一位"一读者"先生特别提醒应该谈谈女人的舌。呜呼,不提其舌,倒还罢了,提起其舌,使人汗流浃背。从前张仪先生在楚王国被打得体无完肤,家人哀之,他曰:"看看我的舌还在否?"答曰:"在。"乃曰:"有舌在就有办法。"果然当了秦国宰相,大破六国合纵联盟,舌的力量岂不大哉。而生到女人口中,比生到张仪先生口中,还要厉害,张仪先生的舌不过把六国搞垮而已,女人们的舌则简直能使平地起浪,山崩地裂。

中国有句话形容搬弄是非的女人,曰:"长舌妇",言其舌之长,可以伸到人家灶底舐出锅灰来宣扬也。洋大人亦有形容词焉,曰:"她的舌头可以修剪路旁的小树",那简直比钢剪还要锐利。柏杨先生每逢遇到哇啦哇啦讲个不停,不是附耳过来,告以张太太和李先生有一手,便是做神秘状,说王小姐拍有裸体照,前天悄悄地去找她的上司拉关系。我立刻就想到埃及的金字塔,盖当初法老王建金字塔时,把工人的舌头全部割去。噫,法老王如果也来中国一趟,包管中国天下太平。

不善辞令,不搬弄是非的女人,乃是吉人,遇到这种的太太小姐,向之顶礼,绝对没有错也。

再补充三点

"女人经"有点欲罢不能之象,盖读者先生来函中精彩之处太多,简直非谈不可,兹再论三点,以表学问庞大。

一

凡是漂亮的女人,似乎多半没有脑筋,不是她根本没有脑筋,而是贱骨头的男人太多,无论啥事,都为她设计周全,并赴汤蹈火以服务之,用不着她去用脑筋也。我有一个侄孙女,乃美丽的大学生,看电影向来不排队买票,只要走到窗口,拣一稍有人性的臭男人,嗲曰:"先生,对不起,能不能请你带两张。"言毕再娇而笑之,准如愿以偿。有一次柏杨夫人不自量力,也去娇而笑之,结果成了人间绝响,毫无反应,不得不排在最后,站得两腿发酸。

这不过是芝麻小例而已,聪明之士,可举一反三。敝侄孙女在学堂考试时,不知道巴拿马运河在哪一洲,马上就有一个纸团,趁教习扭头发呆之际,飞了过来,告以种种。如果是一个难以入目的女郎,恐怕就是急得脑充血,也没人去管。于是,面貌稍微差劲,便不得不拼命用功,一则以求自保,一则以求在学识上取得补偿,你们不是嫌我不漂亮不理我乎?嗨,我学富五车,不由你不多看我一眼。

洋大人之国,有一新郎焉,逢人便吹他妻子的烹饪之术,吹得她自己都过意不去,有一天责问之曰:"亲爱的,你怎么说我会做菜?你知道我其实啥也不会。"丈夫答曰:"可是,我总得找一个跟你结婚的理由呀。"这女郎总算有福气,自己虽毫不出色,幸有丈夫疼爱,捏出一个借口,而普通女子便不得不自己努力,以供给男人去借口也。

有这么一个现象,不知读者先生注意及之否,漂亮的女子,结婚的都很早,盖有各色人等环绕四周,手执捕网,眈眈而视。你喜欢文学,有作家焉;你喜欢唱歌,有声乐家焉;你喜欢理工,有科学家焉;你喜欢图画,有画家焉;你喜欢学位,有打狗脱、马死脱焉;你喜欢银子,有足可以把太阳都买下来的富翁焉;你喜欢美貌郎君,有小白脸焉;你喜欢静,有十棒子都打不出一个屁的人焉;你喜欢玩,有白相人焉;你喜欢去美国,有留学生和华侨焉;你喜欢高鼻碧眼,有擦皮鞋的焉。呜呼,要想不被掳去,简直不可能。婚后因自己美如鲜花之故,丈夫怜之爱之,最后索性畏之如虎，后来子女长大，当了婆婆或丈母娘，当然更为吃香，她这一生永远站在上风，实在用不着努力。

姿色不太突出的女子便不能如此安逸矣，君如不信，不妨稍微留意，凡是女事业家，十个有八个，长相都有点平凡。为了表示敬意，即令不能说她们很丑，但总不能昧着良心说她们很美。有一位记者去访问某女大亨，一时顺口，赞扬她貌如天仙，结果被撵出大门，盖她以为他吃她的豆腐哩。

我们说女事业家们多半都不太漂亮，乃千锤百炼之言，读者中如果不太服气，不妨屈指一数，若某女社长焉，若某女董事长焉，若某女校长焉。然而我们毫无轻视之意，谁要说柏杨先生对她们瞧不起，谁便是大混蛋，犹如我说漂亮女人多半没有脑筋一样，也无轻视之意，只是指出社会上有这种现象，美不美和爱不爱无关，和敬不敬更无关也。

美而慧的女子千不得一，如果有之，能娶则娶之，不能娶时，则千万多看几眼，以资纪念。

二

关于饰物，我们谈的不多，关于衣服，根本未谈，无怪读者先生中有不满意的朋友，来信骂阵。实在是，除了甄别专家，谁也弄不清女人的首饰衣服是怎么回事，盖今天有一种出笼，刚买到手，明天又有另一花样问世，连名称都不知道。据说美军顾问团在外国担任军事训练的教官，每隔两年，总要回国一趟，盖武器日新月异，两年不回国学习，再运来的新武器，他认识都不认识矣。女人的首饰衣服亦然，一月一样，一年一变，谁也摸不清头脑，反正男人的口袋倒霉就是啦。

太太小姐们热热烈烈聚在一起，如果不是谈张家长李家短，准是谈首饰衣服，谈到热情之处，眉飞色舞，搔首弄姿，美不胜收。柏杨先生乃租房而居，房东小姐，留洋生也，她的女朋友每一次来，她都翻箱倒柜，像钦差大臣查抄家产一样，把新衣新饰全部搬将出来，供人一观。于是，来客摸之抚之，问之询之，唏嘘感慨者有之，自叹命薄者有之，指天发誓回去定要也买一件做一件者有之，吹牛说她有更好的亦有之。群雌粥粥，半夜不休，有几次我都想买包巴拉松送去，封住她的玉嘴，以清耳目。

最使太太小姐意乱情迷，如痴如狂的，美国货第一，香港货第二，日本货又次之，菲律宾货第四；若中国自己做的，属于土产，最最下等，有身价的女人向不穿戴。尝见一群长头发的动物，咭咭呱呱，第一人吹曰："我这旗袍，是中本外销货。"盖市场上如也买得到，就显不出她有特权也。第二人吹曰："我向来不穿本地造，瞧我这夹上衣，上星期我表哥才托人带来的。"原来那料子也是中本货，新从香港回笼，但仍挡不住该女人洋洋得意。第三人吹曰："我姐姐在日本，这照相机便是日本名牌子，一千八百元，好便宜，日本照相机天下第一。"其实市上一千四百元就可买到。第四人接着也吹曰："我先生在美国是打狗脱，昨天从美国寄给我一双高跟鞋。"先生者，非指老师，乃指丈夫，言语方了，全体肃立起敬，有起敬过度的，还把握不住，口中发出怪声。

大仲马先生曰："百货公司是一个使女人什么事都做得出的地方。"这话一点不刻薄。不信的话，你不妨送一件价值百万美金的貂皮大衣给一位小姐，恐怕她就非爱上你不可，连棒子都打不出门也。大仲马先生是法国有名的作家,因有钱之故,女友多如牛毛,可能因此看穿了女人的心,容易轻蔑。不过中国有一句俗话曰:"千里去做官,为的吃喝穿。"做官尚且如此,何独责备一女子乎?有两洋女人焉,甲女曰:"亲爱的,你那件大衣至少值十万美金,真叫我羡慕,我挣扎了这么多年都没挣扎到手。"乙女大惊曰:"老天,你挣扎?你不要挣扎呀。"

呜呼,仔细一想,我们还说啥。

三

至于"浑身都是假"问题,说来说去,使人如坐针毡。洋大人之国,夫妻间盛行"分床睡"之制,讲起理由,振振有词,可写一大本书。然究实际,似乎与浑身是假有关。盖男人跟如花似玉的妻子同床共枕了一夜,第二天睁眼一看,咦,眉毛没啦,睫毛脱啦,眼睑上抹得黑墨,和眼屎结合在一起啦,嘴唇上青紫如靛,脂粉全退,皱纹密布,牙未刷而口臭,头因滚而发乱,望之不似人君,好像刚从海里爬到岸上的金色夜叉,你能不神经崩溃,少活十年哉?如果分床而睡,早上沐浴更衣,披挂整齐,然后相见,便无此弊。

浑身是假的故事很多,最有名的一次发生在若干年前,台北市中山堂某一酒会上,一个有什么美人之称的电影明星,银幕上固美,台下相见,尤美不可言,影迷们蜂拥而上,最初她酬酢应对,尚能中节,可是到了后来,有人喊曰:"嗨,她的屁股歪啦!"她一紧张,胸前又出现四个奶头——两个小的是真的,两个大的则是脱落了的乳罩。当时全场大哗,她只好狼狈而逃,大骂观众没有教养。中看不中吃,此之谓也。

世界上只有天姿国色最了不起,可惜天姿国色只限于少数人,虎魄女士生了两个孩子,还能把英王迷倒,这种人跟柏杨先生一样,乃天赋异禀,世间不多。普通女子便不得不靠假的混世。最假的地方,莫过于乳罩,凡是女人,几乎都要戴上一个,连游泳时都不肯丢掉,从无例外,君若不信,不妨到台北衡阳街上逐个扫描,我敢跟你赌一块钱。

因为浑身是假,当男人的便苦啦,俗云:"太太是人家的好",有一次一个道貌岸然向我大怒曰:"人心不古,我就是认为太太是自己的好。"我不禁失色,当时就推荐他去当说谎大学堂的校长。盖这不能怪男人,女人浑身都是假,怎的不鼓励丈夫去追求真耶?

所幸的是,中国女人除了乳眉唇外,其他各处都尚能维持现状,只有少数杰出的太太小姐,才有假睫毛、假屁股,并在腰中紧勒钢丝,且剖掉小脚趾焉,这不能不说是天佑中国也。

怪马集

提　要

　　《怪马集》中柏杨借镜时事、电影以及古今中外典故以作为议论的基础,论辩人们认为理所当然之事,特别显现此类观念于中国文化的植根之深与破坏力之强大。传统文化逐渐成为柏杨的火力焦点。此外,他又借李宗吾之"厚黑学"——中国官场之心黑脸厚、逢迎做作,仿拟古典语法叙写今事,不但达到以古讽今的效果,亦同时解构了经典的权威性。其街闾巷弄式的嘲弄,遂与其严肃的心志形成庞大的张力,加强了正义之怒的强度。

序

柏杨先生的杂文所以能够出版问世,完全受读者先生的爱护和支持,否则,谁肯冒本利皆消,全军覆没的危险,去印无名老汉的作品也。当初猛写时,和现在的心情一样,不过为了糊口,毫无雄心大志。后来写得久啦,偶有来信鼓励者,心中稍喜。后来鼓励日多,才正式觉得有点不同凡品。回忆起来,柏杨先生当初诞生之时,准有什么异象。但谈到出版,却仍不容易,当第一辑《玉雕集》剪贴好了之后,曾和几位出版商接头,均大败而归。他们都是老经验,曰:"读者都是瞎嚷,平常看时或可叫好,可是等你出了书,动了真刀真枪,便没人买啦。"后来自办平原出版社印行,销路奇佳。可见读者先生没有在紧要关头出卖朋友,否则一本也卖不出,弄得丢盔掼甲,不但无脸见人,亦无法活下去也。

现在《怪马集》又出版矣,柏杨先生手中没有现成剪稿,辛辛苦苦,重新觅贴,每当夜深人静,老妻在旁便劝我曰:"老头,语不云乎:得意不可再往,《玉雕集》虽有销路,不是你有一套,而是读者先生同情你罢啦。"呜呼,我相信这个集子会同样得到支持,假设你觉得敝大作没啥可看的,那就作罢。假设你觉得看看也无妨,而且手中也不缺十二块钱,那么,就请惠购,以示敬意。

《怪马集》选的全是议论性的大作,篇篇精彩,有口皆碑,用不着自己再擂大鼓矣。至于为什么叫《怪马集》,其意义如何,我也不太清楚,好在书名和人名一样,不过一个符号,没啥意思,不理可也。但一定要问的话,则柏杨先生答曰:"怪马集者,怪马集也,似乎有点不同于白马、黑马、蓝马,以及其他不怪之马的集也。不信的话,一看便知。"

是为序。

1962 年 10 月于台北柏府

党进先生

一

《通鉴长编》载：宋初太尉（三军总司令）党进先生，天寒地冻，大雪纷飞之夜，拥炉酌酒，大醉大饱，满身是汗，摸着肚子走来走去（原文为"扪腹徐行"，得意满足之状，比白话文更能表达）。叹曰："天气不正。"门外站岗的士兵应声曰："小人这里，天气却很正。"盖门外风雪交加，该士兵正冻得发抖。

柏杨先生曰：那士兵显然是一个不满现实的危险家伙，满腹牢骚，语带讽刺，胆敢猛唱反调。党进先生是否因此飞了他一帽，拘之杀之，书上没有交代明白。但该小人将来之没有好结果，则固可断言者也。

二

同上书载：一天，党进先生吃饱了饭，摸着肚子（又是摸着肚子）曰："我不辜负你。"左右曰："将军不辜负肚子，可是肚子却辜负将军，竟没给你出一点主意。"（原文是："将军固不负腹，此腹负将军，未尝稍出智慧也！"）

柏杨先生曰:这是"腹负将军"典故的来源。"左右"是什么人,已无法查考。噫,现代的"腹负将军"虽多,但现代有这种胆量的"左右"却很少。语带调侃,便是大逆不道。党进先生的这些"左右",恐怕也危险万状。

三

宋《事实类苑》载:党进先生巡视京师,看见小民有养鹰鹞的("鹰鹞",名禽),一定叫宪警放它们飞走,还大骂曰:"不去买肉奉养父母,反去喂鸟,简直不是人也。"偏偏亲王赵光义先生(稍后当了皇帝)在花园里也养了几只鹰鹞,很多佣人伺候它。被党进先生看见,勃然大怒,下令放之。佣人亮出字号,曰:"它是亲王赵光义养的呀。"一面飞奔向赵光义先生报信。党进先生连忙拉住,不但不再叫放啦,而且连父母也不提啦,反而给了很多银子,叫去买肉,还殷勤地嘱曰:"你们好好看顾,别叫猫狗伤了它。"

柏杨先生曰:党进先生不识一个字,如果再没有几下马屁功夫,能官拜太尉乎?这件事虽然"小民传为笑谈",但小民笑谈有何妨哉?赵光义先生听了小民的"笑谈",对党进先生的谄媚之态,恭顺之状,反而更加欣赏,虽不想高升,不可得也。假设他竟真正地以维护国法为天职,把赵匡义先生的鹰鹞放掉,他就完啦。

四

《湘江近事》载:学士陶谷先生,买了一个婢女,原来是党进先生家的。经过定陶县时,陶谷先生命取雪烹茶,曰:"党太尉家欣赏这个乎?"婢女答曰:"他是一个粗人,怎能欣赏此景?他只会在销金帐下,浅斟低唱,饮羊羔美酒罢啦。"

柏杨先生曰:这一段对话之后,书上云:"谷愧其言",盖"富贵家气象,其与穷措大,自是不同"。陶谷先生当然非愧不可。俗云:"笑贫不笑娼",宁可作买肉喂鹰的党进先生,不可作煮雪烹茶的陶谷先生。古今的社会都是一样,有钱的就是大爷,不管钱是从哪里来的也。

五

《邻几杂志》载:党进先生欣赏他自己的画像,忽然大怒曰:"有一次画老虎,还用金纸贴作眼,难道俺连金纸贴作眼都不配。"原来画师为他画像时,没有把他画成火眼金睛,被认为瞧他不起。

柏杨先生曰:记得是前年吧,台中市公园门前一个艺术塑像,被某大官批评曰:"那是啥?我看不懂。"台中市长惶恐之余,立刻下令拆除,虽千万人呼吁不可,仍挡不住他硬是贴金作眼。盖做官要紧,艺术算啥?中国人无不骇然。看了党进先生的杰作,可知中国因有五千年传统文化的缘故,几乎是一切都有所本的,一点都不奇怪。

六

《麈史》载:宋神宗赵顼先生参观太庙,教把开国功臣们的肖像都画到两厢墙上。党进先生家属报告曰："家里没有祖父党进的绘像，但城南什物库土地像便是。"赵顼先生就命把那尊土地取来，照着画上去。

柏杨先生曰：党进先生活着的时候当大官，死后自然当神仙，中国的"官"和"仙"本来是不分的，一个人想要成仙，往往只需要皇帝金口玉言地封赠就行啦，可见官的伟大。我们从没有听说过小民这么容易成仙的故事，连孔丘先生都得当了"素王"之后，才能大显天下。不过，党进先生屈就土地之职，似乎很有点垮了台的现象，可能是他活着时"买肉喂鹰"的那一套，在天国行得不太顺利所致也。

丑陋的美国人

《丑陋的美国人》是一部由美国作家贝尔·李德拉、尤珍·柏里二位先生合著的巨书，柏杨先生曾经很用心地看了五遍（其实没有五遍，而只是翻了翻罢啦，不过常听官崽训人读书时，往往以"我看了几遍"相勉，忍不住效上一法）。呜呼，那是一部非常可怕的偏激的书，贝尔和尤珍以一个美国人的身份，竟然这样地猛揭美国驻外使节的底牌，暴露美国驻外使节的过失和丑态，显然的是在打击美国国际声望，和破坏美国政府威信，我相信他们该多少"有点问题"，或被联邦调查局扣押，或被苦刑拷打，自动自发的惶恐认罪，才合乎逻辑。

奇怪的事就发生在这里,美国政府不但准许他们活着,甚至连关起来都没有。对该书的发行,不但没有查禁,反而把它拿到国务院大肆研究,认为它是一部"确实刺激思想"的评论,开始逐步改进。噫,未免离谱太远啦。如果换到别的国家,该两位作家恐怕早被请去"约谈",不知谈到何时也。同时该书也绝不可能准许它流通,早派人逐户搜查,作为犯罪证据,大做起诉书来矣。

此乃美利坚合众国悲哀之处,亦是洋作家道德堕落之处,叨在同盟,言之痛心。兹随便摘出几段,以例其余。如有英文甚好的爱国同胞,将柏杨先生的见解译成英文,寄给美利坚,使其全国上下,迷途知返,则对国际和平和美国国内安定的贡献,将和我一样的大。

一

当沙尔斯先生被征求当阿富汗大使时,他的第一句话是问:"阿富汗在哪里?"挖苦得未免太凶,不合中庸之道。而在他到任之后,为了一幅《东方星报》对他的讽刺漫画,竟把阿富汗国闹了个天翻地覆。但对于一个被冤枉挨了打的柯尔温先生,却大大地不耐烦,且看他对柯尔温先生说的是啥,他曰:"嗨,我的新闻官告诉我,你和坏女人打架。现在,你记住我的劝告,你这种行动会使美国蒙受不利的,我准备一俟你能够行动的时候,就送你回国。"

——中国作家决不敢描写中国驻外大使如此颠顸,一则是,中国作家比美国作家爱国。二则是,难道中国作家是傻瓜,不怕坐牢乎哉?

于是,阿富汗的总理奴安先生发表评论,他曰:

"美国人,我看不出有啥理由,为什么派这么一个愚蠢的人做我们的大使。"

"千万不要低估这个人,他本来是一个比大多数大使都要愚蠢的家伙。但对保护他的人,他却是很能干的。"

——呜呼,这真是沙尔斯先生的不幸,他如果被派到台北,大家巴结他都来不及,怎能招到如此重大的不敬耶。

二

一个典型的外交官崽卓宾先生,风度翩翩,口舌流利,在"海外就业会"上,向一群可能申请去阿富汗国的听众,发表美国驻外人员的特点和要求,他曰:"你们要和外国人一起工作,但我们不希望你们因和他们一起工作而和他们同样的脏。不管你们派到哪里,你们都是要和衣冠整洁的美国人相处的。同时大多数是未婚的,如果你们是未婚的话,在海外也不会寂寞。"

一位在七个国家做过领事的阿普顿先生感慨曰:"我们征募海外工作人员的制度,一定有些错误。除了一个人之外,其他每一个申请的人,都比他们现在的工作可以获得较多的收入。"

"那位老工程师怎样啦?"卓宾先生问。

"我想他可能有神经病,放着每年十五万美元的收入不要,却要到海外低度开发国家去工作。"

——作者贝尔和尤珍两位先生,显然要借此讽刺美国高阶层的昏庸。其实误矣,真正昏庸的还是该老工程师,出国不但无美金可赚,还要赔账,天下有此呆子乎?而美国竟然有之。

三

一位最受柬埔寨人民欢迎的养鸡专家汤姆先生,向安全分署要求进口几千只美国小鸡和雄鸡,和花几千元发展一种用来把甘蔗研成粉质的机器。但主席厌恶地拒绝了他,并且告诫曰:"汤姆,去年已经告诉过你了,美柬两国政府所需要的是一些大的东西,那才是目前对人民真正有帮助的东西……好的,好的,上级不重视,你还是放弃。"

——"上级不重视",这句话好耳熟。

经过激辩,汤姆先生要辞职,书上描写主席在核准时的心情曰:"主席注视着汤姆,心里想,如果汤姆和他上司接近,可能会发生反应的。但他又想,他在国会议员中会获得比汤姆更多的支持时,他就微笑了。"

——看样子主席先生也读过"后台学",否则不会如此英明也。

"两天之后,汤姆返美,尚有两天可抵达的时候,他坐下来把他的意见写下来,以便向国会陈情和向新闻界发表,当时他内心非常愤怒。可是时过境迁,很多事记不起来了,写了三个钟头,仅只写了半页,结果决定登岸后再写。八个月后,当他回到他自己的农场时,他认为一怒而离开柬埔寨,似乎是幼稚的行为。"

——"实干硬干,撤职查办",美国也有。

四

书中最精彩的一段是关于布朗参议员的,虽然他在年轻的时候,还不知道柬埔寨究竟是在非洲或在亚洲,但当他当选了美国参议员,并进了参议院外交委员会之后,他的常识立刻大丰。

——此固是布朗参议员天纵英明,但却是非常符合中国传统,盖中国的传统是:权力就是知识,就是学问。

在布朗参议员决定访问越南时,美国驻越南大使克莱先生,事先开了一次全体会议,紧张而严肃的布置就绪。等布朗参议员来了之后,他曰:"我没有准备任何访问日程,也没有准备任何访问计划,只请参议员告诉我们对什么有兴趣。"

——柏杨先生一向都认为美国在做官之道上是落后地区,看样子他们简直要迎头赶上。中国如果不再发明点新花样,真叫人担心要糟。

布朗参议员的访问,书上曰:"(在参观越南士兵训练时)参议员对巴尔博士曰:'问他射击这种步枪有多少次?向什么目标射击?'巴尔博士很快地和那位越南士兵谈了几分钟,越南士兵答道:在今天以前,他从没有见过无后坐力的步枪,实际上,他不是士兵,而只是一个伙夫,他对这种工作感到困惑,但觉得高兴,因为厨房里很热。于是,巴尔博士向布朗参议员翻译曰:参议员,他说他使用无后坐力步枪已有好几个星期了,他没有射击过,因为这种枪弹非常缺乏;然而,他说他希望有机会练习射击,并用它对抗共产党。"

——柏杨先生已开始打听巴尔博士,和命令他如此如此的克莱先生的通讯处,以便"做官大学堂"请他们当教习。这一套功夫,想不到洋大人也会,且有青出于蓝之势,叫人觉得后生可畏。

五

最后,贝尔和尤珍二位作者先生提出两点:

第一,他们主张,派驻外国的使节一定要会驻在国的言语。

——误矣,美利坚人一生下来就会英文,诚是上帝的恩典,如再学其他言语,岂不自损尊严?

第二,他们指出,亚洲留美的学生,都是来自一个阶级,即亚洲较大城市的少数富有阶级的子弟,而共产党在云南的国际学生训练,却恰恰相反。

——作者又在为敌张目啦,美国竟有这些败类,怎不令人扼腕。而最使人不平的,美国国务院还拿来研究,用以改进外交。呜呼,置政府威信于何地?美国之没有前途,不卜可知。

身份证功能

国民身份证是为了啥而发明的,恐怕很难查考。二十世纪三十年代抗战之前,从没有这玩意儿。抗战期间,重庆虽然也出笼过,结果却是一塌糊涂。盖身份证只是一种户籍的标识,户籍办不好,身份证自不会办得好也。来到台湾后,身份证才确确实实地发挥起作用。领钱,要身份证焉。搬家,要身份证焉。升学,要身份证焉。出国,要身份证焉。结婚、离婚、生子、害病住院、法庭打官司,无往而不要身份证焉。这几天台湾全省正在举行户口总校正,那更是非要身份证不可。身份证的功能,可以说大矣哉大矣哉。

然而,身份证最惊人的功能,恐怕还是在供给父母或养父母"扣留"之用。政府费了那么多心血,以便父母或养父母"扣留",不得不拍案叫绝。

报载,一个可怜的小养女,想去投考初级中学堂,因没有身份证,竟投考不成。养父母扣留之后,狞笑曰:"你跑不出我的手心!"闻者悚然心惊。记得若干年前,在一家外国杂志上读到一则嘲笑身份证的幽默。约翰曰:"我就是约翰,我家在这里住了近三百年,每一个人都知道我是约翰。"警察曰:"那没有用,约翰先生,全世界都知道你,也没有用,没有身份证,怎能证明你就是约翰呀!"

那个小养女投考的是哪个学堂,我们不知道,但那个学堂的答复和这位洋警察的答复准是一样,则可预卜。不过我们并不怪那洋警察和中国的土学堂,他们诚有不得不如此的苦衷,也正因为他们有不得不如此的苦衷,身份证才有资格变成父母或养父母整子女的工具。柏杨先生有一个女学生,便跟那小养女一样,自从不听父母要她嫁给某甲之命,而偏嫁给父母最最反对的某乙之后,她父母便在"哪有不爱子女的父母"大旗掩护之下,用种种打击敌人的手段打击她。其中之一便是扣留她的身份证,使她的婚姻一直没法报户口,一对正式夫妇遂不得不一直姘居,女儿既不能继续读书,也不能去谋工作。老家伙的目的是:把女儿和女婿逼得穷困潦倒,饿死沟壑,以实其当初"嫁给某乙一定受罪"的预言。

争执最多

美国内华达州雷诺中学堂的女学生,发起了一项轰轰烈烈的运动,以争取"露出膝盖"的自由。原来,她们的校长芬奇先生,禁止女学生穿露出膝盖的裙子。那就是说,禁止女学生穿短裙子。芬奇先生是不是道德重整会的会员,我们一时查不出来,但他这种措施所惹起的轩然大波,恐怕是大出他的意外。女学生们投函给当地一家报馆,呼吁曰:"在我们国家(美国)里,有言论自由,有宗教自由,为啥没有穿衣服的自由?"乃发起一个"表现你独立性——露出你膝盖"运动,还没有等到学堂答复,她们有志一同的,一律穿上短裙。男学生们为了响应她们的要求,也把裤管高高卷起,以示支持。

"争自由",提起来这三个字,就有点胆战心惊,但这一次美国女孩子们争的露膝自由,迄今未止,还没有听说有谁坐牢流血,而且连开除一个学生都没有,看样子芬奇先生已向那些女孩子的"膝"屈服了矣。我们不难想象该老头在他的办公室里,看着满校园都是些女学生的大腿,他会悲哀到什么程度。除了"人心不古"这句话外,我们还能用啥去安慰那位芳心都碎了的卫道之士乎?

女孩子是不是一定要露出膝盖才算有"独立性",只有大学问家才能答复。不过有一点是可确定的,膝盖那地方恐怕是女人身上最不美的部分,一般人看半裸或全裸女人的时候,眼光往往全被大腿吸过去。假如一直看她膝盖的话,其不皱眉者,则几希矣。不过,美丑的标准很难确定,尤其是大腿有它的副作用,露膝自然成为必争之举。东方人不太了解西方的那一套,学她们可,不学她们也可,各有国情,不必也像芬奇先生一样,大生其气也。

但我们可以发现,世界上变化最多的,恐怕莫过于衣服矣。男人的衣服事实上也在不断地变化,以中国来说,二十世纪二十年代,是一大变,把长袍马褂,变得无影无踪,大家一律改穿西装革履。其实长袍西装,各有千秋,在寒带地方穿西装,简直等于受苦受难。试想西装里能套几件毛衣、几件皮衣耶?一袭长袍马褂,温暖如春,真是一百套西装都不肯换。而西装的硬领和领带,据柏杨先生的考证,那是上帝为了西洋人乱发明杀人利器,而加给他们的一种惩罚,使他们的脖子上永远挂着一条处绞刑时用的带子,以便随时上吊以谢世人之用。而且其领硬得像一把圆锯,随时都有把脖子锯下来的危险。可是,中国长袍马褂仍然抵不过西装,非是长袍马褂不行也,而是船不坚炮不利也。一个国家跟一个人一样,打败了仗,倒了霉之后,便有百非而无一是,长袍马褂自然也跟着垮了下来,有人痛骂它是落伍的东西。呜呼,一旦中国人手握死光武器,我这里一按电钮,敌人便死亡三千万,那时,你就可知道长袍马褂的价值了矣。

不过,有一点却是中外一致的,那就是,男人服装,变化最小。女人服装,变化则奇大焉。中国人自从被西装征服得心服口服后,倒有一点好处,辛辛苦苦做上一套,只要质料尚可,穿十年二十年都没关系,普通人一下子看不出你身上的是十年前或二十年前的货色。但女人的衣裳便不然矣,从前那种一陪嫁便数十箱的战术,完全瓦解。今年最流行的式样,明年就宣告落伍。即以旗袍一项而论,四十年代流行的是低领子,玉颈可以自由转动。现在却高得可怕,好像脖子已断,非用奇硬的高领支起来不可,否则头就要掉下来啦。呜呼,高领的旗袍,应该是上帝赐给中国女人的一种可怕的苦刑,这苦刑何时才能取消,我们不知道,但我们敢确定一点的是,如果领子不低下来,旗袍只有被淘汰一途。很多太太小姐,都非常喜欢旗袍,但却宁穿开领洋装,以争取脖子转动的自由,真不知中国女人上辈子造了什么孽,今生非受这种罪不可。

但旗袍也有它精彩之处,那就是它的"开衩",想到旗袍开衩的妙用,真需要向那拉兰儿女士献上一面锦旗致敬,若不是她们满洲女人发明旗袍,今天哪里来的开衩也。洋大人对中国旗袍攻击最力的,也是开衩。两三年之前,那位因嫁给洋大人而既有钱又有势的某某女士,从美国回到台湾,看见旗袍开衩太高,勃然大怒,乃为文痛斥其有伤风化。文中特别强调一点曰,连洋大人都认为不可,而中国女子硬是要可,自然是野蛮非凡。

柏杨先生对旗袍开衩问题,自认没有研究,但对洋大人因看见开衩里露出的大腿,便心惊肉跳,则不禁大惑不解。盖中国人见得太多,见怪不怪,其怪自败,与风化有啥关系乎哉?某作家三十年前更有文曰:"中国同胞,见了女人半个裸臂,便想到整个裸臂;想到整个裸臂,便想到整个裸体;想到整个裸体,便想到性交;

想到性交,便想到私生子。"呜呼,那是二十年代女人们刚露出半截胳膊时代的病态现象。现在,即令旗袍开衩再高,也不会有人想到私生子矣。而洋大人却口水都流出来,我们有啥办法也。某某女士是典型的洋大人本位主义者,只看到从下往上开的不像话,而外国女人那种从上硬往下开的作风,却认为正当而合理。

一个美国杂志曾有这么一段对话,可看出洋大人那种"向下开"的严重趋势。父亲曰:"孩子,今天宴会上,伯爵夫人坐在你对面,她穿着啥颜色衣服?"孩子曰:"不知道,我没有往下看。"盖伯爵夫人袒胸露背,开衩低得要命,乳沟深陷,双乳隐隐在望。中国人见啦,准会发瘫,却未听某某女士以及感慨旗袍开衩太高的人,发表一点议论,何耶?如今,美国女孩子已高喊着要露出膝盖矣,看情形,旗袍开衩已得到洋大人支持,谁也抵挡不住。

孟轲先生曰:"上下交争利,而国危矣!"我觉得衣服也是如此,中国女人从小腿拼命往上开衩,外国女人从胸脯拼命往下开衩。往上开的已越过"膝盖"防线,往下开的终有一天要越过"乳头",那才真正是:"上下交争开,而女美矣!"

反正是,有眼睛的男人有福啦。

埃玛·甘吐雷

《孽海痴魂》影片,原名《埃玛·甘吐雷》,不知道是哪一个有学问的人,硬译成这种低级得不能再低级的名字,可谓丧尽天良。前些时,也曾有人把《约克军曹》译成《神枪手》,致使神韵全失。"电影检查处"剪刀在手,天天剪这个剪那个,倒应在片名上也剪一剪,以免原意被亵渎,艺术被强奸,也是积德之事。

抛开片名不谈,这个影片应该是至少十年来,数一数二的好影片。柏杨先生甚穷,故向不赶热门电影,盖排队无时间,黄牛又太贵耳。《孽海痴魂》大概上演了不少日子,朋友纷纷推荐,乃偕老妻前往一观。观后回家路上,与老妻讨论剧情,深夜未已,讨论到激烈处,几乎饱她一顿老拳。经邻人劝解,决定再看一遍,以研究争执的焦点。

呜呼,昔《后窗》一剧,震动台湾,使有些自以为很伟大的导演,脸上挂不住。今《孽海痴魂》,使那些已经挂不住的脸,更挂不住矣。没有千军万马,没有幼稚噱头,纯靠剧情和性格,紧张而严肃地提出灵和欲的问题。听说原著是禁书,影片也曾禁演过,那是可能的。因为该影片的主旨是讽刺,是深刻的讽刺,讽刺到骨髓之中,使所有的伪善人物,恐惧战栗,当然要禁它。因它撕掉了他们的假面具,把戏可能再玩不下去。

男主角甘吐雷先生给我们一面镜子,也给我们一个典型,那就是,假货色比真货色伪装得更真,假信仰比真信仰表演得更狂热,奸慝比忠良表现得更忠心耿耿。甘吐雷先生是一个酗酒、玩女人、狂嫖滥赌、说谎话如流水的流氓。他不信上帝,不信宗教,除了钱外,他啥都不信。可是,他看上了女传教士莎朗小姐,莎朗小姐的美貌,使他着迷。为了要把她弄到手,只刹那之间,竟啥都信啦,他像神仙附体似的,眼冒圣洁之火,口吐义愤之言,一脸正经,高举耶稣大纛,把吃喝嫖赌的人,抨击得一文不值。幸亏他只不过当一个女教士的助手,如果他大权在握,混到可以"致训词"的地位,那种忠贞的表演,真要搞得民无噍类。

甘吐雷先生在台上狂热的结果是,听众吓得做狗叫者有之,抱柱痛哭者有之。然而,一转眼工夫,他便大打女教士主意,大抽其烟,大喝其酒。这跟训诫其部下不得收红包,要求别人为国牺牲,有啥分别哉欤?环顾四周,甘吐雷先生何其多也。看过这部影片,再去看有些大人物们的嘴脸,能不哑然失笑者,我输你一块钱。

在《孽海痴魂》中,表演最精彩的,当然是男主角甘吐雷先生,然此一影片并非单纯的讽刺,如果仅仅单纯的讽刺,那就是说,如果仅仅一味暴露人性的弱点,而没有指出人性的坚强之处,此片仍没有一看再看的艺术价值。盖人性的光辉,在新闻记者吉姆·莱弗士先生身上,全部表达出来。和甘吐雷先生成尖锐对比,莱弗士先生是真理的化身,他诚实,埋头苦干,不辜负他所得的荣誉,我们与其崇拜那遥不可及的孔丘先生,不如崇拜莱弗士先生。

当甘吐雷先生后来越搞越不像话的时候,莱弗士先生在报上撰文提醒市民两点。一点是,女传教士并不具备传教士资格。二点是,她把捐来的钱都弄到哪里去啦。这种提醒是对的,但也因之使女传教士的营业大落。甘吐雷先生凭其狡计和狂热,以及三寸不烂之舌,在电台上猛烈反击,把自己所做过的坏事,原封不动地,统统罩到莱弗士先生头上。于是形势倒转,反而使莱弗士先生抬不起头。有一天,妓女小姐拿了一张她和甘吐雷先生接吻拥抱、丑态毕露的照片前来求售。呜呼,要是换了柏杨先生,我早高兴得口吐白沫,天网恢恢,你可总算落到我手心里,我不报复,难道我是地瓜乎?却料不到——恐怕没有一个观众料到,莱弗士先生却拒绝刊登。他明白地表示:这是敲诈,报纸不能供歹徒利用,而去毁灭一个人。噫,大丈夫有所为,亦有所不为。中国人天天讲大丈夫,讲君子,讲了五千年,有几个大丈夫?有几个君子耶?我们向莱弗士先生顶礼。最近新闻界不是要自律乎,我认为记者公会应雕刻大批莱弗士先生的塑像,请每个记者先生恭置案头,朝夕膜拜。

妓女小姐可谓极尽奸险之能事,然而她并非对甘吐雷先生无情。恰恰相反,正因为她还爱他,才不能忍受一个比她高贵的女人战胜。女传教士的圣洁和美丽,使她自顾形惭,妒火中烧,才一脚踢去巨款,宁分文不要:她要使他们身败名裂,是一种"锅砸了大家吃不成"的心理。我们如果了解失恋者差不多都有这种心理,就会容易同情她们,血案便可大大地减少。

甘吐雷先生在惨境中能转败为胜,不靠他的邪恶,不靠他的口才,也不靠他的运气,而靠他潜伏在内心深处的善良本质。他疯狂地把那位妓女小姐一直追到楼上,任何人都会想,他会杀了她,至少也会狠狠地揍她一顿。但他宽恕了她。假使他杀了她和揍了她,会使局势更糟。而他的宽恕使她天良发现,终于向报纸吐露真言,拯救了他。不知道这世界偏偏为什么到处都是苦苦相逼的镜头?看此片叫人心酸,甘吐雷先生是一个漂亮的流氓,柏杨先生愿交这种朋友。

此片值得一看再看,它给我们的是健全的理性和坚强的人生态度。

李宗吾之学

天下有很多奇缘的事,使人无法解释,柏杨先生之得来《厚黑教主传》和《厚黑学》合订本,便属其中之一。此乃绝版之书,曾托许多朋友代觅一读,以便豁然贯通,结果全归失望。不料前天接寒爵先生电话,告曰:"你下午在家等我,我有一本好书借你。"届时驾至,原来他以五百元巨金代价,在书摊购得之也。大喜过度,留吃晚饭,以示谢意。这本书之好,在于告诉中国人,一位盖世奇才,对日非的世局,其内心的悲愤和痛苦,是如何的沉重。李宗吾先生一生为人做事,比柏杨先生不知道高级多少,直可惊天地而泣鬼神。而他鼓吹"厚黑",硬揭大人先生和鱼鳖虾蚧的疮疤,其被围剿,自在意中。在全部《厚黑学》和传记之中,有两点值得大书特书,读者先生不可不知。

其一,他曰:"大凡行使厚黑之时,表面上一定要糊一层仁义道德,不能赤裸裸地表现出来。凡是我的学生,一定要懂得这个法子,假如有人问你:'认识李宗吾否?'你就要板出最庄严的面孔,说道:'这个人坏极了,他是讲厚黑学的,我不认识他。'……"

其二,有一个道貌岸然之官,闻李宗吾先生提倡厚黑学而义愤填膺,写了一本《薄白学》,在《成都报》上发表,痛斥李宗吾先生狼心狗肺,贻害苍生。结果,该官因贪污渎职,奸淫扰民,被处死刑,其尊头悬挂少城公园,以观其薄白学之风行于世。

这两件事,给我们很多启示,现在且介绍一二。此中学问甚大,不可等闲视之也。

在全部《厚黑学》中,李宗吾先生以谈三国英雄开始,他曰:

三国英雄,首推曹操,他的特长,全在心肠黑,他杀吕伯奢,杀孔融,杀杨修,杀董承,杀伏完,又杀皇后皇子,悍然不顾,并且明目张胆地曰:"宁我负人,无人负我!"心肠之黑,真是达于极点,有了这样本事,当然称为一世之雄。

其次要算刘备,他的特长,全在脸皮厚,他依曹操,依吕布,依刘表,依孙权,依袁绍,东窜西走,寄人篱下。而且善哭,著《三国演义》的人,更把他写得惟妙惟肖,遇到不能解决的事情,对人痛哭一场,立即转败为胜。所以俗语云:"刘备的江山,是哭出来的。"这是一个大有本事的英雄,他和曹操,可称双绝。当他们煮酒论英雄的时候,一个心肠最黑,一个脸皮最厚,一堂晤对,你无奈我何,我无奈你何,环顾袁本初诸人,鄙卑不足道,所以曹操曰:"天下英雄,惟使君与操耳。"

此外还有一个孙权,他和刘备同盟,并且是郎舅之亲,忽然袭取荆州,把关羽杀了,心肠之黑,仿佛曹操。无奈黑不到底,跟着向蜀请和,其黑的程度,就要比曹操稍逊一点。他与曹操比肩称雄,抗不相下,忽然在曹丕驾下称臣,脸皮之厚,仿佛刘备,无奈厚不到底,跟着与魏绝交,其厚的程度,也比刘备稍逊一点。他虽是黑不如操,厚不如备,却是二者兼俱,也不能不算是一个英雄。他们三个人,把各人的本事施展出来,你不能征服我,我不能征服你,那时的天下,就不能不分而为三。

后来曹操、刘备、孙权,相继死了,司马氏父子乘时而起,他算是受了曹刘诸人的熏陶,集厚黑学之大成。能够欺人寡妇孤儿,心肠之黑,与曹操一样。能够受巾帼之辱,脸皮之厚,还更甚于刘备。我读史见司马懿受巾帼这段事,不禁拍案大叫:"天下归司马氏矣"。所以到了这个时候,天下就不得不统一。这都是事有必至,理有固然。

诸葛武侯,天下奇才,是三代下第一人,遇着司马懿还没有办法,他下了鞠躬尽瘁死而后已的决心,终不能取得中原尺土寸地,竟至呕血而死。可见王佐之才,也不是厚黑名家的敌手。

以上是李宗吾先生的《厚黑学》部分原文。接着他更追溯而上,举楚汉争霸的事来证明。盖项羽先生不厚不黑,所以失败。刘邦先生既厚且黑,故能成功。刘邦先生的心肠之黑,是与生俱来,可谓"天纵将圣";至于脸皮之厚,还需加点学力。他的业师,就是三杰中的张良先生。张良先生的业师,就是那位圯上老人,衣钵真传,彰彰可考。圯上受书一事,老人的种种作用,无非是教张良先生脸皮厚也。张良先生拿来传授刘邦先生,一指点即明。试问不厚不黑的项羽先生,怎能是他的敌手乎?韩信先生能受胯下之辱,可说是脸皮很厚,无奈他心肠不黑,偏偏系念着刘邦先生"解衣推食"之恩,下不得毒手。后来长乐宫内,身首异处,夷及三族,都是咎由自取。范增先生千方百计想叫项羽先生杀死刘邦先生,可以说心肠很黑,无奈他脸皮不厚,一受离间,便大怒求去。结果把自己的老命和项羽先生的江山,一齐送掉,活该活该。

李宗吾先生结论曰,他把这些人的故事,反复研究,才将千古不传的成功秘诀,发现出来。一部二十四史,必须持此观点,才读得通。这种学问,原则上很简单,运用起来却很神妙,小用小效,大用大效。故他以"厚黑教主"自居,努力说法,普度众生。

且看其"经"

有"学"便有"经"。经,在中国人眼中的地位,万分尊严。李宗吾先生乃奉天承运,发明了《厚黑经》,以阐扬《厚黑学》的奥秘。

《厚黑经》开宗明义曰:

李宗吾曰:不薄之谓厚,不白之谓黑。厚者天下之厚脸皮,黑者天下之黑心肠。此篇乃古人传授心法,宗吾恐其久而灭也,故举之于书,以授世人。其书始言厚黑,中散为万事,末复合为厚黑,放之则弥六合,卷之则退藏于面与心。其味无穷,皆实学也,善读者玩索而有得焉,则终身用之,有不能尽者矣。

正文套《中庸》句法,曰:

天命之谓厚黑,率厚黑之谓道,修厚黑之谓教。厚黑也者,不可须臾离也,可离非厚黑也。是故君子戒慎乎其所不厚,恐惧乎其所不黑。莫险乎薄,莫危乎白,是以君子必厚黑也。喜怒哀乐皆不发谓之厚,发而无顾忌谓之黑。厚者,天下之大本也,黑者,天下之达道也。致厚黑,天地畏焉,鬼神惧焉。

李宗吾曰:厚黑之道,本诸身,征诸众人,考诸三王而不谬,建诸天地而不悖,质诸鬼神而无疑,百世以俟圣人而不惑。

李宗吾曰:天生厚黑于予,世人其如予何。

李宗吾曰:刘备吾不得而见,曹操斯可矣;曹操吾不得而见,得见孙权斯可矣。

李宗吾曰:如有项羽之才之美,使厚且黑,刘邦不足观也已。

李宗吾曰:厚黑之人,能得千乘之国,苟不厚黑,箪食豆羹不可得。

李宗吾曰:有失败之事于此,君子必自反也,我必不厚。其自反而厚矣,而失败犹是也。君子必自反也,我必不黑。其自反而黑矣,而失败犹是也,君子曰:反对我者,是亦妄人也已矣。如此则与禽兽莫择哉!

另外是一种变体,在《厚黑经》正文之内,自加说明,例如:

李宗吾曰:"不曰厚乎,磨而不薄。不曰黑乎,洗而不白。"后来我改为:"不曰厚乎,越磨越厚,不曰黑乎,越洗越黑。"有人问我:"世间那有这种东西?"我说:"手足的茧疤,是越磨越厚,沾了泥土尘埃的煤炭,是越洗越黑。"人的面皮很薄,慢慢地磨炼,就渐渐地加厚了。人的心,生来是黑的,遇着讲因果的人,讲理学的人,拿些仁义道德,蒙在上面,才不会黑。假如把他洗去了,黑的本体自然出现。

有一种天资绝高的人,他自己明白这个道理,就实行奉行,秘不告人。又有一种资质鲁钝的人,已经走入这个途径,自己还不知道。故宗吾曰:行之而着焉,习矣而不察焉,终身由之,而不知厚黑者,众矣。

除了《厚黑学》、《厚黑经》,李宗吾先生还著有《厚黑传习录》问世。共包括三大项目，一曰"求官六字真言"，二曰"做官六字真言"，三曰"办事二妙法"。他严肃地指出，发扬厚黑学有其必要。并举出几个伟大的例证，然后假托一位想求官做的人，向他问业，乃授之以三套法宝。

三套法宝之一为"求官六字真言"。六字者，空、贡、冲、捧、恐、送是也。

空，空明之义。又分为二：一指事务而言，求官的人，必须把一切事放下，不工不商，不农不贾，书也不读，学也不教，一心一意，专门去求。二指时间而言，求官的人，要有耐心，不能着急，今日不生效，明日再来，今年不生效，明年又来，日晃于大人先生眼前，以加强印象。

贡，四川方言，其意义和钻营的"钻"字相同。李宗吾先生下定义曰："有孔必钻，无孔也要钻出一个孔！"呜呼，不钻哪里来的官乎？有孔者扩而大之，无孔者也当取出凿子，开一新孔，以便去钻。否则遇坚即馁，一辈子做不了官。

冲，"吹牛"是也。冲的功夫，亦有二焉，一为口头，二为文字。口头又分普通场所及上峰面前两种。文字亦分报章杂志及说帖条陈两种。至于何者为宜，运用之妙，存乎一心。

捧，捧场的捧，戏台上曹操出来，那华歆的举动，便是绝好的模范。

恐，恐吓是也，如将"捧"字做到十二万分，而仍不收十二万分之效时，则定是少了"恐"字功夫。盖凡是当轴诸公，都有软处，只要寻着他的要害，轻轻点他一下，他就会惶然大吓，立刻把官儿送来。不过要紧的是，用"恐"字要有分寸，如用过度，大人先生们老羞成怒，作起对来，不但啥官都当不上，还有杀身之祸。

送,乃送礼之谓。有大送小送之别:大送者,黄金美钞一包一包的送。小送者,如春茶、火腿及请馆子之类属之。至于所送的大人先生,也分两类,一类是操用舍之权的人,一类是其人虽未操用舍之权,但却能予我以助力的人。其他平凡之辈,官再大也不要理他。

李宗吾先生曰,只要做到这六个字,包管发生奇效。盖那些大人先生,独居深念之时,自言自语曰:"某人想做官,已经说了好多次(这是'空'字之效)。他和我有某种关系(这是'贡'字之效)。其人很有点才气(这是'冲'字之效)。对于我很顺服(这是'捧'字之效)。且此人有点坏脾气,如不安置,未必不捣乱(这是'恐'字之效)。"想到这里,回头看见桌上黑压压的焉,白亮亮的焉,堆了一大堆(这是"送"字之效)。也就无话可说,发出公文,某缺着某人署理,功德圆满。

又一发明

一介平民,如果想当官的话,自然要靠李宗吾先生的"求官六字真言",一番努力之后,把官——无论是市长也好,局长也好,部长也好,县长也好,委员也好,主任也好。反正是,既把官弄到了手,则必须懂得保官之道。否则一年半载,垮了下来,岂不前功尽弃乎哉?李宗吾先生有鉴于此,在《厚黑传习录》中,除了发明上述的"求官六字真言"外,还发明了"做官六字真言",录出于左,以供有志之士参考。

做官六字真言者,空、恭、绷、凶、聋、弄是也。

空,此"空"非空闲之空,乃空洞之空。一是文字上之空,遇到批呈词,出文告,一律空空洞洞,其中奥妙,一时难言,多看各机关公文,便可大彻大悟。二是办事上之空,随便办什么事,都活摇活动,东倒也可,西倒也可,有时办得雷厉风行,其实暗中藏有退路,如果见势不佳,就从那条退路悄悄地抽身,溜之乎也,绝不至于把自己挂住。

恭,卑躬折节,胁肩谄笑是也。有直接的恭焉,指对上司恭而言。有间接的恭焉,指对上司的亲戚朋友工役恭焉。学问之大,难以形容。

绷,恭的反面,即对小民或对自己的属下,把面孔绷得紧紧的若猴屁股。又分两种,一是,在态度上"绷",看起来好像赫赫大人物,凛凛然不可侵犯。二是,在言谈上,俨然腹有经纶,盘盘大才,实在说来,肚子里的墨汁却硬是不太多也。

——对于"恭"与"绷",李宗吾先生发挥得最淋漓尽致。他曰:"恭"者,是恭饭碗所在地,而不一定恭上司,如果上司不能影响饭碗,恭他干啥?"绷"亦如此,凡是不能影响饭碗的人,不妨统统一律"绷"之,不一定非绷属员或绷小民不可,对有些无权的大官,照样可以绷他。

凶,凶狠之谓。只要能达到自己的目的,别人亡身灭家,卖儿贴妇,都不必去管。但有一层应当注意的是,凶字上面,定要蒙一层仁义道德,最好大喊铁肩担道义,大叹人心不古,才能杀人如草不闻声。

聋,即耳聋,也就是笑骂由他笑骂,好官我自为之。对舆论的攻击,民意的指摘,都当作春风吹驴耳,毫不在乎。同时,聋者,还包括"瞎"的意义,对文字上的责备,看见也等于没看见。

弄,呜呼,此为主要的一着,即弄钱是也。常言曰,千里来龙,此处结穴。前面的"求官六字真言"中的六个字,和本篇介绍的"做官六字真言"中的前五个字,共十一个字,都是为此一字而设。不为弄钱,谁去费那么大的劲求官做官乎哉?且此处之"弄",与求官之"送",互相辉映。有人送,便有人弄,不弄无送,不送亦无弄也。

李宗吾先生《厚黑传习录》三大法宝中的两大法宝"求官六字真言"、"做官六字真言",已经分别介绍无误,现在再介绍第三大法宝"办事二妙法",内容更为叫座,非有绝世之资,简直领会不动。

二妙法者,一曰"锯箭",一曰"补锅"。

锯箭法者,有人中了一箭,请外科医生治疗,医生将箭杆锯下,即索医药费,问他那箭头怎么办乎哉?答曰:"那是内科的事,你去寻内科可也。"李宗吾先生曰:现在(柏老按:非二十世纪六十年代的"现在",而是二十世纪二十年代的"现在",理合声明,以免误会)各机关的大办事家,多半采用这种妙法,例如批呈词:"据呈某事某事,实属不合已极,仰候令饬该县长,查明具报。""不合已极"四字,是锯箭杆;"该县长"是内科。抑或"仰候转呈上峰核办",那"上峰"又是内科。再例如有人求我办一件事,"这件事我很赞成,但是,还要同某人商量。""很赞成"三字,是锯箭杆;"还要"就是内科。——柏杨先生拟增广曰:"开会"亦可列为一"例如",盖"原则可行"是锯箭杆,"提会讨论"和"技术上尚待研究"

是内科也。

补锅法者,煮饭的锅漏啦,请补锅匠来补,补锅匠乘主人不备,用铁锤往破锅上一敲,于是该锅不但破矣,而且简直要碎。乃宣称曰,该锅破得太厉害,非多补几个钉子不可,价钱自然很大。然后把锅补好,主人锅匠,两大欢喜。郑庄公姬寤生先生纵容他的弟弟姬段先生,使他多行不义,才举兵征讨,就是用的这种补锅妙法。历史上此类事件甚多,例子一辈子都举不完。

李宗吾先生对此二法的总评是:"前清官场中,大体上只用锯箭法。民国以来的官场中,锯箭和补锅互用。"

厚黑学发展到传习录,可谓登峰造极。但到二十世纪四十年代抗战中期,李宗吾先生把传习录内容更加扩大为四编,一曰厚黑史观,二曰厚黑哲学,三曰厚黑学的应用,四曰厚黑学发明史。其立论的形式是,自由自在,想说啥就说啥,口中如何说,笔下如何写,或谈时局,或谈学术,或追述平生琐事,高兴时就写,不高兴时就不写,或长长地写一段,或短短地写几句,不受任何限制。下笔时候,想引用某事件或某典故,偏偏历史上从没有这种事件,或从没有这种典故。那么,李宗吾先生凛然曰:"我就自己捏造一个。"盖思想家与考据家不同,思想家为了说出他的见解,平空难以开口,不得不顺手牵羊,以增强力量。连孔丘先生都得托古,以求改制,何况可以跟孔丘先生媲美的思想家李宗吾先生乎?

李宗吾先生不但有惊世骇俗的著作,而且有自己为自己祝寿的征文启事,他生于光绪五年(1879)一月十三日,到1939年,正满六十岁。自己做了一篇征文启事,乃世间至文。恭录于左,以飨读者,盖其与厚黑学诸书,有同等价值。

启事全文曰:

鄙人今年(柏老按:"今年",1939年),已满六十岁,即使此刻寿终正寝,抑或被日本飞机炸死,祭文上也要言享年六十有一上寿。生日那一天,并无一人知道,过后我遍告众人,闻者都说与我补祝。我说,这也无须;他们又说,教主六旬圣诞,是普天同庆的事,我们应该发出启事,征求诗文,歌颂功德。我谓,这更毋劳费心,许多做官的人,德政碑是自己定的,万民伞是自己送的,甚至生祠也是自己修的。这个征文启事,不必烦劳亲友,等我自己干好了。

大凡征求寿文,例应铺叙本人道德文章功业。最要者,尤在写出其人特点,其他俱可从略,鄙人以一介匹夫,崛起而为厚黑圣人,于儒释道三教之外,特创一教,这可算真正的特点。然而其事为众人所共知,其学亦家喻而户晓,并且许多人都已身体力行,这种特点也无须赘述。其欲说明者,不过表明鄙人所负责任之重大,此后不可不深自勉励而已。

鄙人生于光绪五年己卯正月十三日,次日始立春。算命先生谓,己卯生人,戊寅算命,所以己卯年生的人,是我的老庚。戊寅年生的人,也是我的老庚。光绪己卯年,是公历1879年,爱因斯坦生于是年三月十九日,比我要小一点,算是我的庚弟。他的相对论,震动全球。而鄙人的厚黑学,仅仅充满四川。我对这位庚弟,未免有愧,此后只有把我发明的学问,努力宣传,才不虚此生。

正月十三日,历书上载明,是杨公忌日,诸事不宜。孔丘生于八月二十七日,也是杨公忌日。所以鄙人一生际遇,与孔丘相同,官运之不亨通,一也;其被称为教主,一也;天生鄙人,冥冥中以孔丘相待,我何敢妄自菲薄。

杨公忌日的算法,是以正月十三为起点,以后每月退二日,如二月十一日,三月九日……到了八月,忽然发生变例,以二十七日为起点,又每月退二日,如九月二十五日,十月二十三日……到了正月,又忽发生变例,以十三日为起点。诸君试翻历书一看,即知鄙言不谬。大凡教主都是应运而生,孔丘生日现为八月二十七日,所以鄙人生日非正月十三日不可,这是杨公在千年前便注定了的。

孔丘生日定为阴历八月二十七,考据家颇表异词,改为阳历8月27日(柏老按:抗战时的孔丘诞辰,也就是教师节,是8月27日。后来因为该日恰在暑期,无法"放假一日,以示庆祝",乃改到9月28日,读者先生不可不知其中曲折也),一般人更莫名其妙,千秋万世后,我的信徒,饮水思源,当然与我建个厚黑庙。年年圣诞致祭,要查阴阳历对照表,未免麻烦。好在本年(1939年)正月十三日是阳历3月3日,兹由本教主钦定阳历3月3日,为厚黑教主圣诞,将来每年阴历重九登高,阳历重三入厚黑庙致祭,岂不很好乎?

四川自汉朝文翁兴学,而后文化比诸齐鲁,历晋唐以迄有明,蜀学之盛,足与江浙诸省相垺。明季献贼蹯蜀,杀戮之惨,亘古未有。秀杰之士,起而习武,蔚为风气。有清一代,名将辈出。公侯伯子男,五等封爵,无一不有。嘉道时,全国提镇,川籍占十之七八。于是四川武功特盛,而文学蹶焉不振。六十年前,张文襄建立尊经书院,延聘湘潭王壬秋先生来川讲学,及门弟子,井研廖季平,富顺宋芸子,名满天下。其他著作等身者,指不胜屈。

朴学大兴，文风复盛，考《湘绮楼日记》，1879年正月十二日，王先生接受尊经书院聘书，次日鄙人即行诞生，明日即行立春，万象更新，这其间实见造物运用之妙。

帝王之兴也，必先有为之驱除者。教主之兴也，亦必先有为之驱逐者。四时之序，成功者去。孔儒之兴，已二千余年，例应退休。皇矣上帝，乃眷西顾，择定四川为新教主诞生之所，使东鲁圣人，西蜀圣人，遥遥相对。无如川人尚武，已成风气，特先遣王壬秋入川，为之驱除。此所以王先生一受聘书，而鄙人即嵩生岳降也。

1912年，共和肇造，为政治上开一新纪元。同时，鄙人的厚黑学，揭载《成都日报》，为学术上开一新纪元。故中华民国元年，亦可称厚黑元年。今年为中华民国二十八年，也即厚黑学纪元二十八年。

所以四川之进化，可分为三个时期，蚕丛鱼凫，开国茫然，毋庸深论。秦代通蜀而后，由汉司马相如，以至明杨慎，川人以文学相长，是为第一时期，此则文翁之功也。有清一代，川人以武功见长，是为第二时期，此则张献忠之功也。中华民国以来，川人以厚黑学见长，是为第三时期，此则鄙人之功也。

1912年而后，我的及门弟子和私淑弟子，努力工作，把四川造成一个厚黑国，于是中国高瞻远瞩之士，无不大声疾呼曰："四川是民族复兴根据地！"我想，要想复兴民族，打倒日本，舍了这种学问，还有什么法子？

所以鄙人于所著《厚黑丛话》内，喊出"厚黑救国"口号，牵出越王勾践为模范人物。其初也，勾践入吴，身为臣，妻为妾，是之谓厚；其继也，沼吴之役，夫差请照样地身为臣，妻为妾，勾践不许,必置之死地而后已,是之谓黑。"九·一八"以来,中国步步退让,是勾践事吴的方式;"七七"事变而后,全国抗战,是勾践沼吴的精神。中国当局,定下的国策,不期而与鄙人的学说暗合,这是很可庆幸的。天下兴亡,匹夫有责,余岂好厚黑哉,余不得已也。

鄙人发明厚黑学,是千古不传之秘,而今而后,当更努力宣传,死而后已。鄙人对于社会既有这种空前的贡献,社会人士,即该予以襃扬。我的及门弟子和私塾弟子,当兹教主六旬圣诞,应该作些诗文,歌功颂德。自鄙人的目光看来,举世非之,与举世誉之,有同等的价值。除弟子而外,如有志同道合的蘧伯玉,或走入异端的原壤,甚或有反对党,如楚狂、沮溺、荷蒉、微生亩诸人,都可尽量的作些文字,无论为歌颂,为笑骂,鄙人都一一敬谨拜受。将来汇刊一册,题曰:《厚黑教主生荣录》。你们的孔丘,其生也荣,其死也哀,鄙人则只有生荣,并无死哀,千秋万岁后,厚黑学炳焉如皎日中天,可谓其生也荣,其死也荣。中华民国万万岁,厚黑学万万岁。

厚黑纪元二十八年三月十八日,李宗吾谨启。是日也,即我庚弟爱因斯坦六旬晋一之前一日也。

看了这一份征寿文启,我们乃恍然大悟,李宗吾先生把一切歌功颂德,都看作不过是自己搞的把戏,观察入微,洞烛肺肝。不过他硬揭疮疤,也够砍头的矣。而他将中华民国纪元改为厚黑纪元,更是胆大包天。那时候幸亏是在四川,否则,殆矣。盖这种直抵巢穴的搞法,大人先生绝受不住。

李宗吾先生之能够寿终正寝,而未被绳捆索绑到公堂,岂真是天眷之也欤?

另一发明

厚黑教主李宗吾先生除了以上正正经经的"学""经""录"三大巨作外,平生尚好写短篇文章,或出之以杂文,或出之以小说,无一不嬉笑怒骂,鞭辟入里。故有人曰:"厚黑教主在世,是天地间一大讽刺。"盖他不但讽刺世人,也讽刺自己。不过当他讽刺自己的时候,更也是深刻地讽刺世人。厚黑一词,明明用以揭世人的底牌,他却一身独当。曾有人质问之曰:"你为啥骂人?"他答曰:"我怎敢骂人,我骂我自己!"正人君子只好闭嘴。

除了"学""经""录",他还有《怕老婆哲学》一文,并附《怕经》,以调侃儒家学派的《孝经》。这种对圣崽的冒犯,可说鲜血淋淋。他自己怕不怕老婆,我们不知道,但他却是极力提倡朋友们应设立"怕学研究会"的也。

《怕老婆哲学》内容是,大凡一国的建立,必有一定的重心,中国号称礼仪之邦,首推五伦。古之圣人,于五伦中特别提出一个"孝"字,以为百行之本,所以曰:"事君不忠非孝也,朋友不信非孝也,战阵无勇非孝也。"全国重心,建立在"孝"上,因而产生中国特有的种种文明。然而自从欧风东渐,"孝"首先垮台,全国失去重心,国家焉得不衰落乎?李宗吾先生曰:五伦之中,君臣是革了命的,父子是平了权的,兄弟朋友更早都抛到九霄云外,所幸尚有夫妇一伦存在,我们应当把一切文化,建立在这一伦之上。天下儿童，无不知爱其亲也，积爱成孝，所以古时的文化，建立在"孝"上。世间丈夫，无不知爱其妻也，积爱成怕，所以今后文化，应当建立在"怕"上，"怕"自然成为中国文化重心矣。

李宗吾先生曰：怕学中的先进，应首推四川。宋王朝的陈季常先生，就是鼎鼎有名的怕界巨擘。河东狮吼的故事，已传为怕界佳话。故苏东坡先生赞之以诗曰："忽闻河东狮子吼，拄杖落地心茫然。"陈季常先生并非泛泛之徒，乃是有名的高人逸士。而高人逸士，都如此的怕老婆，可见怕老婆之事，乃天经地义。

李宗吾先生曰：时代更早的，还有一位久居四川的刘备先生，他对于怕学一门，可说是发明家而兼实行家。新婚之夜，就向老婆下跪，后来困处东吴，每遇不得了的事，就守着老婆痛哭，而且以下跪为家常便饭，无不逢凶化吉，遇难成祥。他发明的这一套办法，真可说是渡尽无边苦海中的男子，凡遇着河东狮吼的人，可把刘先生的法宝祭出来，包管顿呈祥和。

李宗吾先生更用史事来证明，东晋而后，南北对峙，历宋齐梁陈，直到隋文帝杨坚出来，才把南北统一。而杨坚就是最怕老婆的人，有一天，独孤皇后大发脾气，杨坚先生便吓得跑到山里躲避，躲了两天，经大臣杨素先生把皇后劝好了之后，才敢回来。《怕经》曰："见妻如鼠，见敌如虎。"杨坚先生之统一天下，谁曰不宜？

李宗吾先生不但从历史上探讨怕老婆哲学的基础，而且更从当代（柏老按："当代"，乃二十世纪二十年代）政治舞台人物身上去考察，获得结论曰：凡官级越高的，怕老婆的程度也越深，官和害怕的程度，几乎成为正比。于是，由古今事实，厚黑教主乃归纳出若干定理,名之曰《怕经》,以垂后世。

《怕经》原文:

教主曰:夫怕,天之经也,地之义也,民之行也,五刑之属三千,而罪莫大于不怕。

教主曰:其为人也怕妻,而敢于在外为非者鲜矣。人人不敢为非,而谓国之不兴者,未之有也。君子务本,本立而道生,怕妻也者,其复兴中国之本欤。

教主曰:唯大人能有怕妻之心,一怕妻而国本定矣。

教主曰:怕学之道,在止于至善。为人妻止于严,为人夫止于怕。家人有严君焉,妻子之谓也。妻发令于内,夫奔走于外,天地之大义也。

教主曰:大哉,妻之为道也,巍巍乎唯妻为大,唯夫则之。荡荡乎,无能名焉,不识不知,顺妻之则。

教主曰:行之而不著焉,习矣而不察焉,终身怕妻,而不自知为怕妻者,众矣。

教主曰:君子见妻之怒也,食旨不甘,闻乐不乐,居处不安,必诚必敬,勿之有触焉耳矣。

教主曰:妻子有过,下气怡色柔声以谏。谏之不入,起敬起畏。三谏不听,则号泣而随之。妻子怒不悦,挞之流血,不敢疾怨,起敬起畏。

教主曰:为人夫者,朝出而不归,则妻倚门而望。暮出而不归,则妻倚闾而望。是以妻子在,不远游,游必有方。

教主曰:君子之事妻也,视于无形,听于无声。入闺门,鞠躬如也。不命之坐,不敢坐。不命之退,不敢退。妻忧亦忧,妻喜亦喜。

教主曰:谋国不忠非怕也,朋友不信非怕也。一举足而不敢忘妻子，一出言而不敢忘妻子。将为善，思贻妻子令名，必果。将为不善，思贻妻子羞辱，必不果。

教主曰：妻子者，丈夫所托终身者也，身体发肤，属诸妻子，不敢毁伤，怕之始也。立身行道，扬名于后世，以显妻子，怕之终也。

右经十二章，李宗吾先生诠释云："为怕学入道之门，其味无穷。夫为夫者，玩索而有得焉，则终身用之，有不能尽者矣。"

隆重崩殂

柏杨先生介绍厚黑教主，已历十有二日，为的是该书得之不易，择要报导，以求奇文共赏。李宗吾先生笃于友情，道义千古，他一生不轻易推许人，择友也十分慎重，可是交友之后，却以生死相许。他有两个知己的朋友焉，一位是张列五先生，1912年推翻满清政府后，被推为四川省第一任都督，后充总统府顾问，被袁世凯先生所杀。李宗吾先生曰，此人赤胆忠心，有作有为，如他在世，四川绝不会闹得乌烟瘴气。一位是廖绪初先生，任审计院院长，后见国事日非，郁郁而死。李宗吾先生曰，此人做事，公正严明，道德之高，每使敌党赞叹不止，如他执政，世间哪有贪污乎？李宗吾先生生平未了的心愿，便是没有为他的这两位亡友作一个传，当日本飞机轰炸重庆最猛烈时，他还数次给《厚黑教主传》的作者张默生先生去函，说到"张列五的衣冠冢在浮图关,此时想必成为焦土!"其慎重择交如此,其敦笃友谊如此,谁能相信"求官六字真言"、"做官六字真言"是出自他手耶?伤心人每以冷笑代呜咽,嗟夫!

李宗吾先生于1943年9月28日,病逝四川省自流井本宅。(亦即新定的孔丘诞辰之日,岂冥冥中自有主者耶?)五月间,他的身体还很好,后来忽得中风不语之症,终于不治。次日,成都各报即用"厚黑教主"的称谓,刊布他逝世的专电。自流井各界人士,亦为他开会追悼,备极哀荣。我们且抄几副当时的挽联,作为介绍教主的结束,也作为盖棺的定论。至于他的二子,早都先他去世,但孙儿孙女当时业已长大,教主有灵,对家事可以安心矣。然而,对于国事,既一塌糊涂如故,他能不再狂歌以当痛哭也哉。

汪瑞如先生挽曰:

教主归冥府,继续阐扬厚黑,使一般孤魂野鬼,早得升官发财门径

先生辞凡尘,不再讽刺社会,让那些污吏劣绅,做出狼心狗肺事情

李坚白先生挽曰:

寓讽刺于厚黑,仙佛心肠,与五千言先后辉映

致精力乎著述,贤哲品学,拟念四史今古齐名

扬仔云先生挽曰:

品圣贤常作翻案,抒思想好作奇谈,孤愤蕴胸中,纵有雌黄成戏谑

算年龄逊我二筹,论学问加我一等,修文归地下,莫将厚黑舞幽冥

李符亨先生挽曰：

定具一片铁石心，问君独尊何在，试看他黑气弥天，至死应遗蜀猷憾

纵有千层桦皮脸，见我无常候到，也只有厚颜入地，招魂为读怕婆经

其婿杨履冰先生挽曰：

公著述等身，愤薄俗少完人，厚黑一篇，指佞发奸挥铁笔

我惭为半子，念贤郎皆早世，嫠孤满目，临丧进泪洒金风

关于厚黑教主李宗吾先生的主要学问，介绍完毕，柏杨先生乃想到自己的地位十分困难。李宗吾先生曾经指出，凡是痛骂他或对他嗤之以鼻的人，都是他的得意弟子。那就是说，他的真正弟子，提起来他，或提起来他的厚黑学，一定要痛骂之或痛嗤之的。故尔，我乃不得不有"妾身未分明"的现象。盖对十分崇敬他、景慕他的人，却未指出应列入哪一类也。

顶礼拥戴

酒除了可以使一个人丑态毕露外，却有一种不可抹杀的优点，俗语云："越赌越薄，越喝越厚！"再知己的朋友，如果天天在一

起打麻将打梭哈,终有一天会打得翻了脸。朋友有通财之义,金钱来往是对友情的信任。但赌起博来,却硬是一块钱都不放过,斤斤较量。初时有趣,久啦自然发生毛病。美国对于从事危险工作的工人,向有禁止赌博的严厉规定,即是预防输的那一位,在必要时,暗下毒手。柏杨先生便亲见一个官崽,在其属员借条上大批不准,盖昨晚三缺一,拉该属员凑角,官崽汗流浃背地做了一副清一色,对门"砰"的一声打出,他大喜若狂,却被坐在其上家的属员截去,和了个屁和。人间可恨之事,未有逾于此者,拒其借钱,尚是宽大为怀,如气量稍小,不祭顶帽子让他戴戴,未之有也。

喝酒便恰恰相反,可使友情更为增厚,尤其是酒量相当大的人,黄汤下肚,即显出本形,推心置腹,真诚相见,盖天下未有比酒更容易剥去人类假面具者也。吾友诸葛亮先生便曰:"醉之以酒观其德!"大学问在焉。

对一个人个性和品格的观察,仅从表面上判断,不容易得到结论。但若请他打个小牌,便很容易看得明明白白,有些人一夜不和牌都不动声色,有些人两圈不和牌就像光隆轮一样,浑身冒起烟来,爆炸一次又一次。不是怪上家不该打二条,便是怒下家有什么好碰的?再不然拼命地在桌子上磨牌,把红中都磨成白板。更精彩的是起牌的姿势,或探身而往,手舞若疯;或把牌弄到口中呵之有声,然后大骂打出;或两指轻拈,作不在乎之状。至于赢家,一旦坐了两个连庄,则口中喏喃不绝者有之,训人打得甚陋者有之,推翻牌摇头摆尾一和一和地慢慢算者有之,表示不在意赢几个钱,但你若少给一文,他三辈子都忘不了者有之。

在各色举动中,可以看各色人等。虽不中,不远矣。

从牌桌上观察一个人,可以说其灵如神。惜哉,三国时代,既无麻将,又无扑克,诸葛亮先生只有求之于酒。实际上酒的力量比赌更大,其表演也更传神,即令是披甲戴盔,也挡不住他现出原状。

最有修养的人是沉醉之后,呼呼大睡。次者便各露各的一手,有的大呕大吐,躺在地下耍死狗——抗战期间,重庆曾发生一事,一位少将军官醉后,被人缚于川东师范大道上,一面打滚,一面骂曰:"狗熊,狗熊!"看者千万人,柏杨先生也适逢盛会。他醒后是否愧恨自杀,我不知道,只知道当时确实是一件了不起的杰作。有的则只需要喝个半醉便口吐真言,连原子弹的方程式都能源源本本告诉对方。有的则大谈黄话,某小姐抱到怀里如何过瘾啦,某寡妇看见便流口水啦!跟其平常致训词时道貌岸然相较,准叫你大吃一惊。总而言之,酒乃二郎神杨戬先生的照妖镜,一切藏在人性深处,平常打死都不肯露出来的妖精,到时候全都摆出展览,任君参观选择。

喝酒固然有喝酒的学问,敬酒也同样有敬酒的学问,君不见乎,筵席上常有人张其牙而舞其爪,非"敬"对方喝一盅不可,不管对方喝下去受了受不了。如柏杨先生,只要喝一点,便会全身如裂,但是你如果不喝,便是不够朋友。想当年秦琼先生为朋友两肋插刀,而你连一盅酒都不肯喝,这种朋友还能交乎?而且,"平常你可不喝,今天日子特别,不能不喝"。柏杨先生在日本时,还经常遇到下列可怖的场面:东洋大人立起身来,不由分说,三杯下肚,用杯底在你眼前大晃特晃,你如果不也三杯下肚,简直是丢中国的人。把"朋友"逼到痛苦得要上吊的地步,那种"敬"只能够算"屁敬",只是有虐待狂的人借题蹂躏别人一下的"敬"。十年来酒量如海而不强灌人,有酒仙之风者,就我所知,得两人焉,一为已逝世的臧启芳先生,一为仍在世的叶明勋先生,值得顶礼拥戴,歌功颂德者也。

固可从喝酒上看品,同样也可在敬酒上看品,不信的话,一试便知。

射程和糖浆

吾友魏子云先生,在某一个衙门当秘书,一日狼狈而至,暴跳如雷,把在办公室不敢发的脾气,易地猛泄。原来为了庆祝广播节,代大官拟讲演词,其中有言曰:"广播传递最远,可达世界每一角落!"该大官大笔一挥,将"传递"挥掉,改为"射程"。魏子云先生力争,位于他和该大官之间的上司,好言慰之曰:"算啦算啦,射程就射程吧,谁敢叫他不高兴。你好容易谋到这份差事,别砸掉饭碗。"魏子云先生急曰:"此非有权就有学问乎?"

魏子云先生所以差劲者在此,无怪其上司叹曰:"初入社会的人,都要经过如此阶段,等到日子一久,便见怪不怪。不要说只改两个字,就是把巴拉松当茶叶用,也不会认为稀奇。"洋大人之官做事,往往听从专家的意见,故办事甚缓,中国之官做事,则痛快舒服得多啦。盖一旦当官,便成了专家,你不是听专家的意见乎哉?俺就是专家,虽然官垮专家也跟着垮,但官未垮前,则照专不误,不要说冒出什么"射程",便是光隆轮,明明只可装糖浆的,老子硬是叫你装高级汽油,你敢不装?

"传递"也好,"射程"也好,只不过造成个人的笑柄,如韩复榘先生当年"你们来了三分之四,我非常感冒"而已。而高级汽油则不然,看情形光隆轮虽到中国甚久,仍跟魏子云先生一样,没有习惯中国这一套。假使它要习惯该多好,但它却迄未习惯,甚至一点也不维持官的威信,硬是非爆炸不可,叫人愤怒不止。幸亏汽油本身未被波及,否则就更精彩。一个人当了几年博物馆长,找人翻译了几篇文章,署己名以发表之,乃俨然历史学者兼博物专家矣。一个人主持几年石油公司,自可有同样造诣,只不过馆长失败,顶多成不了"学者",董事长经理失败,高雄市便完了蛋。

柏杨先生乃有诗曰:"传递已随射程去,此地空余光隆轮。馆长都可成学者,油糖自是一家人。"

专门输出

每年五月的第二个星期日,是母亲节,这玩意儿是洋玩意儿,凡是洋玩意儿弄到中国,无不如疾风之摧衰草,土玩意儿无法抵挡。不过这个节日总算有相当意义,曾有一则小幽默曰,母亲节那一天,儿女们商量怎样为母亲庆祝,一人曰:"我提议买一条新围裙送给她,送她的时候请镇上的摄影师来拍照!"全体附议。因之,我们可以看出母亲的好处很多,其中之一,除了做母亲的可以有一条新围裙外,还可以使有些官崽圣崽,忽然想起了他也有娘,乃条谕秘书老爷,代他杜撰一篇怀念文章,以表示他也很孝很孝。盖求忠臣于孝子之门,我既然如此地很孝很孝,老板不给我官做,给哪个乎?

我们这个时代似乎是两副面孔的时代,往家里一坐,是一副面孔;往办公桌后一坐,又是一副面孔。我有一位朋友便是如此这般而名列学者,位跻要员。该大人先生下班之后,坐到沙发之上,口品香茶,手拿报纸,老母为他脱下皮鞋,换上拖鞋,一面向他诉说媳妇打牌去啦,已一天不归,老三有点发高烧,已请医生诊治;赵部长来过电话,钱委员送来两部大著,孙主委及李经理,先后来辞行赴美。大人先生不耐烦曰:"我知道啦,我知道啦!"下女抱着老三进屋,孩子口中正吃着棒棒糖,大人先生怒曰:"谁叫他吃棒棒糖?"下女曰:"是老太太给的。"大人先生更怒曰:"吃那么脏的东西,不发烧也会发烧,一点常识都没有,叫你带孩子,都得死光,混蛋!"因有客人在座——按,那客人就是柏杨先生,一时下不了台,该"混蛋"乃双手掩面,走进内屋。可是,母亲节之日,虽然天气不良,我们仍有机会恭聆他对该"混蛋"怀念的讲话,在办公室里,召集三五部下,谈到亲情如海,杀身难报万一之处,不禁落泪如雨。众部下为了饭碗,也着实感动,一齐叹息慈母伟大,其声盈耳。一齐赞扬大人先生孝思可风,其声亦盈耳。大家退出后,四看无人,乃一齐不觉大笑。

呜呼,你孝我也孝,"孝道"是金字招牌,每人扛了一个,招摇过市,和"恕道"一样,都是专门输出请别人用的也。

德国有句谚语曰:"上帝不能与每一个人同在,所以赐给他一个母亲!"母亲的爱,不是笔墨所能形容。而且母亲要比父亲苦得多,也比父亲更能付出自己。假使说父恩可以报尽,那么母恩是报不尽的,千千万万感人泣下的故事,说十年也说不完。

不过天下事没有绝对的,假使你不怕扫兴的话,我便要举出《杀子报》为例。做母亲的为了通奸,竟然把亲生儿子干掉,大卸八块,装入瓷罐。喜欢看京戏的朋友,大概都有相当印象。柏杨先生小时候看此戏时,对那个妖艳女人,就感到浑身不对劲,暗暗祷告上帝,自己的母亲务必不要把自己也如法炮制。

到了现在,我虽然长大到再没有被母亲分尸之虞的年龄(按,吾已七十有四,老矣耄矣!),但有时候看见有些做母亲的,仍不禁生出看《杀子报》时所兴起的那种最大的恐怖。我曾亲眼看到我的邻居,那位雍容华贵的阿巴桑,用竹条抽她女儿的脸,盖她的女儿年方十四,去年以三千元卖给老鸨,不堪蹂躏,逃了回来,老鸨问罪,她恨她的女儿竟敢背叛母亲也。我曾傻里傻气地去报告警察,三作牌曰:"妈妈打自己的女儿有啥,老头,你怎敢多管闲事!"

打开报纸,几乎每隔几天都可看到这种"慈母"的杰作,姑念她们没有学问,不足为训。但有学问的母亲,有时也着实使人毛骨悚然。有一天柏杨先生前往台北万盛里访友,看见两位顽童从污水沟里掏人家抛弃的锅巴吃。小店老板告曰:他们是一个名叫夷光的女明星的孩子,该女明星飞泰、飞菲、飞日、飞美(现在则飞香港不归矣),做丈夫的空帏难受,不常在家,孩子们把给他们的饭钱,都吃了零食,饿得发慌,便只好到污水沟里打主意。最初邻居们尚同情喂之,天天如此,明星架子又奇大,也就没人管矣。这种母亲,真不知其恩何在,其爱又何在也。至于其他以麻将为生命,连女儿被奸杀了都不知道;另外还有一位大学堂毕过业的母亲,一高兴就把她那脏脚丫让她那一岁大的幼儿吸吮。真是欲不难过,不可得也。

两件怪事

中国拥有五千年传统文化，不能说不悠久，然而怪事也就因此越多，妇女缠小脚便是伟大的怪事之一。把女人一双天足，硬生生地断筋碎骨，缠成一团废肉，纵是禽兽，都不致如此残酷，独中国的传统文化，硬是这般。甚至歌颂之声，不绝于耳，历史上到处都有赞美"莲瓣"的文献，却无一篇反对的大作。究其实际，小脚不但不方便，而且也不美——既不悦目，又奇臭难闻，真不知道中国女人像疯了一样去大缠特缠，原因何在。

现在，小脚这回事总算已经过去，当时人们严肃得不得了的事，今日一想，怎么也禁不住汗流浃背，而且再也弄不明白，为啥一定要那样。不过，前面已声明过，历史越久，怪事也越多。小脚虽去，武侠小说却逼面而来。武侠小说之对于小脚，固为小巫之见大巫，算不了个啥，但其劲头却足以可以望当年缠小脚的项背。大人先生提倡于上，亭子间文人呐喊于下，苦矣哉的只是一些女人和读者，小脚不过摧残人的身体，武侠小说却摧残人的心灵，小巫好像更高一着。

最近一期的《文坛杂志》上，有一专辑，曰：《在科学法治的时代下，谈谈武侠小说的风行和影响》，由各家笔谈，约二万余字，言简而意赅，我想仅这个题目就可说明武侠小说是怎么一回事。"科学"和"法治"，是中国人连做梦都梦不到手的境界，看见美国的科学，看见英国的法治，有时候简直羡慕得连口水都要流出来。好容易一点一滴建立起的心理基础，却被武侠小说迎头痛击，怎不叫人生出一种无聊之感乎哉。

武侠小说最大的特点就在不科学上，越是武功高的女侠，越是漂亮得不像话的二十岁左右的少女；越是了不起的祖师爷，越是又脏又烂又弱的老头。但一旦动起武来，口吐红丸，手掷飞剑，百里之外，取敌人首级，如探囊取物。而且气功绝伦，在水面上乱跑，如履平地，从喜马拉雅山一跳，只听耳旁风声呼呼，睁眼一看，已跳到了长安城。其次的特点则是"反法治"的焉，虽然那些可敬的侠客们杀的全是贪官污吏，看了使人心里舒服万状，但其置国家法律于不顾，则是事实。本来，这年头也真叫人盼望有大侠出现，以平民愤。但武侠小说却导人以躲避现实，平愤反而成了次要，有点得不偿失。

问题是，连那些曾经指天誓日，提倡"战斗文艺"的官报，都在大载武侠小说，则既无权无势，又无地盘的穷作家们，瞎嚷嚷个啥。

俗云：世界上有两"端"绝不可犯，一是武人的锋端，一是文人的笔端。盖你得罪了武人，免不了把你弄去修理一番，然后将头割掉，以示薄惩。你得罪了文人，当你威力足可杀他关他时，他乖得像真的一样，可是等你一旦死亡，或一旦失势，他随便揭你两张底牌，大笔一挥，能使你活着无脸见人，死后子孙蒙羞。尤其是文人对文人，更很少挺身而出，择善批判。无他，恐惹祸上身，招架不住。

1960年胡适先生曾对武侠小说表示轻蔑，发表了一段"武侠小说荒谬"的谈话，盼望改写"推理小说"。结果引起一批武侠小说的作者大肆咆哮,幸亏那些咆哮只限于窝里反,没人听见。但其有撒泼之意,昭然若揭。盖胡适先生希望他们写"推理小说",这是一种典型的"挟泰山以超北海",非不为也,是不能也。犹如希望三轮车夫改行去开喷射机一样,他如有此本领,早不武侠了矣。

一个武人最低的条件,他应该分辨出什么是大炮,什么是步枪。一个文人亦然,他至少应该文字通顺。自从盘古立天地,从没有听说有文字不通顺而竟敢写小说的。然而奇迹也就在此,有些武侠小说却硬是不通得出奇,这种人写武侠已经吃力,再叫他去推理,真能推掉老命。

推理小说在某一个角度来看,比文艺小说都难。莫泊桑先生的《项链》,乃上乘之作,可是,如改为推理小说,却失败得惨。玛蒂尔特夫妇在丢掉项链,并借款赔偿之始,为啥不向原主人说明详情,而必须等还完了债之后才说?文艺小说可如此剪裁,推理小说却必须交代明白,四面八方都需要照顾周到,而无一句懈怠。如常山之蛇,击首则尾应,击尾则首应,刻刻扣情入理。于是,恐怕把目前这些武侠小说的作者打得稀烂,他们也写不出。胡适先生之议,无怪行不通。

白杀时间

对武侠小说,人们谴责得似乎太多,朱介凡先生在《文坛杂志》上举了两件事，曰：

有位老弟，写了武侠书，生活得饮酒食肉，衣冠楚楚。但是，他从不肯把自己姓名印在那畅销的书上，他总是含有羞愧地与我相见，而期期自许，要另外来写使他心安理得的书。但是，他难以自拔，他说：他欠了一屁股债。

然而，另有一硬骨头的老弟在失业，他穷得几乎没有裤子穿，他的笔锋爽利，却不愿写那清夜自省，良心发抖的东西，那是大可改善生活的。

这两位老弟台，都引起我最大的关爱，我希望，在不久的日子，宣布他俩究竟是谁！

柏杨先生盼望朱先生能早日宣布，使我们得以识荆，前者可爱，后者可敬，都使人愿致拳拳之意焉。不过，武侠小说到底有利还是有损，从这两位作家的态度上——无论是写与不写，可看出端倪。呜呼，天下只有武侠小说是开卷无益的书，值得深思也。

胡适先生认为与其读武侠，不如读侦探，那是求人更上一层楼的办法，其行不通，不卜而知。另一位作家则更痛快，他在《文坛杂志》上曰："饱食终日，无所用心，为什么不去赌钱下棋？"盖退而求其次，下棋也可消磨时间，赌钱也可败坏品德，其功能与武侠小说相等。他希望武侠小说至少不要以"玄之又玄"的"武功"取悦读者。噫，有啥读者，便有啥作者；有啥客人，便有啥菜碟，这是读者自己不争气，作者为了活下去，怎能管得了许多。

又一位先生的感慨，似更深远，他在《文坛杂志》上曰：

武侠小说终于会被淘汰而没落的,一如内幕黄色书刊终于为武侠小说所代替而没落。武侠小说泛滥到作者江郎才尽,内容千篇一律的时候,自会被另一新起者所代替。此一新起的替代者为何?也许是"新张恨水体"的摩登"故事新编"罢?——从"潘金莲""李清照"被某一有力者大力提倡,我们可以看出一些渺茫的迹象。

这是一个预言,会不会不幸而言中,只好走着瞧。

徐白先生有信致柏杨先生,对武侠小说于大家纷纷讨论之余,再进一解。这是最最必要的,盖道理越说越明,是非总在人心也。

徐白先生认为现在的武侠已不是武侠,已不是"人"的故事,而成了"神仙""怪物"的故事。试思哪一个"人",能一掌下去,只听一阵隆隆巨响,把山都劈下一半?又哪一个"人",在练了少则三天五天,多则十年八年之后,便可移形换位飞檐走壁?只有神仙或怪物,才有如此这般的本领。徐白先生曰:从前武侠小说作者,如向恺然先生,赵焕亭先生,他们本身就会一些三脚猫四门斗,故笔下写来,一招一式,尚有来源。然而已有一部分不经,如向公的《近代侠义英雄传》,十有六七,每有"超人"表现,不过尚多少知道自制。不像现在的武侠小说作者,只会闭眼造谣也。今日人心苦闷,读武侠小说和打打麻将牌一样,有逃避现实之功,似不必苛求,但总应将其"性别"弄清楚,不可使它再继续挂羊头卖狗肉。武侠是武侠,神怪是神怪,美国的西部武打片是武侠,中国的《封神榜》便是神怪。徐白先生以为,如果和《封神榜》联了宗,它再荒谬也没人说话。

其次,关于"故事新编",徐白先生精通日文,故以日本小说为例曰:日本人写"时代小说"(即古代故事),书中人物一切,包括衣冠服饰,动作言语,无一不吻合当时的时代,绝无中国这种古人说现代名词的奇事。如内容属于讽刺,猪八戒逛孔夫子庙等,那当然例外,否则必须正正派派地写。现代"故事新编"作者,在一般人眼光中看起来,似乎比"武侠小说"的作者高一级,起码他们的文字通顺,而且形式是新的,有时候也来点哲人式的议论对话。因之,它的危害也似较武侠小说更大,不能放松一点也。

最后,徐白先生曰:"我于此两种,皆绝对不看,盖怕看得心烦意乱。"柏杨先生亦是如此,非自以为了不起,而是看下去完全是白杀时间。

(柏老按:二十世纪七十年代,我老人家却大看武侠小说,盖身囚绿岛,度日如年,用以麻醉残生。不过对于"故事新编",无论如何,仍难入目,所以一直坚拒到底。)

新相对论

爱因斯坦先生发明了一个小小的相对论,竟名震寰宇,令人不解。《相对论》本身不过薄薄一小册,而研究相对论、介绍相对论的书,却多如牛毛。据爱因斯坦先生遗著整理会说,已达四千一百二十一种之多,这还是去年(1960)调查的,今年(1961)恐怕要到五千种。不过爱先生生前曾有言曰:"世界上懂得相对论的,只有十一个人!"盖哇啦哇啦叫得虽夥,叫到谱上的却很少也。

不过,我想爱先生最大的缺点还是不懂中文,假如懂得中文,他便不致说出如此没学问的话。中国人才多得是,君不见洋大人无论有啥玩意儿,中国必有其专家耶,连干宣传的都可以对人造卫星发表言论,则相对论算啥。套句最流行的话,乃中国"古已有之"的玩意儿。《三字经》不云乎:"曰南北,曰西东",南北,西东,便是相对之意。《诗》不云乎:"参差荇菜,左右流之",左右,亦相对之意。再好比,有大就有小,有大道就有小道,有大同就有小同,有公就有私,这有啥奥秘,值得爱先生著书立说乎哉。

不但《三字经》《诗经》是相对的,其他文章亦然。惜世人昏庸,不能察耳,必待大学问家如柏杨先生者出,方可大显于世。兹举"大道之行也"一例于后,愿与仁人君子共勉之。

《礼记》曰:"大道之行也,天下为公,选贤与能,讲信修睦。故人不独亲其亲,不独子其子,使老有所终,壮有所用,幼有所长,鳏寡孤独废疾者,皆有所养。男有分,女有归。货,恶其弃于地也,不必藏于己。力,恶其不出于身也,不必为己。是故谋闭而不兴,盗窃乱贼而不作。故外户而不闭,是谓大同。"

柏杨先生曰:"小道之行也,天下为私,选权与钱,讲媚与诌。故人不独骗其亲,不独骗其子,致老无所终,壮无所用,幼无所长,鳏寡孤独废疾者,皆无所养。男无分,女无归。忠,恶其不忠于己也,不必忠于国。爱,恶其不爱于己也,不必爱民。是故谋兴而不闭,盗窃乱贼而不绝。故量窄而不广,是谓小同。"

呜呼!你不妨说,现在是大道之行也乎?抑小道之行也乎?

且问爱因斯坦先生,听听你说啥。

海明威之死

　　海明威先生终于翘了辫子。同样是作家,美国的便比中国的吃香,连死都死得了不起。报上云,海明威先生擦枪走火,与世长辞。国际社发专电,大总统去吊唁,远在一万里外的一个名叫"台湾"的小岛,报纸上都占大大的一块地盘。而且有很多有学问的朋友,把海先生的身世摸得透熟,长篇大论地一一为文哀悼,当作家的,不应该如是耶?

　　要说作家之死,中国也不是没有过的,当年鲁迅先生逝世,确实震动一时,迄今不见此盛况矣。大家来台湾十有二载,死的作家,已有数位,无不都可怜兮兮。即以消息而论,不但出不了这个小小的岛,就是在这个小小的岛上,如果不拜托拜托,拿拿言语,也上不了报。盖现代人最大的特点是气量狭窄,编辑记者都是文人,既都是文人矣,你那两套算啥?尤其是我们的社会形态,文人靠稿费不能生活,必须有一个职业作底子,以维持不致饿死。于是,校长曰:"海明威呀,他在我手下当教习。"处长曰:"那个姓海的,他在我手下当科员。"委员曰:"海啥,啊,海明威,他进区公所还是我招考录取的。"主任更曰:"作家?啥叫作家?我手下多得是,我那里第九科的一个办事员便出过书,他还是什么协会的理事哩。"《圣经》上有言曰:"先知在故乡总是不值钱的。"这句话用之于东方,有真理在焉。盖在台湾,任何本地造东西,如科学家、艺术家、舞蹈家,都不值钱,作家不过是很多不值钱东西中的一种而已。

海明威先生死矣,我到处打听,尚未听说他身后萧条,有募捐的消息,不禁大惊。呜呼,中国文人之所以受人轻视,无他,只不过太穷耳。海明威先生猎枪走火丧生,而中国作家想这样死都不可得,盖一辈子都没见过猎枪是啥,不要说跑到非洲打猎,就是去碧潭散散心,有这笔银子乎?而海先生所写的《战地钟声》,是站在西班牙当时政府那一方面的,而那一方面却是左派,仅此一点,必有一脸忠贞之士,义愤填膺。他还能自由自在,到处乱跑找材料乎也?

美国作家死而中国作家悲,乃虎死兔悲,物伤其大也。悲夫!

无心无肝

柏杨先生所看过的电影中,凡是由名著改编的,往往电影不如原著。但十年来,却有三部电影,硬比原著高明,至少也不亚于原著。其一曰《珍妮的画像》,原著简直读不下去,电影却感人至深。其二曰《战地钟声》,海明威先生那种笔调,有点不合中国人的胃口。其三曰《苏丝黄的世界》,较原著简练明晰。

苏丝黄那个角色演得好极,一位作家先生曾感叹过,认为港台明星都应学习。柏杨先生则认为,港台所有演电影的男女固然要学,而尤其应该学的,莫过于有些导演。开枪开炮,坐飞弹上天,中国人目前暂时搞不过洋鬼子,但连搞电影都搞不过洋鬼子,则殊使人感到泄气。但这些人却一直把持影坛,不拉屎而占茅坑,再过三千年也搞不出啥名堂。因之,兹隆重建议,最好请一些港台明星和导演,集体看之,连看两遍,闭幕灯亮后,如发现尚有未羞死者,一人发麻绳一条,就在门口上吊。

不过,除了演电影的和干导演的之外,有些观众也同样使人泄气。《文星杂志》上曾有一文,曰《半票读者》,对有些读者先生,颇表意见。该文轰动一时,看了《苏丝黄的世界》,则不仅发现中国的读者固是半票,中国的观众,更是半票得严重。

苏丝黄这一影片,使人愉快的大笑之处固然甚多,然有几处却沉痛万分。像苏丝黄女士拿出一包钱给罗勃,告之曰:"这是我给孩子准备的上学钱,现在你可拿去用,等你将来赚大钱时还他。"这几句话活生生地道出了她对他一片幼稚而纯真的痴情,我实在看不出有啥可笑的,而座位上竟报了个哄堂,是何缘故?

当苏丝黄女士被斥,开门欲出时,她头顶着门,口中嗫嚅自语,曰:"我是个处女,我父亲是百万富翁!"这是最扣人心弦之处,她不是处女,她没有百万富翁的父亲,但她善良的本性和自怨自艾的愿望,使她投身到那纯洁崇高的境界,和安徒生童话中街头大雪里那个卖火柴的小女孩,在火柴光中看见烤鸭一样,稍有天良的人都会为她落泪,而半票观众仍然哄堂,又是何缘故耶?

最精彩的是,到了最后,众妓以车船金帛,罗勃以介绍信,投入火炉,这是悲痛欲绝的天下父母之心,而若干观众竟仍然嘻嘻嘻嘻,而且笑声之大,上震屋瓦,又是何缘故耶?

说这些人是半票观众,似仍不能尽其意。洋大人常讥中国人残忍而缺乏同情心,恐怕不是,而是天良已昧,无心无肝。

三代以下

三代以下,无不好名者,谁也别说谁,不过好名好到不要脸的程度,似乎有点使人背皮发麻,台北市政府大小官崽,率领一大群人马,在快车道上呼啸而进,为的是啥?不过为了拍点活动电影,以图宣传而已。则我们于背皮发麻之余,复肃然起敬。

盖活动电影之功用大矣哉,记得抗战时有一个大官,此大官现在台湾,大家一想便可知道是何许人。一则日机轰炸得太厉害,二则他眼看中国要完。别人看中国要完没办法,有钱有势的人看中国要完则有一套——他把全家送到美国。中美相隔万里,又是战时,来往不易,双方相思,全凭活动电影。大官将他在重庆的日常生活,包括向部属慷慨激昂,叫他们杀身报国,毁家纾难的训话,和到各地视察被盛大热烈欢迎的场面,一一摄入镜头。而其妻其子其女,则将她们在美国的日常生活,包括坐抽水马桶在内的种种优美姿势,一一摄入镜头,交换演之。抗战胜利后,该大官乃飞到美国,一切都按照计划进行,好不快乐。却再也没有料到,千算万算,不如天老爷一算。其子其女初赴美时,大者十岁八岁,小者尚在襁褓。洋大人讲的是独立自主;子女既长,大官一副旧脑筋,你们总该养活我老头吧,怎料得儿子娶了妻,女儿嫁了夫,竟纷纷向老夫妻"拜拜",顶多每逢过年过节,双双莅临,向两个年迈力衰、整天咳嗽的糟老头、糟老太婆献上一束鲜花,然后"拜拜"不误,人生还有啥活头乎。只好卷行李返国,度其寂寞晚年,唯一安慰自己的,便是放演当年烜赫一时的活动电影,过过老瘾。

呜呼,读者先生到此应该知道活动电影的妙用,若无此妙用,台北市政府那一群能如此献宝乎哉?盖这年头最流行"眼前欢",诗不云乎,能拍照时且拍照,莫待垮台拍不成。不要说快车道,便是茅坑,也得赴汤蹈火。

厚黑教主李宗吾先生画龙点睛,发明了"锯箭杆"之学,乃百年来最大的一种学问,可永垂后世,万载不朽者也,一个倒霉的家伙,中了一箭,医生把外面那一段锯掉,拍拍巴掌曰:"好啦,下一个病人上台!"而那个深陷心窝的箭头如何,则一律不问。

台北市延平南路发生的车祸,破有史以来死难者官位最高的纪录。盖过去压死的全是穷人,穷人为谋升斗之粮,每天在马路上跑来跑去,面因借不到钱而焦瘦,脚因吃不饱饭而发软,压死便压死,报纸上嚷嚷一阵也就拉倒。想不到这次首开洋荤,压死了个局长,官老爷始大震。盖官和民之间最大的区别在此,官出必乘用小民血汗纳税钱买的汽车,绝无被压死之虞。却不料如今搞什么民主玩意儿,再大的官有时候也得步行两下,以示与民同乐。局长都被压死的例一开,等而上之,众官危矣,能不大肆咆哮乎。于是,有人主张重惩那司机矣,有人主张禁止杂牌汽车矣,好像万方有罪,罪在别人,只要把那个箭杆隆隆然大力锯掉,便可保证永享平安。如果能把这次出事的司机先生执行枪决的话,则将来任何开汽车的,在刹车失灵时,都应先打听一下对方的身份,以便只往穷人的身上撞。年来多少车祸,多少穷人惨死轮下,都没有这次热闹也。

五代词人顾夐先生有《诉衷情词》云:"换我心,为你心,始知相忆深。"假使把官老爷换到司机的地位,正在快车道上奔驰,转弯处蓦地发现大群人马,在地头蛇那种"谁敢撞我"的神气领导之下,正在热闹非凡,不知官老爷将做何措施耶?——赶紧念动咒语,使汽车飞起来乎?抑向大法官请示一下,快车道的定义如何,是供汽车走乎?抑供群崽拍活动电影,以便骄其妻妾乎?哀哉,如果锯箭杆是解决问题的不二法门,那么将司机杀之可也。不过幸亏只压死一个局长,如果压死的是市长,或是更大的官,那司机恐怕非五马分尸不可。

造成这次惨剧的原因,锯箭杆的说法,当然怪司机。然而如果研究研究箭头,恐怕把大群人马领到快车道上拍活动电影的那位先生,应负全责。他若不负全责,以后我们小民都可到快车道上照照相,过过瘾矣。柏杨先生故乡有铁路一条,每天火车轰轰而过,令人心惊胆战。我自幼学问就很大,知道火车那玩意儿一下子是停不住的,拜托父老小心。一位前辈先生喝曰:"你小子懂个啥?我不信它停不住,叫一个总司令搬把椅子坐到铁路上试试,看它停不停?"当时颇以为然。不过自从发生这次车祸,始知再大的官,都没有用。

听说现在有关方面在追查责任,前已言之,责任总是落到最渺小的可怜虫身上,如果这次追查的结果,认为官老爷也有责任的话,我输你一块钱。

天生万物

听说铨叙部正在办职务分类。什么是职务分类,我不知道,大概仍不外瞎忙一阵,好像真的一样,以便收入几文,润润肠肚。柏杨先生致力于研究官场,凡六十年,深知任凭你说啥,没有人事关系,都等于瞎抓。人事关系者,派系及门阀是也,说来一言难尽,不必提之。现在提之的,乃柏杨先生之分类。盖官者,依我看来,应分为两大类,一为供给制的官,一为薪给制的官。前者包括大官和总务官,上自汽车洋房电冰箱,下至擦屁股草纸和娘儿们用的月经带,全由公家负担,便是送子女前往美国传种,也由公家报销。后者则全是中小之官,除了贪污便束手无策的官也。这类薪给制的官,一个月有两千元的收入,便够羡煞人矣,但以五口之家而论,两千元能活得下去乎?李耳先生曰:"天地不仁,以万物为刍狗!"而今又是谁不仁,以薪给制的小公务员为刍狗耶?

抗战时,重庆某报,曾刊有小官自祭文一则,特录于左,以供一些既无前途,而又死要面子的薪给制参考。如不幸翘了辫子,不妨就地取材,也用它自祭一番,免得再费手脚。文曰:

呜呼哀哉!天生万物,汝竟为人(声泪俱下,供给制的官儿垂鉴及之)。非但为人,位列缙绅。上有所教,唯命是遵(不听话,就得滚)。下有所效,作则以身(硬撑苦撑,强支门面)。循规蹈矩,不卑不尊(不尊有之,不卑则从未听说过焉)。披衣而起,每在朝暾。安步缓归,多以黄昏(奉公守法也)。且恭且敬,允武允文。耻为顺民(来得早不如来得巧,来得巧才能大吃其香),堪为忠臣(历史上忠臣有几个好下场的)。乡土虽变,国岂无人。亡秦必楚,此志长存(人为希望而活着)。自尔播迁,湘粤黔川。衣履散尽,四体犹全。陋巷养志,箪食养廉。既领眷粮,还有俸钱。糙米味香,菜根味甜。聊可自慰,何用人怜(只有被人笑,何来有人怜)。中原未复,骤尔长眠(死啦)。

呜呼哀哉!我目既瞑,鬼车来迎。遥念妻子,孰能忘情。妻啼子哭,啜啜嘤嘤。茕茕家室,谁为经营(大官小官都忙着往上看,谁管你孤儿寡妇)。食米既香,俸金亦停。衣衫典尽,旧债未清(生前你越不要红包,死后你越惨)。一念及此,有所不平。魂兮归来,抚我幼婴。儿若成人,莫求令名。为商为贾,钞票盈庭。囤积居奇,莫惧时评。钱能通神,遇祸休惊。操纵物价,谁敢不平。既富必贵,显亲扬名。莫效尔父,愚蠢忘形。愿佑吾子,死而有灵。呜呼哀哉,尚飨。

读完之后,如有欲哭者,可来柏杨先生处登记,以便准备眼泪瓶,供后世史家化验,看看是什么年头也。

互相干你娘

骂者,唯人类才有的发泄愤怒的方法也。有啥不顺心的事,骂上两句,也就顺心;有啥不如意的事,骂上两句,也就如意;尤其妙的是,有啥下不了台的事,骂上两句,也就下了台。想当年阿Q被小D揍了一顿之后,面子磨不开,骂一声儿子欺负老子,世界既是如此之糟,便没有啥磨不开的矣。

中国的国骂是"他妈的",有至理存焉。柏杨先生幼时曾窃听大人谈话,道貌岸然的塾师对道貌岸然的叔父曰:"我操那妞儿的妈!"心中大惊,想不到望之似人君的人,跟我们顽童一般口出脏言。后来年龄渐长,在大衙门当差,有一次,伺候钦差大臣和省长逛花街,酒酣耳热,省长对钦差大臣套交情,骂别的大官要人曰:"他阔气个啥,我丢他妈的!"是不是皇帝生了气,也丢他妈的皇后一番,文献不全,无法考证,但"他妈的"三字,经名作家品题,脱口而出,顺理成章,确是国骂,则无疑焉。

有国骂必有省骂,四川省骂曰"格老子",辽宁省骂曰"妈拉巴子",河南省骂更精彩,曰"妈的×",台湾省骂则不得不推崇"干你娘"矣。柏杨先生说的这些省骂,并未经立法机关通过,亦未经政府明令认定,自可言人人殊,亦自可死不承认。但一省应有一个省骂,却似乎有此必要。二十世纪二十年代,张作霖大元帅率东北军进关。横行霸道,乘火车向不付钱,语云:"后脑勺是护照,妈拉巴子是免票。"盖查票员向你要票时,你答一句"妈拉巴子",他发现对象原来是个红胡子,便不再向你问第二句矣。而二十世纪一十年代,河南的"妈的×",也曾烜赫一时。当时袁世凯先生八方威风,由总统而皇帝,大干特干,他是河南人,于是操河南口音的人有福矣,无论干啥,都有优待,人力车夫一听叫车子的满口"妈的×",就马上丧胆。

由国骂到省骂,可知中国因有五千年古老文化之故,连骂也离不开原始本钱,一味绕着女人的生殖器团团转。"他妈的"下边好像还少了一个字,特地去掉它,以便稍微高雅一点耳。而台湾省骂"干你娘",则赤裸裸的仿佛更为结实。洋大人开骂,说你是"猪",是"猴子",是"驴子",是"懦夫",是 Damn,从未涉及对方母亲或姐妹的性生活。而中国人则不分三七二十一,这大概是中国人进步之处。柏杨先生有一位朋友,一次和一法国人对骂,他祭出中国特产,痛詈其母其妹,该洋人大惑曰:"只要她们愿意,我无意见!"遇到这种对手,只好认输。

际此"干你娘"横飞,且有官崽因它坐牢之际,台湾省骂似有严格规定的必要。兹隆重建议:在议会中互相干你娘的议员,不妨研究研究,制定法案,通令周知,以期一体遵行。如何乎哉?

千古疑案

有这么一回事,四十年代抗战胜利后,新疆维吾尔族男女青年组成的歌舞团,到北平演出。北平各大学堂康乐团体,举办欢迎大会。在大会上,维族青年唱的是中国歌,而北平大学生则唱洋大人之歌焉。维族青年不禁目瞪口呆,当时没说啥,回去后却向《新疆日报》记者发表谈话曰:"早知道中国人是以自己文化为耻的,则我们何必以做中国人为荣乎也。"

这种精彩节目,柏杨先生方以为空前绝后,不会再有。却想不到前天晚上,在台北什么之家,又开了眼界。这一次献宝的男女主角,虽不是大学生,略嫌差劲一点,但其使人起鸡皮疙瘩的程度,与大学生则一样焉,报导于后,以开眼界。

前天晚上,该什么之家举行慰劳日本东方歌舞团聚会,这应是一个隆重的聚会,它不仅代表客人和主人联欢,也代表两个国家文化交流。在这种场合中,国家意识应超过个人的风头。呜呼,甲午年中日之战,广东省向日本索取被扣的军舰,说广东省可没有参战呀,贻笑天下。而今中国艺人,也搞出这一套,只因无知,所以也无自尊。

话说聚会开始时,一个女人上得台来,开腔便唱日文歌,急探听她是何许人耶?别人告曰:张小姐。该雌大概事前也没打听一下,台下东方歌舞团中的低音歌王逖克峰先生,唱歌唱遍了全世界,每晚要美金两百元一场(读者沉着气,以防吓一大跳)。张小姐音既咬不准,字又念不清,听得日本小姐们面色苍白,汗流如浆,便是张献忠先生杀人,也不过如此残酷也。张小姐好容易下台,又一女人扭扭而上,她又是何许人耶?告曰:李小姐。该雌唱的则是英文歌焉。呜呼,柏杨先生若是学的牙医,准可大发一笔横财,盖当时定有不少人掉了大牙也。然而最使人如丧考妣的,还不是她唱得美妙无双,而是当时聚会不过刚刚开始,李小姐却不管天塌地陷,"撒油拿拉"起来,东洋人无不大惊,以为要驱逐他们出境哩,这种最起码的社交常识都没有,真应上吊一次,以谢国人。

聚会到了此时,大家全都受不住啦,幸而天无绝人之路,有人推荐记者之家驻唱歌星隽玉琴小姐登台,隽小姐唱了两支中国歌:《梦里相思》《绿岛小夜曲》,场中方才鸦雀无声,落下一根针都听得见,唱毕掌声如雷。逖克峰先生急要求介绍和隽小姐相识,对她的音色之美,音量之广,有深刻印象,并如获至宝曰:"日本流行的正是这种歌曲,中国是一个音乐国土。"在座的中国人闻之,心情稍快,我想张小姐也好,李小姐也好,多少都会有点屁眼痛。

想不到,刚刚正常了的气氛,又被一个异军突起的女人搞了个一团糟。该女人贸贸而出,直奔台上,也唱起英文歌焉,询之左右邻座,答云:"洪小姐是也。"听说该雌和前张李二雌出身差不多,都是演话剧电影的。洪小姐的英文歌,中外人士,无一人能听得懂,小说家上官湖露先生,立予七字之评,曰"荒腔走板不协调",尤其要命的是,在最最紧要关头,硬是漏了一段,全体听众乃大乐。她在猛唱时,脚下还猛动,东洋人甚奇之,纷纷加以研究,说她是打拍子乎?并不合拍子。说她是发了羊癫风乎?又不像是羊癫风。历史上本来就有很多事是一个谜,此事只好成为千古疑案矣。

一个有重大意义的中日两国艺人的聚会,被三个女人各献其宝,无论主人和客人,几乎都要痛哭流涕,盖中华民族自尊心丧失到如此程度,诚大出东洋大人意料之外。

然而不能该三雌专美于前,别的人也照样露了一手,忽然有个家伙提议泉京子小姐唱上一段,这真是一种不可原谅的戏弄,充分显示出中国人茫茫然的特点。噫!假使说他是恶意的,那对东方歌舞团是一种侮辱;假如说他是善意的,那说明他的无知,反正无论哪一点都不能使中国人光彩。盖东方歌舞团以逖克峰先生为台柱,且逖克峰先生又是低音歌手,戏院老板把比排骨还瘦的京泉子小姐硬捧成肉弹,是生意眼而已。实际上她既不会歌,也不大会舞,她唯一的特点有二:一是曾演过电影,二是个子高一些。等于柏杨先生和斯义桂先生组团去美国淘金,洋大人能先教柏杨先生唱一段乎?柏杨先生又敢去唱一段乎?反过来,如果玛丽莲·梦露小姐,和平·克劳斯贝先生组团来华,盛大欢迎会上,我们总不能先请玛小姐唱上一段也。

于是,京泉子小姐死也不肯登台,拉拉扯扯,结果还是另选了一位中国小姐,而那小姐登台唱的啥?——曰:又是日文歌。呜呼,柏杨先生当时便老泪纵横,盖如今才发现日本这个国家为啥没有前途,而中华民国迄今仍为四强之一的缘故。

那一天下午四时左右,台北衡阳街曾有一场令人流汗的镜头,一位韩国人买东西,店员胁肩谄笑,大讲其日本之话,韩国人以中国话告之曰:"你是中国人,为什么讲日本话?我会中国话,请讲中国话,好不好?"当时在场驻足围观的人很多,反应的嘴脸各异,瞠目不知所云者有之,敬佩者有之,反对者有之,毫无惭愧,以该韩国人有神经病者有之。呜呼,盛哉。

若干年前,柏杨先生曾陪同过日本老友,参观某家工厂,厂老板屁股朝天之余,大讲他的设备如何进步,而且"亚洲第一",东洋人诧曰:"看你们的机器全是俺日本制的呀!"老板又吹他的工程师到过美国日本深造,甚为得意,东洋人又诧曰:"你们既这也进步,那也进步,难道连一个深造的学堂都没有,必须到外国跑一趟?"柏杨先生急得乱跳脚。无他,深知洋大人既不吃中国的饭,便不必装糊涂,而敢于揭疮疤。他讲过溜之,留下柏杨先生,何以抵挡该厂老板的迁怒耶。

至此,你说吧,这个有五千年传统文化,天天讲孔孟的中华民国,到底是个啥国?仝款一元以待,诚征答案,如张李洪三小姐应征,则奖金倍增,以资鼓励。

用啥交流

我们整天在叫和外国文化交流,用啥文化交流乎?积五十年之经验,知法宝有二,一是把古董运到外国展览展览,让洋大人知道中国人的祖宗如何如何了不起。二是花几万元买一部二十四史送之。这大概是一种以量取胜之意,嗨,你看,当我们中国大圣人孔丘先生在陈国饿得两眼发黑时,你们还在那里茹毛饮血哩。

此二法宝,似乎应归类于破落户心理,盖现代的既马尾提豆腐,提不起来,只好提"想当年"矣。古董搬来搬去,真有啥意义乎?如果我是搬来搬去委员会的主任委员,食其饭而忠其事,我可写出两大册书,以证明搬来搬去的重要性。而如今我是一个小民,便觉得搬来搬去,花了不少钱,其效果恐怕只有耶稣知道。人家瞧起瞧不起,是看你现在搞的啥名堂,不是看你祖先搞的啥名堂。一个姓柳的犯了强奸罪,他向法官吹曰:"俺祖宗柳下惠,想当年连坐怀都不乱!"法官能肃然起敬,下来跟他握手,请他喝一盅乎?

清王朝光绪年间,柏杨先生年轻力壮,一天因为赶路,错了店铺,下榻一庙宇之中,夜间风雪交加,忽闻山门处有二妇人相语。一人曰:"我结婚时,凤冠霞帔,流水席开了三千桌。"一人曰:"我出嫁时也差不多,嫁妆便摆了五条街,每个箱子里都装着四个金元宝。"柏杨先生天生的势利眼,一听此言,知二妇来头非凡,急披衣下床,索灯索火,准备前往说几句马屁之话,以结后缘。却不料竟是两个老女乞丐,大为扫兴。寺僧知我夜起,赶来问讯,我曰:"你紧张啥,我不过拉屎罢啦。"寺僧肃然曰:"公子真不同凡品,夜行必烛,将来定卜大贵。"我因没有大贵之故,对此事一直讳莫如深。

可是,每逢我听说有古董出国,或赠人家一部影印的二十四史,便不由想起当年盛举。便是洋大人看得懂二十四史,便是洋大人很起敬,起敬之余,恐怕也哑然失笑,笑我们这些不争气的子孙太窝囊也。呜呼,一切都在于"古",现代的东西啥都没啥。山门外那两位,若不是丐妇而是贵妇,衣服华丽,腰缠万贯,在美国既有房屋又有存款,则即令她们当年结婚时是披麻包片,满身虱子,柏杨先生也会去胁肩谄笑,何致享我的掉头不顾哉。

问题还在于送他们的那些二十四史二十五史,有几个人看得懂?就是想敬都敬不起来。美德法英,还有一二汉学家,可能翻阅一下,其他那些芸芸众生和芸芸众国,恐怕送了去不过往墙角一堆,供蠹虫便饭之用而已也。

专送给人家连中国人自己都不能普遍了解的东西,也是一奇,不可不大书特书以志之,以便后人有凭有据地哀悼。

国　粹

昨天晚上,有美利坚人来访(柏杨先生也有碧眼金发的洋朋友,坐汽车而说英文,读者中如有西崽先生,就原地挺胸致敬,刮目相待可也,不要磕头啦),一进门便唉声叹气,好像大祸光临。诘之,洋大人紧张曰:"我办公室里,有一位小姐,肚子大起来啦。"我曰:"那有啥值得奇怪的?"洋大人听后不语,面色惨淡,一直摇头,我乃恍然大悟曰:"一定是你和她谈恋爱谈得下不了台。"洋大人急曰:"我怎能做出那种危险之事。"

说了半天,原来,他的中国籍女秘书之一,一位芳龄二十一二岁,其貌如花的张玛琍小姐,忽然肚子膨胀。"小姐"而怀了孕,怀了孕还不算,不但没有一点羞惭,反而满面红光,同事不断向她道喜,而且过了不久,竟向洋朋友开口借一个月的薪。洋人乃终日忧虑,废寝忘餐,那薪水不但有借无还,恐怕以后还要永无止境地往下借,不是往他身上赖是啥?走投无路之余,特来向柏杨先生请教。

呜呼,该洋大人最大的误会发生在称呼上,在洋大人之国,没有结婚的是小姐,结了婚的则硬是太太,从没有结了婚而仍假冒小姐的,便是影都好莱坞,女明星以嫁人嫁得越多,身份越高,都不例外。你今天嫁詹姆士,便是詹姆士太太;明天嫁托德,便是托德太太。所以,对于美国女人开口招呼时,应先打听一下她先生姓啥。否则,你叫她葛来芬太太,而她早已和琼恩先生结了婚,岂不糟哉?

我们无意批评谁是谁非,而只是说,洋女人对小姐的称呼非常严格,战后的德国,男少女多(天乎,我们目前的情况恰恰相反,教人羡慕),女孩子们成天梦想有一天忽然没有人叫她小姐,而叫她太太。太太的身价,似贵重得多矣。

中国则不然，"小姐"要比"太太"吃香，君不见新公园那些卖香烟糖果的小贩乎，向一个满脸皱纹，牙都快要掉光的阿巴桑，猛叫曰："小姐，买一包瓜子吧！"她不买他两包才怪。无他，叫她小姐，叫得她从脚心往上舒服也。而当你去某机关某单位接洽事务时，见了女职员，不管她是啥，一律称之为"小姐"，准没有错。如果你看她年已四十，而且在办公桌上喂孩子，而呼之曰："太太，请问总务科在哪里？"她不报你以白眼，告诉你总务科在第八层地狱，未之有也。柏杨先生有一友焉，一日，他的八岁儿子下学，去办公室找他妈妈，听到人呼其母为"小姐"，不禁大惭，回家后头都抬不起，第二天并拒绝再上学堂，所有的医生都查不出病源，一再盘问，他痛苦地告其父曰："妈妈原来不是太太而还是小姐，小姐怎能生我这个儿子哉，同学要笑死我啦。"

看样子，小姐的称呼太滥，不仅洋大人不懂，便是中国孩子亦不懂也。

洋大人因不懂中国国粹之故，见"小姐"怀孕便大惊小怪，并列为观光奇闻之一。其实，其中道理研究起来，三年都毕不了业。柏杨先生且发明两条格言，以便华洋人等，一致遵守应急。

格言之一曰："见女人便喊小姐，无往不利！"即令对八十岁的老太太也照喊不误。当然你必须察言观色，这在"做官之道函授学堂"的"一脸忠贞学"讲义中，有详细说明。盖你的态度，必须使该老太太相信你出自真心，也自信她确是小姐才行。否则，她以为你吃她的豆腐，事情就要急转直下。

格言之二曰："对小姐绝不可称太太，称者必败。"必败者，非碰钉子不可之谓,我想这用不着再加诠释啦,如果你有地头蛇气质,硬是不信的话,不妨跑到女子中学堂或女子大学堂里,找那些如花似玉,满肚子学问的女学生,叫她一声"太太"看看,其后果不卜可知。盖把太太当小姐叫没有错,把小姐当太太叫,就要发生天灾。

不过天下事有原则就有例外,好像台湾银行董事长尹仲容先生发行大钞一样,有有印章号码的,便有无印章号码的,没有啥了不起。太太小姐也是这般。如果你去日本或德国,把小姐喊成太太,恐怕她非报你以勾魂的微笑不可,盖她心里想,我漂亮仍在,足可找一个丈夫。同时,即令在中国,也因时因地因人而异其效果。柏杨先生有一次在新公园打太极拳(人一上了年纪,便喜欢这个调调儿,无可奈何),见一小贩尾追一对情侣,明眼人一看就知道不是夫妇,可是该小贩硬向该小姐叫曰:"太太,买一包口香糖吧。"小姐自然大怒,不过结果该小贩不但卖了一包,而且卖了十包,盖她的男朋友心花怒放,必须多买十倍,才能表示谢意。

和"小姐"有异曲同工之妙的,还有"夫人"一词。一个女人既已嫁人,不好意思再充小姐,或无法再充小姐,则都希望越过"太太",跳上"夫人"宝座。柏杨先生每天回家,必向老妻曰:"夫人,你好。"夫人方才将饭菜端上,若曰:"太太,你好!"准天下大乱。此举虽有点肉麻,却可说明"夫人"的地位似乎比"太太"伟大。不信的话,可到什么新开张的公司行号,参观一下便知,剪彩的女人如果不是小姐,准是夫人,从没有一个太太的。大概嫁薪给制的女人皆为太太,嫁供给制的女人始可称夫人,其中奥秘,自非一语可尽。

异乡人

山川名胜，固为观光事业最大的一环，但仅靠山川名胜不行。刚果共和国即令有再好的山川名胜，除了探险家外，恐怕没有什么旅客上门，盖面对着妇女随时有被奸，男子随时有被剥皮的危险，没有太多的人肯兴兴头头地前往那地方试运气也。何况，地文和人文有密切的关系，地文非人文不名，老天赐给你再好的奇景，如果你一塌糊涂，再奇的景都会被淹没。我曾悲哀地想，如果日月潭、阳明山落到美国佬的手中，恐怕早面目一新矣。

中国五千年传统文化一直缺乏灵性，很多道貌岸然闻之大怒特怒。但别的东西上有没有灵性，那是另一问题，若仅论观光事业，固实在是看不出啥灵性也。观光过中国复又观光过洋人国的人，恐怕心中定有一个比较。有些卫道之士，著书立说，常曰："我们中国人好客。"这种美德汉唐之世有没有，我不知道。孔丘先生言论集上有没有，我也不知道。但有一点我是确知不误的，乃二十世纪的中国同胞，实在并不怎么好客，而且非常地"欺生"，欺你是个生客也。

抗战时大家流落四川，四川为天府之国，比台湾大矣富矣，可是他们对非四川人一律称之为"下江人"，西康省明明居于上江，也硬称之为下江，以便简化。你到街上买东西，一听你是下江人口音，便自然而然地涨上一倍，有时和本地人起冲突，有人登高一呼曰："打下江人呀！"真是耕者放其锄，骑者下其马，一拥而上，头破血出。抗战胜利后，我到东北，乃忽然一变而为"关里人"，乃山海关里边的人也，到东北的四川哥子此时也瞪了眼，初次尝到异乡人滋味矣。关里人的遭遇似乎比下江人更糟，不仅有挨打的危险，有一次我和某一位本地人打架，他告诉他的喽啰曰："把那老头丢到野地里喂狼。"盖杀人易，灭尸难，东北地冻天寒，野狼如海，不要说一个尸体，便是一个活人，落入狼爪，一刻工夫，骨头都没有啦。再后则来到台湾，不用多加解释，又成了"内地人"矣。回首前尘，实在找不出中国同胞好客之道，故中国诗人作诗填词，每多伤离思乡，如果真的宾至如归，则乐不思蜀，何来那么多难过乎？

这种不好客和欺生的气度，用到中国自己同胞身上，只好自叫倒霉，无话可说。但却不能不使人愤慨，愤慨积得太多，仇恨便油然而生。稗官野史上曾记载一故事曰：张献忠先生年轻时，推独轮车去四川做生意，被一群四川流氓推入谷底，把货抢走，他爬出来赴乡长那里理论，一口陕西土腔，众人竟反咬他一口，乃挨了一顿臭揍，驱逐出境。于是，不到十年，张先生成了贼大王，率兵屠川矣。欺生的结果竟至如此严重，而迄今仍有些地方照欺不误，你说人们能接受历史教训乎？

对仅仅是异乡人尚且如此，对洋大人更不用说矣。鹿特丹号的洋旅客在基隆停留六个小时，前来台北参观手工艺品中心，其价钱之高，足可把人吓跑，市价不过值三五十元，该中心硬要卖二百元，使洋大人大摇其头，洋竹杠敲到如此无耻程度，还搞啥观光事业？索性开个屠场，见洋大人即掳而烹之，岂不更简单明了。

其实，这种毛病，不单手工艺品中心一家才有，几乎没有一家商店没有，洋大人到了有五千年文明的中国，简直如置身亚马孙河吃人部落，每一个人都想从他身上发一点洋财。被骗得晕头涨脑，回到船上，能对这个地方有好感乎哉。

绣花兜肚

诚实是做人的第一要件，这不是说柏杨先生忽然也道貌岸然，打算参加道德重整会出国捞几文。而是说，诚实是最简易的做人处事的方法，用不着太大的脑筋就可干得很好。做生意亦然，很多中国同胞一见洋大人，便立刻打算敲他一票，以便过一辈子。呜呼，洋大人以商立国，算盘何等精明，我们这些半农业半封建社会上的土豹子想讨便宜，岂不是鲁班门前弄大斧乎？我们所发的"洋财"，乃洋大人牙缝里的东西，欺他们言语不通，亦欺他们城里人下乡而已。从前台湾洋大人之车和电冰箱，价格之低，简直叫人笑得合不住嘴，可是现在你再买不到了矣。手工艺品中心不知道是官办的抑是私办的？这种发洋财的心理如不改正，它会连累我们整个国家，都被洋大人瞧不起，更不要提观光事业矣。

近百年来，大日本帝国欺负中国，着实欺负得厉害。但说来也怪，他越欺负中国，中国人越对他们轻视，试看中国人有入美国籍者，有入英国籍者，有入菲律宾籍者，然而，有几个心甘情愿入日本国籍的耶？到了今天，两国敌对的形势已不存在，我却硬是佩服日本人，即以日本的待客态度而论，中国人便得羞死。台北的商店一见外国人，无不食指大动，本来五毛钱的东西，硬卖五十元美金。抗战期间，政府实行限价，报纸上大肆宣传，且有专书问世，说得头头是道，当时便有人曰："如果这种办法行得通，经济学这一门可以取消矣。"而欺生政策亦然，如果这种办法可以发财，经济学这一门亦可以取消矣。盖最高的价格决定于最大利润，不因华洋而异。像市政府办的自来水，如果水费定价每度一千万元美金，生意虽是独占，恐怕没人用得起，如果抱定宗旨曰："我只要卖出去一度，就一辈子不愁。"我敢和你赌一块钱，包管连一度都卖不出。手工艺品中心定那么贵的价格，不知道他们开铺子的目的是赚钱乎，抑是专门参观洋大人摇头乎？

卖给洋大人的东西，应比卖给本国同胞更为便宜，才是招揽之道。凡把洋大人看成傻子者，恰恰证明自己是木瓜。中国人在日本买照相机比日本人买都要便宜，去过日本的同胞，都有此记忆也。为啥只一海之隔，洋大人到台湾，便倒了霉。

物价不过是其中一端，比这更重要的不胜枚举。但有一点必须特别提出的，对待外国旅客，中国货最为吃香。有一次我在台北衡阳街，见有一洋大人焉，要买两件中国的绣花兜肚，店员大概读过外交系，当时便迎头痛击，另提出一卷连乳罩的胸衣，眉飞色舞曰："你看，那兜肚手工太粗，这是从美国新到的走私货，样式最新，自带海绵，各种尺寸颜色的都有。"该洋大人表示仍要兜肚，该店员则苦口婆心，硬加开导，结果洋大人受不了聒吵，悻悻而去。柏杨先生适在旁边，一幕活剧，全收眼底。

柏杨先生曾于前年去韩国一趟，临返时忽然想要买一件东西,必须上面有韩国字的,以便光宗耀祖,向亲友吹牛,自抬身价。可是走了两条街,都看不见足以表示"来此一游"的商品。橱窗里不是中国货便是美国货,我如果买了一个双喜牌的热水瓶,或买了一架顺风牌的电扇回来,凭它证明去过韩国,你肯相信乎哉?结果跑了个满头大汗,才发现一个眼镜盒,上有一排韩文,大喜购归。搞观光事业不知道这种心理,不过一个三流西崽耳。

爱情不是买卖

上月,有一对男女结婚,新郎为了预防新娘变心,当场把新娘爱他的话用录音机录下来,宾客大为惊奇。套一句官崽的口头禅,可谓之曰:"深具教育意义"。一旦过了三年五载,爱情褪色,那女子芳心大变,要开溜时,做丈夫的第一件事,恐怕就是爬到阁楼上找出录音带放给她听,你从前既然说"永远"爱我,"一辈子"爱我,"誓死"不二地爱我,现在你听听自己的话吧。

问题是,她真的如此这般,要投入别的男人怀抱时,这种干法就能使她悬崖勒马乎?恐怕未必。而且不但恐怕"未必",简直会弄得更糟,本来还有一线挽回的希望,一听录音带,准连那一线也都弄断。"爱情"这玩意儿乃天下最奇妙之物,她爱你时,你的缺点也成了优点,不爱你时,你的一切,包括你的高贵品德,都会成为可笑可嘲的蠢动。假使你痛痛快快向她"拜拜",

她还对你有点怜惜。假使你死缠不放,连录音带都搬出来,她能念及你的痴情乎?恐怕她不跟另外那个男人商量杀你灭口,已算你祖宗有德。盖爱情乃交流之物,一旦一方面不接受,你越爱,她越厌。

诗人们常歌颂爱情是永恒的,年轻小伙子和黄毛丫头,对爱情的伟大更五体投地。诚如胡适先生说,凡是金字招牌,最好不要去碰,爱情固金字招牌也。柏杨先生如果去碰,准有年轻朋友破口大骂。不过有一个现象却是非常有趣,那对新郎新娘,两人如果不相爱至深,他们能结婚乎?然而其不相信爱情是永恒的,固甚明显。他如果相信爱情是永恒的,就不会弄个录音机矣。

这不是否认爱情的价值,谁要否认爱情的价值,谁的脑筋一定少一条皱纹,或少若干细胞。如果我们有盘古先生那么大的力量,把世界上所有的爱情挖掉,那么,闭目思之,这个世界还剩下啥?文明的发展,文化的进步,以及个人的前途事业,不受爱情驱使者,几希。我们可以认为,天下固然有永恒的爱情,但不能说每一个爱情都是永恒的。新郎搬出来录音机,其内心的恐惧可知,如果他相信爱情是永恒的,何必录妻子的音耶?如果他不相信爱情是永恒的,他自己本身便不可靠,谁又录他的音乎?

报上说,菲律宾某女议员在国会上提出议案,要求禁演伊利莎白·泰勒女士的电影。伊女士这人,我们不批评,但有一件事,却硬是敢打一块钱赌的,假若全世界都禁演她的电影,包管可以医治她的滥病,再也不会视婚姻如破鞋,视爱情即性欲也。这可以说明一点,廉价小说上最喜欢强调曰:"爱情是纯洁的",其实,天下没有比爱情更千头万绪的东西,只看人持之如何耳。西洋有一则小幽默,其对话如下:

玛丽曰："亲爱的,约翰病得那么重,你怎么把他看顾好的?"

爱丽丝曰："每逢我一想到有谁要我这个已有四个孩子,年已四十岁的寡妇时,我就不得不拼命看顾他。"

呜呼,君不见女人哭丈夫时:"你死啦,叫我依靠何人?"这固然是至性至情,但叫人听啦,却好像如果她有人依靠就不伤心似的,怎不出冷汗也。

第二次世界大战初期,德军横扫欧陆,希特勒先生得意之余,信口开河,今天曰:"毁灭英国。"明天曰:"德军不知失败为何物。"后天曰:"德国上空永不会有敌机。"到了大战末期,英国电台恶作剧,把希先生当年的讲演,重新广播。以致希先生不得不下令不准收听他自己的广播,你说窘不窘乎哉?盖非他不愿实践诺言,形势不许他说话算话也。丈夫录下妻子的山盟海誓,到时候她不兑现,只要一句话便可打发,曰:"我那时爱你,可是现在不爱你啦。"

爱情不是买卖,当作买卖干的人,苦在其中矣,不要说立契约,留录音,便是杀头都没有用。

情 杀

高雄又发生了情杀案,情节简单不过,一男热恋一女,那女子不肯嫁给他,他就杀了她全家,然后自己再把自己头上射一个洞。在报上看到这则消息,似乎有一种索然无味之感,盖情杀案的内容差不多都千篇一律,好像从一个模子里浇出来的也,所以这种案件一天比一天不能叫座,报纸也因之有点厌倦。记得前年南投情杀案,报纸以头题出之;去年桃园情杀案,报纸以二题出之;今年这个情杀案,报纸便搬到版中央;明年恐怕将放到报尾巴,后年恐怕顶多两栏题甚至一栏题矣。

爱情之为物,一言难尽,一个男人竟会为一个女人发疯,我看全是上帝捣的鬼,他老人家当初如果不给人类以情愫,要想发疯亦发不起来疯也,你听说哪个男人为了爱一个金丝雀而发疯乎?

为一个女人发疯,固无足为奇焉,然而为了一个女人杀人如麻,便有研究的必要。每一次情杀案发生,社会上反应纷纷,高喊严惩凶手,治乱世用重典者有之;叹息人心不古,世风日下者有之;大骂凶手没有良心,禽兽行为者有之。这些言论虽然很是热闹,但似乎对解决问题无大帮助。主张严厉惩凶,治乱世用重典的人,好像天生的瞎眼,只躲在办公室里嚷嚷,不敢伸出头看一个仔细。凡是这类情杀案,凶手如稍有自知之明,都会自杀,南投案如此,桃园案如此,高雄案亦如此,弄得你根本无法严惩,亦无法重典。叹人心不古者似也大可不必,两千年前孔丘先生在春秋时代,早就叹过人心不古,不得不托古改制。孔先生最佩服姬旦先生,而姬旦先生最佩服"先王",反正越古似乎就越好,真正古到创世纪,《圣经》上说得明白,该隐先生就杀了他的嫡亲哥哥,也不见得比现在优秀到哪里去也。至于兽性和良心,那更抽象,爱情发展到极致,任何人都会陷于禽兽之境,连大圣人孔丘先生都不能免,否则他早断子绝孙了也。

我们说这些话，不是同情凶手，而是说这个问题过度严重，不是用哪种方法就可以克服。卷在情杀案中的男女主角，把事情弄得如此之糟，和如此之惨，恐怕连自己都莫名其妙。报上千篇一律的说男主角恨女主角无情，女主角怪男主角单恋。呜呼，柏杨先生从不相信这一套，如果说女主角无情，她能陪你玩，甚至陪你睡乎？如果说男主角单恋，天底下因单恋而害病者有之，因单恋而顿萌杀机，血流成河者，不多乎焉。往往是一分爱产生一分恨，大致不爽。

一个失恋的男人，必须想办法使他不丧失理智。一旦等到他丧失理智，不要说民主时代的重典严刑他不在乎，就是专制时代杀头剥皮他都不在乎。男人们恋爱失败，多如恒河沙数，年轻的一代，谁没有失过恋耶？有的是真失恋，和女孩子有过海誓山盟，忽然半路里杀出一个程咬金，该程咬金先生有钱有势，又可把她弄到美国，便不得不痛苦万分矣。但有的年轻人却是假失恋焉，辛稼轩先生词曰："少年不识愁滋味，爱上层楼。爱上层楼，为赋新词强说愁。"强说愁，硬说愁也，于是，某小姐昨天没有看我一眼，是变了心也；某小姐今早见我翻了斤斗，没有来扶，是狠了心也。

无论是哪一种失恋，既失恋矣，难过一阵子也就作罢，动手杀人者固不多也。为啥不多乎？在于赤手空拳没有武器，假如青年朋友们人各一枪，恐怕惨剧还要层出不穷。在台湾这个社会，能动刀动枪凶杀的人，皆非平常之辈，若柏杨先生想杀人，去哪里弄刀枪也哉？

人的本性是不是善的，圣人们研究了五千年都没有研究出道理，但有一点却应注意，一个人如果有致命的武器在手，千万不要把他激怒。常见有些人向正在喷火中的对方嘲笑曰："你开枪呀,你手里拿的那东西摆什么样子呀,你要是顶天立地的好汉,就打死我呀!"呜呼,无论是仇人嘲仇人,无论是妻子嘲丈夫,无论是女主角嘲男主角,被嘲笑的一方,除非是白痴,或除非是韩信先生者流的英雄,恐怕是非杀之不可。杀人者固罪无可逭,但逼他非杀人不可的人,其恶行也不应宽恕。

对枪械子弹的加强管理,固是治标之法,但鉴于治本之不易,自应先从治标着手。而治本方面,莫过于有情人都成眷属。退而求其次,我们希望失恋的朋友,能不丧失理智。手边无枪,也是使他不丧失理智的一法。几乎所有失恋的男人都想同那个"无情无义"的"婊子"同归于尽,如果没有枪,过了几天,或是又遇见一张更漂亮的脸,或是自己豁然贯通曰:大丈夫只患事业不立,何患无妻?到那时,你便拜托他去行凶,他也不干。

性格与悲剧

柏杨先生早就不谈时事和新闻,盖一脑筋儒家思想,而儒家思想者,明哲保身,安贫乐道的思想也。有权势的人物最欣赏儒家思想,如果每个人都明哲保身,都安贫乐道,他们便可以畅心所欲地乱搞矣。可是最近看报,凶杀案之多,实在心惊肉跳,并不是怕也挨刀挨枪挨手榴弹,这年头死虽容易,可是如果混到挨刀挨枪挨手榴弹,没有深仇大恨,谁肯费那么大的力气对付你乎？我之所以心惊肉跳者，盖时代的气压逼人如此，再严厉的刑法都没有用。气压不改，这类案子还要层出不穷，胆小如鼠的小民，还继续有可看的也。

昨天下午，柏杨先生往访某大官，他正在向一个泪流满面的科员发脾气，拍案詈曰："我最痛恨你这种自命不凡的人，明明獐头鼠目，却以为一表人才，我这小庙敬不了你这大神，今天就滚。"事后向他探询，他曰："他离开这里，就饿死他，他以为啥啥局可以收他，我一个电话，那边连报到手续都不会叫他办。"当时我就用种种言语劝之，盖开革不开革是一回事，何必那么损其自尊，又何必那么展示威风乎？该大官纵声笑曰："叫他杀我好啦，报上不是天天杀人乎？我不怕。他敢？哼！"

呜呼，这种地头蛇嘴脸，便是造成惨剧的主要动力，哪一个挨刀挨枪挨手榴弹的大人先生，事前相信他会惨叫而死的？都是怀着"他敢，哼"的心理，结果才满身鲜血地抬到殡仪馆。一个人竟凭空有这种"必胜信念"，认为绝可以战胜那些见了他都发抖的小人物，毫无怜悯同情之心，毫无戒慎恐惧之意，不把人当人，乃是天夺其魄。

从前有人向老僧请益曰："师傅，进一步则死，退一步则亡，我应如何？"老僧答曰："那么，你往旁边让一步如何？"噫，君尚记得台北永和镇那个教习杀校长的凶案乎？我们对那凶案无所评论，对被害人和凶手的人格，也都十分崇敬。但如果研究社会问题，便不得不借这个例子。那位校长先生，真是了不起人物，他曾说过，法院有朋友，警察局有朋友，报馆有朋友，警备总部也有朋友，反正是对方所有可以申冤的地方，他统统有朋友，然后拍胸笑曰："你奈我何？随你的便！"如果你阁下不幸也弄到这种凄惨地步,你像猪一样活下去乎？抑奋博浪之一椎,跟他拼命乎？地头蛇既把人前走之路堵住,又把人后退之路堵住,最后更堵住旁让之路,便是一个人人得而诛之的独夫矣。

一个人的悲剧,与人格无关,有些被人像剁烂泥一样地剁死,其人格固完整也。但一个人的悲剧,往往与性格密不可分,无论被害人或凶手,都是如此。张飞先生应该是一个典型,读者因受《三国演义》的影响(小说的力量大矣哉),对张飞先生颇有好感,不过,幸好我们没有和他同生在一个时代,否则恐怕有罪受的。陈寿先生对他的评语为"暴而无恩",一个人"暴",已够人发指,再对人无恩,那成了啥东西？岂不是一个凶恶愚昧的土匪头？其最后终于被刺,够人警惕。

所有的凶杀案,恐怕都跟被害人"暴而无恩"有关,尤其主要的是："暴"尚可谅,"无恩"则不可忍。范雎先生当了秦国宰相,终于饶了他的老仇人贾须先生不死,乃在那一袍之赠耳。如果贾须先生在长安市上看见范雎先生衣不蔽体,自觉伟大起来,训上几句,或索性鼻中嗤之,扬长而去,或到处说范雎先生思想品格有问题,绝不可用,恐怕他的老命早完蛋了。

分析的结果,似乎逃不出下列范围：部下杀长官(或老长官),仆人杀主人,地位低的杀地位高的,没钱的杀有钱的,没办法的杀有办法的,一言以蔽之曰："光脚的杀有鞋穿的。"有鞋穿并不就是罪恶,但有鞋穿的人如果去故意猛踩那些光脚的朋友,仅在道德上讲,做人便不够厚道。报纸上一遇到某人被杀,千篇一律地都说他很好——他生前这也好焉,那也好焉,好的程度,连孔丘先生在文庙里都坐不住。实际上果如此乎？我们的社会风气是只论市场价格,而不论是非的,一个人出了纰漏,同样千篇一律地说他王八蛋。前年某站的副站长诱奸了一个村女,铁路局某官崽立刻说他有神经病——这一类的事多矣,只可自娱,不足服人也。

问题是,被害人却往往罪恶滔天,记者先生们去现场采访时,听到的并不是叹惜之词,甚至邻居亲友们还有些人在那里"大快人心"哩,把记者老爷窘得无法下笔。他总不能据实地把被害人说得一钱不值,那岂不是鼓励动刀动枪动手榴弹乎?

有学问的人总是责备光脚的人为啥不法律解决,柏杨先生也是主张法律解决的。可是,我们的法律能替光脚的申冤乎?有鞋穿的人一鞋遮天,到处都有"朋友",把穷苦之人逼得只有同上西天的一条路可走,被害人和整个社会,恐怕都不能辞其责。

官性兴旺

很多凶杀案,往往有其"不可忍",和连旁让一步都被堵住的隐情。不过凶杀案发生之后,凶手或就逮,或自杀,舆论一致指摘,就把被害人说得可进圣人庙吃冷猪肉,把凶手说得天生坏胚。一个非常严重的社会问题,遂被表面上的泛道德观念所埋葬。真相既不能明,徒勃然大怒曰:"此风不可长。"徒对凶手百般唾骂,判以严刑。哪能止住"再来一个"乎哉?如果仅靠这一套便可以止住凶杀,世界上的社会学家都要跳井矣。

柏杨先生并不反对治乱世用重典,当然更不主张把凶手一律释放,然后再发给他一纸"杀得好"的奖状。他触犯了法律,自应接受适当制裁,或杀之,或囚之,悉凭处理,我们一概不问。我们问的是,如何希望不再有凶杀,则有赖于有鞋穿的人不再把人逼得走投无路,光脚的人不再想不开也。

有一种现象是有目共睹的,那就是与日俱增的暴戾之气。有鞋穿的人暴戾,光脚的人也暴戾。有鞋穿的人的办法是压之饿之,逐之辱之;光脚的人的办法则是跟他同归于尽。双方各走极端,世人便有精彩的新闻好看。这种暴戾之气似乎一天比一天厉害,因为台湾地方太小,机会太少,使得有鞋穿的人肚子里,不但装不下船,甚至连针都装不下。同样的环境,也使光脚的人发现,离此一步,即无死所,等是死耳,我死你不能独活,给你来一个刀枪手榴弹可也。

《水浒传》一书,是被迫害者发出的怒吼,厚厚的一大部,四个字可以说明其主旨,曰"逼上梁山"。世界上哪一个人天生的肯为匪为盗,又哪一个人天生的就喜欢杀人放火耶?一种力量相迫,真是"进一步则死,退一步则亡,旁让一步也活不成",不动刀动枪动手榴弹,就铁定的被杀、被囚、被诬、被辱,稍微有点人性,都不能忍受。君不见林冲先生乎?君不见杨志先生乎?君不见卢俊义先生乎?君不见打渔杀家里的萧恩先生乎?他们想不。铤而走险,不可得也。谈到这里,柏杨先生想起一事,前些日子看了一本文艺评论集,中有包遵彭先生的大作,把《水浒传》上那群被逼上梁山的可怜人物,说成一群犯上作乱的匪徒,一一加以痛斥。噫,这就是中国社会的传统气质——人性泯灭而官性兴旺。为了做官,啥事都干得出。不去探讨铸成那个社会问题的原因,而只一味的作忠贞君子之状,典型的官崽嘴脸,无怪他阁下一连串飞黄腾达。

我们之所以谈到《水浒传》,是深信凶杀案中的凶手,至少有一部分确实是处于绝境,如果换了某些圣崽官崽,不要说迫害他,就是不给他官做,都会翻脸。这些处于绝境的穷朋友,血泪齐飞,悲恨同发。悲夫,对于他们,我们还有脸谈啥?

问题在于,发生在最近的这些凶杀案,《水浒传》上所述的情形少,而大多数凶手,都是有路可走,而误解为无路可走的。固然也有好事之徒,若某校长,若某主任,手执鞭棒,锲而不舍,逼人反噬。但大多数人,都忙着工作——或努力做官焉,或努力拍马焉,或努力吃喝嫖赌焉,或努力请别人写稿自己署名发表以冒充学者焉,打出一记,踢出一脚,也就算啦,固没有时间紧衔不放者也。柏杨先生有一世侄,大学堂毕业生也;年约四十,吴国桢先生当台湾省政府主席时,他在省政府人事处供职,吴公飞到美国去后,他便垮了台,非因吴国桢先生而垮了台,而是因一种他到今天仍含糊其辞的原因垮了台,迄今八九年矣,手执大学堂同学录,像流行歌曲所唱的:"从南骗到北,从北骗到南",柏杨先生乃其老户头焉。每月至少两次,光临舍下,索钱索衣,眼珠频转,故神其秘。有一段时间,他每来必告我曰:"你不知道他们那一帮人多么坏,仍不肯放松我。我到什么地方去,总有人跟着。我到馆子里,刚刚坐下,旁边桌子上准有一个人也坐下。我上公共汽车,刚踏上车厢,也准有一个人斜刺里抢着也跳上来。我刚进你的家门,就有一个人盯梢。"

每次他这样一讲,柏杨夫人就吓得花容失色,好像大祸即将临头。有一次我实在忍不住,当面吼之曰:"贤侄,你这次要多少?十元?二十元?五十元?我只给你五块钱,请滚到市场买面镜子,好好地照一下你的尊容,就凭你这模样,也配有人跟踪?你太往自己脸上贴金啦。"他分辩曰:"老头,你不知道!"我曰:"我知道得很,你在用这种自撰的情况争取同情,还是刚才那一句话,快买镜子。"那一次他狼狈而去,以后虽然仍每月必至,每至必"暂借"若干,但不再谈有谁迫害他矣。

该世侄是聪明之人,采取此策,我不怪他,盖这里有两种可能,一是他明知没人迫害他,但没人迫害为啥没饭吃乎?乃不得不制造出假想敌以提高身价。一是可能他真的受过委屈,而将假想敌加以固定,于是任何一个稍不如意,都以为是那假想敌在捣鬼。这是一种生物的原始嫁罪本能,君不见小孩子跌倒乎?明明是自己不小心,却要打地。

有些凶杀案里的凶手,仔细分析起来,实在没有动刀动枪动手榴弹的必要,而竟自以为他是《水浒传》里的人物,悲剧便由此而生。柏杨先生有一友焉,执教某学堂,和同寝室的某教习势如水火,他发誓非揍之不可,我怎么劝他都不听。他曰:"我宁愿坐牢。"我曰:"宁愿如何者,自信它不至于如何也,阁下宜手下留情。"他不服气,结果把那教习头上打了一个洞,法官要收押他,他才发慌,到处借钱赔偿医药费,看他那可怜之状,真不知当初何苦来也。

前已言之,个性是造成悲剧的原因之一,被人杀如此,杀人亦如此。有些凶手往往自己不成材,像拴到木桩上恶凶不驯而又甚为聪明的番狗一样,在它眼中观察,这也不对,那也不妥,见人就咬,见影就叫,搞来搞去,转来转去,绳子都缠到木桩上,天地也随之越来越小,终有一天自己把自己勒得出不来气。但它却硬是怪那些过路之人,和日月所照射的影子。如果恰巧有一只猫在屋背上晒太阳,也要将之恨入骨髓。曰:"老子在此受苦,你在那里舒服,不下来把我的绳子咬断,我不宰你宰谁?"

呜呼,这一类人可以说很多,皆凶手的预备军。改变之法,在于多读书,在于社会给他可以维持其自尊的希望。然而,问题是,变化气质,谈何容易,大智慧的人才有能力见善而迁。个性既成,原子弹都无办法,故凶杀案才层出不穷也。

布衣之怒

谈凶杀案已数日,余意未尽,再说两点,作为补充。

其一,光脚的人既无顾忌,则有鞋穿的人真难再穿下去矣。昨天有一朋友,也是大小之官,告曰:"照你的意思,要从根本着手,从气质上解决,即令行得通,不知哪年哪月才收到效果,我们现在将如何哉?"盖在上月之末,因分配房子问题,一个科员老爷曾指其鼻骂曰:"干你老母,你只给我八个榻榻米,我叫你白刀子进去,红刀子出来。"余悸仍未消也。柏杨先生曰:"你回报他一耳光没有?"曰:"我怎敢惹他?"我曰:"蠢哉,阁下,揍之准没有错!"一则是该科员有妻有子,有职业有房子,也是有鞋穿的人,只为了宿舍太小,便口出狂言,是借潮流而拣便宜也。二则分配宿舍,乃同阶层的同事抽签而定,合法而公平,他仍胡闹,事后一想,自己都会发现自己站不住。

合法而公平,是有鞋穿的人治事唯一秘方,如再能在态度上保持和善,则根本不会有什么凶杀案。《韩非子》上有这么一则故事曰:某城大乱,大官狼狈出奔,可是跑到城门,已下锁矣,再一看那守城门的家伙,不由魂飞天外,原来该家伙当初犯法,由该大官审理,判处刖刑,把双脚生生剁掉,这一下子冤家聚了头啦。想不到那守门的人竟不记旧恶,开了门放他一条生路。大官诧而问曰:"你捉住我不但可以报私仇,且可富贵,为啥不如此?"答曰:"我虽受刖刑,是我自己犯法,怪不得审判人员。当你判我刖刑的时候,我在堂下见你呻吟不语,面有痛苦恻隐之色,知你已为我尽了最大力量。"

我想这故事应大量印刷,置于每个有鞋穿的人的案头,不但有助于他的做人,且可预防其被人在身上乱捅刀子。盖只要合法,他便口服;只要公平,他便心服;如果再能把人当人,同情之,怜悯之,开导之,原谅之,在可能范围内诚恳地帮助济助之,即令事与愿违,对他无补,人心是肉做的,我不相信上帝会特别加料,造一个专门忘恩负义的人,故意摆在你的面前。即令他蠢蠢然不会感激,亦不易生仇生恨也。

其二,还有一种现象,有其普遍性焉。那就是有鞋穿的人,再也唬不住人啦。文化水平日益提高,使人对事物都看得比从前更为透彻,观察得也比从前更为清楚。从前那种对长官、对老师、对长辈的尊敬,多少含着一点江湖义气,所谓父要子死,子不敢不死;君要臣亡,臣不敢不亡。四十年代之前,这种气质固然已经很淡,但仍多少存留一些。而今恐怕是没有这回事,代之而兴的是民主社会所有的权利义务观念,大家都是一样的观念。甚至堕落成为一种势利眼气质,像你给我官做,我才对你忠贞,你给我权势,我才提起你就肃然起敬。但有一点是一致的,当你对他过分要求的时候,他便不能忍耐。而一般有鞋穿的人竟仍照旧地认为他的金钱权势无往而不利,自然要糟。前些时上演的一部电影《娇凤痴鸾》,其中有好镜头焉,老板打开窗子,叫一个无辜的小职员跳楼自杀,以挽救他自己的错误。他曰:"你全靠我提拔,怎敢违抗我?"又曰:"跳呀!我加倍给你恤金。"那位小职员跳不跳,不卜可知。我们这个社会的有些有鞋穿的人,却硬是以为靠他的那一点点权和一点点钱,就可叫人乐意去跳,不出凶杀案,难道出桃色案乎?

自己嫖妓女而把一个嫖妓女的小职员撤了职;自己一切都是"供给制",却把一个贪污了一百元的小职员送进监狱。形式上看起来,你犯了法,当然如此之办。但促起叛心杀机的,也莫过于此。从前尚有那种"谁叫人家是部长呀科长呀"的想法,现在则大家平等,盖一般人对大小官崽以及有钱的官僚资本家,敬意有日渐衰退之象也。

《战国策》上有一段故事,魏国唐雎先生去见秦王,为了一块土地,着实顶撞了几句,秦王的地位比现在台湾岛上任何人物都权威得多矣,自然认为有损威严,乃曰:"你知道天子之怒乎?"对曰:"不知。"秦王曰:"天子之怒,伏尸百万,流血千里。"唐雎先生曰:"然则,你知道布衣之怒乎?"秦王曰:"布衣之怒,剃发光足,以头碰地。"唐雎先生曰:"非也,布衣之怒,伏尸二人,流血五步。"呜呼,布衣者,译成白话,就是光脚的人。一个人一旦有此观念,凶杀案便免不了也。这年头不是那年头,每个人心里都像玻璃球一样地明亮,啥都看得清清楚楚,只不过有言有不言而已。所以自己必须立得正,站得直焉。奉劝有鞋穿的人,如果自己不是正人君子,千万别牺牲别人以表示自己是正人君子,否则布衣一旦兴起布衣之怒,便是再多人向你鞠躬,都救不了你的命。尤其是那种动辄悻悻然曰:"叫他们来找我,来问我好啦。"恐怕只能致乱,不能致太平也。

英文万岁

谈起来"原文",真是中华民族的一场浩劫,不知道五胡乱华,以及元初清初时,中国知识分子是不是也同样手捧"原文"而猛读?六朝便有诗云:"汉儿学得胡儿语,站在城头骂汉人。"这种丑态似乎只限言语,现在看来固无足奇也。如今胡语吃不开,英文取而代之,中国人骂中国人,只好用英文矣。前年报载,复兴航空公司总经理陈文宽先生在酒楼请洋大人的客,警察前往执行任务,他觉得有损门面,乃以洋话激洋大人之怒,洋大人就把该警察揍了一顿,壮哉。这一类"学得胡儿语"的事多矣,任何一个国家的国民,若美利坚、若日本、若韩国、若阿尔巴尼亚,从没有两个本国人在谈话时用洋文者,只有俄国在托尔斯泰时代,以说法语为荣,如今则只剩下中国有这种表演矣。其实乱讲洋文本来没啥了不起,但以变态心理出之,便叫人有张君瑞先生搂住崔莺莺小姐之后的感觉,"醮着些儿麻上来"矣。

这里有一则柏杨先生亲身经历的故事。我常去耶稣教会做礼拜,每逢星期日,必手执《圣经》,昂然而往,因而结识了一个时代青年。有一次偶尔谈到《圣经》文字太差,既不通顺,读起来别别扭扭,又欠真实,有些地方且不对劲得很,例如有一句曰:"唯真理可以得自由",如译为"唯真实可以得自由",当更恰当。该时代青年曰:"你可看原文《圣经》,那文字流畅多矣。"我曰:"我看不懂原文。"时代青年听了之后,脸上立露怜悯之色。我自顾形惭,嗫嚅辩护曰:"没有几个人看得懂原文《圣经》的呀。"时代青年像被踢了一脚似的一跃而起曰:"我就看得懂。"不禁大惊,询他可以见示之乎?他拍胸作声,允明天带来,以便我大开眼界。当天晚上,柏杨先生在床上翻来覆去,一夜未能合眼,想不到该时代青年学问竟如此之大,连原文《圣经》都看得懂,我们老一辈的真该吃巴拉松矣。到了第二天,时代青年来访,夹了厚厚一册,打开一瞧,原来是一本英文的,乃问曰:"原文《圣经》何在?"他曰:"这不是原文是啥?"呜呼,这年头,恐怕把"原文"解作英文的,不限于该时代青年一人。而《圣经》中旧约原文,固希伯来文也,新约中一部分为希伯来文,一部分则为古希腊文,连现代以色列人、希腊人都看不懂。中国人中,似乎还没有听说有几个懂得希伯来文和古希腊文的,只有一家《圣经》函授学堂教希伯来文,教习则是匈牙利人焉。

柏杨先生当时实在不好意思把该时代青年的尴尬嘴脸拍下照片,我想他这一辈子都对"原文"留下深刻的印象。

使人"麻上来"的那股劲,无论在哪一方面,都好像在证明中华民族因为作孽多端,气数如缕。去年女作家张雪茵女士去台湾疗养院看病,医生诊断了一半,便跑出去(鬼知道他为啥跑出去,不过他既跑出去啦,病人有啥办法?)。张女士一时无聊,把病历表拿过来细看。一个白衣天使走来,一把抢去,曰:"你怎么乱翻？"又曰："你看也看不懂。"凶恶之状，若黑寡妇然，把张女士气得头昏眼花。柏杨先生也有一次，送朋友去某私家诊所求治，该医生胡乱摸了一阵之后，说打一针便好，我以眼斜视他的病历表，见上边有英文"维他命丙"字样，不禁大惑，询之曰："这玩意儿能治头痛乎？"我以为该医生定有一番解释，想不到他咆哮曰："谁叫你偷看病历表？"

其实我只能看得懂"维他命丙"而已，普通情形之下，便是把病历表塞到眼眶里都木在羊也。呜呼，英国人看病，医生在病历表上的处方，用的是本国文字焉。德国人看病，医生在病历表上处方，用的是本国文字焉。日本人看病，医生在病历表上处方，用的也是本国文字焉。恐怕世界上只有劣等的堕落民族，或山窝里吃人肉的野蛮民族，本国医生给本国人看病，却写的是病人看不懂的文字也。柏杨先生偶尔违和，找医生诊断时，便如一种投入屠场的感觉，被乱整一阵不说，最可怖的是呆坐一旁，看那医生振笔疾书，写的全是洋大人之文，横看竖看都不认识。然后药剂师按方配之，或口服焉，或打针焉，左手执药瓶，右手按屁股，茫然而归，固不知自己吃的是啥药，也不知道挨的是啥针。有胆大皮厚的病人冒险问之，医师则曰："退烧药，消炎药，镇定剂。"而各种药均有千百种，用的是哪一种乎？他不肯说，病人仍不知也。犹如法官对待囚犯，判死刑乎？判有期徒刑乎？判几年几十年乎？统统不言。为何如此判乎，其理由如何乎？亦统统不言。囚犯连判决书都看不见，已送到监狱执行矣。即令来了好运，如张雪茵女士有机会翻一翻，或如柏杨先生瞥了一眼，却看不懂写的是啥。呜呼，假设中国法院的判决书和诊断书一样，也用的是洋大人之文，你说打官司的人活着还有啥意思，而诊断书上固都是如此者也。用洋文写药尚可解释为免得翻译,有其方便;但有些地方实在并不方便。前天我抱小孙女求医,年龄八个月,我想如果那个穿白衣服的女人用中文写"八月",决不致影响其可敬的前途,可是她硬是来了一个 Eight Moonth,即令以笔画而言,也没有中文省事,她为啥如此?恐怕说来话长。从学堂教育到社会风气,每个人都这般这般。奴性充斥到了见怪不怪的程度,人性的自尊必然一天比一天消失。思一思想一想,又何止医生为然也。

奴才群

其实患这种毛病的,并不限于某几个人,而是一种时代的标志。台北最近便发生一个故事,有一位美国上尉,在美国国防部当一个类似从事调查业务的官,颇有实权。他阁下祖籍中国,一口流利的北平话,上月从东京来台北公干,满街看到的都是黄脸皮,满耳听到的都是中国话,龙心大悦。着实游了个够,然后去美军顾问团办他的事。进得门来,便用中国话叫保艾送一杯咖啡,该中年保艾把他上下打量了一番,频摇其头。上尉以中国话质问他为啥不理,他以英语曰(天晓得他说的是啥英语):"我们这里不招待中国人,请你快走,美国视察就要来啦。"上尉仍用华语曰:"我不是中国人呀,我不过看你是中国人,才说中国话罢啦。"保艾露牙而笑,以英语嘲之曰:"啊,天老爷,你竟然是美国人,有没有啥证件咱们瞧瞧。"上尉气得浑身发抖,掏出证件,赫然国防部,赫然就是那个视察,保艾这才屁尿直流。事后该上尉叹曰:"我几乎走遍全球,到任何地方,会说当地言语的人,都会受到亲切而尊敬的欢迎。只有台湾例外,连我这个华裔的美军都感到羞耻,但我知道我的祖父却以他是中国人为荣的。"

这件叫人麻上来的事,我们还可以推托曰,工友的知识不够。然而大学生的知识该够了吧,也同样有此精彩的一麻。这个例子发生在若干年前,吾友陆懋德先生,留美学人也,专研历史,归国后一直教书。此公是一个怪人,他在台湾的朋友甚多,可资证明。盖他跟柏杨先生一样,年老而气盛,刻留大陆,生死不知。他从美回国之后,在某大学堂教西洋历史,奇癖大发,上课时绝不用一个英文,即令是英美的地名人名,也是中国发音,写到黑板上,更是中国字焉。呜呼,现在想起来他这一手简直连台北各广播电台播音小姐都不如,君没有听过西洋歌曲节目乎,歌名和作者全是英文发音。陆先生既不能使人麻,大家乃瞧他不起。有一天,班长起立,要求他用英语授课。陆严拒之,班长威胁他说,他如不用英语,他们就罢课。陆这才弄明白原是奴性作祟,从此他就再也不用中文矣,把那些大学生一个个讲得晕头涨脑,视若神明。我劝他不要和年轻人一般见识,他曰:"你懂得啥,没有几个学生听得懂的,错了也无人知,省事得多。这年头你唬我,我唬你,此之谓坑死人不抵命也。"

现在台湾的大学生有没有这种现象,我不知道,但因电台上的广播,连一首歌都英语发音,恐怕情形仍然不妙。一个堕落的气质固有其强烈的传染性,中国真不可为了欤?

这种一面倒的奴才劲,乃打击民族自尊心的有力武器。信不信由你，无论古今中外，当内奸和出卖国家民族的家伙，都是这一类人。盖他在观念上先否定了自己，认为自己国家可厌可卑，一旦洋大人出笼，他自会心甘情愿地伸头效忠。洋大人没有<u>丝毫</u>强迫，他自己也没有<u>丝毫</u>不舒服，如水之趋下，如火之趋油，是一种必然的发展。

1961年台湾有一场学术论战，学术是啥，柏杨先生不懂。但到了后来，由学术论战，成了人身攻击，学者专家，齐露原形。柏杨先生对这种较低级的一套，却懂得很，其中最精彩的是一位高呼"学格安在"的居浩然先生。此公出身极大之官之家，有的是可怜小民血汗之钱，质量自然不凡，故有资格大唱"学格"，讲得头头是道。呜呼，这年头能有一个人敢讲学格，且俨然自己就是学格，能不浮一大白乎？结果寒爝先生有一文曰："学格哪里去啦？"刊于台北《反攻》杂志，读者如不拜读该文，真该严重抱歉。居学格指责人时，最得意的一着是：某人没有留过学！某人不会洋文！曰："他的日文，连日本人都听不懂！""他的英文不行，岂能研究学问？"呜呼，仅只这一类论点，便可看出一个西崽嘴脸，有好爸爸的人真是福气冲天矣。居学格先生如果也生于贫寒之家，足不出国门，他这一辈子岂不也没有学格乎哉？此公本以阴谋夺产闻名于世，现在更以学格闻名于世，而学格的基础却是建筑在会不会洋大人的语文上，壮哉。

居学格先生不过一个典型，其行尖锐，其言惊人。我们对他本人毫无恶感，犹如我们对复兴航空公司总经理陈文宽先生也没有恶感一样，而是充满了看热闹之情。盖他们如洪水中的木屑，身不由主，便是柏杨先生处了那个环境，说不定表演得更叫你受不住。尤其是来到台湾之后，人心大变——我们不探讨人心为什么大变,而只说出,人心大变的结果是,每个做父母的(包括柏杨先生在内),都盼望子女小学毕业入中学,中学毕业入大学,大学毕业去美国,在美国娶妻(或嫁人)生子,找个差事,成为美国公民。年轻人似乎也发现,只有这一条路,才是光明大道,小学毕业上中学,中学毕业上大学,大学毕业千方百计去美国,洗盘子焉,擦汽车焉,半工半读,弄到手一个博士硕士,找个职业,然后见了女人就猛追,追不到就大骂祖国不强大,追到啦就结婚生子,老死黄金之国,或回国光宗耀祖。呜呼,老小两代,把人生的价值弄得如此之奇特,而且成为一种谁都拒抗不住的潮流,此日耳曼民族和大和民族之所以终于沉沦,而中华民族之所以终于伟大的原因也。

人生以出国为目的

出国焉,留学焉,成了这个时代的特征,不可不大书特书。五六十年代的出国留学,和二十年代的出国留学,其本质上大大不同。从前留学,基于爱自己的国家,以便学得手艺,回来改善自己的国家;而今留学,基于厌恶自己的国家,以便学得手艺,就在外洋落户,不再要自己的国家。这区别非常重要,只有对知心亲友,才肯吐露这种心理上的动机,把屁股打烂都没有人肯形诸文字也。前些时台湾"教育部长"黄季陆先生去美国玩了一趟,归来后发表谈话曰:"看到在美国的很多留学生,我很高兴,将来不愁没有建国人才。"这种话小民听啦,真要连心都感激成灰,留在国内的呆瓜流血流汗,有的还要破家送命,万一闯出一个腕儿,留美朋友浩浩荡荡,踏着呆瓜鲜血而回,建起国来。呜呼,二十年代国民政府北伐时便是要的这一套,要得甚好;抗战时再要之,就不太灵光,以后恐怕再无灵光的一日矣。不过,天下竟有如此的如意算盘,怎能不建立"出国人生观"乎。

没有生理以外的抱负,是这种人生观的必然产物,很多留学生只希望把英文搞好,搞好了之后不是为了贡献,而只是为了糊口。文明点说,只是为了改善生活。改善生活并没有不对,生活当然应该努力改善,但如果人生的目的只限于改善自己的生活,似乎有点太单细胞矣。而从台湾去的留学生,却一直在这个窄小的酒杯里陶醉,真叫洋大人哑然也。而且为了出国,不择任何手段,有一位女声乐家,已经结婚生子,执教于某某中学堂,本来过着平静日子,后来不知道怎么搞的,看着丈夫儿女都不顺眼,大闹一阵而离了婚,一直打着女光棍,发誓非出国不可,不管是啥样男人,只要能把她弄出国,她就嫁他,而现在她终于出了国矣,有一个男人把她弄出去,但迄今还没有嫁他;可能留着再用一次,以便取得公民权。另外还有一位女学生,某某大学堂的系花也,这位小姐是一个善良而正派的女孩子,不幸有一次,被一个过气的老官崽征服,条件是和你同居可以,但大学毕业后,送我出国,过气老官崽有的是钱,对此自然一口答应,如今那女孩子也出了国,且在新大陆结婚而生子啦。

我们对这两位女子,毫无责备,但不得不有点感叹。盖不是少数人如此，而是多数人都如此焉。柏杨先生不禁为美利坚悲，现在似乎有这么一种现象，世界各国的垃圾人物，和一些使人麻上来的老老少少，都以各式各样的方式，甚至不惜参加朝圣团，不惜参加道德重整会，在神圣外衣下，挤到美国安家落户。呜呼，这股蚀腐的力量，美国固有它的社会堡垒，但日子久啦，能抵挡得住乎，真叫我担心。

我们为洋大人担心，并不是失惊打怪，想当初1928年，国民政府北伐成功，何等威风，可是再威风也挡不住腐败政治的侵蚀。谚曰："军事北伐，政治南侵"，固然自己必须先有致命的弱点，别人才侵得进来，但被侵的结果如何，现在大家都看到啦。记得韩复榘先生倒冯玉祥先生的戈时，有计划地把他弄到汉口，招待了几天（他也是在汉口被枪毙的，巧哉！），美女如云，佳酿似泉，一天三大宴，两天一特宴，用不着说话，只须哼哈一声，就有人把他服侍得舒适入骨，韩复榘先生慨然曰："当到总司令，如今才弄清楚人生的真谛。"这类腐蚀人类灵魂的故事甚多，三年都写不完。渣滓和奴性强烈的移民，如果太多，洋大人恐怕终有受不了的一日。

呜呼，中国人的自卑感，简直到了就要凉啦的温度，全民族都快要被这种自卑感害得翘辫子。最妙的是，骨头一经软下去，一时想硬都硬不起来。有一则故事曰：一个黄鼠狼以偷鸡为生，实在感到委屈，便见玉皇大帝，请求变成狮子。玉皇大帝曰："变狮子容易，可是你的屁最多，动则放之，岂像狮子乎？"黄鼠狼曰："不然，我当黄鼠狼，不得不常放屁，以臭追我之人。如果变成狮子，便用不着去臭谁，自无屁焉。"玉皇大帝看其情有可悯，乃把它变成一个狮子，黄鼠狼大喜。过年的时候，洋洋得意，随同群狮,前来朝拜,一路上有说有笑,俨然一头真正的狮子也。一进金殿,守门的金毛犬冲着群狮乱叫,以表欢迎。于是,忽听冬的一声,臭气弥漫,黄鼠狼放了一个大屁。玉皇大帝召而责之,黄鼠狼曰:"实在是狮子毛太长,兜得肚子紧。"玉皇大帝大怒曰:"明明是贱,却有许多说辞。"挥之使出,恢复它黄鼠狼的面目。

萧长贵

兹隆重推荐一则故事。这故事载于《官场现形记》第五十五回,读者中如想出类拔萃,宜一字一字,仔细拜读。圣人云:"书中自有颜如玉,书中自有黄金屋。"指的便是此书也。

话说这么一天,有人飞跑到海州(江苏省东海县)州政府报告,说是来了三条外国兵舰。洋大人原来前来打猎,别无他事,但州官梅飔仁先生不知也,乃大吃一惊,头上的汗珠,立刻如雨而下。而且连远在南京的总督(制台),也慌了手脚,立派兵舰往迎,一番天下大乱之后,故事于是开始:

这个当口,恰巧省里派来的军舰(兵船)到了。舰长(管带)是个总兵衔参将,姓萧名长贵,到了海州,停轮之后,先上岸拜会州官。梅飔仁接见之下,萧长贵把来意说明,又说:"兄弟奉了元帅的将令,叫兄弟到此,同了老兄,一块去到船上,禀见那位外洋来的军门。兄弟这个差使,是这位老帅到任之后才委的,头尾不到两年,一些事儿不懂,都要老大哥指教。"梅飏仁道:"岂敢。"萧长贵道:"兄弟打省里来的时候,老帅有过吩咐说,那位外国来的带兵官,是位提督大人,咱们都要按照做属员的礼节去见他。你老人家还好商量,倒是兄弟有点为难,依着规矩,他是军门大人,咱们是标下,就应该跪接才是。"梅飏仁道:"现在又不要你去接他,只要你到船上,见他就是了。"萧长贵说:"兄弟此来,原是老帅遣了兄弟来到此地接他来的,怎么不是接?非但要跪接,而且要报名,等他喊'起去',我们才好站起来,这个礼信,兄弟从前在防营里当哨官,早已熟而又熟了。大约按照这个礼信去做,是不会错的。"梅飏仁道:"要是这么样子,兄弟就不能奉陪了,我们地方官,接钦差、接督抚,从来没有跪过。如今咱俩去,我站着,你跪着,算个什么样子呢?"萧长贵说:"做此官,行此礼,我们不在乎这些。"梅飏仁道:"就算你行你的礼,与我并不相干,但是外国人,既不懂中国礼信,又不会说中国话,你跪在那里,他不喊'起去',你还是起来不起来?"萧长贵一听这个话,不禁拿手扶着脖子,为难起来,连说:"这怎么办?"梅飏仁说:"不瞒老兄说,这船上本来我兄弟也不敢去的,我这儿翻译去过两趟,听说那位带兵官很好说话,所以兄弟也乐得同他结交,来往来往。况且又有总督(制台)的吩咐,兄弟怎好不照办?现在定不好叫你老哥一个人为难,兄弟有个好的法子。"萧长贵忙问:"是个什么法子?"梅飏仁道:"你既然一定要跪着接他,你还是跪在海滩上,等我同翻译先上了船,见了他们那边的官,我便拿你指给他看,等他看见了之后,然后我再打发人下来接你上船,你说好不好?"……

《官场现形记》续曰:"萧长贵听说,立刻离坐,请了一个安说：'多谢指教,兄弟准定如此。'梅飐仁道：'可是一样,外国人不作兴磕头的,就是你朝他磕头,他也不还礼的,所以我们到了船上,无论他是多大的官,你也只要同他拉手就好了。'萧长贵道：'这个又似乎不妥,虽然外国礼信,不作兴磕头。但是咱的官,同人家的官比起来,本来用不着人家还礼。依兄弟意思,还是一上船就磕头起来,再打个扦的为是。'梅飐仁见说他不信,只得听他。马上吩咐伺候,同了翻译上船。刚上得一半,这里萧长贵早跪下了。等到梅飐仁到船上,会见了那位提督,才拉完手,说过两句客气话,早听得岸滩上锣声,只见萧长贵跪在地下,双手高捧履历,口拉长腔,报着自己的官衔名字,一字儿不遗,在那里跪接洋大人。梅飐仁在船上瞧着,好气又好笑,忙叫翻译知会洋官说：'岸上有一位两江总督派来的萧大人,在那里跪接你呢?'洋官听说,拿着千里镜,朝岸上看了一会,才看见他们一堆人,当头一个,只有人家的一半长短。洋官看了诧异,便问：'谁是你们总督派来的萧大人?'翻译指着说：'那个在前头的便是。'洋官道：'怎么他比别人短半截呢?'翻译申明：'他是跪在那里,所以要比人家短半截。'又说：'这是萧大人敬重你,行的是中国顶重的礼节。'洋官至此,方才明白……萧长贵上了大船,立刻爬在地下,先给提督磕了三个头,起来请了一个安……又向什么副提督、副将见礼,仍旧是磕头请安……只听他朝着洋提督说道：'回军门大人的话,标下奉老帅的将令,派标下来迎接军门大人,到南京盘桓几天。我们老帅晓得军门大人到了,马上叫洋务局老总,替军门大人预备下一座大公馆,裱糊房子,挂好字画,张灯结彩,足足忙了三天三夜。总求军门大人,赏标下一个脸,标下今日就伺候军门起身。'说完之后,翻译照样翻了一遍,洋提督道:'我早已说过,再过上一个礼拜,就要走的。'萧长贵听洋提督不肯进省,忙又回道:'军门若不到南京,我们老帅,一定要说标下不会当差使,所以军门动了气,不肯进省。现在求军门无论如何帮标下一个忙,给标下一个面子,等我们老帅看着欢喜,将来调剂标下一个好差使,标下一家大大小小,都要供你老人家长生禄位的。'……萧长贵却不敢径赴南京,天天还是拿着手本,早晚二次,穿着行装,到洋提督大船上请安。洋提督本来说是七天就走的,却不料到第五天夜里,萧长贵正在自己兵船上睡觉,忽然听见外面一派人声,接着又有洋枪洋炮声音,将他从梦中惊醒,直把他吓得索索的抖,在被窝里慌作一团,想要叫个人出去问信,无奈上气不接下气,挣不出一句话。"

《官场现形记》最后曰:

萧长贵正在发急,忽然一个水手,慌慌张张来报信道:"大人,不好了,有强盗!"萧长贵一听强盗二字,更吓得魂不附体,马上想穿裤子逃命。急忙之中,又没有看清,拿裤脚当作裤腰,穿了半天,只伸下了一只腿,那一只腿抵死伸不下去。他急了,用力一蹬,豁拉一声,裤子裂开了一条大缝,至此方才明白穿倒了,拖一双鞋。手下的兵丁还当是大人出来打强盗哩,拿了手枪上前递给他,只听他悄悄的同旁边人说道:"强盗来了,没有地方好逃,我们只得到下层煤舱躲一会去。"说完就往后跑,幸亏又有水手赶来报道:"好了,好了,所有的强盗,都被洋船打死了,还捉住十几个人,请大人放心。"……

接着是一场精彩的关于总督(制台)大人的言论,和强盗的就地正法,惜哉篇幅太长,不能一一照录,且将画龙点睛处,再抄一段,务请仔细参观。那就是州官老爷和翻译先生,请洋大人给总督(制台)写一封推荐的信之后,有以下发展:

总督(制台)接到梅飓仁的禀帖,那洋提督的信,亦同日邮到,说道:"海州州官某人,及翻译某人,他二人托我,求你保举他俩一个官职,至于何等官职,谅贵总督自有权衡,未便干预,附去名条二纸,即请台察。"总督看完,暗道:"州官、翻译,能够巴结洋人写信给我,他二人的能耐也不小,将来办起交涉来,一定是个好手,我倒要调他俩来省,察看察看。"次日司道上院,总督便提到此事,藩台(民政厅长)先说:"这些人走门路,竟走到外国人手里,也算会钻的了,唯恐此风一开,将来必有些不肖官吏,拿了封洋人信来,或求差缺,或说人情,不特难于应付,势必至是非颠倒,黑白混淆。依司里的意思,州官某人,巧于钻营,不顾廉耻,请大帅的示,或是拿他撤任,或是大大的申斥一番,以后叫他们有点怕惧也好。"谁知总督听了,大不为然,马上面孔一板道:"这两人会托外国人递条子,他的见解,已经高人一筹。兄弟就取他这个,将来一定是外交好手,现在中国人才消乏,我们做大员的,正应该舍短取长,预备国家将来任使,还好责备苛求呢?"藩台只好答应:"是",退了出去。这里总督,便教行文海州,调他二人上来。二人晓得是外国信发作之故,自然高兴得了不得,立刻束装进省。到得南京,叩见总督,总督竟异常谦虚,赏了他二人座位,坐着谈了半天,无非奖励他二人,很明白道理。次日总督便把海州州官,委在洋务局当差,又兼制造厂提调委员。那个翻译,升为南京大学堂教习,仍兼院上洋务委员。萧长贵回来,升了统领(舰队司令)。

西崽

看了萧长贵、州官、翻译三位先生的灿烂前程,再有不恍然大悟者,真是不可救药。然而这里面的关键人物,却是总督大人。如果遇到的是那位藩台先生,或是遇到了柏杨先生,他们不要说升官发财,恐怕叫他们吃不了兜着走。不过藩台先生不是碰了钉子乎?而柏杨先生这一类的人,又一辈子都是可怜小民。呜呼,普天之下,莫非都是总督的势力范围;率土之滨,莫非都是总督之类的官崽,你要想挺一下腰,不挺出麻烦才怪。有啥官崽,就有啥官场;有啥官场,就有啥官崽,小民不过是其中一颗沙粒而已。总督大人那种使人发麻的毛病,于焉光芒四射,不可抵挡,凡抵挡的无不头破血出。吾友郭衣洞先生,十年之前,便有一段惊人艳遇,他那时在台北中山北路一家洋大人机构做事。1951年的元旦,大好节日,洋大人统统都去风光,中国人却不放假,照常上班。别的人只敢忍气吞声,在洋大人背后唧唧哝哝,零星开骂。独郭先生发了驴性,拒不上班,聊示中国人的尊严,于是人心大快。问题是人心大快固然人心大快,洋大人岂能罢休。第二天,不由分说,下令开革,洋饭碗一碎,全办公室的人都心战胆惊,满脸圣崽相的人还惋惜曰:"你看,使气任性,有啥益处乎哉?"郭先生乃找到洋大人理论,告曰:"中国现在固可怜兮兮,微不足道,但总算没有亡国,元旦之庆,不可夺也。"洋大人有那么一点好处,不像中国官崽之处处要顾虑威信(中国官崽之有没有威信,只有上帝知道),他们自觉理屈,当时就收回成命,表示歉意,要他继续上班,并给三天休假。郭公也是一个奇怪之物,他在三天假满之后,仍拜拜而去,把洋大人气得直叫,盖他来华垂四十年,这种不开窍的中国人还是第一次遇到。

这本是一件普通的写字间纠纷,用不着一提,可是跟着而来的麻烦,却值得一提。不久郭先生新服务的那个单位,就接到治安机关移过来的密告,说他思想有问题,盖他竟然"反美",这还得了哉?这一告不打紧,几年下来,跳到黄河里都洗不清,把他告得焦头烂额,忧心如捣。噫,五六十年代的台湾,反美便是自杀,不要说前途,连老命都可能送掉。有一次他向我叹曰:"老哥,我媚美还媚不及哩,岂敢反美乎耶。"潮流如此,我想他稍微有点脑筋,都不致这般糊涂。有一天,美国大使馆隆重招待台湾作家,我问他为啥不去,他曰:"没有收到请柬。"为啥没有收到请柬?他说当然是他不够格之故,我告之曰:"阁下何其发昏,你不是反美乎,办事的西崽,怎敢招待反美的朋友?"这当然是揣测之词,但无论如何,洋大人之不能乱碰,乃天经地义,否则猪八戒照镜子,里外不是人。

阁下读过宗臣先生的《报刘一丈书》乎?才德相孚——道德学问和能力,都同样高强的男主角,日夕策马候权贵分子之门,千方百计,见到大亨,呈上寿金,大亨假装不要,结果当然还是要啦。于是,告辞出来之后,遇到朋友,即吹曰:"适自大亨家来,大亨厚我厚我。"且虚言状,(——比如说大亨"骂"了他一顿之类!);又于是,该大亨稍稍告人曰:"某也贤,某也贤。"某也就真贤了起来。呜呼,男主角之如此不要脸,非他天生的无廉耻。

而是他想上进,想在人生途中有发展,便非仰赖大亨的赞扬不可,形势固如此也。

宗臣先生是明王朝人,那时的大亨,指的是财势双绝的家伙,若官崽圣崽是也。呜呼,现代小民比明王朝小民有福气得多啦,彼时只"权者"一途,现在则除了可照样走权者的路之外,又多了一条路,那就是洋大人之路焉。无论你干的是啥,或干的是自然科学的焉,或干的是种庄稼的焉,或干的是唱歌跳舞的焉,只要洋大人心血来潮,张金口,吐玉音,立刻就身价十倍。这例子举起来可以举三万箩筐。某作曲家,作了一辈子曲没人理,一经洋人品题,马上成了奇葩,现在已去法国,如果不是洋大人,他非老死沟壑不可矣。某画家,画了一辈子画,不过小小有点名气,可是洋人一看,不错呀,"某也贤,某也贤",就从此成为中国最大最大的大师,无人能敌矣。当官的更需要洋大人的"厚我",清王朝末年,干这一行的,曰"办洋务",洋大人如果不喜欢其人,还办啥洋务乎?现在则处处都是洋务,只要洋大人一句话,其效便立竿见影。萧长贵、州官、翻译,便是典型的时代人品,一个官能干得"连洋人都说好",自然非大升特升不可,如果干得"连洋人都摇头",那就糟了天下之大糕。当然也闹了不少趣闻,记得若干年前,有一位某公司的小职员,因手里执有爱因斯坦先生的几封信而身价百倍,连"教育部"都慌了手脚,全岛报纸也好像他一个人开的,天天登他的消息,结果披红挂绿去了美国。而今,他阁下安在哉?盖他除了洋大人"某也贤"外,啥都没有;归又归不得,留又留不下(数理科那玩意儿,不像文法科可以瞎混),其出路不问可知矣,这不是害了一个人乎。

有一件事我敢打赌一块钱,不要看柏杨先生活到如此这把年纪,一月工钱只有可怜的九百元,天天饿得发昏。一旦有位洋大人拍官崽之肩而言曰:"你们贵国迷死脱柏杨,真是大作家,其才上冲云霄。比较起来,莎士比亚、海明威给他提鞋都不配,真你们的国宝也。"不信试试看,包管既颁我奖状,又请我当委员,七八个大专学堂都聘我当教习,然后"美国国务院之邀"也会跟着出笼,我就阔起来啦,连讲话都开始夹起英文字来啦。

问题是,文字不比图画,洋大人不借翻译,无法了解,想磕头如捣蒜都不行,此爬格纸动物之所以悲哀也。

司徒雷登

阅报,司徒雷登先生逝世,虽然小小刊出,却是大大新闻。四十年代时,他的名字在报上简直是层出不穷,一言一动,都有记者作详细报导,那时如果死啦,当比今天热闹得多矣,盖报纸乃天生的势利眼,你越有办法,他越登你的新闻。若我们这些小民,除非谋财害命,或被分尸,上报的机会少得很也,故当初司徒雷登先生的分量可知。"台风命名"之后,忽遇司徒先生之死,真是天造地设,应附骥尾。盖司徒先生是一个中国通,一口流利的中国话,当初他老人家翻手成云,覆手成雨,功过如何,自有公论,我们不必瞎插嘴,但有一点却是非常重要的。柏杨先生以为,最坏事的,莫过于他会中国话,若他根本不会中国话,似乎对中国可能另有观感。

柏杨先生和洋大人交朋友,最喜交那些不识中国字也不会中国话的,他既不会中国之话,我也不会洋大人之话,二人相对若木瓜,固不能互叙衷曲,但他绝不敢瞧不起我。我道貌岸然,正襟危坐,俨然君子,他知道我肚子里有啥玩意儿?说不定他会对我佩服得紧。如果他会中国之话,那就非砸锅不可,盖相交之下,我的媚态大批出笼,或者虚骄并发,稍微有点见识的洋人,受得了耶?谈起话来,我既俗且陋,状如幼儿园小班,稍微有点见识的洋人,又忍得住耶?柏杨先生便是浑身解数,恐怕都获不到他的尊敬。中国同胞常有一种错觉,认为只要洋大人会华文华语,对中国就有深刻了解,便最容易打交道。其实恰恰相反,他不会华文华语,在洋书上获得知识曰:中国者,大国也,有五千年悠久历史,更有五千年传统文化,当洋鬼子还在多瑙河畔光着脚丫,手执木棍,吆喝着追赶野兽时,中国人已会很多"奇技淫巧,以悦妇人",叫那些开国仅一二百年的后起之秀,若美利坚者,怎能不肃然起敬?然而一旦他会了中国话,认得中国字,等于茅山道士戴上照妖镜,百年来中国内内外外的烂疮血疤,全部呈现到他的尊眼之前。呜呼,昔尼赫鲁先生来一趟重庆,便看不起中华民国的官,知中华民国不足惧,亦不足敬也。印度那时尚是一个殖民地,眼睛都如此雪亮,何况如今强甲世界的美国佬乎?更何况他又通华文,晓华语乎?那简直是如虎添翼,把我们这个时代的丑恶气质,看穿十丈。

常有朋友叹曰:"会说中国话的外国人,最难应付。"非难应付也,咱们的这一套他统统了如指掌,你一翘尾巴,他就知道你要拉啥屎,而中国人的嘴脸又是如此这般。不是过之,就是不及。他怎能和你一字并肩耶?请读者先生赐一答案。

方块字

　　名作家方以直先生在报上谈"病院语文",举了一个介绍信的例子曰:求名医看病,依例先求名人写信介绍,介绍信如用中文来写,便和英文大不相同,其效果自也大不相同。中文必曰:"兹介绍某君前来求诊,请惠治为祷。"英文则准是:"我现在把某某介绍给你,看你能给他些什么劝告……"呜呼,记得抗战期中,英军在利比亚沙漠打了一个胜仗,英王颁勋章给其统帅蒙哥马利先生,其褒奖状上便写了一大堆,曰:"你,蒙哥马利将军,在利比亚和埃及交界沙漠地带,以只有敌人三分之一的兵力,在两个星期内,阻止了德军隆美尔将军大军的强烈攻势。并在最后反攻,迫使敌人向西撤退,保障埃及的安全。去年瓜太尔之役时,你,蒙哥马利将军,在狂风暴雨中,没有雨具,站在海滩上指挥撤退,为时达二日夜之久,在敌人来袭前一天,全部撤退完竣,拯救了英军四千六百人的生命和装备。前年……"如此这般,桩桩件件,细说分明,当时便有人在报上为文自嘲曰:"若是换了中国官文书,八个字便缴了卷,'历经战役,迭著功绩',够啦。"

　　和这有同样之妙的,还有一则由吾友丘吉尔先生签署的对英国人的文告,那是诺曼底登陆前夕,风雨满楼,眼看说干就干。文告上曰:"我吁请大不列颠全体臣民注意,假使你没有特别重要的事,那就是说,假设你没有必须亲自前往才能办的事,请你千万留在家中,不要外出。登陆欧洲大战的日子,马上就要到来,我不能告诉你那一天的确实日期,但我警告你的是,说不定当你舞会结束的时候,或是当你走出郊区别墅地窖的时候,发现全国所有的交通工具,包括停在你门口的你的汽车,都被政府征用,你将一个月甚至好几个月买不到火车票,也买不到汽车票。假使你一定要回家的话,只有步行一途,而且你将发现皇家陆军的士兵已和警察并肩站岗,对你不断地盘询,甚至还要搜查……"当时也有人在报上为文自嘲曰:"若是换了中国官文书,恐怕是:'盟军登陆在即,希居民减少外出,以免因交通不便,滞留他乡为要。'"

方以直先生很希望摸透其中道理,岂是方块字本身毛病乎?抑是被文言文酱住了乎?或是礼不下庶人的古老观念在作怪乎?答案是他不知道。我想方以直先生是知道的,不过他不肯用针把它戳破而已。方块字当然是一个根本问题,方块字一天不改革,阻力便一天存在。洋人儿童进了小学堂,只需三四年,便能给爸爸妈妈写一封通顺的信。中国孩子读了六年,小学堂毕业,甚至上了初中,对中文都很难搞通。事到如今,竟然仍有人说方块字不难,其嘴之硬,乃祸国殃民之嘴也。

即以写文章而言,洋大人一时兴起,拿起打字机,啪里啪啦,洋洋洒洒的大作,马上问世。中国人则必须爬到格纸上,一个字一个字往里堆砌,其慢如牛。再好的汽车走到淤泥地上,都飞驰不成。再流畅活泼的思潮才华,遇到方块字,亦同样要大大地打起折扣。抗战胜利后,中美记者并肩采访军事调解委员会消息,美国记者一面听一面打字,讲演或会议一完,他的文章也完,夺门而出，跑到电报局，立刻拍发，报馆收到后，用不着再加改写，就可付排。等到《纽约时报》已经印了出来叫卖时，中国记者还爬在格纸上哼哼唧唧往里填哩。圣人曰："工欲善其事，必先利其器"，好像锯一段木头，洋大人用的是电锯，中国人用的却是钝斧，方块字和思想互相影响，结果双方都滞如糨糊。方以直先生之怀疑方块字，不为无因也。

　　文言文到了今天，已是末日，根本用不着我们担心它再发生作用，现在只有柏杨先生这一代，在写信时还偶尔用用外，文言文简直啥用处都没有。不过，阁下小时候读过童话书乎？人虽然死啦，僵尸却能复活，复活的僵尸固没有灵魂，但它却能把自己家搞得乱七八糟。古文虽死，其僵尸却一直不断出现，有时在中学课本中，有时在大学课本中，有时则在官崽圣崽们的讲演中。好像下定决心，非把中国人酱得万劫不复不可。盖文言文不彻底死绝，中国人的脑筋永远酱在酱缸之中，不能松绑。阁下不妨买一部《古文观止》《古文辞类纂》之类的玩意儿看看，五千年传统文化，在文学方面，似乎只有那么一点精华，说议论不是议论，说散文不是散文。中华民族不是倒了霉是啥？而到如今却仍有人抱着它不放，且使年轻人也抱着不放，真是心怀叵测。古文之害，我想用不着再宣传矣，其中最主要的是，它把每一条脑折纹都涂上了油，滑出来的全是些使人在心弦上不能起共鸣的句子。不是四平八稳，毫无内容。便是咬文嚼字，毫无感情。写信时自然非"兹介绍"不可，你说它错乎，它没有错，但你说它有力量乎？它却没有力量。

　　文言文这一关不突破，中国人的文章和中国人的脑筋便永远像个干屎橛。在洋大人之国，"我"就是"我"，连皇帝也自称为我。但在中国,花样就多如牛毛矣,称"吾"焉,称"余"焉,称"予"焉,称"俺"焉,称"愚"焉,称"本人"焉,称"本席"焉,称"个人"焉,称"鄙人"焉,称"在下"焉,称"不佞"焉,称"下走"焉,称"本大元帅""本总司令"焉,看起来很活泼,实际上只是特权思想借着文言文产生的狗屁花招,能熏死人。

世界上最不堪卒读的莫过于中国官府的文告,其精彩处是,如果把它送进文章病院,会教群医瞪眼,用啥仪器恐怕都检查不出毛病,你说它啥都没有说乎?它啥都说啦。你说它文理不通顺乎?它简直通顺得很,还可以作"观止"之文读。你说它没有思想乎?它每一句话都可以引申出一本书。但你看了之后,却觉得人生空虚。这种毛病必须做大手术检查才行,不信的话,抽血试试。呜呼,包管抽不出来血,盖它根本就没有血,这是最最致命的问题。忽然想起一事,阁下接过政府机关的官文书乎,看他们的称呼,就可窥知一二。凡是官崽,都好像具有祖宗遗传下来的瘪三传统,视他人蔑如也。在"受文者"栏内直书"张三"二字,信封上亦然,好像加上点称谓,他的社会地位就会猛落,政府的威信就会荡然无存。有些人则念古文念得甚熟,书曰:"张三君",这真是一字千金,你说"君"字不太礼貌乎?他马上搬出辞典叫你瞧瞧。可是你如果也称他为"君",恐怕他能跟你不共戴天。无他,没有血的人,总难免小度量,小心眼,小聪明。

凤凰集

提　要

《凤凰集》用较大篇幅比较了中外的典狱制度,借对日本的吉田石松案及法国德雷福斯案昭雪过程的分析,及中国古代"七世夫妻"的传说,指明正义力量的伟大及无畏精神的可贵。

序

柏杨先生的杂文已经出笼数辑,现在《凤凰集》又出笼矣,收集在这本小册子里的《梁祝》电影有关评论,在报上陆续发表的时候,天地震动,河山变色。柏杨先生大概真有点像若干读者先生所发现的,要恶贯满盈。当大家都如疯如狂,一面倒地猛捧其角,我却往上硬碰,这一碰就糟,从前左拉先生为了德雷福斯冤狱,和全法国舆论碰,碰得焦头烂额。如今柏杨先生为了一个狗屁《梁祝》,和全台湾捧潮派碰,不但焦头烂额,还几乎摔破饭碗兼吃官司。盖我这一碰,碰进了帽子铺,帽子之多,三天都说不完,计有"汉奸"帽子、"卖国贼"帽子、"行同禽兽"帽子、"专门打击海外忠贞艺人"帽子、"挑拨海内外感情"帽子、"侮辱学人专家"帽子。头昏眼花,戴不胜戴。

有人说柏杨先生写《半票问题》,曾受到可怕的压力,以致不得不言未尽而中断,我发誓绝对没有啥可怕的压力,而是我自动自发不再写啦,盖再写也登不出来啦,与其被杀声震天地腰斩,不如识时务者为俊杰,于中断了三天之后,自己英勇结束,老脸比较光彩得多矣。所以仍收在《凤凰集》中者,为的是摇尾乞怜,以求正人君子高抬贵手,实在是敌不住番天印矣。如蒙俯允,我就想办法捉一只凤凰送上,借表祥瑞,以便阁下英勇地继续飞帽。

是为序。

1963 年 8 月于台北柏府

警政新猷

俗云："有志不在年高。"同样的，有志亦不在内行外行，天下再复杂的事，遇到肯用心的朋友，都会变得简单明了。大概是气数使然，有些中国同胞似乎都有一个特征，就是颠顸而横蛮，所谓眼前欢而地头蛇是也。一旦权势在手，最初几天，天老爷还是老大，他是老二；过了几天，他就成了老大，天老爷却成了老二矣。干警察的朋友往往冒出这种嘴脸，小民固然叫苦连天，便是警察朋友本身，也没啥收获。问题是，历届警察首长却一直视若无睹，是何故哉？说来无啥奥秘，自私心作祟和权力中毒，使之头昏脑涨，脑涨头昏也。

台湾省警务处现任处长张国疆先生最初就职时，说实在的，一度使人紧张，盖大家含着眼泪，伸长脖子，天天盼，夜夜盼，好容易把前任处长郭永先生盼的卷了铺盖，却又来了一位和郭永先生同行的朋友。呜呼，以军尚可治政，当然可以治警。但小民们心头固直跳也，不知道再搞下去，还有啥更奇异的场面出现。然而，前已言之，有志不在内行外行，张国疆先生自到任后，一连串警政措施，和从前都不一样，而尤以最近两件事，使我们大为震惊，一曰："宁可不破案，也不准刑求。"二曰："警察唯检察官之命是听，不得喧宾夺主，擅自行事。"

张国疆先生说不准刑求，并不是说从前没有人说过不准刑求,从前当然有人说过,而且说过的家伙多啦,但都没有说到痒处。记者前去访问时,该家伙信口开河,油腔滑调,连他自己都不知道说的是啥。而张国疆先生则深入而中肯,报载他在台湾省议会上答复质询时,曾曰:"警察宁破不了案,也不准刑讯。"这是上帝特别赋给他的一种高贵灵性。柏杨先生府上曾一连串被窃被盗,报到台北市第四分局,他们一听说柏老受了损失,真是上天有眼,不禁大喜,自然捉不住小偷,追不回失物,我自然也怨声载道。但我宁可永不破案,也不愿他们随便抓一个可疑的朋友,把他打得屎尿满地。即令把我丢的东西全部打出来,我也认为那比不破案更为可耻。古圣先贤专门喜欢在文字上用工夫,发明了"无枉无纵"四个大字,这四个大字说来容易,做起来恐怕难上加难,反而成为暴戾分子的借口,而把"无纵"放到第一位,成了破案第一,修理至上。柏杨先生举起巨手赞成张国疆先生的主张。呜呼,宁可错杀一百,不肯错放一人,是狗熊主义的干法,凡是人类,都不应允许自己变成狗熊也。我们希望的是:宁可错放一百,万勿错杀一人。人民垂泪跪恳愿望,张国疆先生抢先言之,仅只有此一念,便可成佛。

第二件事做的更为感人,盖宁可不破案,也不准修理,是技术上的痛切改进,而张国疆先生顷又正式以公文规定办理刑事案件时,要受检察官的节制,则是观念上和本质上的痛切改进。该项公文说得明白:警察人员虽然兼有司法警察官或司法警察身份,自有责任协助侦查犯罪,但无论如何,警察机关乃是辅助机关。按道理说侦查犯罪这项工作,应由检察官主持才好。可是道理是一回事,实行又是一回事。警察机关办理刑事案件,往往以包饭的姿态出现,大展抱负,把天下当作己任,从头包办到尾，非弄个水落石出，真相大白，不肯移送法院。如果不能水落石出，真相大白，便使出手段，灌凉水，上老虎凳，拳打脚踢，疲劳轰炸，全部修理学出笼。盖一则面子有关，二则也觉得没有尽到职责。

而今有正式命令矫正这种毛病，这不仅是张国疆先生个人的贡献，也是台湾警政史上最具有革新意义的一页。盖到处都是一朝权在手，便把令来行的朋友；只讲力量，不讲是非，只有傻瓜才把已经吞到嘴里的巧克力糖吐出来。若换了柏杨先生当警务处长，除非太阳从西边出来，我决不会把包办伙食的差事和平出让。张国疆先生能在这一点上有此严正的措施，有此恢宏的胸襟，看起来不是每一个官都叫人失望。

除了上述两件大事，柏杨先生还听说点别的。新闻界很流传一件有关张国疆先生大魄力的消息，说他自接任处长之后，便聘请律师，吩咐他的部下，如果有新闻记者胆敢乱发消息，或诽谤，或诬陷，就马上提出控告。这件事是不是真的，我们不知道。从前曾经有过警察轰轰烈烈告记者的事，好像是真的，可是后来每件案子都虎头蛇尾，不了了之，又好像不是真的。我倒十分愿意这件事是真的，盖警察固不能随便整小民，记者也不能随便整警察。目前警察受了委屈，似乎只有两条路好走，一是算啦算啦，老子忍下你的鸟气，只要我有的官做，受点气算屁，啥攻击啥指责我都不在乎。一是气得暴跳如雷，七窍生烟，甚至大病一场。正派的心灰意懒，不太正派的则和小流氓接接头，看看能不能揍他一顿，或捅他一刀。

反正是无论如何，警察受了欺负，或受了侮辱，而不能公平光明地伸雪，是国家的羞辱，也是社会的定时炸弹。小民们对警察一向一视同仁,偶尔有个警察告小民,真能把人的牙都笑掉,遂养成双方面的冷战和仇视。柏杨先生誓死拥护请律师告状的政策,过去那些政清讼简的时代,只能适合农业社会,工商业社会如果再用那种腐败的老脑筋去赞扬息讼,真是杀人不见血的凶手。既有争执,就需要有人替他解决;既有纠纷,就得分辨是非。一味粉饰太平,是做官的干法,不是做事的干法,读者先生以为如何乎哉!

吉田石松五十年

台北《联合报》登载了一篇该报驻日本特派员司马桑敦先生的东京通讯,标题是《吉田石松五十年冤狱平雪记》,是一篇最最有意义和最最有价值的报导,中国人不可不仔细拜读。谁要是不仔细拜读,谁就陋得很也。盖吉田石松先生的遭遇,是一种求生意志的搏斗,也是一种争取自由和自尊的搏斗。一个民族的气质,是不是力争上游,是不是一直在向慕真和善,抑是自甘堕落,择恶固执,死不回头。在对冤狱的处理上,可充分地表达出来。埃塞俄比亚焉,沙特阿拉伯焉,以及其他什么什么国焉,他们历史上有没有冤狱,我们不知道,但当一个中国人,对冤狱该是最最内行,最最熟悉;见也见得多,看也看得多,受也受得多矣。文明之国,发生了冤狱,举国震动,初之时有人挺身而出为之辩护,结尾时有人代表政府向他道歉。只有堂堂中华民族,因有五千年传统文化之故,冤狱一起,恐怕所有的亲戚朋友都把头往脖子里缩,不要说没人敢挺身而出,似乎是连逃都恐怕逃得不远。

柏杨先生早就想写一本书,曰《中国冤狱史》,把中国的冤狱,从头到尾,一一记载。一旦此书问世,包管使你心花怒放,盖思一思想一想,中国冤狱之巨之多,好比驴毛,无妄之灾竟罩到别人头上,而没有罩到自己头上,你能不笑得人仰马翻乎?这当然是以后的话,读者先生如果福气冲天,总有一天可以拜读。现在我们先介绍一下吉田石松先生的奇遇,以开眼界。司马桑敦先生报导得甚为详尽,我们只能摘录。为的是人生以服务为目的,万一阁下是一个懒人,可免乱翻之苦,此亦柏杨先生的德政,不可不知。

话说1913年8月13日,日本名古屋市野轮村一条乡村道路上,一个农夫户田先生,被人打死。第二天,凶手北河芳平(二十六岁)被捕,他供称和另一凶手海田庄太郎(二十二岁)一同向被害人下手。于是第三天,海田庄太郎也被捕,可是他却一推六二五,啥也木宰羊。经过一番审讯,他才承认他确实和北河芳平合伙,但他只不过是一个帮凶,只在很远的地方把风,并没有动刀杀人,杀人的是北河芳平和另外一个叫"老石"的家伙。而老石是何人?海田庄太郎不知也,只知道老石操大阪口音,如此这般,审问了若干次,他终于指供,老石即是冤狱案的男主角吉田石松先生。贼咬一口,入骨三分,吉田石松先生的霉运乃隆重临头。

任何冤狱都有耀眼欲炫的犯罪证据。俗云"无风不起浪",既有浪矣,必然有风,即令没有风,也会有别的原因,或许是一场地震。反正一定有点看起来确凿万分的证据,才能埋葬一个表面上万恶不赦而实际上清白无辜的可怜虫。吉田石松先生亦然,他和凶手北河芳平,同在一家玻璃厂做事,而且他一件白衬衫上有几点血迹,经法医检验,其中一点是人血。这还不算,他的一只洞箫上,也有血迹(是不是人血,未加检验)。呜呼,累累的物证,和科学的化验,是构成该冤狱最有力的两大要件。这时虽有人证明吉田石松先生在犯罪的当时,远在二十公里外的地方看朋友,但抵抗不住物证和科学化验,法官拒绝采信。

"血"是物证,化验出来该血是人血,则是科学。这还不算,最后又冒出了个人证,那就是最先被捕的北河芳平先生,也跟着翻了供,他原来说只是他和海田庄太郎先生共同干的,现在他却说事实上吉田石松先生是主犯,他们不过受他指使罢啦。吉田石松先生第一审被判死刑,第二审改判无期徒刑,第三审被最高法院驳回上诉,遂以无期徒刑定谳。先被送到小管监狱,再被送到秋田监狱。日本报上称他为日本的基度山,盖他自进监狱的那一天,便开始呼冤,像当初的基度山伯爵一样,他拒绝穿囚衣,拒绝服役,他自信是一个清白无辜的人,不肯接受不合理的和不清白的法律制裁。冤狱的精彩就在于此,中国文字构造,有十分微妙之处,"冤"字上面为一宝盖,下面为一"兔"字,一个兔朋友被猎狗赶得走投无路,发现前面有一个洞穴,前去投奔,谁知道远看是一个洞穴,近看却忽然不是一个洞穴,而成了一个"宀",既躲不进去,只好被猎狗抓住,带到主子面前献功。吉田石松先生被"物证""人证"以及什么"科学证",紧紧相逼,方以为法律可以保护他,想不到法律忽然不是洞穴,而成了一个宝盖,不但没有保护他,反而翻过来咬他一口。嗟夫,乌贼人物眼光中,一个人既被判了罪,当然是犯了法,判罪就是犯罪的证据。吉田石松先生判了无期徒刑,不是犯法是啥?而他竟敢乱喊冤枉,不肯服气，想以一手遮天下人的耳目呀，法律岂可饶他。于是狱吏的毒打，难友的虐待，仅有正式记录的，就有五十余次，其他零零星星的苦头，更屈指难数。就这样的，他在监牢中度过了二十二年。入狱时他三十四岁，假释出狱时，已是一个五十六岁的老汉。呜呼，二十二年，说起来很轻松，写起来也很容易，但要是在监牢中度过，便是流的眼泪，恐怕都能铸成一个自由人像矣。

吉田石松先生于1935年3月，假释出狱，出狱后第一个行动，便是找那两个家伙弄个明白，这行动立刻获得采访刑事新闻的记者们支持，那些记者中有现在《东京新闻》担任主笔的池田辰二先生，有案发时当新闻记者的青山与平先生。他们帮助吉田石松先生于出狱后的第二个月，在神户找到了真凶手之一的北河芳平（他和海田庄太郎，于五年前，即1930年假释出狱）。两人一对面，北河芳平天良发现，当场写了一张谢罪书，承认自己无端瞎攀。接着同年（1935）的12月，在琦玉县又找到另一个真凶手海田庄太郎，海田庄太郎同样天良发现，也写了一张谢罪书，他希望"过去的都过去"，不要再提啦。

但吉田石松先生不甘法律的屈辱，仍于1937年11月，检同两张凶手亲笔的谢罪书，请求名古屋高等法院重审。事到如今，任何人都会以为冤狱可以昭雪矣，却想不到，那请求书在法院的档案中，一摆就是七年，七年后，才答复他——答复他的不是为他昭雪，而是认为谢罪书可能是在威胁下写成，不足为凭，拒绝重新审判。吉田石松先生接到这种决定，曾在法院门口，放声大哭。

然而吉田石松先生仍不气馁，又经过了漫长的四年，他的冤狱虽未得到法院承认，却得到广大的人民承认。1952年6月，他的同村村民为他发动了一个呼冤签署运动，向宇都宫法务局请愿,宇都宫法务局把全案转移到东京法务局,一搁又是四年。到了1955年6月,才算开第一次调查庭,当堂与真凶手之一北河芳平对质。北河芳平当初固然写了谢罪书,可是事到临头,他却变了卦,不肯承认诬陷,硬说当时确实有一个貌似吉田石松的主凶。这供词对吉田石松先生非常不利,而另一个凶手海田庄太郎又中风不语,不能出庭。吉田石松先生只好败下阵来。

在这次对质后不久,北河芳平竟一病而死,事情更陷绝望。但吉田石松先生仍奋斗不止。1957年、1959年、1960年,他仍一再向最高法院和名古屋法院提出重审要求,而每一次都被批驳,当他最后一次听到最高法院又批驳了他的请求时,他跑到法务省,打算向法务大臣(司法部长)提出请求。法务省守卫赶他走,他就跪在地上,紧抓住地毯,不肯起来。当正此时,被法务省检察官安信治夫先生看见,问明原因,深感同情,乃予以援助,把他送到日本律师联盟人权拥护委员会。呜呼,吉田石松先生幸亏遇到了安信治夫先生,如果遇到的是怕事的官崽,一听麻烦那么多,早脚底抹油,开溜了矣。

于是吉田石松先生渐渐出头有日,日本律师联盟主席团山田先生,根据保障人权基本观念,正式要求重审。又经过两年的曲折,到了1963年1月,终于开重审法庭,检察官坚持原判,但律师联盟提出的反证,足使该地头蛇张口结舌。到了2月28日,法庭终于宣判吉田石松先生无罪。首席推事小林俊三先生认为最足凭信的凶手北河芳平在第一次供词里,并没有提到吉田石松;他之后来翻供,只不过虚拟了一个人物,企图减轻罪责,既然拉出一个实在的,自然顺水推舟了矣。而且那一滴人血并未鉴定出就是被害人的血,而伤口是重器所击,吉田石松先生的洞箫能算重器乎？

小林俊三先生在宣判之后，有一段感人肺腑的话，他曰："在本庭上，我们对被告，不，毋宁应该称为对吉田老先生，除了替我们的前辈在先生身上所犯的过失表示歉意外，我们更对先生半世纪以来，为了自己的无辜，所持有的崇高态度，与不屈不挠的奋斗精神，表示深厚的敬意。先生的精神力与生命力，确令我们心折。我们在这里谨祝先生余生多福。"

任何冤狱都是一个悲剧，吉田石松先生三十四岁入狱，宣判无罪的那一天已八十三岁。幸亏他的寿命够长，能熬到真相大白。然而，更重要的是，也幸亏有那么一个允许他伸雪的社会环境。不信的话，换个地方试试，便是天下人，包括法官在内，都认为是冤枉的，都没办法也。小林俊三先生所说的那一段话，是高贵灵魂的言语，知道认错，而且敢于表示他的这种知道。

世界最大冤狱之一

吉田石松先生的奇遇介绍已毕。虽然奇冤已雪，但我们心头仍万分沉重，盖自由自尊固可恢复，青春却一去永逝，任何方法都不能使它再现。报上刊登吉田石松先生听到宣判无罪时的欢呼照片，八十多岁的老人，张开大口，露着秃秃的牙床，使人叹息。首席推事小林俊三说的那一段话，坦诚地指出他前辈的错误，也使人叹息。我建议日本政府应把那些前辈的尊名大姓，一一记载下来,刻到石碑之上,置诸街头,以便万人撒尿,才能赎其罪于万一。

中国是出产冤狱最多的国家,以后我们如果有机会,当再介绍。从吉田石松先生的案件,使我们想起一件世界上(不包括中国)最大的另一桩冤狱。夫冤狱的形式有二,一曰法律性的冤狱,像吉田石松先生受的是。一曰政治性的冤狱,像发生在中国历史上的岳飞先生,和我们现在介绍的德雷福斯先生受的是。德雷福斯先生的冤狱要比吉田石松先生的冤狱,可怕千倍,起初大家错误地认为他是叛徒,后来虽然发现他不是叛徒,但是择恶而固执的结果,上自国务总理,下至全国人民,仍故意地认为他是叛徒。为的是要完成一个理想,那就是"政府永远是对的"理想。而德雷福斯先生遂因之陷于万劫不复之境。而德雷福斯案,也随之震惊世界。百年之后,当我们报告此案时,仍不禁为之酸鼻,尤其是当一个中国人,恐怕会有更多的感慨。

话说1894年7月20日,德国驻法国武官斯瓦兹·柯本上校,接见一位客人,该客人说他自愿当德国的间谍。他之所以如此干,因为妻子害病,需要钱用,他说他在法国陆军中有最理想的联系,为了表示他不是瞎说,立刻就掏出一份情报送上。呜呼,天下有这么简单的事乎?纵是再大的傻瓜都不会购买这种冒冒失失突如其来的情报。何况,怎么知道那家伙不是法国的反间谍哉?斯上校乃拒绝看他的文件,并且请他走路,该家伙吃了没趣,悻悻而去。

可是两天之后,该家伙又来啦,这时斯上校已奉到命令,不妨与他磋商。该家伙说他是埃斯特哈齐伯爵,现任少校,统率一营法军驻防罗汶。他交出文件,要求每月支取二千法郎卖国费。斯上校则告诉他不能按月计算,只能按件计算。于是,三星期后,埃伯爵交出一份法国炮兵一旦奉令动员应行注意事项的密令。同年(1894)的9月1日,又交出几种文件,他本来要把一份专供收件人点收用的清单,一同送出的,可是不晓得因为啥,临时竟然遗漏。于是,这一张"清单"遂成为一项使整个世界都闻名的文件。过了两天,伊伯爵邮寄这份"清单",被法国反间谍破获。这一破获像一个晴天霹雳,揭露了法国历史上空前的一桩丑闻,使法国朝野上下,分裂为壁垒森严,互相仇恨的两个集团,达十二年之久,也是我们所报导的德雷福斯先生空前奇冤的开端。

原来,在埃伯爵和斯上校交往之前很久很久,法国当局便发现秘密情报总是外泄,法德法意接壤地带的军事地图,也总是失踪,怎么查都查不出线索。那时德法关系紧张,法国政府当然坐卧不安,就更进一步加强检查德国武官的个人函件,于是乎检查到一封信,这是"亚历山得林"写的,信上曰:"兹随函奉上恶棍D留在我这里,嘱为转交的第十二幅尼斯区域详细地图,我告诉他你无意再和他联络,他说其中一定有误会之处,他将尽其所能使你满意。"经过分析,发现"亚历山得林",乃驻法国的意大利武官用的一个假名,但"恶棍D"是谁?没人知道。接着埃伯爵补寄的那张"清单"被查出来,但仍不知"恶棍D"是何许人。那份清单使法国参谋本部第二局反间谍事务主持人桑德赫尔上校,吓了一大跳。盖一看就可看出该清单出自参谋本部人员之手,因清单后有一段附言曰:"最后一项文件得来不易,我只有保存该项文件数天的权力,因此你必须记下那些你认为重要的内容,而将原件保留,候我亲自取回,我现在要去参加演习啦。"

这里要说明的,埃斯特哈齐伯爵不是一个化名,而是一个真实的人物,他是匈牙利贵族的后裔,在进入法军之前,曾先后在意大利和教皇军队中服过役,并且很有点功勋。加入法军之后,参加过1870年普法战争,得过英勇勋章。按说他应该没有问题。所以反间谍主持人桑德赫尔上校,根本不疑心他。然而,埃伯爵在其他方面的秽行劣迹,却是上下皆知。他跟一个法国贵族联姻,没有多久,就把妻子的嫁妆花光,但他始终不能脱离经济困境,除了伯爵官衔和军职外,他还兼任一家来历不明的金融公司董事,和一家高级娼寮的股东。

桑德赫尔上校既不疑心真正的主犯,他就开始在那些无辜的,但却是倒霉的家伙们头上下手。因清单上有"参加演习"字样,于是,到了最后,他找到了德雷福斯先生,盖德先生是一个与其他军事部门保有密切联系的炮兵官员。尤其妙的是,德雷福斯姓名的第一个字母是D。更尤其妙的是,德雷福斯是一个犹太人。好啦,这就够啦。

我们常形容说,一个人再倒霉,总不致被乌鸦把屎拉到头上。其实那还是倒霉的程度不够,如果够的话,真会拉到头上。德雷福斯先生便硬是被一泡乌鸦屎拉到头上的也。盖德雷福斯先生是法国参谋本部唯一的一个犹太裔官员,他头脑冷静,不屈不挠,才识卓越,毫无二心地努力工作。1859年出生于亚尔萨斯,是一家生意兴隆的织造厂老板的儿子;十九岁时进入法国著名的依可尔军校,获有"大胆骑士"和"英勇剑客"的美名,但同学们却不喜欢他,那些同学都是大官巨公的子弟,他们认为德雷福斯是一个讨厌的家伙。

毕业后,他和法国犹太裔的一个高贵富有家庭出身的露茜小姐结婚。三年中,他们生有一子一女,是一个美满而幸福的家庭。然而，因为他是犹太人，又因为他有一个 D 开头的姓，就注定该家庭马上就要粉碎。

德雷福斯先生于 1893 年被派到参谋本部当见习官，当时正是法国反犹太反得最厉害的时候，大多数参谋官员对于竟派一个犹太家伙到法国军事核心来，都大惊失色。反间谍主持人桑德赫尔上校尤其反对得厉害。可是所有的调查，对德雷福斯先生都挑不出一点毛病，所以当"清单"案爆发时，德雷福斯先生已服务了一年。

在桑德赫尔上校主持下，有关德雷福斯先生的档案全部取出，他日常写的字迹摆在"清单"旁边。桑德赫尔上校和主管军事运输的费伯上校，两个自以为英明的官崽加以仔细比较，比较的结果，发现两者竟然一模一样。乃把这点发现，报告顶头上司。接着一连串的字迹再鉴定，鉴定的结果是啥，用不着说啦。于是项目呈报到陆军部长梅西耶将军办公室。梅西耶将军一瞧，精神大为紧张，立刻和杜蒲总理举行秘密会议。两个老头知道，这是一件爆炸性的案件，势将影响到政府的前途，如果贸然宣布破获一件间谍巨案，那岂不是承认参谋本部有若干松懈之处，才使间谍可大干特干乎哉？必须等到把全案弄得更清楚才能发表，两个老家伙乃决定秘密进行。

在逮捕德雷福斯先生之前，为了慎重，又请来了法兰西国家银行字迹专家，作最后鉴定，想不到该专家没有读过《做官大学堂》，不知道迎合上司旨意，竟指出"清单"的写者是另一个人。桑德赫尔上校看啦，大为跳高，幸亏巴黎警署另一个著名的犯罪学家贝帝荣博士，坚定地指出二者确是同一人的手笔。呜呼，我们在这里要请所有的读者先生记住"贝帝荣"的名字，他真是一个乌贼博士,如果他真正相信他的科学,他的科学未免太差劲,博士的头衔不知道是用多少钱买来的;如果他只是一脸忠贞,那就更糟,杀人不动刀,连乌贼都不如也。

接着又查出德雷福斯先生那一年并没有参加过演习,不但德先生一个没有参加过,所有的见习官都没有参加过。可是参加不参加没有关系,反正清单是他写的就行啦。另外又查出"清单"的语气带着浓厚的德国味道,而德雷福斯先生写的则是无疵的地道法文。这更没有关系,他可能故意那样,反正清单是他写的,仅口气不符,管他娘的也。于是乎,逮捕令下。

逮捕德雷福斯先生的那一幕是典型的人生闹剧,一个忽然间落到野猪群里的朋友,其境况都是一样的。被逮捕者傻里傻气,还不知道干啥。逮捕者则嬉笑之,狞笑之,嘲笑之,玩弄之,蹂躏之。越是低级情操,表现得越是野猪嘴脸,古今中外,都是如此,德雷福斯先生当然跳不出那个圈子。在逮捕行动中最突出的,是部员帕蒂少校,德雷福斯先生奉命出席参谋本部总长办公室举行的见习官总检查,时间是1894年10月15日晚9时,规定穿便服。

一错到底

德雷福斯先生到达参谋本部时,发现并没有别的见习官,而只有帕蒂少校在场。帕蒂说他因手伤不能握笔,要德雷福斯代他写一封信,德雷福斯当然答应了,于是,帕蒂开始口授,信里夹杂着"清单"上若干词句。他一面口授,一面注意德雷福斯的反应,不时提醒之曰:"喂,留心啦,这封信重要得很。"清单上的字句大批出现,而德雷福斯竟然仍没有一点震惊,态度神色如常,字迹工整如故。帕蒂勃然大怒,想不到该无赖竟如此顽强阴狠。索性连字迹也不看啦,跳起来大吼曰:"我用法律的名义逮捕你,你以卖国罪被控。"德雷福斯也跳起来大吼曰:"把你认为我犯罪的证据拿给我看。"帕蒂曰:"证据多得很。"德雷福斯先生的噩运乃正式开始,他被拘禁在谢许米迪监狱。帕蒂接着赶到德雷福斯的住宅,警告德太太露茜女士不得泄露,除了威胁外,还卑鄙地利用露茜女士的爱国心。他说,消息一旦泄露,战争可能爆发。事后有人评论说,她当时承诺保守秘密是一项错误,因为法国到底是民主国家,当陆军当局还没有完全确定德雷福斯是有罪时,舆论的力量可能使他恢复自由。

德雷福斯先生被关入牢房之后,陆军部长梅西耶将军亲自主持侦查,却一无所获。忽然警察局有报告曰,德雷福斯先生是一个赌徒,经常在可疑的酒吧出现。梅西耶将军大喜若狂,可是再经详查,却是另一个德雷福斯。警察局长也亲自考查他的平生,但找不出任何奸诈之处。逮捕德雷福斯的帕蒂少校是参谋本部的字迹专家,他命令德雷福斯利用各种不同姿势写"清单",坐着写焉,站着写焉,爬到地下写焉,吊到梁上写焉,闭着一只眼睛写焉,以及用其他各式各样的姿势写焉,他相信一定会写的和清单上相同,结果大失所望。

最后,实在是找不到德雷福斯先生犯罪的证据,按说应该把他释放了吧。可是,问题就发生在这里,虽在民主国家,因事关军事叛国重罪,有错抓的,没有错放的,终于有一天,一家反犹太最力的 La Libre Parole 报刊载了一段消息,要求军方说明缄默的原因。呜呼,当德雷福斯先生初被捕时,透露消息固可助他恢复自由,但此时透露消息,却对他不利,因扣押的时间太久,如德雷福斯先生不是叛徒,参谋本部必须交出真正的叛徒也。当局乃不得不一错到底。于是,四十八小时内,"德雷福斯是卖国贼"的新闻,成为头号标题,大部分报纸都认为:"陆军部长办公室是一个藏垢纳污,肮脏不堪的所在。"这种新闻界的风暴使政府大为震动,连夜举行内阁会议;会议中决定,为了维护政府的"威信",决不释放德雷福斯,即令证据不足,可以再继续地找,必须肯定他的罪名,提付审判,否则内阁必会垮台。德雷福斯先生乃在政治的理由下牺牲。

当德雷福斯叛国案公开时,德太太露茜女士拍一个电报到亚尔萨斯德家,德的堂兄马蒂厄先生,立刻赶到巴黎,要求帕蒂少校准许他到监狱去探望他的堂弟。同时以荣誉保证曰:如果他堂弟承认有罪,他将把手枪交给他,迫他当场自杀。可是帕蒂少校根本不信任叛徒的家属,他拒绝了这个高尚的请求。

同年(1894)12月4日,检察官杜米惟里先生,以"清单"字迹为证据,正式以卖国罪控告德雷福斯先生,这简直是一个大笑话,今天的字迹专家固然很容易地鉴定出来那不是德雷福斯的手笔,即令当时的字迹鉴定技能比较粗浅,但专家们的意见也不一致,该巨大的卖国案,在一开始便像一篓活鳝鱼,滑溜不定,捉摸不清。然而这当然是事后如此看法,在当时不但不是一个大笑话,反而严肃慎重得要命。检察官杜米惟里先生也深知案子的弱点,他发现要把法国人弄昏,不能靠他提出的证据,而必须靠他的口才,于是他把德雷福斯先生形容为一个:"作案子不留下任何线索的超级罪犯,他缜密的程度,甚至在犯罪的当儿,连字迹也加以捏造。"这种攻击,有煽动蠢血沸腾的力量,但仔细研究起来,原来德雷福斯先生犯罪,竟然是根本没有证据的。此时驻法国的意大利武官潘里查地先生生怕被牵连上,特地拍一个密电回罗马:"假如 D 上尉与你没有来往,为避免报纸抨击,应加否认。"法国立刻破获了该项密电,该密电明显的表示该案真正的主角 D 仍逍遥法外,可是帕蒂少校有择恶固执的精神,盖 D 如果尚逍遥法外,那么德雷福斯先生岂不冤枉了乎,闹将起来,如何下得了台?乃大笔一挥,改之曰:"D 已被捕,业采取防范措施,密使已经警告。"

可是,问题来啦,按法国刑事法典第一〇一条:"所有证明被告犯罪的文件,必须交由被告过目。"在辩护律师仔细推敲下,帕蒂少校的"文艺创作",怎能站得住耶?检察官乃警告曰:"如果把它提出堂上作证,等于自己挖个陷阱自己跳。"但外界的压力与日俱增,新闻界已把德雷福斯案过分渲染,一家报纸在社论中曰:"德雷福斯是一个足以毁灭法国人民,出卖法国领土为宗旨的国际犹太组织的密探。"另两家报纸更成功地发掘出来德雷福斯和一件爱情纠纷,曰:"德雷福斯有一个爱人在威尼斯,那个贵族出身的意大利美女诱他卖国。"天下任何冤狱都有其抵挡不住怀疑的漏洞,但也有其天花乱坠,看起来很公正,实际上却是恶毒阴狠的攻讦。于是,有三四家报纸在还没有弄清楚是怎么回事之前,竟要求马上把德雷福斯先生枪决。法国人像发了疯似的呐喊,风暴一天比一天扩大,但德雷福斯先生的罪状仍无法确定。如果无法确定德雷福斯先生的罪状,陆军部长梅西耶将军就得滚蛋,内阁也可能总辞。尤其严重的是,整个参谋本部的官员都可能撤换。大家为了维护自己的饭碗,自然而然地一个个都确信德雷福斯是有罪的,而对他大加愤怒。

人性侮辱

　　为了应付这种危机,桑德赫尔上校提出一个丧尽天良的建议,那就是一方面请法庭采信第二局的档案作为证据,一方面却把那个档案列为机密,不准被告检视。盖被告过于阴险,他当庭把它撕毁了怎么办?梅西耶将军一时不敢决定,恐怕一旦等到热潮过去,法国人冷静下来,对这种一眼便可看出毛病的安全措施将如何评论?如果在野党据以提出攻击,那问题就更大啦。可是报上频频说话,La Libre Parole 12月15日,得意洋洋宣布曰:"德雷福斯将由军事法庭审判。梅西耶将军大无畏的爱国精神,终于战胜黑暗中作梗的敌人。"叛徒的模型已定,冤狱的条件已备,事情一发不可收拾。

　　德家聘请的是当时司法界最享盛誉的老律师德芒热先生,他这一生中从不接受使他声誉受到丝毫损害的案件,他告诉德氏家属曰:"假如我发现德雷福斯的清白有任何可疑之处,我就拒绝为他辩护,而且我将立刻成为他的第一个审判官。"呜呼,可怜的德芒热先生,他想不到因他的公正立场,却被蠢血沸腾的民众,认为他竟为一个叛徒辩护,而使他门可罗雀,成为被人唾弃的人物。

1894年12月19日,德雷福斯案在一幢建筑于十八世纪的宫殿内举行,德雷福斯先生被押上法堂,他神色自若,充满自信,说话仍一如往昔,坚定谨慎,不流露任何感情。可是在乌贼分子看来,事到如今他还如此镇静,不是伪装是啥。审判在秘密气氛下进行,可是德雷福斯先生仍侃侃为自己分辩,分辩到最后,军方视察员皮卡尔先生报告梅西耶将军曰:"德雷福斯是无罪的,法庭可能宣判他无罪。"梅西耶将军吓了一跳,他和桑德赫尔上校乃在第二局档案中搜集数据,拼凑成一件漫长的备忘录,包括种种使人入罪的奇妙批注,当然更包括帕蒂少校那一个"文艺创作"。备忘录中特别指出德雷福斯先生曾在遗失一件弹药秘密公式的中央炸药厂服务过(事实上那文件是德氏到该厂之前遗失的),该备忘录简直是德雷福斯先生的一篇犯罪传记。

最精彩的还是一个名叫亨利的少校,他活像一个电影明星,他没有受过良好教育,在参谋本部是低微的一员,因而成为真正卖国贼埃斯特哈齐伯爵的助手。他向法庭上说,某一无可置疑的可靠方面,早在3月初,即曾警告过他说,参谋本部里有一个卖国贼。他说到激昂处,突然指着德雷福斯,大吼曰:"他就是那卖国贼。"该表演叫人惊心动魄,德雷福斯先生和他的辩护律师按刑法第一〇一条规定,同声要求说出那个警告者的名字,亨利少校严加拒绝。最鲜的还是那个审判长莫理尔上校,他告诉亨利少校曰:"你用不着说出那个警告者的名字,只要你以荣誉担保,有人确曾告诉你德雷福斯是卖国贼就行啦。"一脸忠贞的人,别的没有,荣誉倒是有的。于是,亨利少校举手在十字架上,以震撼法庭的声音曰:"我宣誓。"

审判到第四天(1894年12月22日),辩论终结,当审判长退庭分析主文时,帕蒂少校走上去,把梅西耶将军的那份备忘录递给他。

交给审判长的那份"备忘录",上面的附注根本站不住脚,不但不合逻辑,也互相矛盾。可是,在乌贼群的眼光中,权力高于一切,那是梅西耶将军亲自注释的,而梅西耶官做到将军兼部长,这就够啦,官和权能使不合逻辑的合逻辑,能使矛盾的不矛盾。即令一个并不精明的律师,都可以把它全部推翻;但因为是秘密审判的缘故,庭上根本没有律师,有的话也全是梅西耶将军的部下。于是,到了最后,审判长莫里尔上校宣读判决书,那是全体法官所一致通过的主文。曰:"德雷福斯上尉有卖国罪,撤销军职,递解出境,终身流放。"当宣读判决时,才允许被告的律师德芒热先生上堂,就在像狗屁一样庄严的法庭上,所有的人都听到该老头律师的哭声。

然而更可怕的场面还在后面,梅西耶将军因德雷福斯先生一直不肯认罪,几乎使他垮台,大发雷霆,所以他一定要好好地加以报复,乃于1895年1月5日,特别举行了一件褫夺德雷福斯先生军职的公开仪式,也就是侮辱仪式。该仪式在依可尔广场举行,观众人山人海,巴黎人和从外地赶来的人,都要看看卖国贼的嘴脸,他们蠢血沸腾,狂热地喊曰:"处死这个叛徒。"巴黎卫戍部队每一大队派出一小队参加该项仪式。一切都像戏台上的动作,号声口令声响过之后,一个身体高大的卫队中士,率领四名士兵,手持军刀,簇拥着德雷福斯先生步入广场中心。当他们走到达抱斯将军面前停步时,全场才静下来。那位将军拔出指挥刀,大声吼曰:"德雷福斯,你不配带军刀,我以法国人民名义贬黜你。"噫,这句话如果改为"我以乌贼名义贬黜你",就更合实际矣。

德雷福斯先生以立正的姿势恭听命令,哀呼曰:"兄弟们,一个无辜者被贬黜,法兰西万岁!"这种连心都要碎了的呼声,得来的是啥?群众反而认为他故意做作,在最后关头还要作绝望挣扎,天下还有比卖国贼高呼祖国万岁,更要叫人笑掉大牙的耶?群众愤怒吼曰:"处死他,处死他。"在喧闹声中,那个高大的中士,跑到德雷福斯身边,先把他的上尉肩章摘下,再把裤子上显示参谋官员身份的红带撕掉,最后把德先生的军刀解下,折为两段。再最后,德雷福斯被押着在一排崭新制服的士兵行列前面走过。德雷福斯先生仍以一个参谋官员检阅部队的步伐行进,但他羞愧激愤,每隔一个相当时间,就举起双手,抬起他那因内心痛苦而快要疯了的头部,呼曰:"我是清白的,法兰西万岁。"这真是对人性的一个最大侮辱,也真是对法律的一个最大讽刺。柏杨先生敢和你打一块钱的赌,当时最舒服的恐怕要算埃斯特哈齐伯爵和亨利少校啦。

在这个侮辱仪式后的六星期后,德雷福斯先生解往魔鬼岛。

活被埋葬

魔鬼岛是一个恶名远播的小岛,位于南美洲边缘,孤悬在大西洋之中,距祖国法兰西万里之遥,专门收容放逐的罪犯。

德雷福斯先生本来用不着去那里的,因梅西耶将军(将他娘的军),为了证明军事法庭判决是公平的,特派帕蒂少校向德雷福斯先生建议,只要他认罪,他就可以不去那个可怕的地方,而且还可以自己种一个菜圃,他的太太孩子也可以和他同住。帕蒂少校柔声软语曰:"其实你并不用承认故意卖国,只要说自己一时神经错乱,或者说自己一时疏忽就行啦。"但德雷福斯先生不甘自诬,他的答复是写一封信给梅西耶将军,答谢他的关爱,他说他唯一的希望是政府应继续搜查罪犯,使案情大白于天下。呜呼,德雷福斯先生,他到那一天为止,仍以为堂堂部长,堂堂将军,一定英明正直,忠心为国,明察秋毫。这种观念永远是小人物的悲哀,他再也不知道梅西耶将军早已知道他是无辜的,只不过为了自己当官,却要把他毁灭成一团血肉。梅西耶将军接到他的那封信,在意料中的暴跳如雷,他下令把德雷福斯先生立刻送到魔鬼岛,予以最严重的虐待,以为执迷不悟者戒。

当德雷福斯先生被押经罗琪车站时,疯狂的、被煽动蠢血沸腾的群众,拥到他的车厢,准备把他打死。梅西耶将军倒是巴不得群众把他打死的,因那样才能真正地灭口。但德雷福斯先生的气质要比柏杨先生高多啦,他不但不恨那些暴民,反而完全同情他们,在当时写给太太露茜女士的信上曰:"我现在是那个应受该项待遇的无耻恶棍的替身,只要我是在代替那个卖国贼,我除了同情人民的举动外,别无其他办法。"

德雷福斯先生身戴锁链,终于到了魔鬼岛,监禁当局所采取的种种措施,不但不近情,也不近理。德先生关在一幢被石墙围绕着的石屋里,门窗都被钉死,在石屋的一间小起居室中,有一个每隔两小时就换班的警卫。他们奉有严令,连德雷福斯先生面对着海坐一会儿都不行,盖怕他:"在耀眼欲盲的强烈阳光下,给德国人打信号。"德雷福斯先生请求做工,上级更不允许,该卖国贼如果煽动其他罪犯,也叛起国来,将如何是好?他妻子露茜女士请求和丈夫同时放逐,当时的法律有此规定,可是法律是法律,政治是政治,法律遇到政治,总是大败,该项请求立被拒绝。同时对于被疑心有问题的,或对案情似乎有暗示的函件,统被没收。德雷福斯先生一天有一小时的散步,当他在戒备森严下散步时,不准和任何人谈话,负责监视的卫兵也不准回答他任何问题。盖该叛徒险恶过人,可能利用无关紧要的谈话传递卖国消息。这一切都是梅西耶将军和帕蒂少校两个乌贼人物的杰作,他们如此这般,为的是要使德雷福斯先生忍受不住彻骨的痛苦而屈服认罪。

德雷福斯先生仍然保持他一贯的严肃神情,但他的脑神经开始作痛,每当大风暴搅动大海,巨浪攻击孤岛时,他就在那种巨响的掩护下,捧头大呼。他不愿别人听见他的呼喊,所以他经常期待着风暴的来临。

从此,德雷福斯先生和他的间谍案,被埋葬在寂静的坟墓里,世界上再没有人知道他。

德雷福斯先生被放逐到魔鬼岛,整整的十八个月,逐渐被人忘记。可是,忽然有一天,当局对于德先生的防范工作,却来一个紧急加强,好像要发生啥极大事故似的,所有从外界寄来的函件和包裹,统被没收,监视他的哨兵本来是一名的,也增加到两名。他们的责任是:把德雷福斯先生每一个动作和每一个表情,都提出报告,并且在围墙外面再加筑一道围墙,在第二道围墙建成之前,德雷福斯先生每晚都被两副铁链锁住。原来德雷福斯先生的堂兄马蒂厄先生知道,沉寂无闻是他堂弟冤狱的最大帮凶,必须打破该项沉寂。经过一位朋友的帮助,于是乎,英国的一家报纸,突然刊登一项消息,说德雷福斯先生已逃出了魔鬼岛。该消息经其他报纸转载,尤其是《巴黎公报》,不但转载,而且还乱开簧腔,描写德雷福斯先生逃走的经过,像真的一样,这一下子政府的部长者流慌了手脚。

马蒂厄先生这么一闹,除了加给他堂弟更大痛苦外,毫无收获。但他堂弟的间谍案却重新成为新闻,而且在参谋本部内部露出了曙光。那是在一切都告绝望后的第十五个月,也就是1896年3月,一张明信片辗转地落到参谋本部第二局之手,是德国武官斯瓦兹·柯本先生女朋友写的,叫柯本先生代为转寄,不知道什么缘故,阴差阳错,却落到第二局之手。明信片的内容平淡无奇,但语调亲密,而收信人则是埃斯特哈齐伯爵。噫,怪啦,第二局局长皮卡尔中校困惑曰:"埃斯特哈齐为啥请德国大使馆收转函件?"而埃先生又是一位私生活声名狼藉的家伙。随即派人钉梢。这一番钉梢,钉出问题来啦。三个月后,埃斯特哈齐伯爵犯了一个错误,也或许是亨利少校没有警告他已被监视,也或许是见钱眼开,搞昏了头。就在钉梢钉得正紧,他这个真正的卖国贼阁下,却写了一份申请书,请求调职参谋。该申请书送到皮卡尔中校办公室,皮卡尔中校一瞧,字迹眼熟得很呀,头上像中了巨棒一样,一直走到保险箱,从德雷福斯案卷里取出"清单",加以比较,立刻他就喘不过气来。马上再召见犯罪学专家贝帝荣先生,这位乌贼博士鉴定了一番后,也不得不肯定地曰:"这就是写清单的那个人。"

皮卡尔中校曾在古尔军事学校当过教官，教过德雷福斯先生。他根本不喜欢德雷福斯，对德雷福斯过人的智慧也没啥印象。但他觉得他有义务使冤狱平反，使真正的叛徒清除，宁冒事业上的危险，也得达到这个目的。但他的这种正义行动却招来参谋本部大小官崽一致地抨击和敌视。到了后来，弄得他丢甲弃盔，官也垮啦，前途也完啦，最后还被关到监狱里，差点送掉老命。

可怕的黑幕

皮卡尔中校发现了真相之后，他的第一个行动就是报告顶头上司贡斯将军，我们这些可怜的小民一定会想，贡斯将军在获知该项重大发展时，即令不欢喜若狂，也会大吃一惊，盖只要他稍微有一点天良，有一点人性，或稍微有一点对国家、对荣誉的责任感，他都会重视这个新的线索。可是，贡斯将军却是"做官大学堂"的高材生，他听了皮卡尔中校的报告后，冷冷曰："德雷福斯的案子已经结束，你应把两件案子分开。"这种话能使人活活气死，皮卡尔中校简直不相信该屁话竟出于"将军"之口。他反复说明，要求对德雷福斯重新审理，贡斯将军大怒曰："你为啥对那个犹太人特别关怀？"皮卡尔中校曰："他是无辜的。"贡斯将军曰："就我而论，凡是部长和参谋总长告诉我说是真的，就是真的。只要你闭口不言，没有人能找出什么东西。"贡斯先生官做到将军,大概全凭这种"驯服学"和"听话学",老板说粉笔是黑的,就是黑的,老板说屎是香的,就是香的;老板说岳飞是汉奸,就是汉奸。呜呼,这不是一位将军,而是一位老乌贼矣。问题是老乌贼却有的是权,小民们便没有办法。皮卡尔中校发昏之余,厉声曰:"你说的一套令人憎恶,我现在还不知道准备怎样进行,但是我绝不会把这项秘密带进我的坟墓。"

贡斯将军能做到将军,自然有他的一套,他英明盖世,岂在乎一个小小中校的恐吓。不久之后,他就派皮卡尔中校前往东部边境,调查情报机构的工作情形。之后,又派他去意大利边境调查。之后,再派他去非洲阿尔及利亚调查。之后,更派他去突尼斯。每派一地,都附一封赞扬他工作成绩优越的函件。皮卡尔中校就这样地被放逐在外,不能回巴黎。也就是说,不能回第二局翻德雷福斯的档案。而就在皮卡尔中校不在局的期间,贡斯将军竟派埃斯特哈齐的助手亨利少校代理,这真是一项可怕的措施,把敌人间谍放在自己的军事心脏。于是,所有寄到第二局给皮卡尔中校的信,亨利少校都一一偷拆,而且努力收集有关皮卡尔中校的各种资料入卷,没有什么数据时,他就瞎编。最后贡斯将军下令把皮卡尔中校派到边境,他希望能有一颗流弹把皮卡尔打死,那就天下太平啦。

然而皮卡尔中校是法兰西民族的灵魂,他明知道他遭遇的是什么,却为了正义,而和一系列的乌贼"将军"斗争,他把一封呈给总统的信交给他的律师黎波斯先生,预定在他死的那一天予以呈递,信上把他发现真正卖国贼的经过,全部写出。他的结论是:一、埃斯特哈齐是德国雇用的间谍。二、那些认为德雷福斯的罪行,全是埃斯特哈齐的罪行。三、德雷福斯案处理的经过,马虎潦草,从头到尾蔑视国家法律。

勒布卢瓦先生虽然是一个有名的律师,但也被这个可怕的黑幕吓得大为紧张,为了安全和争取助力,除了皮卡尔中校的名字外,他有计划地将内容向外界泄露。首先和参院副议长吉斯勒先生接触,吉斯勒先生不敢接受该大胆律师的消息,但因他与德家有深厚友谊的关系,在私下谈话里,他认为德雷福斯先生是冤枉的。这种私下的表示终于传了出来,一些蠢血沸腾的议员和报纸,乃迅速反击,加以百般辱骂。不过,也正因为这番辱骂,埃斯特哈齐伯爵的尊名大姓,始行公开。

于是乎,埃斯特哈齐伯爵越来越心神不安,不但消息使他心惊肉跳,而且他也察觉到有人在怀疑他。到了后来,法国最大的报纸 Le Latin 把那张"清单"的真迹翻版刊载,他更吓得屁尿直流。跑到德国大使馆找他的主子斯瓦兹·柯本先生,告诉他不好啦,他们之间的秘密已被人发现,最近将由某一个著名的议员出面揭发。埃斯特哈齐伯爵要柯本先生去找德雷福斯先生的太太,告诉她丈夫确确实实是一个卖国贼,叫她不要再闹。呜呼,这个手段可以说毒辣到顶点,也卑鄙到顶点。但德国是一个伟大的国度,日耳曼民族的气质顶天立地,斯瓦兹·柯本先生虽然重视埃斯特哈齐伯爵的情报,但他也轻视埃斯特哈齐伯爵那种出卖祖国的人格。因之,对埃斯特哈齐的建议,严加拒绝。埃斯特哈齐伯爵山穷水尽,就要起无赖,他曰:他要在德国大使馆内自杀,斯瓦兹·柯本先生大骂他混蛋。埃斯特哈齐伯爵老羞成怒,说要把柯本先生和某夫人之间的暧昧关系公开,柯本先生的答复是,按铃叫了一个仆人,把埃斯特哈齐伯爵拳打脚踢,连请带赶的轰出使馆大门。呜呼,卖国卖到这种下场,真是没啥意思。

柯本先生立刻把这事呈报柏林,埃斯特哈齐伯爵传奇性的和空前鲁莽的行动,连德国佬都为之好笑,乃决定在案发前把柯本先生调开巴黎是非之地。柯本先生临走时,他做了一件间谍人员为保持自尊身份所能做到的事,在向法国总统辞行的时候,他以日耳曼军人最高荣誉保证说,他和德雷福斯先生没有任何关系。

可是,当埃斯特哈齐伯爵嫌疑日增的当儿,乌贼人物帕蒂少校又出面啦,他代表参谋本部(好家伙)向埃斯特哈齐伯爵保证,叫他放心,全案都在他掌握之中。为了保障该卖国贼,就由亨利少校不断伪造不利于德雷福斯先生的新证据。那时桑德赫尔上校翘了辫子(便宜了这个恶棍),亨利少校乃故意让人知道他在桑德赫尔上校保险柜里找到一宗秘密案卷,在那个案卷里,至少有七封信是德雷福斯先生亲手写给德皇的,而且神龙活现的说,其中有一封信的边缘上,还载有德皇写给德国大使的批注曰:"该无赖的需求越来越多,但必须予以满足。"如此这般的安排布置,利用耳语,小民要想不相信,都不可得。

不过,这些话都是冤狱平反时和平反后,在法庭和报纸上透露出来的内幕,当时固一切都是隐秘的,所有的阴谋都在暗中进行。但纸包不住火,在德雷福斯先生判刑三年之后,他的堂兄马蒂厄先生在一个偶然的机会中,看到那个"清单"的真迹,乃正式控告埃斯特哈齐伯爵。——读者先生们请不要以为德雷福斯先生因此一状而得到昭雪,马上就可结束。如果那么简单,该冤狱就不惊人矣。

《我控诉》

马蒂厄先生能够知道真正卖国贼是谁,靠一个偶然的机会。他为了营救堂弟,曾出售一种呼吁小册子,小册子上印有"清单"的翻版。有一个证券经纪商卡斯特罗先生,无意中买了一本,他和埃斯特哈齐伯爵有过来往,手里还有埃斯特哈齐伯爵写给他的信。所以,他马上就认出来笔迹,急忙把那些信拿给马蒂厄先生,马蒂厄先生万分感激的抱着他狂吻。1897 年 11 月 15 日,马蒂厄先生正式控告埃斯特哈齐伯爵。

按照法国的法律,对马蒂厄先生的控告,非召开调查庭不可。参谋本部的官崽想用压力撤销该案,可是埃斯特哈齐伯爵却十分伟大,他反对用压力撤销,他说他的令誉不能容忍丝毫玷污,因而坚决要求对马蒂厄先生的该项控诉,加以彻底调查。呜呼,在一些蠢血沸腾的群众眼中,还有比这更神圣更庄严的举动乎哉?全国新闻界一夜间把埃斯特哈齐伯爵捧得腾云驾雾。只有极小的一部分属于革新派的报纸,对埃斯特哈齐伯爵不利,Le Figaro 报指出清单上的一句"我现在正在参加演习",德雷福斯先生当时并没有参加演习,而埃斯特哈齐伯爵却正躬逢其盛。该报还把"清单"和埃斯特哈齐伯爵的字迹制版,并排刊出,让读者自己比较。于是乎反德的报纸被迫分为两大阵营,一个阵营咬定牙关,硬说

"清单"根本不像埃斯特哈齐伯爵的笔迹;一个阵营则承认像倒很像,但他们有"可靠的情报",说那是德雷福斯先生模仿埃斯特哈齐伯爵的笔迹。

呜呼,即令证据确凿,胜利也是站在埃斯特哈齐伯爵这一边的,他大部分时间都消磨在各大报社里,提供国际犹太组织如何计划破坏法国陆军的使人瞪眼的情报,他把自己形容为一个光芒四射的正人君子;有坚强的意志,而且极端重视个人名誉。报馆里的人以及社会人士,再加上参谋本部的大小官崽,都被他搞得晕头转向,他的每一个字每一句话,都使人啧啧称赞,都被认为可以永垂后世。全法国都匍匐在他的脚下,任他蹂躏。

法庭终于开庭,当埃斯特哈齐伯爵被带进法庭时,法官特别声明说,埃斯特哈齐伯爵不是来受审的。盖他的清白,早已经证实确定啦。法官又特别声明说,这次审判不是要判埃斯特哈齐伯爵的罪,而是要表彰他的无辜。换句话说,审判的不是被告,而是原告,天下之事,真是越来越他妈的怪。所以在法庭上,埃斯特哈齐伯爵乃是一个镇静的证人,他几次地高声喊曰:"凡我所说的,都和我的清白一样确实。"(哎哟!)这又是对人性的一个更重大侮辱,睁着大眼扯谎。他作此狮子吼时,肚子里快乐了没有,我们不知道,但他如果想到那些官崽和报纸竟被他装到裤裆里随意玩弄,一定会笑得肠胃都痛。

最山摇地动的场面发生在法庭判决埃斯特哈齐伯爵无罪之时,埃斯特哈齐伯爵步出法庭,千万群众夹道欢呼,声震屋瓦,那种热烈和疯狂,好像埃斯特哈齐伯爵是一个刚征服了德国的荣归英雄。军官焉,记者焉,以及每一个在场的男女老幼,一个个蠢泪齐流,一拥而前,把埃斯特哈齐伯爵抬起来,通过巴黎大道,沿途高呼曰:"埃斯特哈齐万岁!法国陆军万岁!"游行直到深夜,噫。

在表彰埃斯特哈齐伯爵的审判中,真正倒霉的却是皮卡尔中校,他奉到命令从非洲赶回巴黎作证,想一想便可想出他的狼狈和他的勇气。他是参谋本部第二局局长,现在却指证一个信誉清白的军官埃斯特哈齐伯爵是卖国贼,也就等于间接控告他的顶头上司,而硬替众人皆曰该杀的德雷福斯先生洗刷。如果他的阴谋得逞,下自参谋,上至陆军部长,都得卷铺盖走路,这种切身之痛,使皮卡尔中校被恨入骨髓,全体同僚和所有长官,都把他视作大逆不道的眼中之钉。但皮卡尔中校并无畏惧,他以那明信片为证,支持马蒂厄先生的指控。惜哉,他是在秘密法庭上陈述,埃斯特哈齐伯爵一口咬定那明信片是伪造的,他所说的既与他的清白一样真确,当然非是伪造的不可。于是,皮卡尔中校不但帮不上忙,反而以泄露军机罪被捕,囚禁在瓦勒连要塞。

不但皮卡尔中校因这一状倒了霉,远在五千公里外魔鬼岛上的德雷福斯先生,也因这一状跟着倒霉。监视他的卫兵增加到十三人,另外还特地为他建筑了一座监视海面行动的碉堡,顶上装着大炮,用以防备德国军舰前来救人。读者先生读到这里,千万别背皮发麻,要知道这种煞有介事的干法,并不是梅西耶将军和帕蒂少校真的相信德雷福斯先生是间谍,而是"要错就错到底"的一意孤行心理,用种种手段,使世人相信德雷福斯先生确实有点问题,这一套,中国人最为清楚。

然而,马蒂厄先生的败诉,皮卡尔中校的被囚,官崽群的大喜若狂,看起来正义的力量被埋葬,却想不到,也正是德案的转折点。整个欧洲都为法国叹息,曾经领导西方文明走上自由大道的法国,已完全失去理智。有一位青年朋友克雷蒙梭先生(他就是后来有名的老虎总理)撰文曰:"历史上,从不缺乏反抗残暴专制势力的勇敢之士,但是向舆论挑战的人,必须具有更大无畏的英勇侠义精神。"于是,法国大文豪左拉先生挺身而出,那是 1898 年 1 月 13 日,他在克雷蒙梭先生主办的 Lacrore 报上,发表了那篇名垂千古的《我控诉》。左拉先生和德雷福斯先生素不相识,但他为他辩护。呜呼,这种侠义行为,在我们古老的中国,恐怕有点叫人好不可笑,那不是"自讨苦吃""管闲事"是啥?柏杨先生曾看到有些官崽动不动就"铁肩担道义",结果道义越担越少,而自己的官却越担越大。像左拉先生这种把他的名誉、前途、身家性命都孤注一掷的干法,铁肩担道义的朋友一定不为。

　　左拉先生以一天两夜的时间,写成了《我控诉》,以其无比的睿智,揭发德案的欺诈、混乱,和矛盾的黑幕,以锐利的笔锋指出参谋本部如何铸成大错,以及如何为了掩饰该大错而终至于沉沦于欺骗诈伪的血腥深渊。该文结尾时,他曰:"我控诉审理德雷福斯案的第一届军事法庭,根据秘密证词判定被告有罪,而又不让被告获悉证词内容的行为,侵犯了人民的基本权利。我控诉审理埃斯特哈齐的第二届军事法庭,借命令来掩护不法情事,和明知被告有罪,又故作无罪的宣判,构成严重的渎职,侵犯司法尊严。"他又曰:"我在这里所采取的行动,是专为加速真理和正义的爆炸,让他们来抓我上法庭吧,只要敢在光天化日下举行公开审判,我在等待。"

三封信

呜呼,这真是洋作家的干法,如果换了中国作家,刀锯在前,有哪个敢出面,又有哪个肯出面乎?法国虽有德雷福斯先生的冤狱,但因它终于平反的缘故,并不失其光荣。而法国作家,才是真正作家,他们努力的目标是真正的真善美,而不是津贴或做官。左拉先生以他的荣誉和"前途"作孤注,去为一个漠不相关的卖国贼打抱不平,在中国社会,是谓之"傻",是谓之"蠢",是谓之"不识时务"。

左拉《我控诉》刊出后,该报当天就销了三十多万份,接到来自法国国内和国外的支持电报三万多封。然而,在参谋本部乌贼群指使运用下,蠢血沸腾的群众根本不肯睁眼仔细瞧瞧原文,各地反而开始捣毁犹太人的商店,公开焚毁《我控诉》的抽印本,更有些群众捧着脖子上拴着绞绳的左拉先生的塑像游行。全国绝大部分报纸都要求对声名狼藉的左拉先生,处以严厉的处罚。法国内阁真是束手无策,如果用"诽谤"的罪名控告左拉先生,就势必得重审德雷福斯先生,因被告有权证明他的言论是事实。可是不采取行动,又着实下不了台。酝酿到最后,乃避重就轻,左拉先生在控诉中,不是有一项控诉第二军事法庭"奉命开脱埃斯特哈齐"乎,好吧,就告这一点吧,因只有这一点才不至于涉及德雷福斯。

1898年2月7日,左拉先生出庭受审,受审的时间是十五天,该伟大的作家在随时都有暴动可能的群众围绕下,郑重地警告法庭,受审者不是他的本人,也不是德雷福斯,而是法兰西共和国。他在答辩结束时,沉重地曰:"德雷福斯是无辜的,我以我的生命、荣誉,以及我对法国文学的贡献,和我所得到的一切来担保,我发誓,如果他不是无辜的,让上帝夺去我的一切。德雷福斯是清白的。"

当时,虽然听众人山人海,可是大家鸦雀无声,德雷福斯案似乎要重新审判,但一个伟大的作家敌不住参谋本部的威望("威望"两字真是一个恶鬼,既害人又害己),没有人相信那些国防脊骨,军队精英的军官们,竟会卑鄙到说谎和伪造文书的地步。而参谋本部也马上发出严重恐吓,如果法庭判决左拉无罪,他们就全体辞职。任何事情一发展到这种意气用事的镜头,便成了一窝刚下了崽子的饿狼,啥理性都没有啦。于是不管左拉先生理大冲天,一群法官仍判决左拉先生有罪,处以有期徒刑一年,罚金三千法郎。

这一下子全法国真是普天同庆,薄海欢腾,各党各派都竞夸自己胜利。但国外的反应却恰恰相反,对左拉先生的判罪,全世界一致表示沮丧和惊愕。英国报纸反应说,该项判决是一种"野蛮""残酷",认为法国的道德衰落,是西方世界没落的恶兆。事到如今,读者先生一定以为外国这种批评一定可以使法国的当权派回头了吧,呜呼,国外的责难不但不能使当权派冷静回头,反而更加蠢血沸腾,更加坚持己见。对任何忠告呼吁,都嗤之以鼻,这种地头蛇气质,读者先生不会陌生的也。

案情发展到这种地步,皮卡尔中校下了狱,左拉先生判了罪,乌贼群大获全胜,看样子德雷福斯先生要在魔鬼岛囚禁一辈子矣。可是,该两位引起的浪潮,在官方来说已经结束,但在民间却刚开始。至少有一百种不同的小册子争辩德雷福斯先生有罪或无罪,科学家们几乎全体支持改革派,而教习和作家们则有的支持改革派,有的支持乌贼群。改革派都是些青年朋友,便是向女孩子求婚时,都要先打听一下女方家长对德雷福斯案的看法和观点。法国有一支北冰洋探险队,被困在冰山上一个冬天,与外界失去联络,当春天把他们救出的时候,他们向拯救者第一句话就是问:"德雷福斯怎么样啦?释放了乎?"

终于乌贼首领人物,梅西耶将军调了职,由加瓦扬将军接任陆军部长。他和梅西耶将军不一样,梅西耶将军是明知德雷福斯先生没有罪,为了做官,硬诬赖他有罪的,故一切审讯都在"秘密"下进行。而加瓦扬将军则是真正的相信德雷福斯先生有罪。为啥他如此相信?并不是他有直接的证据,而是他有间接的证据,第一,他知道确实有一个国际犹太人组织的存在。第二,他坚信参谋本部的忠诚可靠。不管他这些证据能不能成立,而是他既然相信德雷福斯先生是有罪的,在全法国为德雷福斯先生闹得人仰马翻时,他就决心一劳永逸地把重要秘密文件,公开宣布,用以塞改革派的嘴。

德雷福斯案卷里(本来薄薄数张,现已成了一大捆),全是亨利少校搀加进去的种种杰作。就文件论案情,德雷福斯先生实在是一个货真价实的卖国贼。加瓦扬将军乃在其中挑拣了三封最最重要的信件,在该三封最最重要信件之中,有一封是驻法国的意大利武官潘尼查地先生写的,信上还提到德雷福斯先生的名字。加瓦扬将军乃在议会中宣布,他将宣读该三封信,盖该三封信可以明确地、终结地、而且永远地证实德雷福斯的罪行,并可以结束国人的争吵。

呜呼,德雷福斯案因此一宣读而冒出曙光。加瓦扬将军终于在议会中宣读一遍,报纸上加以刊载,乌贼群气焰大张,可是皮卡尔先生——已经不是中校啦,他在左拉案作证的结果,官方认为他"严重的渎职",关了几个月,被强迫退休。他读了那三封信后,立即采取行动,他知道他的这项新行动,可能再把他带进牢狱,甚至还要更糟,但他仍上书给佩里耶总理曰:"一直到现在,我仍然觉得不能任意举述那些证明德雷福斯犯卖国罪的秘密文件中的内容。陆军部长在国会中举出了其中的三封信,我认为我有义务使你知道,那三封信中,有两封信和德雷福斯案无关,而第三封信是假的。"

致命的证据竟是如此,德雷福斯先生之能够生还,真是得感谢皮卡尔先生的义薄云天。

无法无天的判决

皮卡尔先生这一状把主凶和帮凶告的"大蛋小蛋落玉盘",佩里耶总理下令调查。任何事情,一经公开,是非真伪,自会得到判断,调查之下,发现该信竟真是假的,由两封信巧妙拼凑粘贴而成。加瓦扬将军听了之后,目瞪口呆,马上召见亨利少校,亨利少校坚决否认有啥鬼把戏。但经过一个小时的盘问,他承认只不过把两封信有些地方重新排列一下而已,并没有虚构内容。可是,又经过一个小时的盘问,他退了一步曰:"我的长官深感苦恼,为了使他们安心,我就对我自己曰:'让我加上一句,好使我们都有坚强的根据。'我这样做,是为国家利益。"连卖国贼都扛着"为了国家利益"的招牌,可知该招牌的奇妙作用。可是到了最后,亨利少校不得不承认,全部文件都是伪造的——除了签名。加瓦扬将军是一个真正的将军,没有为了"威信"什么之类的鬼话去发疯乱掩乱盖,他下令逮捕亨利少校。于是乎,到了第二天,即是1898年8月30日,一清早,人们发现可敬的亨利少校已经呜呼哀哉,他用刀片割断了他自己的喉管。

这是一个爆炸的新闻,参谋总长皮斯地福将军,另外还有一位皮流斯将军,引咎自责,立即辞职(他们也是两位了不起的人物,换了有些"将军",宁可窝里烂,都不肯开步走)。而那一位也是可敬的"说的话和他的清白一样真实"的埃斯特哈齐伯爵,一听亨利少校丧了老命,便脚底抹油,丢下妻子儿女,只身逃到伦敦。然而,鸭子虽死,嘴仍是硬的,他仍坚持他之所以卖国,是奉了那个已死的老头桑德赫尔上校生前的命令,为的是要换取更大更重要的情报。

事到如今,德雷福斯案不得不重新审判,佩里耶总理透过一位朋友,劝告马蒂厄先生再行上诉,而德芒热律师——该律师本来业务兴旺,可是自从为德雷福斯先生辩护以来,成了门可罗雀,他再度起而担任德雷福斯先生的律师。不过,案情仍不能急转直下,乌贼群的力量仍大。盖乌贼人物最大的特征是死不认错,一意孤行,即令亨利少校自杀,埃斯特哈齐伯爵逃亡,都不能抵挡他们反对德雷福斯先生。所以马蒂厄先生上诉之后,又酝酿了漫长的九个月之久,高等上诉法院才开庭审判。但读者先生仍不要高兴得太快,认为这一下德雷福斯先生总该无罪了吧?

那还差得远哩,连上帝都想不到,这一次审判的结果,德雷福斯先生仍然有罪不误,由此我们可见平反该冤狱的惨烈。

审判在瑞里举行,全法国人都知道德雷福斯的姓氏,却没有几个见过他的本人。德雷福斯先生乘斯法克斯号巡洋舰回国,他对他再受审判和全世界都仍记得他这件事,大为吃惊。盖外界发生的种种,他都木宰羊。他那年才三十九岁,可是已满头白发,瘦弱得像一个老头,双眼无神,脸皮跟一副硝制不良的皮革一样,浑身只剩下一把枯骨,在场的人看到他的样子,无不摇头叹息。

这一次审判的结果,德雷福斯先生仍然以卖国罪被判了十年有期徒刑。呜呼,这就叫人痛哭,盖梅西耶将军的势力仍大,他那优美的姿态给人留下深刻的印象,同时他采取的仍是秘密战术,不让被告了解他到底因何被控,而且他的证词暗示他所说的还只是事实的一部分,其他部分不能外泄,外泄了就不利法国。他说德国皇帝曾命驻法大使提出战争的威胁,在那些使人焦灼的日子中,救国要紧,有时候自然顾不得啥法律啦。(该乌贼的原文非常文艺腔,曰:"对法律条文的顾忌,自然没有在比较缓和的危机中,那么需要和迫切。")

瑞里军事法庭可能公正,但他们面临的不是德雷福斯先生卖了国没有的问题,而是将军说谎乎,抑上尉说谎乎的问题。结果当然将军是干屎橛,虽然很臭,却是很硬。而上尉自然非说谎不可。德雷福斯先生终于不得不再度判罪,真是地位低啦,人格也低啦。

这项无法理解的判决,立刻触怒了全世界,从美国到欧洲,示威群众包围法国使领馆,到处举行大规模的集会,要求抵制野蛮国家。各处同声指斥曰:"受谴责的不是德雷福斯,而是法兰西共和国。"而国内的反应也在酝酿,佩里耶总理乃下令特赦。

直到那一天,德雷福斯先生在可怖的魔鬼岛,已度过了可怖的五年,他于1899年9月19日接受特赦出狱,为了乌贼群的势力仍大,他全家迁往瑞士。

然而,案子仍不能算了结,特赦不等于没有卖国,出狱也不等于没有罪。克雷蒙梭先生自始至终都表示反对接受特赦,盖接受特赦无异承认在法国法庭上得不到正义;皮卡尔先生更加以斥责;只有马蒂厄先生没有表示反对,他除了为正义而奋斗,还同时为了他的堂弟,他堂弟的健康日坏,再不能忍受苦监的折磨矣。但他的奋斗并不因他堂弟的出狱而中止,非把德雷福斯这个姓氏洗刷的清清白白不可。毅力是成功的最主要因素,他和六十年后的日本吉田石松先生一样,不是为了自由,而是为了荣誉,继续不断地,向各方挖掘有关资料。

真是皇天见怜,马蒂厄先生不久就结识了一位已经退休了的,曾在瑞里军事法庭上投票赞成判德雷福斯先生无罪的法官,才获知该法庭审判详情,而且了解梅西耶将军的那一套老把戏——使被告无法看到作为证据的证件。这种黑幕在我们现在当然了如指掌,可是当时却是一项高度机密,有赖该良心的法官透露,和马蒂厄先生的揭发。于是,马蒂厄先生再度申请重审。

伟大的政府

马蒂厄先生请求重审的呈文于1904年送到高等上诉法院,

这一个请求不但震动了政府,也震动了全国,盖大家面临着的竟是堂堂将军恶毒诬陷一个部下的镜头。于是从呈文送到高等上诉法院那一天起,直到 1906 年 7 月止,整整两年半时间,法庭传讯了一批又一批的证人,翻阅了又翻阅过去的档案——包括 1894 年第一届军事法庭的档案,1898 年第二届(瑞里)军事法庭的档案,左拉诽谤法庭的档案,证明埃斯特哈齐伯爵清白法庭的档案。左查右查,上诉法院终于在 1906 年的 7 月 12 日,下令撤销对德雷福斯先生的判决,正式指出过去有罪的判决是一种错误。同时还宣布曰:因为没有任何文件证明德雷福斯先生犯过罪,所以根本用不着什么重审。该一判决结束了十二年漫长岁月的冤狱。这场可怖的冤狱平反后,高潮出现于 1906 年的一天下午,读者先生如果不是白痴,或如果不像柏杨先生这么记忆不好的话,一定会记得巴黎那个依可尔广场,十二年前,德雷福斯先生以卖国贼的身份在该广场受到褫夺军籍的无比羞辱。而十二年后(呜呼,人已老矣),当判决无罪公文到达那一刻,德雷福斯先生于下午一时半,再度到达该广场,一声号令之下,两队士兵排成长方队形,由一位上尉陪同,全副武装,走到吉兰准将面前停住。号音连响四遍,吉兰将军拔出指挥刀,宣布曰:"我以法兰西共和国总统的名义和他赋给我的权力,封赠你,德雷福斯队长,为佩戴荣誉勋章的武士。"宣告毕,把指挥刀在德雷福斯先生的肩膀上拍了三次,接着为德先生佩上勋章,亲吻德先生的双颊。

而最后一遍号音响矣,德雷福斯先生屏息立正,目送军队退出,忽然间有一个小男孩跑过来拥抱他,亲他,吻他,那是他的儿子皮重,德雷福斯先生这时才滴下他十二年来第一次悲欢交加的眼泪。于是,在他堂哥马蒂厄先生陪伴下,坐一辆敞篷马车,离开广场。奇迹就在这个时候再度出现,估计至少有二十万群众,聚集在街头,向德雷福斯先生致歉并致敬,高呼"德雷福斯万岁,正义万岁"。现在是法国人民赎罪的时候矣。

且看看以后的事,作为结尾。

法国政府"为了解除良心上的束缚",国会一致通过恢复皮卡尔先生的军籍,提升德雷福斯先生为少校,还颁给他一座国会的奖章,作为"对于一个曾经忍受无比痛苦的军人的适当补偿"。同时擢升皮卡尔先生为准将。皮卡尔准将于1908年出任克雷蒙梭内阁的陆军部长。而德雷福斯先生则以后参加过第一次世界大战。

至于那位"忠贞而清白"的埃斯特哈齐伯爵,他用了佛里蒙伯爵的化名,在伦敦贫民窟中,度过其"忠贞而清白"的晚年。

天下奇案

日本的吉田石松冤狱,法国的德雷福斯冤狱,我们介绍已毕,从两个冤狱,可以看出一点,那就是他们冤的过程,冤的程度,和昭雪平反的过程和结果,好像"两曲只应外国有",在中国固不容易找得出来。一个国家之有冤狱不算羞辱,有冤狱而得不到昭雪,才算羞辱。中国的冤狱多如牛毛,据柏杨先生考察,五千年来,所有的冤狱中,平反的不多,而且得靠政治上的力量。

只有一个例外,那就是清王朝末年小白菜女士和杨乃武先生的冤狱焉,市面上有专书介绍,读者先生如果心肠够硬,不妨买一本看看。该案结果是平反了的,但被告胜利得很惨,一直到平反之后,仍黑云密布,鲜血淋淋。小白菜案和德雷福斯案差不多发生在同一个时间,不过一个在中国,一个在法国。但他们的遭遇却各有千秋,德雷福斯先生出狱时得到他应得的荣耀,而小白菜杨乃武则经多少年的苦狱和苦刑,已不成人形矣。

要说中国冤狱平反的不多,似乎也不见得,戏台上便有的是奇冤得申的故事,最叫人得意的是《法门寺》,宋巧姣小姐遇到了刘瑾先生,阴差阳错,乱七八糟地捉住了真凶。那一出戏人人都应一看,它暴露出中国官场上的麻劲和浑劲,做坏事是理所当然,做好事则往往是挤出来的。据考古学家说,刘瑾先生一辈子就只做了那么一件"人"事。呜呼,由此可以看出国情,盖中国冤狱的平反,不是靠法律,不是靠证据,而完全是靠权势或运气,这是唯一的华洋不同之点,不知对乎不对乎也。

中国最早的冤狱,直到今天都没有昭雪,也没有一个人敢问一声,打个抱不平的,恐怕是公元前五世纪鲁大夫少正卯先生之案。少正卯先生是怎么样一个人,我们不知道,我们所知道的全是孔丘先生和他徒子徒孙们的一面之词。孔丘先生一辈子都没有掌过权,后来有一天,官星高照,当了鲁国的宰相(摄相事),上台后第一件事(也是最末一件事),便是逮捕少正卯先生,不经审讯,立即斩首。不要说他们两位还有同事之谊,即令素昧平生,下此毒手,也未免太绝(宰相和大夫差不了太多,不过一个有胡搞之权,一个没有而已)。孔丘先生宣布少正卯先生的罪状是:"心逆而险,行僻而坚,言伪而辩,记丑而博,顺非而泽。"

头脑不清的人读了这些,说不定还以为孔丘先生在讲哲学哩,彻头彻尾,一片抽象指摘,不要说没有犯罪的证据,而且连罪名都没有举出来。在德雷福斯案里,被控的是卖国罪,在小白菜案子里,她被控的是杀夫灭尸罪,固然都是伪造的,但总算还有一个伪造的证据和罪名。而少正卯先生犯了啥罪?却连个伪造的罪名都没有,就糊糊涂涂断送残生,他妻子儿女的哭声,千载以下,都听得见也。

因为孔丘先生后来威不可当的缘故,历史上对少正卯先生的冤狱,谁都不敢开口。我们看不到少正卯先生的答辩之词,可能孔丘先生和他有点女人红包之类的纠纷,杀之以灭口,否则何必杀得那么急吼吼耶?怪哉,即令孔丘先生对他的指摘是真的,也不过在道德上有欠缺,在做人上有欠缺,在友情上有欠缺,并没有犯了啥法律条文。如果这也算罪大恶极,五句真言的帽子满天飞,我看世界上没有几个人能活得下去。

我想少先生是天下最倒霉的家伙,不但倒加三级的霉,而且倒血淋淋的霉。吉田石松先生的对手不过是两个无赖,德雷福斯先生的对手不过是两个将军加一群乌贼,连小白菜女士和杨乃武先生的对手也不过是一批颟顸官崽。呜呼,即令再大的冤狱,如明王朝朱元璋先生的大屠杀,如清王朝的文字狱,对手顶多是皇帝,得罪了皇帝,除了杀头,当然别无他法。不过等到该皇帝死掉,势力消失,后世却有人敢为之昭雪。但是,对手一旦是一个圣人,那就糟了糕啦。德雷福斯案子,法国人一度面临着一个大的困惑和抉择:"是将军混蛋乎,抑上尉混蛋乎?"结果当然是上尉混蛋。少正卯一案,中国人也面临着同样的一个大的困惑和抉择:"是圣人混蛋乎,抑被圣人杀之的那个家伙混蛋乎?"我想用不着研究,可知答案是啥,当然是那个被圣人杀之的家伙混蛋也。孔丘先生戴到少正卯先生头上的帽子,似乎戴到谁头上都非常合适,便是戴到孔丘先生自己的头上,也天衣无缝。真是有权整人的朋友有福啦,幸亏孔丘先生当鲁国宰相不过三个月,便被一脚踢走,如果当上三年五载,恐怕成了杀人不眨眼的魔王矣。

少正卯案是我国最早的冤狱,而周亚夫案则是我国最妙的冤狱。呜呼,世人对岳飞先生倒霉的经过,人人皆知。对周亚夫先生倒霉的经过,似乎知道的人不多,然而,一说出来,便可比较。

周亚夫先生的奇冤虽世人不太注意,但他在细柳营的那一段,却连小学生课本上都有的,恐怕是无人不晓也。公元前158年,匈奴汗国大举向中原进攻,汉文帝刘恒先生派刘礼驻防坝上,徐厉驻防棘门,周亚夫驻防细柳。刘恒先生为了表示与士兵同甘苦的美德,亲自前往劳军。到了坝上、棘门两地,将领们一看,衣食父母来啦,何敢怠慢,自然倾巢而出,恭迎于道,刘恒先生好不快活。可是后来到了细柳,却碰了钉子,军士们一个个披盔戴甲,手执武器,弓上弦,刀出鞘,杀气腾腾,戒备森严,刘恒先生的卫队进不了防地。卫队曰:"皇帝来啦。"都尉(大概是一个校官)曰:"军中只听将军的命令。"一会刘恒先生驾到,仍进不去。没有办法,只好差一个人先行通报,这时候周亚夫先生才传令大开营门,营门军士告诉皇帝的卫士曰:"将军规定,营地不准跑马。"刘恒先生只好慢慢地走,到了中军,周亚夫先生没有下跪,仅只作了一个揖曰:"介胄之士不拜,请以军礼见。"刘恒先生只好"式车",式车者,用手按一下车厢前的栏杆,弯一下腰,表示还礼的姿势也。群臣无不吃惊,刘恒先生曰:"嗟乎,此真将军矣,坝上棘门,如儿戏耳,他们的将军可以袭击而活捉之。至于亚夫,岂可碰也。"称赞者久之。

史书上虽然强调皇帝的称赞,但称赞归称赞,心里的疙瘩归心里的疙瘩。俺老子是皇帝,你都不买账,固然可以打败匈奴,但一旦翻脸,你的部下只知道有将令,不知道有诏书,我岂不也受不住乎哉。周亚夫先生最大的缺点是没有读过柏杨先生的做官经,想当年如果他送我一点银子,我把秘诀告诉了他,他在细柳营时早也照样表示皇帝第一矣。惜哉,他不能适应时代的要求,而终于兴起大狱。于是乎,若干年后,有那么一天,周亚夫先生的儿子为他买葬时的衣服,被人告变,继任刘恒先生皇帝的刘启先生,乃决心杀他。逮捕下狱后,法官问曰:"你为啥反乎?"周亚夫先生曰:"我儿子买的都是葬器,怎么叫反耶?"你要是该法官,也会张口结舌,可是该法官却有的说的,他曰:"你就是不地上反,也要地下反呀。"

噫,该法官的姓名不详,否则真应送他一面锦旗,上写曰"油煎小薄饼",盖没有一个人,不喜欢油煎小薄饼的也。他比孔丘先生厉害得多,孔丘先生瞎编了一套哲学讲义,该油煎小薄饼则简单明了,单刀直入,其智力商数定在五百以上。他明知周亚夫先生不叛变,但他却肯定周亚夫先生死了后,会在阴曹地府叛变,这正是千百年后所谓"思想犯"的老祖宗。夫文明国家,胡思乱想不算犯罪,好比,柏杨先生隔壁有一位如花似玉,我连看她一眼都没有,可是按照该油煎小薄饼的理论,恐怕我就会以强奸罪定谳。有权的人有福啦。你这一辈子虽没杀人,可是你下一辈子却要杀人呀,如此这般一推,可怜的小民,危险万状。

其实,分析起来,中国的冤狱,可别之为两类,一类曰狗腿型冤狱,一类曰狗头型冤狱,小白菜女士和杨乃武先生的冤狱,法门寺宋巧姣小姐的冤狱,皆是狗腿型的冤狱,上面还有青天在焉,只要有办法穿过林林总总的狗腿,还有申雪的一日。如果是狗头型的冤狱,则虽是孙悟空先生再世,都无法度也,盖狗头并不是不知道你冤,他之非整你不可,有他政治上或感情上的原因,该油煎小薄饼法官看起来,狰狞凶猛,实际上他不过是一条狗腿,狗头要他杀周亚夫,他就是不说那几句话,结果仍要动刀。

然而狗头是谁乎哉,在周亚夫先生一案,狗头是当时的皇帝刘启先生,前已言之,周亚夫先生不懂做官之道,虽然带兵打仗,削平了七国,保得刘启先生悠悠忽忽当皇帝,可是他最喜欢说逆耳的话,刘启先生干这个他也劝,干那个他也劝,劝来劝去,劝得天怒人怨。周亚夫先生初打官司时,法官还不敢油煎小薄饼,刘启先生听啦,骂曰:"我再也不用他啦。"意思是叫法官安心猛整,这时候法官才叫他地下反也。

不至于脱裤子

报上载台中市警察局大破鸭蛋教,使人心花怒放。但这年头的一些新闻,如果不是不着边际,便是过于夸张。台中市警察局只不过破了一个"坛","坛"者,小小支部分部,基层组织的一个细胞而已。只不过活捉了一个坛主,其他的善男信女,没有逮住一个。他们每逢初一、十五,一定聚会,"大破"的那一天,是清明节的特种参拜,距"十五"不过三天,如果不急着贪功,稍微忍耐,不难一网打尽。报上虽然喧喧嚷嚷,我看,如果不对该坛主修理一番,他来一个满口木宰羊,仍无可奈何也。

世人对鸭蛋教之所以兴趣盎然,莫过于听说凡是鸭蛋教的教友,不分男女,聚会时都要脱掉裤子。呜呼,这真是臭男人的一大喜讯,不要说每年只缴两百元便可,就是每一次缴两百元都有人干。不过柏杨先生颇为怀疑脱裤镜头,该传说可能受世人对白莲教传说的影响。白莲教是不是像官府宣传上说的那么乱七八糟,似乎也疑云重重。有一点要注意的是,中国民间力量,只有以孔丘先生为主的儒家,和官府始终结合,受到当权者的利用和保护。佛家和道家有时运气来啦,皇帝喜之,就兴旺一阵。有时运气跑啦,皇帝恶之,便倒霉一阵。只有白莲教彻底的是民间搞出的玩意儿,始终和专制腐败的官府对抗,也因其对抗而遭到无情的压迫,挨骂挨诬,自然在意料之中。现在所有的数据全是官府的一面之词,白莲教本身的自我解说已无片字,遂不得不被侮辱得不值一钱。而最叫人激赏的,莫过于说他们的头目专门玩弄年轻貌美的女孩子。不要说对白莲教如此血口喷人,想当年对基督教、天主教,又何尝不是如此血口喷人哉?老妻从小就信上帝,祷告起来,口舌之熟练,如连珠炮焉。当初说媒时,我的父母便曾经反对,盖大家言之凿凿,凡是信洋教的人,生下第一个孩子都要煮熟了献给洋和尚。而尤其糟的是,我的叔祖痛苦万状地告曰,信洋教的没有一个是处女,盖他老人家亲耳听见洋和尚说,一旦入教,便把身子献给上帝,任凭摆布啦。

其实不但中国如此,耶稣教初兴时,在欧洲遭到的困难,尤有过之，主要的原因是人们对它的内容不太了解，因而有种种揣测之词，亦有种种恶意的破坏之词。呜呼，都说鸭蛋教脱裤子，却有谁见过乎？又有谁拍了照片什么之类的证据乎？不过人云亦云，你那么说焉，他那么说焉，大家都那么说焉，于是乎我也那么说焉。鸭蛋教虽不脱裤子，不可得矣。

我说这些，不是保证鸭蛋教不脱裤子，而是推测他们不至于脱裤子。任何一个人，都有宗教情感，从生下来便希望有一个无上权威，而且是聪明正直的主宰，把自己的前途交给他，由他安排。

我们说任何人都有宗教情感，敢打一块钱的赌，没有一个例外。有些家伙像无神论朋友，自以为啥神都不信，在他们的眼中看起来，谁要是信神谁就是混蛋，宗教和他们简直没份儿。但要是仔细一研究，毛病便冒了出来，盖他们虽不信"神"，却信"无神"，为了保护他的信仰，也就是为了保护他的"无神"，不惜跟你打架。柏杨先生年轻时，看见小伙子们三更半夜跑到庙里，把神像打得粉碎，有的被父老捉住，当场一顿臭揍，但他还是信"无神"不误，有些人被揍得哎呀哎呀乱叫，仍拒绝向菩萨低头。

所以我们可以说，人类是一种具有宗教情感的动物，这种情感是高贵的情感，便是再糟糕的宗教，都具有这种本质，否则便不是宗教矣。世界上似乎只有下流的帮会党派，而不会有下流的宗教。说它愚昧可以，说它一入教便脱裤子，仅仅在逻辑上便讲不通。

我不是为鸭蛋教辩护，而是说任何一个人的罪和罚，都不应超过他应得的。不说他们脱裤子，照样可以严加取缔。盖据我所知，该教的内容和做法，实在有点抱歉，其荒唐的程度，能使人油然而生饱之以老拳的正义之怒。我有一位忘年之交的小朋友焉,年才四十,追求现在仍在台湾省公路局做事的某某小姐。该小姐芳龄三十,似乎应列入老处女之类,我当时就警告该朋友必有问题,盖台湾目前,男多女少,女孩子三十而无偶,一定有点黑幕。但该朋友大概是走投无路,也大概是自以为相当聪明,不听我老人家之言,仍继续猛追,追到后来,两人花前月下,倒也卿卿我我。有一次我和老妻看夜戏归来,见他们一对在马路上闲逛,边走边谈,手还挽着手哩,心中大喜,以为马上就有老酒可喝。

想不到一天,该朋友气喘如牛地叹曰:"吹啦,吹啦。"问以何故,半天不语,而面色铁青,好像刚被三作牌打了一顿板子。严诘之下,噫,原来该小姐是一个虔诚的教徒,她信的是啥教,他不晓得,但她虔诚的程度,却不像话。他们恋爱到最后,该小姐严肃而神秘地咬其耳朵告曰:她不是一个普通的凡人,而是一个仙女。朋友说到这里,我曰:"小子,你别吓唬我。"朋友曰:"谁吓唬你?你要心脏不好,我就不说。"我表示我心脏甚好,朋友又曰:"你还得发下滔天大誓,相信我说的。"我只好发下滔天大誓。呜呼,当该小姐说她是仙女下凡时,朋友还以为她是在幽她的默,发她的嗲哩,后来才发现不是那么回事。盖该小姐的教主在她入教时,便用通天眼看出她不同凡品,乃玉皇大帝第九位女儿(玉皇大帝的女儿何其多耶?),因偶尔动了凡心,被贬到下界,转生为该小姐。虽然她在转生时喝了迷魂之汤,迷失了本性,记不得往事,但教主的通天眼却看出了她的原身,固云霞缭绕,面如桃花,发如瀑布,赤足立于莲花之上的娇娃也。

该小姐既是仙女下凡,则意义就重大啦。她当初因动凡心而被贬谪,可见凡心是一场大罪,岂可再犯?而且想当年在天堂之上，交的男朋友都是云来雾去的神祇，父皇大人还看不上眼，柏杨先生的朋友，乃一既小又穷的公务员，标准凡夫俗子，便是瞎了眼，都不能如此糟蹋自己。为了查明此事，教主还驾着梦遁，亲自到天堂去了一趟，领玉皇大帝的特旨，告知该小姐曰："你爹说啦，他不赞成你在地上的婚事，如果你守身如玉，一心向道，到时候他老人家会接你回家。"朋友一听，天下竟有如此缺德带冒烟之事，就要求找教主面谈。小姐还算开通，经过一番请示之后，教主答应可以姑予接见。于是乎，一个月后的某一天晚上，朋友被小姐领着，诚惶诚恐，到了台北县三重埔一个曲曲折折的地方，教主很是洋派，和他握手，朋友把他和小姐的恋爱经过，报告一遍，请求教主玉成良缘。教主当时很表同情，即问曰："你信啥教?"朋友曰："我信基督教。"教主曰："那更好办，这样好啦，明天我就请耶稣来谈谈，请他去向玉皇大帝讲情，谅没有问题也。"朋友只好撤退。回家后一夜没有睡好，一想起教主和耶稣先生促膝长谈的镜头，就汗流浃背。到了第三天，一对情人再往，教主曰："我已跟耶稣谈过啦，他说他今天就去找玉皇大帝，他们每月初二，都同坛参天，到初三才有消息，你初四来。"朋友曰："你说啥，老板，耶稣和玉皇大帝同坛参天?"教主曰："在一块的还有孔丘、牟迦、穆罕默德、张天师哩。"朋友曰："有没有姑婆奶乎?"教主想了半天曰："可能有，但不太清楚。"当然他不太清楚，姑婆奶者，敝朋友邻居家那位老祖母也。月之初四，朋友和小姐再度往谒，教主一见，正色曰："没法度，没法度，玉皇大帝不肯。"然后告该小姐曰："你要是不听你爹的话，要长恶疮而死，死后入十八层地狱。"朋友曰："你不叫她结婚，叫她干啥?"教主曰："我没有不叫她结婚，玉皇大帝不叫她结婚。"朋友曰:"不管是谁,难道叫她当一辈子女光棍乎?"教主曰:"她每天都要念经,来坛参拜。"

事情就是如此荒唐,朋友气得七窍生烟,问我何法。呜呼,我有何法哉,如果换了柏杨先生,我当时就声明我是玉皇大帝的老祖宗,把教主一顿臭揍,谁叫他管俺孙女的闲事呀。

然而,问题是,小姐"回家"心切,朋友遂结不成婚。柏杨先生写的这些,以我伟大的声誉作保,千真万确,该小姐仍在公路局做事,打听一下,便知我的话字字都有来历。呜呼,一个宗教如果精彩到可以随时跟耶稣先生面对面喝一盅,就成了帮会,虽不脱裤,仍十分抱歉。我这不是反对宗教自由,而是说,一旦神秘莫测,不敢公开或不愿公开,不要说它是宗教,纵是其他别的东西,一定有其脓血交集的毛病。

一部电影

最近《梁山伯祝英台》的电影着实轰动,听说有人已看到五遍六遍,电影一开演,台下便跟着大唱,使得看第一次的观众,啥都听不见,真是热闹非凡。这部电影我虽没有参观过,但仅从热情观众口中,已知道它实在高级不到哪里。首先的是,歌剧似乎只宜于舞台,而不宜于电影,本来是悲惨气氛的,开口一唱便把悲惨气氛唱得无影无踪。从前有一部《南太平洋》,把人看得叫苦连天,现在出现了《梁山伯祝英台》,报上说该片在香港卖座奇惨,只有在台湾捞了一笔,岂真的台湾观众都是半票观众欤?老妻便单枪独马看了两遍,看到伤心地方,还呜呜哭哩,回家后又跟着收音机哼,真是不可思议。

第二是,女扮男装。男扮女装的时代已经过去啦,也就是说梅兰芳时代已经过去啦,而《梁》片好像是绍兴戏大搬家,跟台语片是歌仔戏大搬家一样。绍兴戏最大的特征是女扮男装,在非绍兴戏的观众看来,新鲜固然新鲜,久了岂不有点腻乎?戏剧是最接近人生的一种艺术,女人和女人调情,等于男人和男人调情,人们会有一种不真实和肉麻兮兮的感觉,我真疑心观众怎么受得了也。

还有一点是,歌词似乎不太精练,本来可以写得很美的,却连"梁兄哥"一类的字眼都出了笼,似乎粗心大意。有一天老妻忽然喊了我一声"柏兄哥",算哪一国的干法耶?这还不在话下。听说"楼台会"那一段,梁山伯先生访祝英台女士,一去就登堂入室,哇啦哇啦唱了起来。不要说四世纪东晋时代,风气未开,便是二十世纪的今天台北,男孩子能一头钻到已订过婚的女孩子的闺房,又哭又喊哉?如果梁山伯先生在客厅中稍停,老头和他谈过话之后,惜之爱之,怜他来迟一步,不能当他的女婿,让他们同学二人作最后一次相会,则不但对风俗习惯有了交代,而且也更增加悲剧气氛。这种漏洞,中国片中多的是,叫人着急。

我想如果正正派派地拍《梁》片,不要乱唱,不要女扮男装,用大大方方的手法表演,不要用低级趣味去取悦观众。梁祝乃是中国的罗密欧和朱丽叶,可能成为一部既赚钱而又有价值的巨片。因为事实上,梁山伯祝英台那时年龄都在十五六岁(听说电影上有读"饱食终日"的镜头,完全是取闹的干法,七八岁才念"饱食终日"哩,梁祝那时是去听讲学,犹如大学堂研究生,早已不念"弟弟来,妹妹来"矣),对男女的观念,不可能如此呆板,梁山伯先生如果真的如此呆板,这种木瓜还有啥可取的。所以,如果能再作合理的修订,当更有深度,更感人也。

上面谈《梁山伯祝英台》,实在是弄错了主题,盖有许多读者先生和女士,来信者有之,面询者有之。以为柏杨先生一定会知道有关梁祝二人七世夫妻的故事,似乎有加以报导的义务,乃以《梁》片作为引子。想不到一引就引了一天,此笔真如闭眼驰马,不知道跑到哪里去啦。

现在言归正传,七世夫妻者,是中国流行最广的民间传说,这种传说所以流行得最广,可说明一点,那就是充分反映五千年来人们对恋爱自由,和对婚姻自主的憧憬,以及对父母之命、媒妁之言的一种悲凉反抗。不过这种憧憬终归幻灭,反抗也无不失败。可怕的儒家礼教社会,专门吞食不肯屈膝的青年。同时这七世夫妻的遭遇,也是对当权的统治阶级一种无情的讽刺。像秦王朝始皇帝嬴政先生,固至神至圣,功业彪炳,却影响到小儿女的爱情生活。这些地方,整个故事中随时都呈现出来。

话说,有那么一年的七月七日,玉皇大帝在天宫大宴群臣,吃喝玩乐,好不热闹。玉皇大帝一时兴起,命金童玉女向众神敬酒,二人敬酒敬到南极仙翁面前,一不小心,琉璃杯掉到阶前,打得粉碎;玉女看见金童那股吓坏了的模样,为了安慰他,乃向他微微一笑。糟啦,糟啦,这真是有史以来代价最大的一笑,不但笑爆了玉皇大帝,也笑出了七世夫妻。当时玉皇大帝曰:"此地是堂堂天宫,岂可动乱凡心,贬你们下界投生,七世苦苦相恋,却不得成婚。"玉皇大帝虽然混蛋,但因他是玉皇大帝的缘故,权力所在,谁也无法反抗,乃由太白金星领旨,把两个倒霉的孩子贬到红尘。

七世夫妻不是每一世都像梁山伯祝英台这么轰动世界,大多数只不过在人间留下一个泡沫。第一世金童万杞梁,玉女孟姜女,这一世是有名的,孟姜女哭倒长城。第二世金童梁山伯,玉女祝英台,这一世更为有名,二人在杭州读书,梁山伯害相思病翘了辫子。第三世金童郭建中,玉女王月英,因买胭脂认识,郭建中也是害相思病翘了辫子。第四世金童王士友,玉女钱玉莲,这一世最苦,父母指腹联姻,夫妻不但没有婚配,连一面都没有见,便死掉啦。第五世金童商琳,玉女秦雪梅,这一世也是了不起的一世,秦雪梅吊孝守节,留名人间。第六世金童韦燕春,玉女贾玉珍,这一世以"蓝桥会"震动天下,二人在蓝桥幽会时,大水忽至,韦燕春竟遭淹毙。第七世金童李奎元,玉女刘瑞莲,彩楼择配,双双葬身火窟。

第一世

现在,且说第一世。

话说秦王朝自并吞六国,表面上天下太平,实际上民心不服,危机暗酿,且北方的匈奴汗国强大异常,屡次南侵,把始皇帝嬴政先生,搞得心乱如麻,乃大发民夫,修筑万里长城,这且按下不表。表的是苏州城西善街,有一位财主(员外)万德成先生,夫人金氏,原来在楚王国当官,楚王国亡后,做一个守分守己的小民,但对楚王国的孤臣孽子,仍暗中予以救助,以图光复。就在太白金星领着金童玉女投胎人间的那一天,夫人金氏,生了一子,取名万杞梁。而玉女则投生在松江府华亭县的孟员外家(即现在江苏省松江县西的平原村,古名华亭谷。三国时代东吴帝国大将陆逊先生的住宅在此。陆机被杀之前,曾叹曰:"华亭鹤唳,可复闻乎?"就是孟姜女故乡这个华亭)。孟员外孟德隆先生,夫人陈氏,老头老太太一生行善,没有儿子,忽然生下一个女儿,那时虽没有选中国小姐那回事,可是也够快乐的矣,乃把邻居姜员外请到家中,拜托曰:"怕我女长大不易,想寄个干名与你抚养,老兄意下如何?"姜员外也是膝下犹虚,一听大喜,立刻收过来当干女儿,取名为孟姜女。盖乡下人有一种迷信,唯恐怕孩子养不大,多认几个福气冲天的义父,阎王小鬼一瞧,后台一个比一个硬,本来想锁拿归案的,也姑且放过。此乃"后台学"在阴间的运用,不可不知者也。

转眼过了十五六年,嬴政先生忽然接到一道密告,说楚王国遗民有个姓万的图谋不轨,不禁大惊,乃下令江南一带,凡是姓万的,一律逮捕,宁可冤枉一万,不可漏网一个。这消息传到苏州,像投下原子弹一样,哭声震野,大乱特乱,万杞梁先生在万分紧急中,从狗洞中爬出,落荒而逃,这一逃逃到了华亭地界,看见有一个花园,便溜进去稍作休息。那正是孟家花园,孟姜女小姐正在池畔看鱼,一不小心,把香扇掉到水里,急得跺脚,连忙喊她的丫环,只听扑通一声,万杞梁先生已跳下去捞上来啦。孟小姐对他由感生爱,相谈之下,更由敬生怜,两个人一见倾心,不必细表。老头老太婆看万先生也是一表人才,当下就答应二人的婚事。

事情就发生在洞房花烛的那天晚上,宾客已退,更鼓已起,二人手携着手,正要共入罗帷,想不到公差临门,把万杞梁先生一把抓住,吼曰:"姓万的一律发配北边,修筑长城,你怎的在此偷享艳福?"孟员外夫妇哭曰:"贤婿,你到长城,今生难得会面,小女与你生生分离,叫我们二老和女儿倚靠何人?"万杞梁先生曰:"岳父不必悲伤,我们并未成婚,日后仍可再招佳婿。"言毕又对孟姜女曰:"小姐,幸而未成婚配,我去之后,你可另嫁才郎,不要念我。"干这种事的公差,天生的只会修理兼要钱,岂能了解人生至情,锁链一抖,牵拖而去。万杞梁先生是一个文弱书生,戴着刑具,从江苏省到山海关,已经不成人形,到了山海关又要做苦工,更怎么受得了乎?就一病不起,那时修长城的工人死亡很多,每天都有几百几千,谁还埋谁?死了的人就把尸首往长城里一填,当作泥土使用,万杞梁先生自然也免不了这种命运。

第二世

孟姜女小姐自万杞梁先生被捕之后,忽然得了一梦,梦见万杞梁先生浑身鲜血,站立床前,唤曰:"小姐,我已身死,尸首葬在长城之内,好不苦也。"孟姜女霍然惊醒,放声大哭,乃辞别父母,亲往探夫。从松江北上,千里迢迢,秦王朝时代,没有汽车火车,全靠步行。一个孤女,带着一个老家人,走了三四个月,好容易走到山海关。可是长城万里,工人如蚁,她去哪里找丈夫乎?

而且每天都有死亡,又有谁记得死的是谁,又埋葬何处乎?孟姜女哭哭啼啼,找了几天,毫无结果。第七天晚上,却做了一梦,梦见万杞梁先生告她曰:"小姐,我葬在第二城楼西边三尺之处。"孟姜女还要问话,又霍然而醒。

第二天,孟姜女小姐备了香烛纸帛,按照梦里指示,找到第二城楼。呜呼,长城有普通城垣的两倍高和三倍宽,砖也比普通城垣的砖更大更巨,以米汤面浆灌砌,坚硬如铁,顺着山势蜿蜒,雄壮伟丽,看不出竟包括着千千万万悲剧。孟姜女小姐就在城下设奠,俯地痛哭,一连哭了三天三夜,哭得山海关悲云惨雾,官民人等,齐来劝解,也劝不住。哭到第三天黄昏,只听轰隆一声,长城崩裂,万杞梁先生的尸首赫然出现,虽然时隔半载,可是因北方苦寒,尸体没有毁坏。

孟姜女小姐埋葬了丈夫之后,因她年轻貌美,又因哭夫的事轰动全城,当下有贪官赵禄先生,要霸占她为妻,否则就要告她破坏国防工程,移送有关治安单位法办。孟姜女迫不得已,只好假装答应,就在结婚大典上,以头撞柱而亡。现在孟姜女庙还在山海关北约五公里小毛山的山坡上,据说就是当年她自杀殉夫的地方。

第一世夫妻之后,第二世夫妻就是目前最热闹的梁山伯祝英台。金童玉女第二次投胎为人,以赎他们在玉皇大帝面前一笑之罪。第二世夫妻的故事更家喻户晓,无人不知。昨天老妻还不放心我的学问,戒我少开簧腔,否则露出马脚,岂不坏了一世英名。其实顾虑是多余的,故事终是故事,不是考据,民间传说者,你怎么传,我怎么说,没有一定之谱也。《梁》片上演的情节,和通俗的说法大致相符,梁山伯先生是浙江省会稽县人,祝英台小姐是浙江省上虞县人,马文才先生是浙江省鄞县人。第一世是公元前三世纪秦王朝时代,第二世已是公元后四世纪东晋王朝时代矣。祝英台小姐女扮男装,往杭州游学(等于现在的留学,早已超过念"子曰"的年龄),结识了典型的书呆子梁山伯先生,同学了三年,没有破绽,但二人感情异常要好。祝英台先行回家,梁山伯大概要读博士学位,于祝英台走了之后,又在书院苦念了三年,这一下子不但没有念出"颜如玉",反而失掉了"颜如玉",经过漫长的三年,祝英台早已许配给马文才先生矣。

梁山伯先生并不是一听说祝英台小姐不能嫁他,马上就吐血而死,天下没有那么多应景的血可吐,而是他后来还当了一任鄞县县长,死在县长任上,葬在城西。梁先生死了后的第二年,祝英台小姐才出嫁,彩舟经过坟前,忽然狂风大作,巨浪滔天,眼看要翻,船上的人一个个面无人色。祝小姐知道梁山伯阴魂不散,乃上岸哭祭,而这时候梁山伯的坟墓忽然裂开,竟双双埋葬。其他的故事,去看看电影,或去听听台湾的歌仔戏,便可知道啦。

第三世

话说公元后八世纪唐王朝第十二任皇帝李适先生自即位以来,风不调,雨不顺,国不泰,民不安。朝中有一个大官郭三义先生,乃郭子仪先生的后代,夫人黄氏,十分贤惠,因见国事日非,乃退休告老,卜居浙江杭州。本来没有孩子的,想不到一到杭州,竟老蚌生珠,生了一个男孩,取名郭建中。这位郭建中先生的前身,就是万杞梁和梁山伯,再生到世,注定要做悲剧主角。郭三义先生年迈苍苍,忽然有了儿子,自然爱得要命,不到四岁,就送他上学。六岁时四书五经,都能朗朗上口。八岁时已能作诗作赋,成了一位有名的神童。这样一直到了二十岁,老头眼看在世之日无多,急于要含饴弄孙,就开始为儿子物色妻子,可是媒人跑断了门限,不是高不成,就是低不就,没有一家合适。有一天,父子二人,上山进香,一个老和尚向他们问讯,展开慧目,知道他是金童转世,不能在阳世婚配,乃告郭老头曰:"令郎生得天庭饱满,地阁方圆,乃是大富大贵之相,但有一事,大人如果见恕,贫僧方可直言。"郭老头曰:"敬请指教。"老和尚曰:"令郎固属异相,但鼻准不平,眉下有痕,不能主寿,如不严加管教,恐有意外之变。"父子二人大吃一惊,称谢而去。

同在杭州城内,也有一户告老退休人家,乃官拜翰林的王人和先生,夫人李氏,家境比郭家差得多啦,偏又祸不单行,王人和先生到了五十岁时,得病而亡,留下母女二人,十分孤苦。后来就在钱塘街上租了一间铺面,开了一家胭脂店,专卖从日本美国走私来的化妆品,由女儿王月英小姐亲自临柜。那时不比现在,现在到处都是女店员,而且一个个老气横秋,不堪入目。那时风气未开,一个妙龄少女竟站上了柜台,用不了多久,王家胭脂店的声名,已全城皆知。有那么一天,郭建中先生在书房读书,读得四肢无力,就拿了一把白扇,到街上游玩,一走就走到了钱塘街,又一走就走到了王家胭脂店,神差鬼使,使他看见了王月英。王小姐是玉女转世,自然三围适度,漂亮非凡,把他看得目瞪口呆。就假装要买胭脂,上前搭讪,于是乎如此如此,这般这般,其中情节,凡是追过女孩子的朋友都有那种经验,用不着再说啦。反正下一个节目便是私订终身。她非他不嫁,他非她不娶。

可是那年头尚不是自由恋爱时代,两个人私自往来,见面顶多不过眉目传情,和趁没人注意,说两句调情的话,既不能又吻又摸,更是提心吊胆,吓得要死。这样过了很久,终于有那么一天黄昏,郭先生又悄悄往访王小姐,那时还没有夜市,店门早已半掩,而老太太又串门去啦,这不是妙不可言是啥。郭先生一踪而入,和王小姐拥抱在一起,演出电影上的镜头,郎有心,妾有意,一切都没有问题矣。想不到二人正要表演的时候,忽然有人敲门,其声如雷。原来是卖货郎的毛胡子来添货啦,王小姐无可奈何,只好开门应付,本想三言两语把他打发,偏偏毛胡子天生厌物,啰啰嗦嗦,一会儿嫌这货色不好,一会儿又嫌那货色太贵,挑剔不停。据说那位毛胡子是太白金星变化的,故意破坏他们的好事。呜呼,不管他是不是太白金星,天下这种不知趣的厌物多矣,非痛打五十大板,不能消心头之恨。

好容易把毛胡子打发走,正要继续努力,老太太却适时回来,这就啥都别说啦。

家里既然不行,郭建中先生和王月英小姐,乃改变战略,约定某天晚上,在杭州城外土地庙里相会。届时王老太婆对女儿曰:"我今天要到你姨母家中走走,回来很晚,小心看守门户。"王小姐听了大喜,这真是天作之合,于是梳妆打扮,涂上口红,穿上最漂亮的高跟鞋,锁上大门,一个人悄悄出城,到了土地庙。

土地庙是一个荒凉的庵祠,风吹雨打,神像已朽烂不堪,王月英跪下祷告曰:"神明在上,信女月英,只因和迷死脱郭誓死相爱,约定佳期,务请保佑我们成为夫妇,他日定重修庙宇,再装金身。"祷告已毕,独坐台阶,等候意中人出现。可是左等右等,连鬼影子都不见一个。等到三更时分,大风突起,月色无光,飞沙走石,狼哭鬼号,王月英吓得浑身发抖,只好脱下一双绣鞋,放在神台前面,伤心曰:"郭郎,郭郎,想不到你竟失约,好事多磨,恐怕后会无期矣。"说罢,跟跟跄跄,回到家里,又羞又恨,即发起高烧,昏倒在床。

郭建中先生是不是黄了牛乎?当然没有。盖那一天晚上,他父亲大宴宾客,介绍和父执辈认识,他是重要角色之一,自必须殷勤招待。一群老头在筵席上发起酒疯,整整闹了四五个小时,把他急得满头大汗。好容易熬到三更,一群酒鬼告退,郭建中三步并作两步,赶到土地庙,王月英已先一分钟走了矣。郭建中在土地庙找了一会儿,找到王月英的绣鞋,拿到手里,知道是自己误约,不禁大恸。只听喀嚓一声,一根旗杆,被狂风吹断,倒将下来,他急忙躲闪,却已打中肩头,跌倒在地,疼痛难忍,吐出几口鲜血,不省人事。约摸半个时辰,才悠悠转醒,叹曰:"亲爱的,打铃,是我误事,累你含羞而回,我真该死,是天罚我也。"低头回家,也生起大病。

郭建中先生一病不打紧,老头郭三义先生可急得跳脚,请医、问神、吃药、烧香,狼狈万状,过了半月,眼看不行啦。郭建中乃把父母请到床前曰:"孩儿恐怕不久人世矣,只因半年之前,结识一女,名唤王月英,二人私订终身,约定土地庙相会,因侍宴去迟,她已先走,孩儿败兴回转,不料行至途中,忽然得病,命在旦夕。"言毕双眼一翻,气绝而死。郭建中先生死后,阴魂不散,飘飘荡荡,径去找王月英。王月英自土地庙回来,病情一直沉重,那一天正在迷迷糊糊,看见郭建中在云端向她招手,她大叫曰:"郭郎,慢走,等我一步。"又对母亲曰:"女儿今有金钗一支,折为两段,一半留给母亲,一半女儿带走,以便死后和母亲相会,作为凭证。"话刚说罢,即行断气。

女儿身死,丢下那个孤苦老太婆,何人奉养,下场如何,不得而知。但郭建中先生的父母却是看破红尘,双双出家修道。郭王二人阴魂在空中相遇,化为金童玉女,同升天堂,准备四次下凡,做第四世可怜夫妻。

第四世

转眼到了十二世纪宋王朝,山西省洪洞县丰荣村,有一个富翁王正道先生,夫人周氏。同村中又有一位富翁钱士珍先生,夫人江氏。有一次两个老头在一起摆龙门阵,王正道先生曰:"我太太已怀孕数月,不知是男是女。"钱士珍先生曰:"这倒巧极,我太太也怀孕啦。我想与你指腹为婚,他日如果全是男孩,就结拜金兰之好。如果全是女孩,就结拜义姊义妹。如果是一男一女,就成为夫妇,兄台意下如何?"钱士珍先生曰:"一言为定,驷马难追。"到了十月怀胎期满,王正道夫人生下了一个男孩,取名王士友,钱士珍夫人则生下了一个女孩,取名钱玉莲。他们都是有钱的人,不比现在的公教人员,生了孩子就像生了债,自然笑口大开。

然而天有不测风云,人有旦夕祸福,等到钱玉莲长到八九岁时,钱老头的夫人江女士忽然身亡,钱老头悲哀万分,不在话下。王正道先生天天前来陪伴,可是再好的朋友不如再坏的老伴,何况钱家有的是钱,有钱的男人要想单身下去,虽在宋王朝时代,男女社交并不公开,也十分困难。现在女孩子们看准了一个有钱的家伙,就亲自下手,从前则是拜托媒人下手。无论是谁下手吧,反正到了后来,钱士珍先生终于娶了第二任太太。第二任太太王珊女士,进得门来,最初几个月,努力表现,颇得上下一致好评。几个月过后,晚娘脸出笼,把钱玉莲小姐看成眼中之钉,瞒着钱老头,对她百般虐待。钱老头怎能不知,可是脖子已经伸到索子里,也无可奈何,只有叹气分儿,积郁成疾。就在钱玉莲十八岁那一年,一命呜呼。这一下子,王珊女士更凶焰万丈,注定了非发生悲剧不可。

就在钱老头一命呜呼之后,王士友先生上京考试。当时的京城是河南省开封县,从洪洞到开封,要越过高插天际的太行山脉,路上辛苦,不用说啦。到了开封,但见三街六市,人烟稠密,好不热闹,主仆二人就在招商店住下。住到第二天晚上,三更时分,忽听有人在外敲门,来者是一位年轻的少妇,一身缟素,生得如花似玉,漂亮非凡。于是乎,一个万人称赞的"拒女私奔"的镜头出现,这种镜头,乃过去读书人日夜寤寐以求之。从前的知识分子和现代的打狗脱一样,潜意识里都以为天下美女,没有一个对他不倾心,没有一个见了他不打算和他私奔的。而也只在这个时候,才能表现自己的道德学问。王士友先生何能例外乎,经过一番唇舌,王先生拿出圣人嘴脸,那少妇知难而退。但他的这一点德行,已由小鬼上报天庭,在生死簿上给他记上大大的一功。因此之故,三场考罢,高中了头名状元。上殿朝见皇帝,当时的皇帝是赵恒先生,一看王士友先生长相不错,特降旨留他在京为官。他无可奈何,只好留下,就派家人先行回山西老家报信,其实早已有探马报了信矣。王员外夫妇一听说儿子中了头名状元,比听说儿子入了美国籍还要高兴,因为高兴过度的缘故,一口气喘不上来,忽咚一声,栽倒在地,双双一命归阴。柏杨先生顺便奉劝一些老朋友,如果贵儿女拿了你的红包之钱,在美国得了马死脱或打狗脱,成了学者专家,或真的成了美国的公民,千万少安毋躁,以免也步王员外后尘,连累老朋友为你组治丧委员会也。

王士友先生在朝正在当官,忽然接到噩耗。次日上朝,奏报皇帝,赵恒先生曰:"你父母双亡,我的御心甚悯,命你回乡料理丧事,安葬已毕,克日回京,另建状元府与你守孝。"王士友先生乃星夜赶回山西原籍,身穿麻衣,守孝一月,因有君命在身,不能多停,临回京时,写了一封信给他的未婚妻钱玉莲小姐,信上说,等他三年孝服期满,再回乡完婚。

钱王二家本是同村,钱玉莲小姐早就知道王士友先生回来奔丧,心中暗喜,以为他可以把她迎娶过去,谁晓得左盼右盼,盼了一个多月,音信全无,再一打听,王先生已摆驾走啦。王先生那一封信也始终没有到她手里,一则那个时代,女孩子一辈子大门不出,二门不迈,不可能和外界直接通讯。二则钱小姐的继母王珊女士已有周密计划,要拔去钱小姐这个眼中钉,信经过她手,自然撕得粉碎。

王珊女士自从丈夫钱士珍先生死后,不嫁吧,空帏难守;嫁吧,又舍不得钱家的莫大家产,乃生出一个两全其美的妙法,和邻居一个游手好闲的家伙胡毛毛先生,勾搭成奸,密来暗往,好不快活。他们采取的政策是,对钱玉莲小姐百般虐待,叫她受不下去时,自尽死亡。呜呼,如换了现代的女孩子,早已一状告到法院,或是和男朋友一走了之。可是宋王朝年间,前妻的儿女,只有受苦的一条路,小小年纪,遭到非人待遇,一切都按预定进度发展。最后一次打骂之后,钱玉莲小姐半夜跑到江边,跪在地上祷告曰:"父母在上,阴灵有知,前来接你女儿。"又祝曰:"士友郎君,姻缘本是前定,你在京城,怎知我的苦楚也。"言毕,抱着一块石头,投江而死。

　　且说在开封当官的王士友先生,有一天早朝回府,忽然迎面扑来一阵阴风,阴风中隐隐约约,一个女孩子向他招手,不禁打了一个寒战,回府之后,躺到床上昏迷不醒,又见那女孩前来哭曰:"我是你妻钱玉莲,被继母奸夫逼迫,投江而死,尸首在十棵柳树下,求夫君为我伸冤。"以后的情节可以想象得出来,皇帝先生派他为钦差大臣,回山西专查此案。王士友先生到了洪洞县,会同当地军警法院以及各有关治安机关,一直找到十棵柳树,果然看见钱玉莲小姐的尸首,面色如生,身上全是鞭伤烙痕,怀中还揣着婚书和绝命书。王士友先生下令把继母奸夫抓了过来,修理了一顿,然后斩首示众,终于为未婚妻报了大仇。可是王士友先生因思念过度,愧恨交加,也一病不起。

　　这是金童玉女的第四世,也是最可怜的一世,一对心里爱得奇紧的男女,一生中竟连一面都未见过,玉皇大帝未免太恶毒了一点也。

第五世

金童玉女第四世生在十二世纪宋王朝,第五世则到了十五世纪明王朝,大概天上一日,地下一年,耽误了时间。这一世的佳话,在黄河流域诸省,相当流传,甚至比孟姜女、梁山伯还要出名,河南梆子戏里便有整本的《秦雪梅吊孝》,能把观众看得泪流满面,捶胸打跌。原来明王朝初年,有一位宰相秦童先生,夫人汪氏。另有一位户部侍郎(类似现在内政部副部长)商荣先生,夫人孙氏。秦童先生生有一女秦雪梅小姐,商荣先生生有一子商琳先生。用不着说明,读者先生一定知道他们就是那对倒霉的金童玉女。秦太师和商大人,当着满朝文武百官,割下彩衫为证,将秦雪梅许配给商琳,为的是商家财富吓人,不但有数不完的美钞,还有数不完的黄金,这种亲戚,非弄得满朝文武都出头证明,便有拴不住的危险。

想不到新皇帝登极,老家伙统统退休,秦商二家都是浙江杭州人氏,秦家住在北门,商家住在太平街,相隔只二公里之遥。雇了舟车回家,安享余年。可是商家运气不好,数年之中,连遭几次大火,所有的美钞黄金,以及巴西的橡园,美国的农场,统通赔光,成了个一贫如洗。那时没有什么义务教育,商琳只好辍学在家,商老头乃想曰:"秦太师是琳儿的岳父,何不送到他府上读书,强似在家挨饿受冻也。"主意既定,父子二人,前往投奔,这一场"岳婿会",真使天下所有的穷人都得吃巴拉松。秦太师眼看商家父子衣服褴褛,知道没啥前途,虚情假意一番,商老头吞吞吐吐表示要商琳在他家寄食攻读,秦童先生心中老大不快,乃曰:"你儿子在我这里没关系啦,不过为了不伤我们之间的感情,须答应三事:一是你儿子在我这里读书,伙食费由你负担。二是如果不受教训,立刻赶走。三是不可对外言是我的女婿。"商老头听啦,大怒曰:"当初你当着满朝文武和我商家结亲,何等诚恳,如今难得你说出这话。"秦太师曰:"我现在也是诚恳得很呀,老哥如果觉得有碍,尽可打道回府。"正在吵闹,后堂汪氏夫人得知,乃把秦太师唤了进去,质之曰:"当初把女儿许配商家,是你做主,如今他家变穷,竟不相认,天下哪有如此禽兽?你若不留下女婿,我就代他伸冤,到京城告上一状。"秦太师曰:"夫人有所不知,我秦某顶天立地,铁肩担道义,岂是嫌贫爱富之人。只因商琳长得鬼头鬼脑,不像人样,恐怕耽误女儿终身。"汪氏曰:"你那一套,我全懂得,别耍花样。"秦太师只好硬着头皮答应。

从此商琳就在秦府读书,不过秦太师老谋深算,岂肯罢休,他为商琳请了一位伴读——名义上是伴读,实际的任务是负责引诱商琳去游玩荒唐。商琳那一年也不过十八九岁,正是贪玩年龄,怎能不跟着乱跑。呜呼,一个是有计划地安排陷阱,一个是茫然无知的敦厚少年,他还以为遇到知己的朋友哩。这消息终于传到汪夫人和秦雪梅小姐耳朵,母女二人,心如火焚,秦小姐决定自告奋勇去书房亲自规劝。糟啦,她不规劝,倒还罢了,她一规劝,规劝出麻烦来矣。

话说秦雪梅小姐悄悄前往书房探访她的未婚夫,若是换了现在,以宰相女儿之尊,留学美法德日,一定各色花样都懂,说不定人未到,声先到,早喊一声"打铃"了矣。可是此一时也,彼一时也,秦雪梅到了书房一看,一个人影都没有,乃坐到书案之前,随手翻了一下案头书籍,幸亏没有柏杨先生《倚梦闲话》之类的不正经大作,而都是英文的焉,法文的焉,日文的焉,尤其完全是理工方面巨著的焉,芳心暗暗欢喜,又翻看了几篇文章,亦复字字珠玑,就更乐不可支,这一下子终身有靠啦。

秦雪梅正在看得津津有味,不防商琳先生驾到,一个是美貌佳人,一个是读书公子,二人又有夫妻名分,三言两语,就谈得非常投机。然后又聊聊学问,更是又敬又爱。再然后眉目传情,公子固神魂出窍,佳人也樱口咬巾。于是乎,恰到好处,秦宰相破门而入,呜呼,天老爷帮了他的忙,商琳劣迹昭彰,再也无法抵赖。秦宰相跳高曰:"好一个人面兽心的小畜生,以怨报德,引诱相门之女。还不滚蛋,更待何时?从此亲事一刀两断,再不许登我家门,否则打断狗腿,无谓言之不预也。"秦雪梅小姐一见父亲进门,早拔腿而逃,剩下商琳先生,又羞又愧,又气又恼,只好背起小小行李,徒步回家。途中想起辜负父母养育之恩,心如刀割,一阵昏眩,死在自己家门之外。

商琳先生死后,天下最高兴的莫过于秦童先生矣,可是秦雪梅小姐却哭曰:"商公子,分明是我害死了你。我们虽未成婚,但你是我夫主,为妻的要前去焚化纸帛,以尽寸心。"好啦,未婚妻祭吊未婚夫,自盘古立天地,都没有听说过,秦府内免不了又是一番大闹,把秦宰相闹得天昏地暗,只好答应女儿前去,但约法三章,一曰不许穿孝,二曰不许哭出声音,三曰由母亲陪同,快去快回。秦雪梅小姐胸有成竹,当然一一答应不误。到了商家,秦小姐当堂脱下红衫,露出孝服,抱着商琳的尸首,哭得死去活来。这正是《秦雪梅吊孝》一剧的高潮。秦小姐边哭边诉,一字一泪,梆子戏唱到这里,戏院里能哭成一片。

秦雪梅祭吊已毕,便对母亲曰:"女儿今日已到商家,情愿守节终身,不愿回去。"汪夫人慌了手脚曰:"我儿不肯回去,叫为娘有何言语,对你父讲?"秦雪梅曰:"那么母亲就在我家居住,粗茶淡饭,总是有的。"把汪夫人气得发昏第十一。到了七七出殡,合家痛哭,秦雪梅小姐乘人不备,对灵牌一头撞去,血流如注,一命归天。

第六世

到了十六世纪明王朝中叶,洛阳地方有一个秀才韦懋先生,夫人陆氏,二人广行善事,直到晚年,方得一子,取名韦燕春,小家庭倒也过得其乐融融。想不到韦老头到了六十三岁那年,害了一场最时髦的砍杀尔,躺床不起。自知不久人世,乃把陆氏唤到床前曰:"太平庄上张秉德,是我知友,为人疏财仗义,日后你们母子,万一度日艰难,不妨前去请他周济。"言毕瞑目。

自韦秀才死后,生活一天一天困难,有一天,陆女士想到丈夫临终遗言,便带了燕春,前往太平庄投奔张秉德先生。张先生一看陆氏母子一身孝服,大吃一惊,等到说明原委,不觉掉下泪来。噫,如换了道德重整会会员,恐怕早就曰:"我要出席一个会议。"鞠躬而溜之矣。张秉德先生虽然不是会员,也没有著书鼓吹铁肩担道义,但他答曰:"大嫂只管放心,我和韦兄不是外人,你们母子,倘有不时之需,都由我负责,请嫂嫂先拿回五十两纹银,燕春可留在我家塾房读书。"五十两纹银在明王朝中叶的购买力,可以吃上三年,不要说陆氏母子喜不自胜,便是柏杨先生写到这里,也喜不自胜。

从此韦燕春就在张家家塾攻读,读的无非是英文理化当行课程。他白天在学,晚上回家。有一天下学之后,天色还早,几个同学到野外游玩。玩了半天,同伴陆续走掉,只剩下韦燕春一人,一直找到天黑,都找不到归途,这才知道因贪玩之故,迷失了方向,不觉发慌,心想这一次非被老虎吃掉不可。正在又怕又急,只见东南角上,一道红光,原来是一个古庙,庙里一个人都没有,韦燕春悄悄走过天井,只见大殿之上,坐着一个老和尚,正在念经。他上前施一礼曰:"学生迷失路途,敬请收留。"老和尚含笑起立,领他走到后面廊房,端出几样菜蔬,看韦燕春吃啦,叹曰:"阿弥陀佛,生生死死,都是一定,贫僧虽然得知,却也无法。"韦燕春问曰:"老和尚,你唧唧哝哝说啥?"老和尚曰:"公子,回去好好念书,他日长大,好作国家栋梁之材。但我嘱咐三事于你,你应禀告你母,可助你渡过难关。第一,遇黑即止,晚上不可出来。第二,遇桥即止,不可经过桥下。第三,遇女即止,婚事要由母亲做主,自己不到二十岁,不可跟人自由恋爱。"韦燕春曰:"谨遵教诲,但不知此地距我家多远?"老和尚曰:"现在更深,不必多问,明天早上,再送你回去。"韦燕春大喜,上了蒲团,呼呼大睡。老和尚叹曰:"此子来历不凡,着实可怜,我若度他升天,免受淹毙之苦,又怕玉皇大帝不容,只好仍送他回家也。"

第二天早上,二人醒来,老和尚心仍不死,又嘱咐曰:"昨晚之言,切记切记。"韦燕春满口答应,二人走了一段,老和尚曰:"哎哟,你身后有虎!"韦燕春慌忙回身,老和尚已经不见,再仔细一看,已到了自己家门。

又过了几天,老师回家,私塾放假,韦燕春先生闲来无事,到郊外游玩。时正深秋,分外凉爽,他信步走到一个山坡,只见一只麋鹿被一个猎人赶得狂奔逃命,一直跑到韦燕春面前,伏在地下,悲惨号叫。韦燕春曰:"旁边有一座短墙,你可躲在短墙之内,待我救你。"那麋鹿点了三下头,乃躲到短墙之后。一会儿工夫,猎人已至,问曰:"公子,可看见一头麋鹿,顺这条路上逃走?"韦燕春曰:"看是看见啦,想你年轻力壮,可做很多经营,何必打猎杀生?"猎人曰:"公子有所不知,小人李修,并非干这一行,乃是俺娘有病,只想喝鹿奶,要捉住挤些奶去,如果要打死它,早就打死它了矣。"韦燕春曰:"原来你是孝子。"乃唤曰:"麋鹿麋鹿,请走出来,给他点乳去,医治老母之病。"那麋鹿像是通灵一样,跳了出来,任凭猎人取奶。

这一件好事做过之后,转眼秋去冬来,冬去春至,到了第二年清明节日,韦燕春先生备了鲜花帛纸,到父亲墓前致祭。郊外男男女女,或身着重孝,或哀容满面,手提纸锭,纷纷上坟。忽然间从路那边来一位老头,身后跟着一位二八姣娘,该姣娘三围既好,面庞又美,简直漂亮得不像话,只听哗啦一声,原来韦燕春看得呆啦,双手一松,所有的东西撒了一地。

那姣娘是何许人耶?乃孟姜女、祝英台以及秦雪梅转世投胎,第六世贾玉珍小姐是也。贾小姐父亲贾敬文先生是洛阳贾容村人氏,膝下仅此一女,爱若掌上明珠,一心一意要想给她选一个像柏杨先生这样的好人佳婿,以便养老送终,显亲扬名。所以虽然是一个女孩子,却是四书五经,数学理化,无一不读,老两口再也想不到她会去自由恋爱。呜呼,金童玉女,好像顽铁见了吸铁石,马上吸将起来。那时男女社交虽不公开,不能上前哈啰曰:"小姐,你在哪个学堂呀?"但你既看我顺眼,我也看你顺眼,虽有吃人的礼教,也拦不住神圣的爱情。于是乎,终于发展到有那么一天,二人约定蓝桥相会。那时如果有咖啡馆或旅馆,便不会发生惨剧矣。到了那一天,韦燕春先生向母亲撒了一个谎,来到蓝桥。桥下是一条枯干的河沟,平常无水,路静人稀,真是情侣们颠三倒四的好地方,他就坐在桥下等候。

一直等到三更时分,忽然大雨倾盆,刹那间只听得上游万马奔腾,波浪滔天,山洪暴发,大水汹涌而至,韦燕春躲避不及,竟被淹死,临死时双手抱着桥柱,不肯放松。而贾玉珍小姐怎么搞的乎?她在闺房之中,也心如焚火,好容易等到雨停,踏着泥泞,寻往蓝桥,却人迹不见,心中又惊又疑。走到桥边往下一望,看见有人在下抱着桥柱,乃唤曰:"韦郎,韦郎,我来了也。"不见答应,走到跟前,定睛一瞧,只见他面色苍白,七孔流血,已死去多时。贾小姐抱尸哭曰:"是我赴约来迟,害你丧生。"乃解下衣带,就在桥头自缢。这已是第六世不得结为夫妻矣。

第七世

金童玉女,从公元前三世纪秦王朝时投生起,一直投生到公元后十六世纪明王朝中叶,差不多拖了两千年之久,两千年之久顶多只能用眼睛干望,而不能成为夫妻,真是气死人也。第七世夫妻出现在十七世纪明末清初,只因天下大乱,有一位李自心先生,夫人杨氏,逃难到江苏省金坛县,就在新河镇落户。距新河镇半里,有一座山,名叫孤鹜山,上有八节长春之草,四时不谢之花。李自心先生初到该处,人生地疏,十分寂寞,天天游山玩景,打发时间。有一天信步走到孤鹜山,山峰好像一只巨鹜,山下有石碑,石碑上写得明白,山峰上本来有两只鹜的,某年某月,忽然飞去一鹜,只剩下一个,所以才叫孤鹜,乃当地名胜。李先生左顾右盼,甚觉心旷神怡,循着山径,走着走着,忽然看见一个山洞,有一群乌鸦喜鹊,飞绕洞口,哇啦哇啦干叫,李自心先生心里想曰:"此处不是人迹罕到之处,飞鸟盘旋不去,必有缘故,让我进去瞧瞧。"进得洞来一瞧,里面躺着一个婴儿,在那里呼呼大睡,急忙抱起,只见怀揣一张纸条,上写曰:"罪妇张氏,因遗腹生子,不能见谅夫族,无奈抛弃山间,如蒙仁人君子携回抚养,当结草衔环,以报大德。"

这个弃儿就是蓝桥淹死的韦燕春转生。李自心先生把他抱回后,起名李奎元,雇了一位乳母,细心抚养。光阴似箭,日月如梭,有话即长,无话就短,转眼李奎元已长大成人。有一天,杨氏曰:"儿呀,为娘有话,要对你说,你父亲本是河南人氏,只因闯王造反,逃难到此,如今快二十年矣,而天下仍是大乱,我们年纪已老,生前恐难见太平盛世,你母舅无后,他日也要你养老送终。"李奎元曰:"母舅名字叫啥,现在何处?"杨氏曰:"他叫杨砚卿,大概仍在洛阳教书。"李奎元曰:"既然如此,待我去洛阳接他来金坛和我们同住,岂不甚好。"杨氏大喜。

李奎元先生到洛阳找杨砚卿。洛阳乃有名古都,人口千万,谁会知道一个无名小卒乎?探听了两月之久,也没有探听出啥名堂。有一天李奎元先生用罢早饭,照例出门,走到一条街口,见墙上贴着一张大大的布告,写着十个大字曰:"奉旨彩楼相婚,抛球择配。"原来洛阳王家滩,有一位刘家政先生,做过明王朝宰相,生有一女,名叫刘瑞莲,长得沉鱼落雁,闭花羞月,诗词歌赋,以及英美法日各国之文,无一不通。可是,也正因为才貌双全,更难找到如意丈夫,一拖便是几年,刘老头便和夫人商议曰:"若将女儿随便婚配,岂不误了她的终身。依我之见,不如盖一座彩楼,求天做主,夫人意下如何?"这种择婿的办法属于混蛋加三级,历史上到底有没有这回事,考据学家真应该考据考据,何以民间尽都是些有关彩楼抛球的传说耶?像王宝钏小姐,便是因一球打中了薛平贵先生而名垂千古。大概可怜的小民自造奇想,用以过过跟千金小姐结婚的瘾也。

到了抛彩球的那天,李奎元先生去啦,只见那彩楼高有数丈,两旁各筑一个小门,当中供着圣旨,楼角有两个龙凤鸳鸯旗,迎风招展,气象万千。台下还有很多三作牌,维持会场秩序。盖彩球抛将下来,被打中的当然如醉如狂,可是没有打中的人,心中不平,会一拥而上,大抢特抢。呜呼,那时的人如果有现代涂改爱国奖券的脑筋,便不必动武了矣,事先打听清楚,弄个假彩球揣到怀里,打中则罢,打不中就掏将出来,硬说打中,闹他一闹,即令娶不了小姐,依目前最流行的折衷主义,官司打将起来,娶一个相府的丫头,总是没有问题的也。

闲言不提。且说台下人山人海,喧嚣沸腾,到了中午,只听三声炮响,一位千娇百媚的小姐,在前呼后拥中,上了彩楼。向圣旨拈香叩拜已毕,有个官员来到台前对众言曰:"尔等士子听了,今有刘大人小姐刘瑞莲,奉旨择配。条例具在,请看明白,凡已结过婚的,快快退出,否则立打四十大板,留过外洋的朋友可站第一排,进过大学堂的朋友可站第二排,高中高职学堂的朋友请站稍后,初中和小学堂程度的朋友,请站两旁。"言罢,台下乱了一阵,退出的退出,没有退出的,各就各的位置。隔了一会,刘小姐起立,手捧彩球,暗中祷告曰:"信女刘瑞莲,只为婚姻大事,恳求神明做主。"祷告已毕,站在台前,就要抛球。台下像滚水泼老鼠般乱闹起来,刘小姐定一下神,向空中一扔,绣球左飘右荡,不偏不倚,打中了第七世男主角李奎元。

刘老头见李奎元先生一表人才,询问家事,十分欢喜,摆驾回府。府中早已张灯结彩,锣鼓喧天,当下刘老头吩咐把姑爷留在西厢安歇,住了三朝期满,选定黄道吉日,举行结婚典礼。这其中过节,用不着细表啦。反正是到了那一天,夜深人静,入了洞房,红烛高烧,罗帐低垂。呜呼,新式夫妇,双方已经互相了解得不像话,再来个形式,有啥可喜的?只有旧式夫妇,若柏杨先生和柏杨夫人,想当年结婚之时,虽然风气已开,但也不过遥遥见过两面,远远吹过口哨而已,一旦成了夫妻,现在搞自由恋爱的年轻朋友们,想都想不到那种情调也。

过了三更半夜,新郎新娘,含情脉脉,正要宽衣解带,效鱼水之欢,啊呀不好,只见红光冲天,大火逼门,原来那些没有被打中的小伙子,听说中球的竟是一个外乡人,肺都要气炸啦,乃约定入洞房的那一天,放火去烧相府,以泄不平。这种主意到底是流氓出的,抑是太白金星在暗中捣的鬼,考据家没有交代,我们也不必乱猜。反正是一把大火的结果,刘老头夫妇、刘瑞莲小姐、李奎元先生,统通死在火窟。等消防队将火扑灭,在一片瓦砾焦土中寻找,只见新婚夫妻衣裳未脱,紧紧抱在一起。至于那些放火的不良少年,他们的爸爸都是奇大的官崽之故,况且事主已死,以今测古,当然没事。

李奎元、刘瑞莲死后,阴魂仍化为金童玉女,升天见玉皇大帝复命,经过两千年的奇怪苦难,终于了结一桩公案。

两种血腥手段

七世夫妻介绍已毕,这一段闲话可以结束矣,不过由七世夫妻,可以看出婚姻自由的重要。中国五千年历史,二十世纪以前的漫长日子,婚姻向来是凭父母之命和媒妁之言的。有些圣崽常曰:"古时候的婚姻是先结婚后恋爱,现在的婚姻是先恋爱后结婚,故古时夫妻都可白头偕老,现在结婚反而成了恋爱的坟墓。"说这种话的,其屁股一定奇肿,盖五千年来的阴魂有知,定饶不了他。现代婚姻,合则留不合则散,顶多只有凄凉味,没有血腥味。而从前的婚姻却是血腥扑鼻,靠下列两种血腥手段以维持之的焉。

一曰小老婆的制度。现代丈夫对太太不满意,除非离婚,简直如狗皮膏药,毫无办法。可是从前的丈夫却办法大啦,可以娶一个小老婆,娶一个小老婆仍不满意时,还可以娶十个二十个。结发妻子扔到乡间老宅,十年二十年不通音问。社会上不但不以为非，反而羡慕得连口水都流出来。尤其是当皇帝的家伙，小老婆多如牛毛，三千四千漂亮的少女都希望和他上床。柏杨先生此生最大的愿望就是当一下皇帝，别的不说，仅美女如云，就够晕陶陶的也。

所以从前的混账男人有福啦，他根本用不着怕始乱终弃的罪名，也不必打啥离婚官司，只要高兴，就可以把女人当猪仔一样买之囚之，想不到这种情形到今天还有人称赞，该圣崽的屁股不奇肿，谁的屁股奇肿乎？

二曰女人椎心泣血的屈服。柏杨先生小时，乡下一个亲戚嫁女，因我长得很是英俊，特派随轿前往。亲戚仅嫁妆就送了一百四十大箱，每个箱子四角放着四个一两重的金元宝，一路吹吹打打，娘家人无不扬眉吐气。可是拜过天地之后，新郎不知跑到哪里去啦，等到三更半夜，他才回房，一进门就向新娘要钥匙，打开箱子，取了四个金元宝而去。一会儿回来，又打开第二个箱子。天快亮时，他赌博已输去四十两矣。新娘哭了一夜，第二天，新郎回房，上去就给新娘一个耳光，骂她哭啥哭。呜呼，如果换了现代，新娘早掉头而去，一状告进法院，婚姻成了坟墓，成了悲剧矣。可是那个时代，新娘只有忍耐，没有三年，家产全光，她怀抱婴儿，沿街乞讨，娘家想接她回家，丈夫就要金元宝，最初是一月一锭，后来涨到一天一锭，新娘不愿母亲为她破家，乃到外县流浪，不知所终。圣崽者流一定认为她们的婚姻爱情，巩固而神圣得很哩。

从前的婚姻基础，建筑在男人无限权威和女人无限屈服上，所以稍微有点灵性的男女，对传统的办法都有一种恐惧，而希望自己选择。七世夫妻当然不会是神鬼转世，但小民不敢反抗圣崽的礼教，只好把过错推向冥冥中无法还手的玉皇大帝。

甚至连玉皇大帝也不敢推，而把第一因归罪于金童玉女自己——打碎了一个酒杯和嫣然一笑。仅只打碎了一个酒杯和嫣然一笑，竟受了七世的活罪，死了七次非命，那处罚未免过分，可是民间对暴君的凶残干法，却没有半点谴责，这固是小民敦厚，也是小民无知。

以梁山伯祝英台为主的七世夫妻传说，每一个传说都可以成为一部感人的小说和戏剧，每一世的主旨都在强调争取婚姻自由，和对黑暗社会的反抗。私订终身是时俗所不许的，约会幽会更是下流。然而处在强大压力之下，不私订终身，不约会幽会，有别的啥办法乎哉？圣崽们每每张牙舞爪，指责青年离经叛道，呜呼，他们搞成那种非离非叛便不能活下去的局面，却又不准别人离叛，真是天下第一等王八蛋。

若干年前，我的朋友有一位女儿，跟一个幸运的年轻人恋爱，老头老太婆怒发冲冠，父母们所有的绝招统通施展出来，打之骂之，讥之讽之，囚之禁之，再加上喋喋不休地到处宣传。半年之后，女儿和那家伙私奔。老头叫我帮忙寻找，柏杨先生也是好事之徒，乃左打听右打听，终于打听出地址。该老头一见女儿，气就更大，抓住就是一顿臭揍，一面揍一面理直气壮曰："我非打死你不可，你向我发了多少誓不同他来往，原来放屁。"女儿哭曰："我当初不发誓不行呀，我不发誓你就一直打我呀。"我乃拍老头之肩曰："老哥息怒，听我一言。看样子是你逼她反抗你欺骗你，不是她存心要反抗你欺骗你也。她如果不欺骗你不反抗你，你就不抬贵手，她能嫁给心爱的人乎？"老头脖现青筋，大叫我滚,我乃使个眼色,两个年轻人越窗而逃,剩下他阁下一位,在气喘如牛。

吃人的礼教像魔鬼的天罗地网,反抗它的人——凡是敢于反抗礼教的人,多少都有点独立思考能力,和有点大无畏的倔强精神。倒霉的被礼教吞噬,成了悲剧,幸运的也会头破血出。民间最崇拜的七世夫妻,他们都是被迫而起,用自己的终身幸福和生命,向恶势力挑战,恶势力不仅指社会上那些不相干的人,也包括自己的父母。他们在极强大的桎梏之中,去欺骗父亲母亲,为了爱情和自由,做出即令现代也叫卫道之士瞪眼的事,而这些事在民间却被歌颂,被赞扬;为他们哭泣,为他们落泪也。这里可以看出圣崽和平常人的分别,圣崽维护礼教(因为他就是礼教),正常人则反对。圣崽崇拜君父(因为他就是君父),正常人则研究研究。圣崽服从权威(因为他就是权威),正常人则唾弃。圣崽希望别人受了迫害都埋在心里以便他继续摆布,正常人则怒吼而起反抗。圣崽真是中国第一等恶毒虫豸,一天不除,国家一天没有前途。

然而,因为很多小民的灵性都被酱得奄奄一息的缘故,连七世夫妻的故事,也都显得单调无味。梁山伯祝英台可以说是脍炙人口,可是同窗三年,有没有曲折缠绵,有趣有味的情节哉?啥也没有,唯一有的是祝小姐回家时路上那一段调情。若孟姜女小姐的许婚,若刘瑞莲小姐彩楼择配,若男女二人一见面就要上床,乡村观众的口味未免可以和台北观众的口味相比。如果能有曹雪芹先生那样伟大的作家写之,一定是另一部伟大作品。柏杨先生介绍七世夫妻,还算努力艺术化了一番,如果照原来传说一点不改地忠实报导,包管你兴趣全消。

血泪的反抗

从七世夫妻故事上,可以发现一个问题,七对男女,因反抗礼教和圣崽的迫害而弄到惨死下场,没有人敢追溯它的第一因,是谁逼他们非如彼不可乎哉?私奔固是丑事,是谁逼他们非私奔不可乎哉?私订终身固为时俗所不许,又是谁逼他们非私订终身不可乎哉?要说没有追溯,似乎也不公平,不过追溯的结果,官崽反而没有责任,政府更没有责任,有责任的却是看不见摸不着的玉皇大帝,连罪恶都有神仙代为顶缸。

中国历史上最大的冤狱,莫过于岳飞先生之狱,而小民只敢责备秦桧先生。在那种专制时代,秦桧先生只不过一个宰相,他的权力不来自国会选民,而来自皇帝赵构。赵构先生如果不想杀岳飞,秦桧能单枪独马杀之乎?岳飞冤狱的第一因在赵构身上,而赵构为啥非杀岳飞不可耶?他怕把"二圣"弄回来之后,他的皇位不保,有些人说他是多虑,其实他一点都不多虑。三百年后的明王朝皇帝朱祁镇先生,被瓦拉部落活捉,其情形和赵佶、赵桓被金帝国活捉一样,朱祁镇的弟弟朱祁钰当了皇帝,千方百计把朱祁镇弄回来,朱祁镇不但没有感谢,反而翻脸无情,来一个"夺门之变",把朱祁钰挤垮。赵构如果不杀岳飞,而把赵佶、赵桓迎还,谁敢写保票"夺门之变"不提早三百年演出?我们说岳飞冤狱的第一因在专制政府,亦可以也。可是世人只敢责备秦桧,不敢责备赵构,因赵构是皇帝,责备他准大祸临头,故只好找软柿子捏也。呜呼,秦桧先生充其量不过一个心狠手辣的马屁精而已,为了做官,啥坏良心的事都干得出来,说他帮凶尚可,叫他完全负杀岳飞的责任,便与事实不符。柏杨先生早就想建议西湖上秦桧先生夫妇的跪像,应该取消,而改成赵构先生的跪像。此建议目前虽行不通,将来总有一天行得通也。

小民的愤怒只敢到秦桧为止,不敢再往上溯。大概日子久啦,觉得秦桧官拜宰相,属于位尊而多金者流,也不敢得罪,七世夫妻那种归罪于因果报应的办法乃出了笼。君看过《精忠岳传》乎?岳飞先生前世乃是一只大鹏鸟(故别号"鹏举"),不知道怎么搞的,得罪了海里的鱼鳖虾蚧。于是那些鱼鳖虾蚧,分别转生为秦桧焉,转生为秦桧的夫人王氏焉,转生为完颜兀术焉,如此这般,岳飞被杀,既跟赵构先生无关,也跟秦桧先生无关,而是玉皇大帝的旨意,叫他们到人间了却一场是非恩怨。小民一听,既然如此,怨恨之气,就自然大减。

在这里也可以看出一点毛病,中国历史上当皇帝的家伙,如果一个个研究起来,够八十分的不过少数,其他的不是白痴,就是流氓,不是凶暴的禽兽,就是昏庸的无赖,顶多有一点赵构先生那种小聪明。可是民间的传说,却无一不是天子圣明。《精忠岳传》是一例,君不妨再看看《水浒传》,《水浒传》亦是一例也。

《水浒传》上一百零八条好汉,以林冲先生起端,以宋江先生为首,把宋王朝政府搞了个狼狈不堪。看过《水浒传》的朋友都知道,那一百零八条好汉,每一人都是被官崽逼成反叛的。若林冲先生,他除了"反",还有别的办法乎哉?黑暗无比的官府,切断了他所有的路——前进的路和后退的路,而只给他留下反叛的路。林冲先生如果老老实实,像官崽和圣崽所瞪眼呐喊的,静候法律解决,他那美丽惹人的娇妻早成了别人的小老婆,他自己也早执行枪决,褫夺公权终身了矣。

然而,问题就出在这里,明明是官逼民反,却不敢归罪于官,而只敢归罪于因果报应。《水浒传·楔子》上写得明明白白,一百零八条好汉,也就是那批被官逼疯逼死、逼反逼叛的可怜朋友,乃阴间一百零八条妖魔,被人放了出来,投胎凡尘,扰乱天下。呜呼,民怨沸腾,不是官的责任,反而成了上天注定的和神的责任,这种学说是典型的当权派的学说,如果他们那些人天生注定地要扰乱天下,官崽有啥办法哉。等于赵构先生杀岳飞先生,如果赵构先生前世是一只乌龟,被岳飞先生啄瞎了眼,吃了肠肚,则这一世不过报那一箭之仇而已,和抗敌不抗敌无关,和"二圣"还不还也无关。每一件奇冤都有神话替他顶缸,悲夫。

天下是不是有因果报应这回事,言人人殊,大多数人都认为有的,不过这种结论好像不太科学。有些人固然自食其果,种瓜得瓜,种豆得豆。但有些人却硬是没有食到其果,种的是瓜,得的是豆;种的是豆,却得的是瓜。偶尔有个家伙半路栽了一个斤斗,马上有人叹曰:"上帝的磨子虽是慢的,却是一直地在磨。"以表示善有善报,恶有恶报,不是不报,时候未到。其实即以柏杨先生而论,年轻时种种恶形恶状,早应天打雷劈,何以今天仍老来甚健,活得很好,而且因写杂文之故,自以为成了文豪乎?同样道理,那些现在在巴西焉,在美国焉,不时回国鼓励民心士气的正人君子,早都得害上大麻疯,倒毙在地狱门口。

事实上个人的因果报应绝不可靠,但却铁定地报应在社会上，大家都努力自掘坟墓，虽然有些掘墓最力的朋友相机去巴西买了橡园，安安闲闲过日子，但大多数人却是被推进去，被活埋了也。即令天下有的是因果报应，似乎也不是中国小民心目中所流行的那种因果报应——天生注定要演出悲剧的那种因果报应，一世二世以至七世都惨死的那种因果报应。更不是鱼鳖虾蚧公报私仇，亡人之国并杀戮千千万万善良男女的那种因果报应。同样的，官逼民反就是官逼民反，不能用别的东西来搪塞，否则的话，穆万森先生杀了侬铭女士，一定是上辈子侬铭女士杀过穆万森先生矣。这种逻辑一成立，事事均有别人顶缸，不敢把罪归到凶手身上，成了凡是既成事实都是合理的现象，那才真正的是有权有势的朋友们的天下，小民无噍类了也。

且走着瞧

《梁山伯祝英台》的电影轰动一时，然而历史上轰动一时的玩意儿多啦，并不一定就可永恒，它只不过在半票观众面前有票房价值，并没有艺术价值也。柏杨先生自从写了短短一文，略加批评，就接到不少读者先生的信，有的大斥大骂，有的婉转解释，有的则因我不看中国电影而说我是卖国贼。关于卖国贼，实在不敢当，盖我即令想卖国，十块钱卖一斤，有谁要乎哉？盖卖国贼也不简单，有资格的才能卖，你我小民，卖不动也。至于说我不爱国，则为该二三流电影效命，拉低中国艺术水平，使国际间以为该电影就代表中国,就是中国人灵性的和艺术的最高造诣,才真正的是不爱国。从前宋玉先生对楚王曰:"有人在郢京唱歌,唱的是下里巴人,跟着唱的好几千人。后来他又唱阳春白雪,就不行啦,跟着唱的不过数十人。"有些读者先生曰:"难道那么多人都说好,还不是定论乎?"当然不是定论,便是再加上一千倍的人都说好,下里巴还是下里巴。如果说有人看便好,则《梁山伯祝英台》在香港便没有人看,赔得要上吊,岂不糟到了底。艺术不是民主政治,人多者胜;也不是官崽政治,官大者胜。不是说洋大人看了哭,便是拿破仑先生也跟着哭,便是尼禄皇帝用汽油桶代替眼泪瓶,票房价值也不等于艺术价值。

柏府最近新请了一位下女小姐,非常能干,而且欢喜看书,初来时一见柏府到处是书,芳心大悦,可是看了一本又一本,都只翻了几页就货归原处。问她为啥,她打哈欠曰:"没啥可看。"不但托尔斯泰先生、曹雪芹先生、纪德先生没啥可看,便是柏杨先生的《倚梦闲话》,她也觉得不堪入目。我又介绍几本特价小说,她还是看不下去。可是忽然有一天,发现她埋头苦读,连饭都顾不得煮,一面烧菜,一面手不释卷,口中还啧啧称赞曰:"真好,真好。"不由大惊,过去一瞧,原来是柏杨夫人从大陆来时带的一本唱书,石印小册,书名曰《雷公子投亲》,盖老妻上过学堂,在乡下为一些目不识丁的村妇闲来念念的玩意儿也。

"下里巴人"焉,《雷公子投亲》焉,《梁山伯祝英台》焉,大概五十步和百步之差。有一位先生曰:"照你说来,柏杨夫人也是该片影迷,她的欣赏水平岂不也低级?"噫,要是低级的话,不论是谁,如果柏杨先生努力推荐《雷公子投亲》,也是低级。看《雷公子投亲》的朋友,便是再多,其官便是再大,即令扼住柏杨先生的脖子,都不能说《雷公子投亲》是中国古典文学的名著。可是,据说太太小姐们硬是喜欢女扮男装的调调,该电影自然非好不可,所有的读者先生来信都没有提过"梁兄哥",大概和女扮男装一样,各有口味。

问题是,柏杨先生似乎顶撞的人太多,有一个朋友太太瘪嘴曰:"柏老,我们低级,看你多高级呀。"实际的情形大概不在于该电影好不好,而在于高级不高级,柏杨先生严重地伤害了半票观众的自尊心矣。三十年前的《渔光曲》,十年前的《热烘烘的太阳往上爬》,均曾风靡一时,而今安在哉。不妨心平气和,慢慢走着瞧可也,盖有艺术价值的必然永恒,必然持久,而只有票房价值的,恐怕过了几天你便再想不起来啦。

抓抓心里奇痒

男扮女装和女扮男装,有其社会的必然性,也有其群众心理基础。柏杨先生曾说,梅兰芳先生的时代已过去啦,偏偏有些学问甚大的人说没有过去。这成了硬抬杠,不是艺术讨论,我们就谈不出啥名堂。但任何一种现象都是社会的产物,那就值得研究。

英国有句俗话曰:"巴力门除了使男女变性外,无所不能。"这固强调了巴力门(指议会)能,但也反证出性别的严重。最近虽有医生可以动手术变性,不过成绩如何,还不知道,即令变性成功,也无碍性的固定性和稳定性。一个人生下来是男,这一辈子都得是男,别打歪主意变成多情少女,嫁个百万富翁享福。一个人生下来是女,也是上天注定要穿一辈子的高跟鞋,袅袅婷婷,别动脑筋去踢足球。迄今天为止,社会一直仍是以男性为中心,所以女人希望变成男人的多,而男人希望变成女人的少。君读过《三国演义》乎?诸葛亮先生率大军北伐,他的对手司马懿先生一看来头不对,仗既打不过,乃学了龟缩奇法,任你叫骂,俺就是不出手。诸葛亮先生遂送了一套女人的衣服给司马懿先生,曰:"你要是大丈夫,就出兵较量。要不出兵,你就是女人,不妨涂上口红,穿上高跟鞋,扭给我看。"他以为司马懿先生受不了那种羞辱,非拍案而起,大干不可。想不到司马懿先生真有一套,说俺是女人俺就是女人,涂口红就涂口红,穿高跟鞋就穿高跟鞋,反正我就是不打仗。

呜呼,如果司马懿和诸葛亮是两位女士,而不是两位先生,诸葛亮女士气恼不过,送给司马懿女士一套西服,一条领带,她会以为那是一种羞辱乎哉?我们常看见女人穿着男人穿的西服裤子街上乱跑,没有一个人认为有啥不对。可是如果柏杨先生穿上旗袍,在马路上猛晃,恐怕要被警察局请去修理修理。故历史上男扮女装的不多,只有一位《水浒传》上的李逵先生,为了捉拿强盗,扮成新娘。另外还有一部电影,名《热情如火》,两个男主角为了逃命,也扮成舞女。除此之外,便只有梅兰芳先生矣。

我们在这里不谈梅兰芳先生的演技和他成功的经过,而只谈一件事,那就是他不本本分分地当一个男人,而忽然扭扭捏捏,学起女人,是啥缘故哉?即令有人给柏杨先生一块钱,叫我走路时摇屁股,说话时轻歪玉颈,我都不干。非我不爱钱,而是受不了那股麻劲。但梅兰芳先生却乐于为之,是他不知耻乎?抑有神经病乎?或是天生地喜欢那调门乎?恐怕都不是,而是社会有那种需要,他不过像开国皇帝们一样,应运而生。盖清末时候,政治虽然腐败,但却有一种规矩比现在严格,那就是无论大小官崽,绝不可以上酒家,更不可去北投,换句话说,不许嫖妓。一旦被人告发和妓女有来往,那就垮了个铁定。于是正人君子乃走法令的夹缝,不准我玩妓女?没有关系,我玩玩"相公",总没啥可说了吧。这里的"相公"不是梁山伯先生那种"相公";也有叫"相姑"的,指的是年轻貌美的男子,人见人爱的娈童也。

除了玩相公的风气,促使男女在外表上趋向混淆外,还有戏剧,对变性也有贡献。别看梅兰芳先生现在成了艺术大家,齐如山先生靠着他的余势,在台湾还吃了十几年。可是当初他的社会地位,比柏杨先生高不了多少。不要说清末民初,便是他当了明星的朋友,仍和正统的社会格格不入。以"杀奸夫"闻名于世的魏平澳先生,岳父母当初反对他,就因为他是演员,后来发现他真是一个好女婿,才大喜欢而特喜欢。现在尚是如此,清末民初时更不用说啦,"戏子"仅比"妓女"高一丁点,跟"相公"差不太多。这不是柏杨先生好揭底牌,最近因对《梁山伯祝英台》电影表示了一点意见,触怒了大批半票观众,这年头以少得罪人为妙,自不愿再开罪影剧先生,但却不得不从这里谈起,然后才能了解,为啥有女扮男装和男扮女装的怪现象也。

现在连大学堂都有专门科系研究戏剧,不但可以在中国学,还可以耀武扬威去外洋学,真是三十年风水轮流转,当时万料不到。盖当时"戏子"的地位根本见不得人,学戏的只限于走投无路,穷苦人家的男孩子。第一,有钱人家很少学焉。第二,女孩子很少学焉。我们特别注重第二项,女孩子学戏的既然那么少,戏里的女角,只好由臭男人担任矣。记得想当年,学堂里演新剧("话剧"是抗战后才改的名字),啥都不缺,就是缺女角,后来为了逼真,负责教习决定去别的女学堂借调。剧社里一听有女学生要来,马上紧张万状,你也要当主角,我也要当主角。其中一个差役,有和老妈子拉手的节目,为此我和一位任姓的同学,就打了一架,结果胜利属我,在东来顺请他吃了顿羊肉泡馍。后来女学堂知道了我们大闹的情形,怕好心不得好报,严予拒绝,使我白赔了十九大文,冤哉枉也。

那时的现象是,男学堂演戏,男扮女装;女学堂演戏,女扮男装。有些小子扮起女装来,真他妈的像,十指尖尖,柔若无骨,年轻时又没有胡子,脸蛋又白又嫩,简直比真正的女孩子,还要精彩。有些王公大臣看到眼里,就动起了脑筋,闹了不少绯语艳闻。和这相反的,有些女孩子扮起男装,也别有一种风味,凡是扮男装的女孩子,通常都不会很漂亮,可是她却有一股劲焉。风流潇洒,白面书生,正是一般人心目中落难公子的那种类型,这里面的学问就太大啦,真正喜欢女扮男装的人,不是臭男人焉,而是太太小姐焉,主要的还是一些有钱有闲的太太,饱食终日,无所用心,看着自己的丈夫又老又俗——即令又帅又雅,也有点腻啦,最好换一换口味。这不是说该太太要红杏出墙,女人红杏出墙比男人红杏出墙困难万倍,受道德的拘束,和对冒险的恐惧,往往不能出之,也不敢出之。但心里痒痒的坐卧不安,一旦发现一个女扮男装的同性朋友,和那种人交往,既没有良心上的责备,也没有头破血流的危险,却可以满足心头的寂寞,抓抓心里那种奇痒。呜呼!有百利而无一害,怎不大喜若狂,看上一两千遍以崇拜之乎?越是有影响力的太太,越是喜欢这个调调。犹如越是有钱有势的王公大臣,越喜欢男扮女装的调调一样也。

变态性心理

女人如果喜欢女扮男装的女人,是变态的性心理在那里作怪。盖从基本上讲,女人和男人最大的不同是:男人可以和男人和平共存,甚至可以成为刎颈之交,像秦琼先生那样,为朋友两肋插刀,死都不含糊。而女人和女人便不同矣,别看两位女人——或两位太太焉,或两位小姐焉,或两个老太婆焉,或两个女孩子焉,勾肩搭背,双双对对,你摸摸我的头发,我搂搂你的腰肢,亲热之状,好像可以手携手上断头台。可是内心固脆弱得要命,一旦分别,少者三个月,多则一年,便陌如路人矣。再见面即令仍又搂又抱,可是那份感情,必须从头培养。呜呼!男人间的感情可以累积,女人间的感情却很难累积也。

所以说在潜意识上,女人最大的敌人不是色狼,不是浪子,更不是那些因强暴罪判无期徒刑的家伙。女人真正的敌人乃是另外的一个女人,甚至是天下所有的女人。当一个女人,从小便对其他女人敌视,长大了更觉得别的女人实在讨厌。如果别的女人长得比她美丽,穿得比她漂亮,她的气就更大更凶。柏杨先生有时候多看别的如花似玉两眼，柏杨夫人就悲痛欲绝，恨不得天下所有六十分以上的女孩子都死光，只剩下她老太婆一人，便安全了矣。我这种解释有点肤浅，实际上当然不这么简单，夫女人者，乃天生的喜欢男人的动物，她们整天打扮得花枝招展，又烫发又穿高跟鞋，又袒胸露背，有些圣崽喟然叹曰："真是男人浩劫，怎能抵挡这么多诱惑乎！"其实，女人们奇装异服，固在诱惑男人，但那不过只是一种副作用，其真正的目的却是和别的女人较量较量，比一比苗头。你不是穿三寸的高跟鞋乎？我穿三寸半的；你不是穿三寸半的乎？我宁可爬着走，也要穿四寸的焉。你不是穿露背的游泳衣乎？我穿露肚子的；好啦，你穿露肚子的，我就弄个半透明的穿之（读者先生不要紧张，我敢赌一块钱，将来准有全透明的游泳衣出现，够你心跳的矣）。你的旗袍开衩开到膝盖，我就开到大腿；等到人人都开到大腿，就会有个小姐开衩到屁股。反正得和别的女人不一样，才算不枉投胎人世一场。至于男人对她如何看法，统通抛到脑后。

以柏杨夫人而言，一个女人到了她这种年龄，早就应该改邪归正，安安分分啦。可是她猛赶时髦，非买三寸半的高跟鞋不可，任我苦苦开导，她仍一意孤行，买了一双，塞了很多棉花到里面。悲夫，你见过三寸金莲穿三寸半高跟鞋的奇景乎？她穿的结果是，跌了一个大斤斗，而我花了两百四十元给她看腿。她穿那玩意儿并非要想引诱谁，以老妻的风姿，不要说穿高跟鞋，便是满身贴钞票都没人看。可是她却和隔壁那个该死的老太婆斗气，该老太婆走都走不动啦，还穿三寸高跟鞋，有邻如此，怎能不出祸事？

女人最大的敌人是女人，则一个女人忽然被其他女人欢喜得不可开交,其中必有毛病。有一点要特别提请注意的,凡是以学识和人格为主的女科学家、女政治家、女文学家,以及女音乐家等等,都不可能受到这种性质的欢喜。试想哪个太太小姐仰慕居里夫人,或仰慕吴健雄女士,仰慕到若疯若狂的程度,大家凑份子请她来台湾,你家住几天,我家住几天乎?但对于女戏子则不然矣,世界上唯一受全体女人欢喜的只有女戏子。在柏杨先生家乡,为了和女戏子结拜干姐妹,结拜义母女,而搞得倾家荡产,固多的是,举起例子,三天都举不完。

女人们和女戏子交结,除了安全感和性心理上获得满足外,还有一种好处,那就是,凡戏子也者(现在曰"明星"),她们干的那个行业,在本质上非常需要感情上的群众,而不需要理智上和艺术上的群众。演员最大的危险不是有人批评,而是没有人崇拜,而如何才能把群众搞得蠢血沸腾,为她打架都干?最妙的方法,必须走群众路线,别看她有时候表面上高贵若仙,一旦遇到真有力量捧她的大爷大奶,她就会比热麦芽糖都软。从前女戏子到了一个新的码头,第一件事便是拜干妈。想当年柏杨先生也当过几年地头蛇,戏班子来演戏时,女主角一定带着一份厚礼,见了老妻就磕头,叫"娘"叫定啦。这一叫的学问大矣,一则免得柏杨先生动歪脑筋,二则她施出浑身解数,把老太婆搞得晕晕陶陶。从此之后,不要说演戏,就是杀了人,都会叫我出头顶缸。

太太群所以欢喜女戏子,正因为女戏子有一套别人望尘莫及的温柔体贴工夫,能使一批半老徐娘,心花怒放,虽孝子贤孙,都不易也。从前河南省督军万选才先生的太太害病在床,汗出不止,她的干女儿小白凤嫌手帕太重,就用舌头舔掉她脸上身上的汗珠,万太太怎能不感激零涕耶。于是,努力代她往外推销红票,每张十元(当时十元,是结结实实银做的,足够中等之家吃两个月)。于是小白凤天天去舔汗,万太太的副官则天天出门推销红票,相互辉映,皆大快活。如果换了女科学家、女音乐家,肯为她舔汗乎?

而且三代之下,无不好名者。前天柏杨先生去看电影,电影院门口美女如云,正瞧得眼花缭乱,一位摄影记者告曰:"那一位就是中国小姐。"一看果然不错,就悄悄挤到她身边,暗示该记者拍一张照,为的是将来向朋友吹牛曰:"你看,我和中国小姐合照的照片!噫,你连中国小姐都不知道?她就是中国小姐呀。"无论是谁都会肃然起敬,刮目相待,我就飘飘然矣。可是该记者弄不清我的意思,我一比再比,被该中国小姐发现一个脏老头在她身旁挤来挤去不老实,拂袖而去,使我终身遗憾。噫,老夫尚且如此,太太小姐不问可知。万一有那么一天,伊丽莎白·泰勒女士到了台湾,住在柏府,老妻陪她上街,路人大震曰:"她就是迷死伊呀。"你说老妻的脸上光彩不光彩吧。

结论曰:女人敌视天下所有的女人,唯不敌视女戏子、女演员、女明星,但那种肉麻麻之爱,和艺术无关。演梁山伯的女扮男装那位凌波女士,如果来到台湾,阔太太阔小姐一定最为疯狂,你如不信,拭目以待可也。